EUROPAVERLAG

Katharina Seewald

DEMNÄCHST IN TOKIO

Roman

EUROPAVERLAG

© 2017 Europa Verlag GmbH & Co. KG,
Berlin · München · Zürich · Wien
Umschlaggestaltung: Hauptmann & Kompanie
Werbeagentur, Zürich, unter Verwendung zweier Fotos von
© Collaboration JS/Arcangel und Stephen Mulcaney/Arcangel
Lektorat: Caroline Draeger
Layout & Satz: Danai Afrati & Robert Gigler, München
Druck: Pustet, Regensburg
ISBN 978-3-95890-106-3
Alle Rechte vorbehalten.

www.europa-verlag.com

Für meine Töchter

»Da ist ein Land der Lebenden und der Toten,
und die Brücke zwischen ihnen ist die Liebe,
das einzig Bleibende,
der einzige Sinn.«

Thornton Wilder
(Die Brücke von San Luis Rey)

> Prolog <

Der Kessel verschluckt sich fast an seinem eigenen Pfeifen. Schon zum zweiten Mal in dieser Woche steht die ganze Küche unter Dampf. Beide Topflappen übereinandergelegt, schiebt sie das schwere, schwappende Ding vorsichtig auf die andere Platte. Den Herd ausschalten, sagt sie sich. Sie sollte sich doch lieber angewöhnen, daneben stehen zu bleiben, bis das Wasser kocht. Nicht, dass sie neuerdings vergesslich wäre, es sind nur diese kleinen Dinge, die gewohnheitsmäßig funktionieren. Da muss sie die Sinne an die Leine nehmen, sonst gehen sie spazieren.

Hadere nicht! Hadern macht hässlich. Dieser Spruch! Seit über siebzig Jahren haftet er ihr im Gehirn. Er stammt von ihrem Vater. Auf dem Weg zum Standesamt hat er ihn ihr gesagt. Höchste Zeit, ihn zu vergessen, den Vater und den Spruch! Herrgott, sie ist jetzt fünfundneunzig! Ihr Kinn geht trotzig in die Höhe, als sie das kleine Fenster kippt. Sie gießt etwas Wasser in die Kanne und lässt sie lange kreisen, um die Wärme in den Händen zu genießen. Heute nimmt sie den Darjeeling, die blonde Sorte in der Mitte auf dem Bord. Durch die beschlagene Scheibe sieht sie Professor Diefenbach auf das Haus zueilen. Er ist zu früh. Ihr bleibt noch eine halbe Stunde, hetzen muss sie nicht.

Gerade hat sie aufgegossen, da schrillt das Telefon so garstig, wie es eben schrillen kann, ein Geräusch, das sie doch jedes Mal zusammenfahren lässt. Sie mochte sie nicht haben, diese Krachmaschine, doch ihr Schwiegersohn bestand darauf, die Extraglocke zu montieren. Als Mahnmal ihrer Schwerhörigkeit prangt sie nun in ihrer ganzen Hässlichkeit über dem Telefontisch auf der Tapete. Schneeweißes Plastik auf cremefarbener Seide. Was schert den jungen Mann die Schönheit? Er meint es gut. Sie weiß.

»Hallo?« Eine weibliche Stimme schält sich aus dem Knirschen in der Leitung.

»Ja, bitte?« Es ist und bleibt ihr fremd, dieses Hallo. Sie mag es nicht. »Elisabeth von Traunstein am Apparat.«

»Das weiß ich doch, Mama.« Ein helles Lachen folgt den Worten.

»Kind! Wie schön, dass du anrufst.«

»Ich muss dir was sagen.«

»Es ist doch nichts passiert?« Um auf den Schlag gefasst zu sein, drückt sie den Rücken durch.

»Mama, was du gleich wieder denkst! Nein, es ist nur ...«

Sie spürt das Zögern ihrer Tochter. Es wird nichts Gutes kommen.

»Ich weiß, du hast es nicht so gerne, wenn ich längere Zeit nicht da bin. Aber ...«

»Aber, Kind?« Ihre Stimme hört sich härter an, als sie es will.

»Ich muss verreisen. Ich habe einen Auftrag. Aber du wirst staunen, wenn ich dir sage, wohin es diesmal geht.«

»Du wirst mich jetzt nicht raten lassen. Du weißt, ich kann das gar nicht lustig finden.«

»Ach, Mama. Sei doch nicht so streng. Ich fliege nach Japan. Morgen.«

»Nach Japan?!« Plötzlich rauscht das Blut in ihren Ohren wie Wasser durch ein Schleusentor. Mein Gott, wie lange das nun her ist, denkt sie, während sie sich lieber setzt. Von 1934 bis 1942 war sie mit ihrem Mann in Tokio, Ernst Wilhelm war dort erst Militärattaché und später Botschafter. Als wäre es gestern, sieht sie sich plötzlich wieder in der Auffahrt zur Botschaft stehen, an diesem einen Tag im Herbst. Der Ahorn war wie ein Meer aus Flammen. »Die Hortensien haben jetzt ihre schönste Zeit. Aber sag, was willst du denn in Japan?«

»Ich soll auf die Schnelle einen Artikel schreiben. Wir haben einen Interviewtermin ergattert, der eigentlich unmöglich ist. Ein Wunder, ehrlich! Der Mann ist so diskret! Leonora meint, als halbe Japanerin wäre ich die ideale Frau für diesen Job. Ausgerechnet ich! Du weißt ja, was ich von deinem Asienwahn halte.«

»Asienwahn? Manchmal verstehe ich dich nicht. Sag mir lieber, wohin genau du fliegst.«

»Erst nach Tokio und dann in irgend so ein Seebad weiter südlich. Irgendwas mit A. Ate ... Ata ...«

»Mein Gott, Atami!« Wie in einem Film sieht Elisabeth plötzlich die alten Bilder wieder vor sich. Im Sommer, wenn sie in Akiya waren, sahen sie auf diese Stadt hinüber. Wie viele Male sie dort draußen saßen, vor den Schattenhäusern, auf deren Dächern das Moos in dicken Polstern wuchs. Die Wehmut treibt ihr einen Stich ins Herz. Sie liebte dieses diffuse Licht, das sich morgens durch die papierbespannten Türen schlich, als würde es fürchten, sie zu stören.

»Seid ihr da etwa auch gewesen, Papa und du?«

»In einer kleinen Bucht am Ufer gegenüber von Atami hatten wir ein Sommerhaus.« Ihre Finger greifen nach dem Taschentuch in ihrem Ärmel und kneten es zu einem Ball. »Ernst Wilhelm hatte meistens viel zu tun. Ich war sehr oft alleine dort. Außer natürlich ...« Sie holt Luft, als wäre ihr gerade wieder eingefallen, dass der Mensch auch atmen muss. Ihr Blick geht zu dem Sammelsurium von kleinen Silberrahmen, die sich auf ihrem Schreibtisch reihen wie Spielzeughäuser einer kleinen Stadt. Bei einem bleibt er hängen. »Außer wenn abends Alexander kam.« Wie im Dunkeln tastet ihre Stimme nach dem Klang. Kaum, dass der Satz gesagt ist, will sie ihn wieder schlucken.

»Alexander? Wer ist das denn?«

»Ach, Kind.« Wie konnte sie? Wie konnte sie den Namen sagen?

»Erzähl schon, Mama.«

»Weißt du Liebes, es gibt Dinge ...« Sie betrachtet ihre Hand, als könnte sie dort die Worte finden, um dies alles zu erklären, aber was sie sieht, sind nur die Altersspuren, die Rillen an den Nägeln. Seit Jahren sind die anderen tot. »So etwas kann man nicht in ein paar Sätzen sagen. Am Telefon schon gar nicht.«

»Dann reden wir ein andermal, versprochen? Mir fehlt jetzt sowieso die Zeit. Ich muss dringend los! Meine ganzen Unterlagen sind noch in der Redaktion. Nach München, um diese Zeit, du glaubst nicht, wie mir graut. Wenn ich zurück bin, muss ich auch noch packen.«

»Siehst du, Liebes.« Elisabeth wischt sich die Tränen von den Wangen. »Dann halte ich dich nicht länger auf. Gute Reise, Kind, pass auf dich auf. Hab eine wunderbare Zeit in Japan.«

> 1 <

Mit einem Flüstern gleitet die breite, goldene Feder des Füllers über das Papier, ganz leicht im Aufstrich und etwas fester im Abstrich. »Meine liebe Karoline!« Langsam führt Elisabeth die Löschpapierwalze über die blaue Tinte, zieht den Bogen kopfüber ein und drückt mehrmals gegen den Hebel, bis die Anrede über dem chromglänzenden Lineal zu schweben beginnt. Dann setzt sie die Brille ab und reibt sich die Augen.

Ernst Wilhelm haben sie 1982 zu Grabe getragen. Fast dreißig Jahre ist das her. In der ersten Zeit nach seinem Tod hat sie in Gedanken hundertfach an ihre Tochter geschrieben, um ihr alles zu erklären, in immer neuen Varianten. Selbst bei scheußlichstem Wetter lief sie stundenlang durch die Landschaft, an der Leitzach entlang, um den Seeberg, auf dem Bahndamm Richtung Geitau – nicht irr vor Trauer, wie im Dorf gemunkelt wurde. Wütend war sie auf ihn! Wie konnte er so lange schweigen? Wie besessen war sie von der Idee, wenigstens ihrer Tochter alles zu erklären. Sie wollte sich nicht schuldig machen, so wie er. Nicht noch mehr schuldig machen. Nicht dass Ernst Wilhelms Bett leer blieb, raubte ihr nachts den Schlaf, sondern die krampfhafte Suche nach Worten. Den richtigen Worten, die sie niemals fand. Bis sie es aufgab.

»Meine liebe Karoline!«

Sie hält mit dem kleinen Finger die Umschalttaste gedrückt.
Ich habe so lange geschwiegen, weil ...
Du darfst mich nicht verdammen ... uns! nicht verdammen.
Ich bin es schließlich nicht allein gewesen!
Sie lässt die Hände sinken. Ist es überhaupt eine Frage von Schuld?
Kann sie sich auf das Schicksal berufen?
Darauf, dass es eine andere Zeit war?

Wie um die Fragen in ihren Gedanken abzuzählen, lässt sie die Perlen ihrer Kette eine nach der anderen durch die Finger gleiten. Ernst Wilhelm hat sie ihr zu ihrem ersten Hochzeitstag im Mikimoto Pearl Store in Tokio auf der Ginza gekauft. Die eine schwarze kam später hinzu. Sie ist größer und von Ishigaki, einer der Ryukyu-Inseln. Okinawa, wie man heute dazu sagt. Wie sie zu ihr kam, ist Teil der Geschichte.

Sie könnte die Hälfte verschweigen.

Vom Leben an der Botschaft erzählen. Den Konzerten, den Bällen. Vom Tee auf der Terrasse des Hotels Imperial. Von den Schattenhäusern und ihrem traumhaften Blick. Alexander könnte irgendwer sein.

Über den Rand ihrer Brille wandert ihr Blick zum Fenster. Ein böiger Wind schüttelt die Zweige der Akazie und sprüht ein wahlloses Muster aus Blattfetzen und Regentropfen an ihre frisch geputzten Scheiben.

Nur, dass er nicht irgendwer ist. Nicht für sie. Und nicht für Karoline.

Halb zwölf. Schon wieder geht es auf Mittag zu.

Wie an jenem Tag, damals. Ihre Fingerkuppen tasten sich langsam über die feinen Knötchen im Stoff ihres Rockes, als wollten sie eine Botschaft in Brailleschrift entschlüsseln.

Sie trug ein beiges Kleid mit winzigen blauen Blüten. So mädchenhaft. Vergissmeinnicht.

Natürlich! Ihr Rücken spannt sich, sodass sie plötzlich kerzengerade sitzt. Auf einmal weiß sie, wo sie beginnen muss.

Wo sonst?

Es ist eine dieser Geschichten, die man nur auf eine Weise erzählen kann: von Anfang an. Und alles begann an einem ganz normalen Sommertag im Jahr nach Hitlers Machtergreifung.

I
Schicksalswende

› 1 ‹

Liebe Karoline,
endlich habe ich mich durchgerungen, dir von den Dingen zu erzählen, die mir seit Jahren auf der Seele brennen. Ich weiß nicht, ob mein Mut reicht, wenn ich nicht gleich ins kalte Wasser springe. Darum kein weiteres Wort vorab.

Es gibt Tage, die über Menschenschicksale entscheiden. Der 26. Juni 1934 war ein solcher Tag für mich. Es fehlten noch drei Monate und, wie wir sagten, einmal Schlafen zu meinem neunzehnten Geburtstag. Es ging auf Mittag zu. Der Tisch war schon gedeckt. Abgesehen davon, dass ich auch die tiefen Teller herausgesucht hatte, war es ein Dienstag wie jeder andere. Vom Vortag war etwas Rindsbrühe übrig geblieben, Mutter hatte dazu einen Eierstich gemacht. Eine Suppe vorweg gab es sonst nur an Sonn- und Feiertagen. Vater würde sich freuen, so hofften wir. Wir taten gut daran, ihn bei Laune zu halten.

Er kam stets pünktlich mit dem Glockenschlag um halb eins für eine Dreiviertelstunde zum Essen aus »seiner« Firma nach Hause – zu Fuß, denn das Hauptgebäude der Tuchfabrik und Großschneiderei, in der er als Büroleiter tätig war, lag nur ein paar Minuten die Straße entlang.

Die Kartoffeln waren gekocht und geschält, die Zwiebeln gehackt und in der Pfanne glasig gedünstet, die Fleischreste fein säuberlich in Streifen und der Schnittlauch in Röllchen geschnitten.

Drei verklepperte Eier standen, schon gesalzen, in einer kleinen Schüssel bereit. Es würde nicht lange dauern, das Bauernfrühstück auf den Tisch zu bringen. Wenn wir uns mit dem Frischmachen beeilten, blieb uns eine gute halbe Stunde Zeit. In weniger als drei Wochen fand in Tante Aglaias Schule ein Konzert statt, bei dem ich singen sollte. Wir mussten dringend üben.

An Tante Aglaia wirst du dich nicht erinnern, mein Kontakt zu ihr ist abgerissen, bevor du auf die Welt gekommen bist. Sie war Mutters einzige und deutlich ältere Schwester und, das lässt sich mit Fug und Recht behaupten, zugleich unsere Wohltäterin. Ihr früh verstorbener Mann, ein Schweizer Fabrikant, hatte ihr ein großzügiges Vermögen hinterlassen, das es ihr ermöglichte, nicht nur eine in der damaligen Zeit für eine Frau ungewöhnlich unabhängige Existenz zu führen, sondern sich auch ihren Traum zu verwirklichen. Sie war kaum ein Jahr verwitwet, als sie vom Zürichsee nach München zog und zwei Straßen von unserer Wohnung entfernt in den Räumen einer ehemaligen Knopfmanufaktur ein privates Lyzeum für Mädchen gründete. Dort führte sie ein strenges Regiment, doch sie war eine gute Seele. Ich verdankte ihr meine höhere Schulbildung, die mir Vater sonst nie zugebilligt hätte – allein wegen des Schulgelds nicht. Und meine Mutter hatte dort eine Anstellung als Musiklehrerin, die sie selbstredend nur ausüben durfte, wenn weder Vater noch der Haushalt unter ihren aushäusigen Verpflichtungen litten.

Mein Abschluss lag ein Jahr zurück. Seither machte ich mich im Sekretariat und mit allgemeinen Hilfsdiensten nützlich, in dem sehnlichsten Wunsch, ab dem Herbst das im Aufbau befindliche Lehrerinnenseminar besuchen zu dürfen. Noch war Vater dagegen. Zu viel Bildung mache eine Frau zur alten Jungfer, weil kein Mann sie mehr ertragen könne, war seine Ansicht. Man sähe es an Tante Aglaia, die er – nicht einmal hinter vorgehaltener Hand –

wahlweise als säbelschwingenden Dragoner, bissige Gans oder aufgetakelte Fregatte bezeichnete, Letzteres wohl im Hinblick auf ihre zugegebenermaßen etwas ausgefallene, orientalisch inspirierte Kleidung. Ich liebte sie innig. Sie war meine Hoffnung. Denn auch wenn er sie hasste, er fürchtete sie. Im Hassen war er ohnehin groß. Selbst unsere Musik saß ihm wie ein Dorn im Fleisch. Nicht, dass er generell etwas gegen das Singen gehabt hätte. Fahnen- und Heimatlieder hatten das Zeug, ihm Wasser in die Augen zu treiben. Das deutsche Kunstlied jedoch ... Geklimper und Geplärr. Ihm Derartiges zu Gehör zu bringen war unter Strafe verboten. Noch wusste er nichts von dem geplanten Konzert. Auch darum schlichen wir auf leisen Sohlen.

Als sich Mutter auf den Klavierschemel setzte, hielt ich bereits an meinem üblichen Platz am Fenster das Notenblatt in der Hand, obwohl ich es längst nicht mehr brauchte. *Hoffnung* hieß das Lied, der Text von Schiller, von Schubert vertont. Ich sang es im Schlaf, doch mit Inbrunst: »Es reden und träumen die Menschen viel von bessern und künftigen Tagen.«

Mein Blick ging hinunter zur Straße. Ein Trupp SA-Männer strebte Richtung Karolinenplatz, nicht mehr als eine Handvoll, doch der Hall ihrer genagelten Stiefel war durch die geschlossenen Scheiben zu hören. Ellie, die Milchfrau, war auf Beobachtungsposten im Eingang ihres Ladens, die Arme vor dem Latz ihrer Schürze verschränkt, und schaute ihnen nach. Herr Reichholdshagen, der pensionierte Oberstleutnant von gegenüber, führte wie stets um diese Zeit seinen Dackel aus. Er hatte einen Bauch wie ein Fass und ruderte beim Gehen mit den Armen.

»Du bist nicht bei der Sache! Du lässt die Silben schleifen.« Bei Mutter hörte sich selbst ein Tadel so freundlich an wie eine Einladung zum Tee. »Ver-be-he-sse-he-rung«, sang sie leise mit ihrer klaren, hellen Stimme und markierte das Staccato mit der erhobenen Hand.

Ich wiederholte.

Sie nickte.

Eben hatte es noch geregnet, doch der Wind hatte aufgefrischt und trieb die Wolken auseinander wie ein bellender Hund eine Herde von Schafen. Schon ließen sich die ersten Sonnenstrahlen wieder blicken, doch Frau Schwarz, die ewig nörgelnde Witwe aus dem Parterre, kämpfte noch mit ihrem Schirm. Aprilwetter im Juni. Es lag ein Gefühl von Aufbruch in der Luft. Ich nahm es als Omen. Aber was es auch war, es kam doch nicht, wie ich dachte.

»Und was die innere Stimme spricht, das täuscht die hoffende Seele nicht«, sang ich, während ich zusah, wie die Schwarz von ihrem Schirm fast fortgetragen wurde, mit rutschenden Strümpfen. Jetzt ließ sie ihn los! Er war frei. Er flog. Ich feixte.

In diesem Moment sah ich ihn kommen: Vater. Ohne unsere Nachbarin eines Blickes zu würdigen, stürmte er an ihr vorbei, dass die Rockschöße wehten. Der leere Ärmel auf seiner linken Seite war ihm aus der Tasche gerutscht und flatterte im Wind. Er rannte sonst nie, schon gar nicht ohne Kopfbedeckung. Wo, bitte, war sein Hut?

Ich hielt mich an der Fensterbank. Ich sah, dass er lachte.

»Was ist denn mit dir?«, hörte ich Mutter sagen. »Du bist ja kreidebleich, Kind.« Sie trat neben mich.

Schweigend deutete ich auf die Straße.

Ihr stockte der Atem. Sie griff nach meiner Hand. Wir waren wie erstarrt. Dann riss sie sich plötzlich los und lief in die Küche. »Ob er befördert worden ist?«, hörte ich sie murmeln, bevor sie mit dem Topfdeckel zu klappern begann.

Seit ich denken konnte, verging kaum ein Tag, an dem Vater nicht davon redete, von seinem Chef eines Tages zum Nachfolger gekürt zu werden. Er rechnete sich gute Chancen aus. Nicht nur, dass er in Verdun unter ihm diente und sich, wie er zu sagen pflegte, »für ihn und das Vaterland den Arm abschießen ließ«.

Der Sohn des alten Herrn zeigte zudem wenig Interesse an der Firma. Wie es hieß, »vergnügte« er sich lieber »in der hohen Politik«, noch dazu auf einer gänzlich falschen Seite: Als Vertrauensmann »dieses unseligen Herrn von Schleicher« war er mehrfach mit kritischen Äußerungen gegen den Führer unangenehm in Erscheinung getreten, und dessen glühendster Verfechter war mein Vater.

Ich selbst hatte den »Junior«, wie man ihn nannte, kaum je zu Gesicht bekommen. Einzig bei der alljährlich für die Belegschaft und ihre Familien abgehaltenen Nikolausfeier nahm er den Platz neben seinen Eltern ein, während der heilige Mann mit dem langen Bart den Kindern im Saal mit der Rute drohte. Er war einer dieser Männer, die zeitlebens wie mittleren Alters wirken, sein Gesicht so glatt und wächsern wie das des Rauschgoldengels, den wir um diese Zeit alle Jahre wieder vom Dachboden holten und neben die Krippe stellten. Doch mehr hatte er nicht mit ihm gemein. Sein Kopf war kantig wie ein Koffer und zu wuchtig für seinen Körper, der zwar groß war, aber ohne Substanz. Wie angeschraubt schien er ihm auf den Schultern zu sitzen. Was nützte ihm sein ganzes Geld, wenn er so aussah!

»Steh nicht da wie ein Stock«, rief Mutter aus der Küche. »Pack das Notenblatt weg! Und den Klavierdeckel! Vergiss nicht, ihn zu schließen!«

Vaters Schlüssel im Schloss.

»Frauen«, rief er, noch im Flur. Er rang nach Luft. »Lasst alles liegen und stehen! Zieht euch an!«

Als wäre es heute, sehe ich Mutter in der Küchentür stehen, wie sie mich unter hochgezogenen Augenbrauen fragend anschaut, während sie sich die Hände an ihrer karierten Schürze abwischt. Der Schreck steht ihr ins Gesicht geschrieben. Wenn ich es recht bedenke, war es das letzte Mal, dass wir uns so Auge in Auge gegenüberstanden, in diesem stillen, ängstlichen Austausch.

› 2 ‹

Als ich keine zehn Minuten später im ewig dämmrigen Schlafzimmer meiner Eltern in den Spiegel des dunklen Eichenschrankes starrte, fühlte ich mich, wie sich jemand fühlen muss, der aus großer Höhe in den Abgrund gestoßen wird und nach dem Aufschlagen feststellt, dass er noch lebt: Die Knochen mögen heil gelandet sein, aber die Seele stürzt tiefer und tiefer.

Ich war mir so fremd. Ich trug Mutters kastanienbraunes Schneiderkostüm mit dem breiten Revers. Die Schulterpolster überragten seitlich den Spiegel. Die Kordel des Knebelverschlusses vorne an der Taille war doppelt um die Rosettenknöpfe geschlungen, um der Jacke etwas von ihrer Weite zu nehmen. Um die Spitze der Pumps auszufüllen, lag je ein Watteröllchen vor meinen Zehen in der Rundung.

»Ich werde endlich Kompagnon«, hörte ich Vater nebenan sagen. Noch durch die geschlossene Tür konnte ich sehen, wie sich seine Brust vor Stolz wölbte.

»Aber sie ist doch erst achtzehn.« Mutters Stimme vibrierte. Nicht, dass sie geschluchzt hätte, aber ich wusste, dass sie weinte.

»Er hat gesagt, er wird uns die kleine Villa geben. Die kleine Villa, Thalia! Du wirst natürlich nicht mehr arbeiten gehen.«

»Aber das Aufgebot! Man muss doch vierzehn Tage ...«

»Pah!«, fuhr Vater ihr über den Mund. »In den Kreisen, in denen wir uns ab sofort bewegen, findet sich für solche Kleinigkeiten immer eine Lösung. Falls es dich beruhigt: In diesem Fall ist sie schon gefunden.«

Ich hörte, wie die Lehne von Vaters Sessel quietschte; dann seine sich nähernden Schritte über die Dielen zur Tür.

»Bist du so weit?« Er zischte das »Bist« unter dem Adolf-Bart hervor, den er neuerdings trug. Wie ein Riese baute er sich vor mir auf, trotz seiner Schmächtigkeit. Sein schütteres Haar war, wie damals üblich, bis weit über die Ohren hinauf kurz geschoren. Nur eine lange blonde Strähne klebte ihm quer über der hohen Stirn. Seine Augen glühten im Triumph des frisch errungenen Sieges. »Gleich ist der Wagen hier! Er schickt den Horch!«

Lächelnd trat er noch einen Schritt näher. Ich wich instinktiv zurück, doch er griff mit seiner einen Hand nach meiner Schulter. Den leeren Ärmel hatte Mutter ihm trotz aller Aufregung längst wieder ordentlich in die Tasche gesteckt. Er schaute mir in die Augen.

»Na, na, na, Fräulein«, sagte er und legte mir den Zeigefinger unter das Kinn. Ich verharrte mit dem Rücken so dicht am Schrank, dass die Türe knarrte. »Wer wird denn da weinen? Du wirst mir noch dankbar sein, hörst du! Und außerdem, wenn du lächelst bist du schöner!«

Er zog das Taschentuch aus seiner Einstecktasche, entfaltete es schnalzend und tupfte mir die Augen ab.

»Vater, ich ...« Im verblassten Muster des dünn getretenen Bettvorlegers suchte ich nach Worten. Anstelle meines Magens hatte ich eine kalte Faust im Bauch. »Ich kenne ihn nicht, diesen Mann. Ich will ihn nicht. Bloß weil er der Sohn deines Chefs ist.« Jetzt sprudelten die Worte aus mir heraus. »Er ist hässlich. Er hat einen Kopf wie ein Hackklotz. Er ist doch bald so alt wie du! Du kannst mich doch nicht mit ihm verheiraten!«

»Kann ich nicht?« Er lachte. Seine Pupillen waren wie Einserschrot.

»Warum heute? Warum jetzt?« Meine Stimme überschlug sich. »Ich sage Nein! Ich mache das nicht!«

Wie eine Geißel schnalzte seine Hand und traf mich im Gesicht. »Ich dulde keine Widerworte. Nicht in dieser Angelegenheit!« Als ob er je in irgendeiner Angelegenheit auch nur ein einziges Widerwort geduldet hätte. »Ich bin achtzehn Jahre alt, Vater!« In Erwartung des nächsten Schlags zog ich den Nacken ein, doch diesmal packte er mich von hinten am Hals wie eine Katze ihr Junges. Er hatte so viel Kraft in dieser einen Hand. Der Schmerz bohrte sich mir wie ein Messer ins Hirn, aber ich krümmte mich nicht. »Du tust, was ich dir sage!« Er kam so dicht an mich heran, dass ich die Säure in seinem Atem roch. »Haben wir uns verstanden, Fräulein?«

»Der Wagen ist da.« Ich hatte Mutter nicht kommen hören. Sie huschte so leise, als würde sie über dem Boden schweben. »Er steht schon unten vor dem Haus.«

Im selben Moment schellte es.

»Dass du deiner Mutter nachher keine Schande machst!« Ein letztes Mal rammte Vater mir Daumen und Zeigefinger im Nacken unter den Schädel. »Dass du dich benimmst, Fräulein!« Dann ließ er mich los.

Ich hörte Mutters Stimme an der Tür, so zaghaft, dass ich nicht verstehen konnte, was sie sagte.

»Guten Tag, Frau Weber.« Eine tiefe Männerstimme.

»Herr von Traunstein!« Das war Vater. »Sie persönlich! Welche Ehre. Ich dachte, Sie schicken den Chauffeur! Elisabeth!«

»Gleich«, rief ich.

Mir war übel. Ich atmete tief durch und hielt mir die Wange. Schon halb an der Tür, drehte ich mich noch einmal um und trat an Vaters Seite des Bettes. Mit der Spitze von Mutters Pumps zog ich seine ausgetretenen karierten Filzpantoffeln unter dem geblümten Bettüberwurf hervor, sammelte allen Speichel, den ich im

Mund noch finden konnte, bückte mich und spuckte erst in den linken, dann in den rechten je einen kleinen schleimigen Klecks. Es waren nicht mehr als ein paar schaumige Bläschen. Sie schimmerten feucht im trüben Licht.

»Elisabeth! Wo bleibst du denn?«

»Ich komme ja schon, Vater.«

> 3 <

Das Standesamt befand sich in einem Seitentrakt von Schloss Nymphenburg, den wir durch einen unscheinbaren Nebeneingang betraten. Der Chauffeur hielt uns den Schlag auf. Er hatte einen schmalen Streifen Wagenschmiere an seinem weißen Handschuh. Herr von Traunstein wartete schon draußen auf dem Trottoir. Von irgendwoher war seine Gattin dazugekommen, ich sah sie neben ihm stehen, eine gedrungene Gestalt im hellgrauen Kostüm, halslos wie ihr Sohn, aber mit umso mehr Kinn, einen Fuchspelz mitsamt Kopf, Schwanz und Pfoten über den Schultern. In ihrer Miene lag etwas Kriegerisches. Wie eine Waffe hielt sie den zugeklappten Regenschirm vor sich und reichte ihn dem Fahrer.

Ob es dieser Anblick war? Vielleicht. Bis dahin war ich vor Schock wie gelähmt gewesen. Aber auf einmal sträubte sich alles in mir. Ich wollte das nicht! Meine Gedanken fingen zu rasen an. Weglaufen, dachte ich. Aber es gab keinen Ausweg. Ich war gefangen. Ein Sträfling in Ketten, mit eiserner Kugel am Bein.

Ich erinnere mich, wie ich einfach sitzen blieb, als würde ich am Leder kleben.

»Darf ich bitten, Fräulein!« Vater streckte mir lächelnd die Hand entgegen.

Einen Moment lang starrte ich ihn schweigend an, das rechte Unterlid zuckte. Der Kiefer mahlte. Ich zählte bis fünf. So lange ließ ich ihn warten, doch ich wusste, ich hatte verloren. Niemand kam gegen ihn an.

Als ich ausstieg, schaute Mutter zu Boden. Sie mied meinen Blick.

»Gestatten«, sagte der alte Herr von Traunstein mit einer knappen Verbeugung in unsere Richtung und rauschte vorneweg. Seine Gattin hielt er am Ellenbogen. Während wir die Treppe in den ersten Stock hinaufstiegen, klammerte ich mich an Mutters Arm. Ich hatte das Gefühl, in den geliehenen Pumps zu schwimmen. Die Absätze erschienen mir unerhört hoch. Vor meinen Augen schwangen die Klauen von Frau von Traunsteins Pelz wie zwei Pendel. Ich schwankte und schwitzte.

Der Handlauf des Geländers war glatt und kühl. Wie gern wäre ich stehen geblieben, hätte die Stirn daraufgelegt, einen Moment nur. Doch Vater bildete die Nachhut. Energisch schob mich seine Hand voran.

Oben an der Treppe wartete Ernst Wilhelm auf uns. Er war in Uniform. Ihn dort oben stehen zu sehen trieb mir die Röte ins Gesicht. Unwillkürlich tat ich einen Schritt zurück. Wäre Vater nicht hinter mir gewesen, ich wäre ins Leere getreten.

Man führte uns in ein Vorzimmer zu zwei weiteren, ebenfalls uniformierten Männern, unseren Trauzeugen, wie sich zeigte: Oberstleutnant von Almsbrunn und ein Major Diefenbach. An Letzteren habe ich keine Erinnerung, an von Almsbrunn schon, denn an seinem Anblick hielt ich mich fest wie an einem Anker. Er war schlank, groß und außerordentlich gut aussehend. Die hohen Wangenknochen gaben seinen Zügen etwas Elegantes, fast weiblich Schönes. Seine Augen waren haselnussbraun. Als er sich vor mir verbeugte und mir die Hand küsste – nie zuvor war jemand auf die Idee gekommen, mir Backfisch die Hand zu küssen –, schoss mir das Blut erneut in die Wangen. Mit weichen Knien stellte ich mir in meinem kleinen Mädchenherzen vor, dass das alles hier um ihn ginge und nicht um den von-Traunstein-Sohn. Ich wusste, ich würde ihn nie wiedersehen, diesen jungen Mann, wie sollte ich auch, doch er geisterte noch lange durch meine Träume.

Erst nachdem mich die beiden Herren begrüßt hatten, trat Ernst Wilhelm vor mich hin und reichte mir die Hand. Sie war so eiskalt wie die meine. Ich spürte es durch den Handschuh hindurch, den auszuziehen ich vergessen hatte.

»Wir wurden einander bereits vorgestellt«, sagte er knapp und warf mir einen kurzen Blick zu.

Ich nickte. Ich hatte die Sprache verloren.

Dann flog die Tür auf. Ein kleiner, etwas dicklicher Herr im Stresemann trat zu uns heraus. Mit ausgestreckter Hand und einem Lächeln auf den Lippen eilte er auf die von Traunsteins zu. Vater ließ Mutter und mich stehen, um sich neben sie zu stellen, als wäre er ein armer Verwandter, der auf seine kleine Chance wartet, selbst ein wenig groß herauszukommen. Eine Frau in grauem Rock und weißer Bluse führte uns ins Trauzimmer.

Dieser Saal mit seinen matt schimmernden gelblichen Tapeten, groß wie die Aula in unserer Schule, ließ mich im Inneren schrumpfen. Ich war aus meiner Welt kaum je herausgekommen. Was kannte ich schon außer der elterlichen Wohnung, der Schule und dem etwas außerhalb von Zürich am See gelegenen Haus von Tante Aglaia, in dem wir im Sommer die Ferien verbrachten?

Üppige himmelblaue Vorhänge rahmten die deckenhohen Fenster. Das Parkett hatte einen leicht rötlichen Schimmer und roch frisch gebohnert. Mit der Autorität eines Hausherrn schritt der Standesbeamte um sein Pult herum und deutete auf eine Reihe von passend blau bezogenen Stühlen.

Ich fühlte, wie sich mir ein Arm unter den Ellbogen schob. Der Gedanke, dass es Vater sei, ließ mich erstarren, doch es war Frau von Traunstein. Sie tätschelte mir die Hand.

»Ich danke dir, Kind«, sagte sie leise. Ihre Stimme klang ganz anders als erwartet. Samtig. Rauchig. »Ich werde dir das nie vergessen! Und wenn du einmal etwas brauchst, dann lass es mich wissen. Du hast etwas gut bei mir.«

Ich schaute sie erschrocken an. Sie schien es nicht zu merken, denn ihr Blick glitt mehrmals prüfend an mir herauf und herunter. Nach kurzem Zögern streifte sie sich den Fuchs von den Schultern und legte ihn mir um.

»Besser.« Sie nickte zufrieden und führte mich zu einem der beiden verschnörkelten Sessel, die vor der Stuhlreihe aufgestellt waren. Dort nahm ich neben Ernst Wilhelm Platz.

Ich kann grübeln, wie ich will, aber von dem, was dann kam, habe ich nichts im Gedächtnis, kein einziges Wort, kein Bild, nichts. Es ist, als hätte jemand diese Akte meiner Lebensgeschichte aus dem Archiv entfernt und vernichtet. Ich erinnere mich nicht einmal mehr, wie ich »Ja« sagte.

Natürlich, ich weiß, dass der Ring, den mir Ernst Wilhelm über den Finger streifte, viel zu weit war, aber nur, weil wir ihn später ändern ließen. Auch dass mir der seine aus der Hand fiel, das hat mir Schwiegermamá später erzählt. Es war Vater, der ihn aufhob und ihn mir wieder reichte. Es bot sich an. Er saß hinter mir.

Draußen vor der Tür wartete ein Fotograf, an ihn erinnere ich mich wieder. Er war einer dieser vom Krieg schwer gezeichneten Männer, wie man sie damals des Öfteren sah. Ihm saß der Schreck noch in den Augen, die aufgerissen waren wie von einem, der in jedem Augenblick den Tod erwartet. In seinem viel zu weiten Kragen wirkte sein Hals so mager wie von einem Huhn. Ich sehe ihn vor mir, wie er zappelt, wie seine Hände fahrig in die Gegend zeigen, um uns zu dirigieren, obwohl mein Gefühl mir sagt, dass ich doch gar nicht da war, nicht vor einer Kameralinse, nicht in diesem Kleid!

»Machen Sie schnell«, befahl Herr von Traunstein, der nun mein Schwiegervater war. Da hatte Schwiegermamá mich bereits »an den Haken genommen«, wie sie zu sagen pflegte.

»Ernst Wilhelm«, mahnte der alte Herr, kaum dass das Bild im Kasten war, und zog mit besorgter Miene seine Taschenuhr aus der Weste. »Es wird Zeit.«

»Ja, Vater.« Ernst Wilhelm zögerte. »Ich danke Ihnen. Für alles.« Ich weiß nicht, ob er mich dabei ansah, ich konnte den Blick nicht heben, ihm nicht in die Augen blicken.

»Mutter. Ich weiß nicht, wie ich Ihnen ...« Seine Stimme kippte, wie die eines jungen Burschen im Stimmbruch.

»Los, Junge!« Sein Vater legte ihm die Hand auf die Schulter. »Keine Zeit für Sentimentalitäten!«

Schon zur Tür gewandt, schaute Ernst Wilhelm noch einmal zurück, als hätte er sich plötzlich meiner erinnert. »Wir ...« Zum ersten Mal schauten wir uns direkt an. So nah war er, dass ich den Schweiß auf seiner Lippe sah. Einen Moment machte er Anstalten, nach meiner Hand zu greifen, doch dann nickte er nur. »Auf bald«, sagte er mit einem tiefen Seufzen. »So Gott will, sehen wir uns demnächst in Tokio.«

Ich vergaß zu atmen.

Dann hörte ich von irgendwo dreimal eine Kirchturmuhr schlagen, und alles strebte zur Tür.

> 4 <

Fast auf den Tag genau zwei Monate später, am 24. August 1934, schritten meine Schwiegermutter und ich unter dem imposanten Dach des Berliner Bahnhofs Friedrichstraße, das sich wie eine riesige geschweifte Klammer über die Bahnsteige spannte. So unglaublich mir der Gedanke erschien: Ich fuhr tatsächlich nach Japan.

Mit viel Glück und ausgezeichneten Beziehungen war es der Familie von Traunstein gelungen, Ernst Wilhelm an der Botschaft in Tokio eine Stellung als Militärattaché zu verschaffen und ihn so, wie ich heute weiß, daheim aus der Schusslinie zu bringen. Dazubleiben hätte ihn das Leben gekostet. Doch ich ahnte nichts von solchen Dingen, mit meinen nicht ganz neunzehn Jahren verstand ich nichts von Politik.

Ich erfuhr lediglich, dass seine Berufung ein Glücksfall gewesen sei, eine rare Gelegenheit zum Einstieg in den diplomatischen Dienst. Darum auch die übereilte Ehe, ich mag bis heute nicht von Hochzeit sprechen. Junggesellen sah man nicht gern in diesen Kreisen. Ein gestandener Mann war ein verheirateter Mann. Es hieß also handeln. Die Zeit war knapp. Der Posten war zum 1. August vakant und durfte nicht unbesetzt bleiben.

Und alles war gut gegangen. Eine Woche vor dem avisierten Termin, am 21. Juli, kabelte Ernst Wilhelm aus Tokio. Abends gaben meine Schwiegereltern ihm zu Ehren einen kleinen Empfang. Hölzern wie ein Kleiderständer, stand ich fein herausgeputzt im nagelneuen Cocktailkleid in der Bibliothek des Herrenhauses und stieß mit Sekt an, zum ersten Mal in meinem Leben. Ich war plötzlich wer. Die junge Frau von Traunstein.

Und nun war es also so weit. Wir waren in der Hauptstadt. Ich war tatsächlich in der Hauptstadt! Allein die Fahrt dorthin war mir wie eine Reise um die halbe Welt erschienen. Was Entfernung wirklich heißt, hatte ich erst noch zu lernen. »Berlin-Marienburg-Königsberg-Insterburg-Eydtkuhnen« prangte in beängstigender Klarheit auf dem kleinen weiß emaillierten Einsteckschild an der Tür des Zuges, der neben uns am Bahnsteig hielt. Wortlos schauten wir zu, wie der wohlbeleibte Gepäckträger mit Kaiser-Wilhelm-Bart und vom Suff aufgequollener Nase meinen Koffer in den Wagen der Preußischen Ostbahn hievte, sich mit dem Ärmel den Schweiß von der Stirn wischte, meinen Hutkoffer dazustellte und ächzend hinterherstieg. Die Lokomotive fauchte ungeduldig und hüllte uns in ihre Schwaden ein. Es roch nach Maschinenöl und Kohlenruß. Tauben schwirrten über unseren Köpfen.

»Also dann, Goldstück. Dass du mir heil ankommst!« Meine Schwiegermutter seufzte. »Mamá« nannte ich sie auf ihren Wunsch hin, mit Betonung auf dem zweiten A wie im Französischen, »weil es vornehmer klingt und nichts extra kostet«. Mich nannte sie vom ersten Tage an ihr Goldstück. Seit wir am Zug waren, lag ihre Hand auf der meinen. Als mochte sie mich nicht loslassen.

»Ich danke Ihnen. Für alles.« Ich hatte mir fest vorgenommen, mir beim Lebewohlsagen keine kindische Blöße zu geben. Mamá sollte stolz auf mich sein. Noch im Standesamt hatte sie mich unter ihre Fittiche genommen und sich mit Wonne in die Aufgabe gestürzt, aus dem schlichten Ding, das ich war, so etwas wie eine Dame zu machen. Nicht ein Kleidungsstück an meinem Leib war von früher, nicht die Strümpfe, nicht der Schlüpfer. Wie schon den ganzen Morgen über, wanderte mein Blick auch jetzt zu meinen Schuhen. Sie waren aus zartgrauem Leder, und zwei zierliche Riemchen spannten sich in elegantem Bogen über meinen schmalen Rist. Meine Füße sahen nicht wie meine eigenen aus.

»Ach, Kind!« Mamá nestelte das Taschentuch aus ihrem Ärmel. »Glaube mir, ich lasse dich nicht gerne fahren. Es sind schwere Zeiten.« Nie habe ich sie tatsächlich weinen sehen, aber seit Tagen waren ihre Augen gerötet.

Der Schaffner ging am Zug entlang und knallte die ersten Türen zu. »Einsteigen, bitte!« Er hatte die knatternde Stimme des Führers.

»Wo bleibt Richard nur? Er wollte doch nur ein paar Illustrierte besorgen!« Mamá trat im Gedränge auf dem Bahnsteig einen Schritt zurück, dann einen zur Seite, um zwischen den Reisenden und der Schar derer, die zum Abschiednehmen gekommen waren, einen Blick Richtung Treppe zu werfen.

Richard war ihr Neffe. Wir hatten die letzten Tage vor meiner Abreise im Haus von Tante Hanni, Mamás Schwester, in Berlin-Charlottenburg zugebracht, und er war uns während dieser Zeit – wohl auf Betreiben seiner Mutter hin, was er uns jedoch nie spüren ließ – ein aufmerksamer männlicher Begleiter gewesen, wann immer wir das Haus verließen. Er war ein Sonderling, der noch bei den Eltern wohnte, ein blasser Stubenhocker und Bücherwurm von etwa dreißig Jahren. Doch er war freundlich. Ich mochte ihn gern und fragte mich im Stillen, warum das Schicksal mich nicht ihm zur Frau gegeben hatte. Er war nicht hübsch. Er war kein Traum von einem Mann. Aber er war liebenswert. Und deutlich jünger als Ernst Wilhelm, zumal sein zarter Teint ihm etwas Knabenhaftes gab.

»Du wirst nicht auf ihn warten können.« Sie drückte mir noch einmal die Hand.

Ich nickte tapfer. Doch als ich mich anschickte einzusteigen, wurde es mir plötzlich schwer ums Herz. Ich glaube, als ich die eisernen Stufen erklomm, wog es mehr als mein gesamtes Gepäck einschließlich der Überseekiste, die zu diesem Zeitpunkt bereits auf dem Weg nach Japan war. Nach Japan! Erst jetzt wurde mir vollends die Ungeheuerlichkeit des Planes bewusst. Das ganze Ausmaß dieses Abschieds ließ mich um Atem ringen. Mir war, als stünde ich an einer Klippe, und alle wussten, dass ich springen musste.

Im Gang stehend, wandte ich mich noch einmal um. »Passen Sie mir bitte auf meine Mutter auf?« Sie hatte so geschluchzt am Tag meiner Abfahrt, dass mich mein Gewissen plagte. Ich hätte sie vorher doch noch öfter besuchen sollen, aber die acht Wochen im Hause der von Traunsteins waren ein einziger atemloser Rausch von Besorgungen und Anproben, buchstäblich Hunderten von Anproben, gewesen. Jetzt weinte ich doch.

»Kommen Sie, Elisabeth!« Fräulein Degenhardts Kopf tauchte im Abteilfenster auf. Fräulein Degenhardt war meine Reisegefährtin. »Weinen können Sie später, wenn Sie hier drinnen sitzen!«

Mamá hatte darauf bestanden, mich höchstpersönlich bis nach Berlin zu begleiten, um mein Wohl in die treuen Hände von Fräulein Degenhardt zu legen. Sie war eine weitläufige Verwandte und seit Jahren in einer Missionsstation im Osten Chinas tätig. Im Frühjahr war sie in die Heimat gekommen, um ihre alten Eltern noch einmal zu sehen. Sie wäre nicht so lange geblieben, hätten die von Traunsteins sie nicht gebeten zu warten, bis ich meine Dokumente beieinanderhatte, um mich mit auf diese unfassbar weite Reise zu nehmen.

Als uns Fräulein Degenhardt tags zuvor in Charlottenburg ihre Aufwartung machte, dachte ich einen Moment, ich hätte etwas falsch verstanden, denn ihr bodenlanges schwarzes Kleid sah wie eine Soutane aus. Um ein Haar hätte ich zu ihr »Herr Pfarrer«

gesagt, und einem Reflex folgend knickste ich. Sie trug ihr wollgraues Haar straff nach hinten frisiert, sodass es wie mit Pomade angelegt wirkte. Das Auffälligste an ihr aber war ihr markantes Kinn, das meinen Blick so magisch anzog, dass ich Mühe hatte, es nicht anzustarren. Nun sollten wir gemeinsam über den ostpreußischen Korridor nach Moskau reisen und von dort aus weiter mit der Transsibirischen Eisenbahn bis Wladiwostok, wo mich Fräulein Degenhardt an Bord der Fähre nach dem japanischen Hafen von Yokohama an der Bucht von Tokio bringen würde. Dort sollte Ernst Wilhelm mich erwarten.

»Zurrrücktreten von der Bahnsteigkante!« Der Schaffner warf die letzte Tür ins Schloss.

»Da ist er ja!«, rief ich, im offenen Fenster lehnend. Mit seinen dünnen, langen Beinen lief Richard im dichter werdenden Lokomotivenqualm den Bahnsteig entlang wie ein Storch im Nebel. Um Atem ringend, reichte er mir ein Bündel Illustrierte und eine Schachtel Konfekt durchs Fenster. Es zischte und dampfte. Rußflocken tanzten in der Luft.

»Gute Reise!«, rief er. Ich las ihm die Worte mehr von den Lippen ab, so laut war das Getöse. Schnaufend setzte sich die Lokomotive in Bewegung.

Auch Mamá rief etwas und ließ ihr Taschentuch wehen.

Ich nickte und winkte und schluckte schwer und vergaß, mich für das Besorgte zu bedanken.

»Der Ruß!«, sagte Fräulein Degenhardt mit ihrer rauen, tiefen Stimme, sodass ich mich beeilte, das Fenster zu schließen. Doch ich blieb stehen, mit der Stirn an der Scheibe, um zuzuschauen, wie die beiden kleiner wurden – ein Punkt und ein Strich, dann verschwanden auch die.

Den Namen des Flusses, den wir nach der Ausfahrt aus der Halle überquerten, den kannte ich noch: die Spree. Das Wasser funkelte. Es war ein sonniger Tag. Parkanlagen. Der Reichstag mit seiner verkohlten Kuppel. Straßenfluchten. Eine belebte Allee. In einem Hof sah ich eine Frau beim Teppichklopfen. Auf einem Fensterbrett saß eine getigerte Katze mit weißem Latz und leckte sich die Pfote. Vor der Brandmauer eines mehrstöckigen Hauses balancierten zwei Männer in Arbeitskitteln auf einem Gerüst aus Leitern und pinselten an einem Hakenkreuz.

Ich hörte, wie sich Fräulein Degenhardt an ihrem Gepäck zu schaffen machte. Sie ließ die Kofferschließen schnappen. »Können Sie stricken?«, fragte sie.

Ich wandte mich zu ihr um, nickte höflich und setzte mich schweigend.

> 5 <

Zweieinhalb Tage waren es bis Moskau. Fünfzehn bis Wladiwostok. Die längste Bahnfahrt meines Lebens lag vor mir. Wir hatten Berlin noch nicht hinter uns gelassen. Vor dem Fenster zogen die tristen Fassaden von immer ärmlicheren Vierteln an uns vorüber, als mir Fräulein Degenhardt den ersten Strang des wollweißen Garnes reichte, von dem ihr Koffer überquoll. Sie musterte mich mit dem gleichen Misstrauen wie meine Mutter einen Korb voll Zwetschgen auf dem Markt, wenn sie fürchtete, dass der Wurm drin war.

Eine neue Flut von Tränen stieg in mir auf, doch wenn ich eines von Vater gelernt hatte, dann nur nach innen zu weinen. Ich putzte mir die Nase, löste die Verschlingung, streifte mir die Wolle in die Winkel zwischen Daumen und Zeigefinger, hielt sie meiner Begleiterin hin und lächelte zaghaft. Sie war jetzt der einzige Mensch, den ich noch kannte, wenn man von kennen reden kann. Ihre Lippen waren wie Gardinen gefältelt. Sie durchtrennte die Knoten und fing an zu wickeln. Das Garn war weicher, als es aussah, und glitt mir geschmeidig durch die Hände. Den dunklen Sprengseln nach zu urteilen hatten auch ein paar schwarze Schafe ihren Pelz dafür gegeben.

»Socken«, sagte sie, während sie den sechsten Knäuel zu den anderen legte. Es waren dicke, ebenmäßige Bälle, doch in ihren

Händen wirkten sie klein. »So.« Mit der Handspanne deutete sie mir die gewünschte Länge an.

Zwölf Zentimeter, schätzte ich. Kindergröße. Ich schaute sie fragend an, doch statt einer Erklärung gab sie mir ein Dreieinhalber-Nadelspiel. Ich streifte den Gummiring ab und schlug die ersten Maschen an.

Irgendwo zwischen Hangelsberg und Fürstenwalde trockneten die ärgsten Tränen. Froh, nicht reden zu müssen, und dankbar für die Alltäglichkeit des Tuns, lauschte ich auf das Rattern der Räder unter mir und das Klicken der Nadeln. Ich ließ die Gedanken ziehen wie die Wolken am Himmel, wie die vorbeifliegende Landschaft. Die Wut auf den Vater. Die Angst um die Mutter. Das Grauen vor dem, was auf mich zukam und von dem ich nichts wusste. Nichts. Fichtenwälder. Berkenbrück. Jacobsdorf. Wir hatten das Abteil für uns.

In Frankfurt an der Oder sah ich einen Mann auf dem Bahnsteig stehen, dem ein Arm fehlte wie meinem Vater, doch darauf beschränkte sich die Ähnlichkeit. Bei ihm war es der andere, der rechte. Außerdem erinnerte er mich an »diesen unseligen Herrn von Schleicher«, über den er sich, wie es nun aussah, zu Recht so echauffiert hatte. Der gleiche Schnauzbart, das gleiche gutmütige Onkelgesicht.

Noch keine Woche lebte ich im Hause von Traunstein, als sein Foto auf dem Titelblatt des *Völkischen Beobachters* prangte. Ein Vaterlandsverräter sei er. Schwiegervater hatte uns den Bericht am Frühstückstisch vorgelesen, blass, mit bebender Stimme, was die Kaffeetasse in Mamás Hand so zum Zittern brachte, dass sie sie abstellen musste. Es habe eine Verschwörung gegeben, einen Putschversuch. Von Schleicher sei einer der führenden Köpfe gewesen. Der Name Röhm fiel und der von vielen anderen, Strasser, von Kahr, von Bredow, die ich, bis auf Röhm natürlich, denn der war SA-Chef, allesamt nur vage kannte.

Ich war so ahnungslos in allem, mit meinen achtzehn Jahren! Heute weiß ich, dass die nationalsozialistische Elite in der Woche vor meiner »Eheschließung« hinter den Kulissen eifrig die Strippen für eine große Säuberungsaktion gezogen hatte, an denen sie auch mich – nebenbei und selbst von ihnen unbemerkt – wie eine Marionette führten. Aber damals?

Man erfand die Mär von dem geplanten Umsturz aus dem Umfeld von Ernst Röhm, um Hitlers Macht zu sichern. Binnen Tagen wurden in der, wie sie später heißen sollte, »Nacht der langen Messer« an die neunzig unliebsame Personen beseitigt, darunter eben auch von Schleicher, der des Führers Vorgänger im Amt des Reichskanzlers gewesen war. Ernst Wilhelms Name war mit auf der Liste der zum Abschuss freigegebenen Männer. Dem Einfluss der Familie war es zu verdanken, dass man sie vor der Gefahr mit knappster Frist im Voraus gewarnt und Ernst Wilhelms Ausreise ermöglicht hatte.

Ja, heute weiß ich, dass man Ernst Wilhelm in aller Eile einen Auslandsposten im diplomatischen Dienst verschaffte, weil dieser noch nicht vollends gleichgeschaltet war. Ernst Wilhelm war vom Tod bedroht! Und natürlich hatte niemand ein Wort gesagt. Eines aber war dieser Lösung noch im Weg gewesen: dass er mit neununddreißig Jahren keine Frau an seiner Seite hatte. »Späte« Junggesellen waren generell suspekt. Unmöglich konnte er als solcher den vom Außenamt gestellten Anforderungen an Form und Anstand in einem Diplomatenposten genügen. Was lag da näher, als in der prekären Lage einem ehrgeizigen Mitarbeiter des von Traunsteinschen Unternehmens ein Angebot zu unterbreiten: meinem Vater! Träte seine Tochter, also ich!, noch am selben Tag mit dem Junior vor den Traualtar, bekäme er, der Vater, den vakant gewordenen Nachfolgerposten und obendrein die kleine Villa auf dem Firmenareal. Darum also fand ich mich im Kostüm und den zu großen Schuhen meiner Mutter vor dem Standesbeamten wieder – neben einem viel zu alten Mann, den ich nur vom Sehen bei der Firmenweihnacht kannte.

Aber keiner redete mit mir und erklärte mir die Gründe. Ich pflückte mir das Wissen um die Zusammenhänge einzeln wie bunte Blütenstängel von der Blumenwiese meines neuen Lebens und brauchte Jahre, sie zu einem Strauß zu fügen. Als ich ihn dann endlich, wie ich meinte, »fertig« in der Vase vor mir stehen sah und mich an seiner Wirkung freute, musste ich erkennen, dass ein paar große Rispen fehlten. Am Ende sah dann alles doch noch einmal völlig anders aus.

»Aber Ernst Wilhelm!«, entfuhr es mir, der damals noch so Ahnungslosen, an jenem Tag im Speisezimmer meiner Schwiegereltern. Ich war zu Tode erschrocken. »Er verkehrte doch auch in diesen Kreisen.« Vater hatte es so oft gesagt.

»Ernst Wilhelm hat mit diesen Leuten nichts zu tun!« Mein Schwiegervater, kreidebleich im Gesicht, blaffte mich an, dass ich zusammenfuhr, und warf mir einen vernichtenden Blick zu.

»Verzeihen Sie«, beeilte ich mich zu sagen, doch ich wusste, dass er nicht die Wahrheit sprach. »Ich dachte nur …«

»Mädchen sollten nicht denken, Elisabeth.« In seiner Stimme meinte ich die gleiche plötzliche Milde zu spüren wie bei Vater, wenn es gleich knallte. »Wie heißt es noch so schön? Mädchen, die denken, und Hähnen, die krähen, soll man beizeiten die Hälse umdrehen?« Er lachte über seinen eigenen Witz.

»Ich bitte dich, Theodor! Mach Elisabeth keine Angst.« Mit dem Frühstücksmesser in der Hand schaute Mamá ihn drohend an. »Und außerdem heißt es ›pfeifen‹.« Sie köpfte ihr Ei.

Als sich Wochen nach von Schleichers Tod der Zug mit einem Ruck in Bewegung setzte, kreuzte mein Blick einen Moment lang den dieses fremden Mannes, der ihm doch so ähnlich sah. Er hob den Hut und schenkte mir ein Lächeln. Mit einem kleinen Nicken erwiderte ich den Gruß. Was konnte er schon für von Schleicher?

Ich mochte diese Freundlichkeit, mir einfach so Adieu zu sagen. Vater tat es nicht! Eine halbe Stunde vor meiner Abreise aus München hatte er vom Büro aus telefonieren und mir sagen lassen, dass er zu beschäftigt sei.

Während ich die Maschen für die Ferse meines ersten Strumpfes teilte, keimte plötzlich eine heimliche Freude in mir auf. Etwas Gutes hatte diese Ehe: Ich war von diesem Tyrannen befreit! Lieber Gott, betete ich im Stillen. Bitte mach, dass Mutter seine Launenhaftigkeit nun nicht doppelt zu spüren bekommt. Bitte, halt über sie deine schützende Hand.

In Dirschau vernähte ich die Fäden an meinem ersten Paar Socken. Fräulein Degenhardt strickte bereits am Bündchen von Strumpf Nummer drei.

In Marienburg überquerten wir einen Fluss namens Nogat, der mich an Richards Konfekt erinnerte. Ich löste die Schleife und reichte Fräulein Degenhardt die Schachtel hin. Schweigend genossen wir je eine der köstlichen Pralinen in kleinen Bissen. Als ich sie schloss, dachte ich an Mutter, die jetzt Kisten packte.

An Tante Aglaia. Hoffentlich würde sie Sorge tragen, dass er Mutter nicht wegschloss. Wenn sie nicht arbeiten dürfte, das wäre ihr Tod.

»Was machst du für ein Gesicht?«, fragte Fräulein Degenhardt und reichte mir ein Butterbrot. »Danken wir Gott, dass wir bald aus diesem Land heraus sind.«

Der Schaffner kam, um die Sitze zu Betten umzubauen. Nachdem er gegangen war, blieb ich noch eine Weile auf dem Gang, das Fenster einen Spaltbreit geöffnet, doch die Luft roch nach Kohlen und Qualm. Am Morgen darauf tranken wir im Speisewagen einen schalen Kaffee. In Eydtkuhnen, an der russischen Grenze, wurden die Räder des Zuges gewechselt, denn die Strecke hatte von nun an eine breitere Spur. Wir aßen die ersten Blinis, gekauft von einem Händler am Perron. Sie waren köstlich.

Kurz vor Moskau hatte ich mein viertes Paar fertig. Fräulein Degenhardt war auf der Hälfte des fünften. Ich beschloss, mich zu sputen. Wir stachen unsere Nadeln tief in die Knäuel und packten zusammen. Es ging zur Transsibirischen Eisenbahn.

Als uns der Provodnik, ein drahtiger, sehr blonder Mann mit hängenden Lidern, wenig später die Türe zu dem Abteil aufhielt, in dem wir ganz Russland bis an die pazifische Küste durchqueren sollten, zog sich mir der Magen zusammen, so intensiv hing der Geruch von menschlichen Ausdünstungen und Reinigungsmitteln, von allerlei Verschüttetem und Essensgerüchen, von Maschinenfett und Staub, Staub, Staub in den gepolsterten Sitzen. Noch einmal bäumte ich mich innerlich auf. Gern wäre ich stehen geblieben wie ein störrischer Esel, noch lieber hätte ich auf dem Absatz kehrtgemacht, doch ich setzte mich stumm.

Wir waren noch nicht aus dem Bahnhof heraus, da schnippte Fräulein Degenhardt die Kofferschließen auf und brachte das Strickzeug zum Vorschein. Rückblickend betrachtet, glaube ich, die Normalität dieses Aktes hat mir die Nerven gerettet. Wir saßen bequem wie in einem Salon, so breit waren die Wagen in Russland. Bis kurz vor Wladiwostok klapperten, nein flogen unsere Nadeln, als wollten wir über die endlose Strecke von Berlin weg quer durch die unfassbaren Weiten Russlands ein einziges Band von Maschen bis ganz nach Osten zum Pazifik spannen.

Schon bald wurden mir das Ruckeln und Rattern der Räder zu einem zweiten Herzschlag, der in mir weiterpochte, selbst wenn wir, was vielleicht zwei- oder dreimal am Tag geschah, in eine Station einliefen und uns auf dem Perron die Beine vertraten oder uns bei den Händlern mit Essen versorgten. Meine Kleider, ja ich selbst, alles fing an, wie der Zug zu riechen, aber es machte mir nichts. Fünfzehn Tage lang lebte ich in diesem Abteil mit seinen dunkel getäfelten Wänden und den erstaunlich weichen Polstern wie in einem Schneckenhaus. Tagsüber war es ein Salon mit Aussichtsfenster, und abends, wenn der Provodnik mit tausendfach geübtem Griff die Lehnen von den Wänden klappte und die Laken spannte, wurde es zu einem Nachtquartier mit zwei richtig guten Betten, die weitaus bequemer waren als die schmale Pritsche, die ich von zu Hause kannte.

Zwar saß mir Fräulein Degenhardt von frühmorgens bis spätabends kerzengerade gegenüber, in ihrem schwarzen, bis zum Kinn hinauf mit kleinen stoffüberzogenen Knöpfen geschlossenen Kleid; die Stirnfalten senkrecht, wenn sie Maschen zählte, und quer, wenn sie strickte; das dünne Haar straff über die Kopfhaut gezogen wie einen Helm. Doch mit meinen Gedanken war ich allein. Nie habe ich einen Menschen erlebt, der so still war wie sie. Nicht nur, dass sie nur das Nötigste sprach. Sie hustete nicht, sie schnäuzte sich nicht, sie schnaufte nicht, sie schnarchte nicht. Selbst eine Katze war lauter.

Und so spie mein Hirn ungestört Tagträume aus wie das schwarze Ungetüm von Lokomotive ihre Dampfwolken in den Himmel blies. Dass ich mit Oberstleutnant von Almsbrunn noch vor dem Jawort geflohen und jetzt mit ihm auf dieser Reise wäre, war eine meiner liebsten Fantasien. Er sei nur in den Rauchsalon gegangen. Gleich käme er wieder. In solchen Momenten fing mein Herz an höherzuschlagen, und ich starrte lange auf die Tür.

Einmal schreckte ich im Morgengrauen mit der jähen Angst aus dem Schlaf, ich würde Ernst Wilhelm, wenn er mich abholen käme, nicht wiedererkennen. Sosehr ich mich mühte, ich vermochte nicht, seine Gesichtszüge in mir heraufzubeschwören. Die Erinnerung war einfach weg. Dann wiederum plagten mich unvermittelt in mir hochschwappende Wellen der Furcht, er sei verhaftet worden; man habe ihn erschossen wie von Schleicher. War er nun in diesem Zirkel oder nicht? Was, wenn ja? War er dann in Japan sicher?

Weite. Dieser Staub! Um seinetwillen mussten die Fenster geschlossen bleiben, sodass wir im Abteil schmorten wie Hühnchen im Ofen. Doch es half nichts, er knirschte zwischen den Zähnen. Ich trank Tee, der ebenfalls irgendwie staubig roch. Während meine Hände blindlings Masche um Masche über die Nadeln gleiten ließen, zog es meinen Blick wie magisch aus dem Fenster, stets in dem Gefühl, dass da draußen irgendetwas passieren müsse. Dass ein Reh aus dem Wald trete, ein Vogel auffliege. Doch es passierte nichts. Ich freute mich schon, wenn ich Birken sah. Sie waren heller, als ich sie kannte, silbriger. In kleinen Hainen erhoben sie sich vor der schwarzen Wand aus Fichten, am helllichten Tag wie vom Vollmond beschienen.

Und es gab andere kleine Freuden: die Dörrpflaumen, die Fräulein Degenhardt täglich frisch einweichte, und den Erfolg, den sie brachten. Die Blinis, die sie für uns an den Bahnhöfen kaufte. Dass sie in ihrer Umsicht einen Stöpsel für das Becken in dem Waschraum dabeihatte, den wir uns mit den Fahrgästen des angrenzenden Abteils teilten, zwei Journalisten aus England, die wohl nicht zuletzt wegen der Ehrfurcht gebietenden Präsenz meiner Reisegefährtin respektvollen Abstand zu uns hielten.

»Fräulein Degenhardt?«, fragte ich eines Abends, als wir nach einem Aufenthalt an einer namenlosen Siedlung gerade unsere Plätze eingenommen hatten. Ich erschrak über meine eigene Stimme, so lange hatte ich geschwiegen. »Kennen Sie eigentlich Ernst Wilhelm?«

Mit einem Garnstück band sie zwei fertige Socken zusammen und legte sie zu den anderen Paaren. Sie sah nicht aus, als wollte sie reden.

»Gab es eine andere Frau? Eine, die er liebte? Die ihn verschmähte? Die starb? Er ist neununddreißig, Fräulein Degenhardt. Es muss doch einen Grund geben, dass er nicht früher geheiratet hat.«

Etwas langsamer als gewöhnlich griff sie nach ihren Nadeln, ließ sie wieder sinken und fasste sich ans Kinn wie nach einem

Frühstückshörnchen. Eine lange Weile saß sie da und schaute unverwandt zum Fenster hinaus. Dann fing sie an, Maschen aufzuschlagen. »Elisabeth«, sagte sie, auf ihrer Stirn die steilen Falten. »Elisabeth, Sie denken zu viel.«

Ich schaute in den violetten Himmel, bis der Provodnik kam, um unsere Betten zu richten. Wieder war ein Tag vergangen. Am nächsten Morgen fiel mir beim Waschen auf, dass mir am rechten Zeigefinger eine kleine, längliche Schwiele gewachsen war, an der Stelle, über die die Wolle glitt. Es war eines dieser Zeichen, die uns die ewig gleichbleibende Landschaft versagte – ein Zeichen, dass sich etwas änderte und dass die Zeit verging. Auch die Gesichter der Händler an den Bahnsteigen wurden breiter, die Augen schmaler. Die Frauen hatten schönes Haar, pechschwarz und zu dicken Zöpfen geflochten. Von Tag zu Tag wurde es früher hell, wir reisten mit Moskauer Zeit der Sonne entgegen. Wenn wir sie abends hinter uns ließen, starrte mir aus den dunklen Fenstern mein eigenes grübelndes Gesicht entgegen. Es wurde spitzer und spitzer.

»Er ist nicht unrecht«, sagte Fräulein Degenhardt eines Morgens in das Schweigen hinein. Wir tranken gerade unseren Tee. »Schon als Kind war er sanfter als andere Jungen.«

Mein Mund ging auf, ich hatte plötzlich tausend Fragen, doch sie hob die Hand wie ein Polizist auf der Kreuzung. Das Zeichen zum Stillsein.

Der Baikalsee. Die schiere Größe. Nebelschwaden trieben über dem Wasser wie Gespenster, Vorboten des nahenden Herbstes. Kein Wind warf eine Welle auf. Im Schleichgang, als dürften wir den schlafenden Riesen nicht wecken, zuckelten und ruckelten wir an seinem Ufer vorbei, ich weiß nicht mehr wie lange. Auch weiß ich nicht mehr, wann sich unter das unvergessliche Aroma der kleinen, wilden Zwetschgen, die man uns an Bahnhöfen durch die

Abteilfenster reichte, ein süßlich strenger Geruch zu mischen begann, der bald alles durchdrang – der Gestank des Kameldungs, den die Leute als Material zum Heizen an die Böschungen des Gleisbetts zum Trocknen in die Sonne legten.

Inmitten der sich ständig wandelnden Fremdheit ergaben die Reisenden der ersten Klasse ein beinahe vertrautes Bild, das sich – von der Form der Kopfbedeckung einmal abgesehen – kaum von denen in der Heimat zu unterscheiden schien. Wie anders hingegen das Volk, das bei jedem Halt mit einer ranzig-tranigen Wolke von ungewaschenen Körpern und Kleidern aus den preiswerteren Enden des Zuges zu quellen schien. Gesichter waren darunter wie Knecht-Ruprecht-Masken, zum Fürchten selbst manche der Frauen. Einmal waren es Kerle mit ellenbreiten Schnurrbärten, ein andermal Männer mit Turbanen und im leuchtend blauen Kaftan, der ihnen bis zu den Knien reichte. Schwer wie Kohlensäcke quollen ihnen dicke Bäuche über die tief sitzenden Gürtel hervor.

In Harbin drängten sich chinesische Händler auf dem Bahnsteig, mit flachen Hüten, viel zu kurzen Hosen und unerhört langen Fingernägeln, krumm wie Türkensäbel und von gelblichem Braun.

Irgendwann, ich hatte längst aufgehört, damit zu rechnen – irgendwann war es so weit. Der Provodnik ging von Abteil zu Abteil. »Noch eine halbe Stunde bis Wladiwostok.«

Schnell zog ich den Faden durch die letzte Masche an der Spitze, schnitt ihn ab, vernähte ihn mit flinken Fingern, schnürte die beiden fertigen Socken zusammen und hielt sie triumphierend hoch. Mein dreiundzwanzigstes Paar! Fräulein Degenhardt fehlten noch fünf Zentimeter. Ich hatte gewonnen. Sie lächelte, zum ersten Mal auf dieser Reise.

»Für wen sind die Strümpfe?«, fragte ich.

»Die Kinder im Waisenhaus.« Und für einen Moment war ihre raue Stimme weich wie Honigmilch.

Ich nickte. In diesem Augenblick wünschte ich mir, dass irgendetwas den Zug aufhalten würde. Dass ein Hindernis uns die Schienen verlegte; oder besser noch, dass wir von einer Weiche auf eine andere Strecke gelenkt würden, die ins Nirgendwo führte. Dass ich ewig so weiterreisen könnte, strickend, schweigend, bloß um nicht anzukommen.

In nicht einmal einer Stunde würde Fräulein Degenhardt mich zur Fähre bringen. Zwei Tage und zwei Nächte würde ich an Bord des Schiffes von Wladiwostok nach Yokohama sein.

Und was dann?

II

Hoffnung

> 1 <

Glaub mir, Karoline, mein Liebes, zwei Tage und zwei Nächte sind eine lange Zeit, wenn du sie an Bord eines Dampfers verbringst, auf dem kein Mensch deine Sprache spricht. In Ermangelung eines geeigneteren Begleiters hatte Fräulein Degenhardt mich in die Obhut eines japanischen Stewards übergeben, der eifrig nickte und sich noch eifriger verbeugte, als sie mich ihm anvertraute. Ich hatte nicht geahnt, dass sie Japanisch sprach. Der junge Mann wies mir mit Gesten, aber ohne Worte, den Weg in die Kabine und sorgte auch dafür, dass mein Gepäck dort zu mir fand. Er war sehr höflich, doch wenn er kam und nach mir schaute, wirkte er nicht minder kalt und unnahbar als die weiß gestrichenen Eisenwände dieses Schiffes. Wie das Salz an deren Oberfläche nagte, fraß sich ihm die Akne in die Wangen. Da wir uns nicht verständigen konnten, schauten wir uns nickend an – er mit großem Ernst und ich mit meinem besten künstlich aufgesetzten Sonntagslächeln. Ich war froh, wenn er verschwand.

Unter den Passagieren bildeten wir Europäer eine kleine Minderheit. Vielleicht ein Dutzend Engländer war mit an Bord und ebenso viele Franzosen, die wohl angesichts der Fremdheit der Umgebung im Schutze ihrer eigenen Leute blieben, als lebten sie in einem Ei. Sie schienen mich nicht sehen zu können, selbst wenn ihr Blick mich traf.

So war ich denn umringt von lauter Asiaten. Inmitten dieser seltsamen Menschen in ihren noch seltsameren Trachten und Gewändern fühlte ich mich nicht weniger entwurzelt, als wäre ich mit unbekanntem Ziel in einem Raumschiff durchs Weltall geflogen. Stunde um Stunde starrte ich dem Kielwasser nach, das die Fähre hinter sich herzog wie die Brautschleppe, die ich nie getragen hatte. Je mehr von ihr hinter dem Horizont versank, desto schwerer wurde mein Herz. Ich war noch nie so sehr allein gewesen.

Am Quai in Wladiwostok hatte ich Fräulein Degenhardt bis auf wenige Scheine den Rest meines Reisegelds für ihr Kinderheim geben wollen. Es war kein kleiner Betrag, wir waren sehr sparsam gewesen. Doch nach einem misstrauischen Blick in die umstehende Menge – sie hatte wohl Angst vor Dieben – schloss sie meine Finger schnell um den Umschlag, legte ihre großen, warmen Hände darüber und hielt mir die längste ihrer wenigen Reden. Ihre tiefe Stimme verlor dabei abermals die Rauheit. »Sei nicht dumm, Elisabeth. Behalte es. Solange du Geld hast, bist du frei, deine eigenen Wege zu gehen.«

Während der ganzen Überfahrt hielt ich mein Tagebuch umklammert, aus Angst, es zu verlieren. Wenn ich schlief, bewahrte ich es unter meinem Kopfkissen auf. Dort hinein nämlich hatte sie mir den Weg nach Kaifeng in der Provinz Henan aufgezeichnet, am Südufer des Gelben Flusses. Ein kleines Kreuz etwas östlich davon markierte das Dorf mit der Missionsstation.

»Wenn es darauf ankommt«, hatte sie gesagt und meinen Blick nicht losgelassen, »dann wirst du es finden«. Ich wiederholte den Satz wie eine Beschwörungsformel gegen die Angst. Dann wirst du es finden. Dann wirst du es finden.

In der Nacht vor unserer Ankunft gingen wir in der Straße von Yokohama vor Anker. Endlich! Dichter Nebel war aufgezogen. Nicht nur mir, sondern wohl allen an Bord hatten die Schiffshörner der Fähre und der anderen Boote ringsum den Schlaf geraubt. Trotzdem erschrak ich halb zu Tode, als noch vor sechs Uhr morgens Fäuste an alle Kabinentüren entlang des Ganges zu hämmern begannen. Ich warf mir in aller Eile meinen Mantel über und öffnete. Es war der Steward. Mit Händen und Füßen gab er mir zu verstehen, dass ich den anderen ebenfalls nicht japanischen Passagieren folgen sollte, mehrere Engländer waren darunter. »*Officier de quarantaine*«, erklärte mir eine französische Dame und tätschelte mir den Arm. Das sagte mir nichts, doch ich nickte tapfer.

Mir schlotterten tatsächlich die Knie, als ich mich wenig später vor dem Uniformierten an dem improvisiert wirkenden Empfangstresen wiederfand. Mit Händen klamm wie auf dem Standesamt schob ich ihm meinen nagelneuen Pass über den speckigen Holztisch. Noch heute sehe ich sein Gesicht vor mir, das flach und rund wie eine Scheibe war. Wie kleine Erhebungen in einem Relief traten daraus die Augen, der Mund und die Nase hervor. Mit einer gebieterischen Geste bedeutete er mir, zu warten, und verschwand in der Kabine hinter ihm. Durch die offene Türe hörte ich ihn mit einem anderen reden. Für meine ungeübten Ohren klang im Japanischen damals jedes noch so harmlose Wort, wenn von Männern gesprochen, wie im Ärger gebrüllt.

»*Hai!*«, hörte ich ihn kläffen. »*Hai! Hai!*«

Mir war so bang ums Herz, dass ich mich am Rahmen der Eisentür hielt. Endlich kam er heraus, musterte mich mit einem so kritischen Blick durch seine Augenschlitze, dass mir abermals das Blut in den Adern gefror, nahm ächzend Platz und drückte mit akribischer Sorgfalt einen Stempel in den Pass.

»Diplomat«, sagte er, als er ihn mir mit einem knappen Nicken reichte. Mit einer wedelnden Bewegung der Hand gab er mir zu verstehen, dass ich hier nichts weiter zu suchen hätte und aus dem Weg treten solle. Zum ersten Mal bekam ich zu spüren, welche Vorzüge mit dem Status einer Diplomatengattin verbunden waren. Doch wie wichtig er im entscheidenden Moment einmal sein würde, ahnte ich nicht.

Ich folgte seinem Wink und flüchtete mich in meine Kabine, packte in Windeseile meinen Koffer und machte mich bereit, von Bord zu gehen, obwohl es nicht einmal acht Uhr früh war. Seit wir die Tsugaru-Straße zwischen Hokkaido im Norden und der japanischen Hauptinsel Honshu hinter uns gelassen hatten, waren wir dem Küstenverlauf Richtung Süden gefolgt. Tags zuvor hatte ich stundenlang an der Reling ausgeharrt und wie gebannt auf den schmalen Streifen Land gestarrt, der rechter Hand – »an Steuerbord« muss das wohl treffender heißen – zwischen Meer und Himmel lag wie ein Gürtel um eine üppige Taille. Doch als ich nun an Deck trat, war von alledem nichts mehr zu sehen. Die Luft war feucht und trübe wie die Graupensuppe, die meine Mutter an Putztagen kochte, undurchsichtig wie die Zukunft vor mir. Schemenhaft schälten sich die Konturen anderer Schiffe aus der Brühe hervor. Es war nicht wirklich kalt, wir hatten ja erst Mitte September, doch ich weiß noch, wie ich mich schaudernd bei den Schultern hielt und mit den Tränen rang. Ich war stolz darauf, dass ich sie unterdrücken konnte.

Um mir die endlos lange Zeit zu vertreiben, versuchte ich, auf dieser weißen Leinwand das Bild von Ernst Wilhelm heraufzubeschwören. Seine Gestalt sah ich, groß und mager, der Rücken über den Schulterblättern vorgeneigt, wie es für hoch aufgeschossene Menschen üblich ist, die laufend fürchten, sich den Kopf zu stoßen. Aber sein Gesicht sah ich nicht. Ich schien es vergessen zu haben. Ich würde ihn nicht wiedererkennen, gewiss nicht! Und wenn es mir so erging, dann ihm vielleicht auch? Würde er in dem Menschengewimmel am Quai von Yokohama an mir vorübergehen wie an einer Fremden? An der Fremden, die ich für ihn schließlich war?

Der Nebel lichtete sich zögerlich, nicht aber meine Angst. Gegen Mittag legten wir an. Ich hatte einen faustgroßen Knoten im

Magen. Doch noch bevor ich japanischen Boden betrat, wusste ich, dass meine Befürchtungen unbegründet gewesen waren. Wie hätte ich Ernst Wilhelm übersehen oder ihn nicht erkennen können? Er überragte die Schar der Wartenden um eineinhalb Köpfe und befand sich als Einziger in deutscher Uniform zwischen lauter Japanern, von denen nur die wenigsten europäische Kleidung trugen. Als ich ihn dort stehen und in die Sonne des inzwischen strahlenden Septembertags blinzeln sah, war ich plötzlich so erleichtert, dass ich spontan mein Taschentuch aus dem Ärmel zog und ihm winkte. Ich dachte unwillkürlich an Mamá, zuletzt hatte sie genauso mit dem Taschentuch gewunken. Er sah ihr so ähnlich, obwohl er natürlich viel schmaler war und von viel größerer Statur. Sie hatte mir ihren Sohn so wärmstens ans Herz gelegt, dass er mir in diesem Moment fast vertraut erschien. Vertraut und irgendwie liebenswert. Hatte nicht auch Fräulein Degenhardt ihn als sanft beschrieben? Als nicht unrecht? Es würde gut gehen mit uns. Das musste es!

Er entdeckte mich, als ich bereits über die Gangway auf ihn zuging. Augenblicklich senkte ich den Blick und heftete ihn, ohne noch einmal links und rechts zu schauen, geradeaus auf die schwankenden Planken und auf die weiten, rockartigen, beinahe wie im Stresemannmuster gestreiften Beinkleider des Japaners vor mir. Als ich Ernst Wilhelm meinen Namen rufen hörte, wich meine Wiedersehensfreude so schlagartig einem Gefühl der Scham vor diesem mir völlig fremden Mann – meinem Mann! –, dass ich einen Moment lang glaubte, in den Spalt zwischen Schiffsbauch und Hafenmauer zu stürzen. Die Röte war mir flammend ins Gesicht geschrieben. So versteinert saß mir mein Kopf auf den Schultern, dass ich ihn nicht zu drehen vermochte. Nicht einmal die Lider konnte ich heben.

Lange, sehr lange standen wir einander schweigend gegenüber. Er hielt mich an beiden Händen gefasst, doch mit respektvoller

Distanz. Schließlich räusperte er sich, schob mir, ohne dass wir auch nur einen einzigen direkten Blick gewechselt hatten, die Hand unter den Ellbogen, wie es vielleicht selbstverständlich gewesen wäre zwischen Mann und Frau, doch selbstverständlich war für uns nichts.

»Herzlich willkommen in Japan«, sagte er.

Ich nickte bloß, und so begann unser gemeinsames Leben.

› 2 ‹

Wann genau ich diese grauenhafte Scheu vor Ernst Wilhelm verlor, kann ich nicht sagen. Oberflächlich betrachtet, hielt sie nicht lange an. Aber wenn ich jetzt darüber nachdenke, dann spüre ich doch, dass sich tief in mir ein Rest davon so hartnäckig hielt wie vergossener Rotwein auf einem Tischtuch aus weißem Damast. In all den gemeinsamen Jahren wurde er zu meinem Freund, aber nie zu meinem innigsten Vertrauten. Ich auch nicht zu der seinen. Es gab Dinge, über die wir niemals sprachen, weil es uns nicht möglich war.

Dennoch, er machte es mir leicht, ihn zu mögen. Er war höflich, manchmal sogar liebevoll, dazu stets leise und korrekt. Kaum waren wir in der Botschaft angekommen, versank ich zudem in einem Strudel von Aktivitäten, der mir nicht viel Zeit zum Denken ließ. Da waren so viele Menschen, die es galt, kennenzulernen. So viele Namen, die ich mir merken musste. So viele neue Eindrücke und Aufgaben. Ob ich mich nach meinem alten Leben sehnte? Nach meinen Eltern? Ich müsste lügen, wollte ich das behaupten.

Dass ich singen konnte und mit meinen achtzehn Jahren, Mutter sei Dank, über ein kleines Repertoire an Stücken verfügte, machte mich quasi aus dem Stand weg zum Liebling der deutschen Gemeinde. Elvira Klüsener, die Frau des Marineattachés, spielte sehr gut Klavier und bot sich an, mich zu begleiten.

Aber ich will nicht vorausgreifen, Liebes, wo ich mir doch vorgenommen habe, alles der Reihe nach zu schildern, so wie es gewesen ist. Es wird nicht leicht werden, verzeih mir, wenn es mir nicht immer gelingt. Trotzdem werde ich es versuchen. Mich an die Chronologie zu halten, ist vielleicht die einzige Möglichkeit, auch an den schmerzhaften Stellen bei der Wahrheit zu bleiben und mich nicht in den oberflächlichen Belanglosigkeiten charmanter Konversation zu verlieren, mit denen sich die Wahrheit nur zu leicht überspielen lässt.

Während du diese Zeilen liest, siehst du mich vielleicht vor dir, wie ich auf dem Weg vom Hafen neben Ernst Wilhelm im Fonds des Wagens sitze, in meinem hellgrauen Reisekostüm, vor Anspannung aufrecht, als hätte ich einen Stock im Rücken. Die Miene starr wie in Marmor gemeißelt, die Lippen fest aufeinandergepresst, starrte ich unentwegt aus dem Fenster, um ihn nicht anschauen zu müssen, doch meine ersten Eindrücke von Tokio sind mehr als lückenhaft. Wenn ich die Augen schließe, sehe ich Details wie die großen eckigen Kimonoschleifen, die den meist sehr kleinen Frauen wie Schultornister auf dem Rücken saßen. An junge Mütter kann ich mich erinnern, die ihre Babys unter längsgestreiften Mänteln huckepack trugen, sodass ich sie erst für buckelig hielt. An Männer in Pyjamahosen und wadenlangen Mänteln, die wie Maultiere zwischen den Deichseln schwer beladener Karren liefen, und andere, die wie Murmel spielende Jungen im Schatten von Bäumen am Straßenrand hockten – nicht saßen, wirklich auf den eigenen Schenkeln hockten. Ausgewachsene Kerle!

Und ich weiß noch, wie ich mich, je mehr wir in die Stadt hineinkamen, über die Modernität der Gebäude wunderte und über das Vorhandensein einer Straßenbeleuchtung, einer Tram mit klingelnden Wagen. Tokio sah überraschend westlich aus. Andererseits fuhr man noch Menschen in Rikschas spazieren, die eigenhändig von Männern gezogen wurden. Es gab noch Sänftengänger!

Der Rest der Fahrt ist verschwommen wie hinter Schlieren, die ein Aquarellpinsel im Wasser hinterlässt. Nach endlos langer Zeit, so kam es mir vor, obwohl ich doch seit Wochen unterwegs gewesen und dieses letzte Stück im Vergleich dazu nicht einmal ein Katzensprung war, nach endlos langer Zeit jedenfalls bogen wir durch das Haupttor an einem Wachmann mit zackig erhobenem Arm vorbei auf das Botschaftsgelände ein. Mit den Rädern des Wagens kam zugleich mein Herz zum Stehen.

Nicht mehr lang, dann würde ich mit Ernst Wilhelm zum ersten Male ganz allein sein, eine Vorstellung, die mir den Schweiß derart aus den Poren trieb, dass mir die Bluse am Leibe klebte. Ich hatte keine Ahnung, was mich erwarten würde, nicht den Schimmer einer Ahnung! Obwohl Mamá mich eines Nachmittags, wie man es damals sagte, »beiseitegenommen« hatte, um mich auf das Kommende vorzubereiten …

Noch heute sehe ich uns nebeneinander auf dem Canapé sitzen, zwischen allerhand Schachteln mit neuen Hüten und Taschen und Schuhen, die zur Ansicht bestellt worden waren. »Mach dir keine Sorgen, Goldstück«, sagte sie völlig unvermittelt und warf mir einen so eindringlichen Blick zu, dass ich schon fürchtete, es sei etwas Schlimmes passiert. Anna, das Mädchen, hatte kurz zuvor Tee serviert. Meine Schwiegermutter stellte ihre Tasse ab. »Wegen dieser …«, sie stockte, tupfte sich mit der Serviette die Mundwinkel ab, und ich meinte, sie erröten zu sehen, ein Gedanke, den ich sogleich als unmöglich verwarf. Mamá war nicht der Typ, der errötete. Eine Zeit lang drehte sie schweigend die Ringe an ihren Fingern mal in diese, mal in jene Richtung. »Wegen eurer ersten Nacht. Ernst Wilhelm weiß, was zu tun ist. Erschrick nicht. Halt still. Lass es einfach geschehen.« Als würden sie plötzlich Kopfschmerzen plagen, legte sie sich die Hand an die Stirn und schloss die Augen. Wer weiß, was sie in ihrem Inneren sah. Dann seufzte sie tief, knetete, wie sie es des Öfteren tat, die dicke Falte unter ihrem Kinn zwischen den Fingern, bevor sie aufstand und unter einem Vorwand, den ich längst vergessen habe, eilig den Salon verließ.

Missversteh mich nicht, Liebes, ich will ihr keinen Vorwurf machen. Es war eine völlig andere Zeit, immerhin hat sie sich die Mühe gemacht. Meiner Mutter fehlte dazu jeglicher Mut. Bei aller Bildung, die mir Tante Aglaia hatte angedeihen lassen, was die Anatomie des menschlichen Körpers anbelangte, wurden auch von ihr heikle Zonen wie weiße Flecken auf Landkarten behandelt: Man hatte keine Namen für sie und ignorierte tunlichst, dass es sie gab.

Nun ahnst du vielleicht, wie es in mir aussah, an jenem späten Nachmittag. Es muss gegen fünf Uhr gewesen sein, die Sonne war schon hinter den ausladenden Kronen der Schirmkiefern versunken, als wir vor dem quadratischen Backsteingebäude standen, das von da an mein Zuhause sein sollte. Es stand etwas abseits auf dem Gelände der Botschaft, dem »Compound«, wie man ihn nannte, zwischen mehreren anderen in ähnlichem Stile, die den hochrangigeren unter den Botschaftsangehörigen als Wohnquartier dienten.

Ernst Wilhelm schloss die Tür auf, trat einen Schritt zurück und ließ mir mit knallenden Hacken und einer knappen Verbeugung den Vortritt. Ich spürte, wie sich seine Hand hinten an meine Taille legte, als ich über die Schwelle schritt, und mir lief ein solcher Schauder über Rücken und Arme, dass mir die Haut am Leibe schmerzte.

Der Chauffeur, ein kleiner Mann, kaum größer als ich, stellte mein Gepäck in den Flur. Es muss Hayashi gewesen sein, doch ich bin mir nicht sicher. So sehr ich mich zu erinnern versuche, ich sehe nichts von ihm als seine schwarzen Stiefel auf dem hellen Parkett. Sie glänzten wie neue Spiegel.

Dann waren wir plötzlich allein.

»Zum Auspacken wird die Zeit nicht reichen«, sagte Ernst Wilhelm mit Blick auf seine Taschenuhr und deutete auf meinen Koffer. »Du wirst dich frisch machen wollen. Im Haus drüben gibt es nachher einen kleinen Empfang zu deinen ...« Er räusperte sich. »Zu unseren Ehren. Die von Beuthens wissen, dass wir ...« Statt den Satz zu beenden, hüstelte er wieder. Er war nicht minder nervös als ich.

Wie eine Schattenfigur stand er vor mir im Gegenlicht des Fensters. Der große, schwarze Mann. Ich reichte ihm kaum an die Schultern.

»Ja«, brachte ich aus trockener Kehle hervor. Ich weiß noch, dass ich dringend austreten musste, es mich jedoch nicht zu sagen traute. Ich ließ mir von ihm die Wohnung zeigen, die sehr licht war dank der großen Sprossenfenster, selbst um diese Zeit. Als säße ich bei einem jener vor Vater streng geheim gehaltenen Besuche, zu denen Tante Aglaia Mutter und mich bisweilen eingeladen hatte, in München im Lichtspielhaus auf einem der samtenen Sessel und es würde gerade die *Wochenschau* laufen, schaute ich mir alles wie auf einer Leinwand an: Das Wohnzimmer mit der Chintz-Garnitur und den passenden Gardinen, der Rauchsalon, das Speisezimmer ... Ich würde selbstverständlich Hilfe haben, eine Köchin, ein Mädchen, eine Zugehfrau, er redete in einem fort.

»Und hier ist dein Schlafzimmer.«

Er deutete auf eine Tür am Ende des Korridors im ersten Stock. Ohne sie zu öffnen, ging er vorbei. »Ich habe mich in meinem Arbeitszimmer sehr gut eingerichtet. Auf diese Weise störe ich dich nicht.«

Ich blieb stehen und mein Mund stand offen, aber er merkte es nicht, er hielt sich mit dem Rücken zu mir, die Hand am Geländer der Treppe.

»In einer halben Stunde hole ich dich«, sagte er, abermals ohne mich anzuschauen, als wir die Besichtigung beendet hatten und wieder unten in der Halle neben meinen Gepäckstücken standen. »Deine Koffer bringt dir Yoshida hinauf.« Er bemerkte meinen fragenden Blick. »Yoshida ist unser Hausmeister.« Er lachte verlegen. »Unser Faktotum. Das Mädchen für alles, sozusagen. Ich sage ihm Bescheid.«

»Ist gut«, gab ich zurück, froh endlich, endlich ins Bad gehen zu können. »Ist gut.«

> 3 <

Als Ernst Wilhelm und ich wenig später im Dämmerlicht des scheidenden Tages dem Pfad zum Hauptgebäude folgten, leuchtete der helle Kies silbrig. Mit seinen weißen Sprossenfenstern, Simsen und Balustraden hatte der weitläufige Bau eigentlich etwas vom einladenden Charme eines Landschlosses im Süden, doch an jenem ersten Abend zeichnete er sich vor meinen Augen wie ein bedrohlicher schwarzer Kasten vor dem dunkelvioletten Himmel ab.

Aus dem Fundus meines Koffers hatte ich ein Kleid gewählt, das die Reise einigermaßen gut überstanden hatte. In einem Schrank der mir noch gänzlich unvertrauten Küche hatte ich vor den Augen der hinter vorgehaltener Hand kichernden Köchin einen Pfeifenkessel aufgestöbert und über Dampf die ärgsten Falten aus dem grünen Organza gezogen. Der Stoff war noch etwas klamm auf meiner Haut, was ich umso deutlicher spürte, als sich die Luft mit dem Untergehen der Sonne merklich abgekühlt hatte. Fröstelnd zog ich mir den Schal um die Schultern, während ich steif vor Anspannung auf meinen ungewohnten Schuhen an Ernst Wilhelms Seite zwischen den Beeten hindurchstöckelte, in deren geharktem Boden ich am liebsten versunken wäre.

Es gibt kaum Worte, um zu beschreiben, wie schüchtern ich mich fühlte, ungelenk. Ein kleines Würmchen auf dem Weg in die große Gesellschaft. An Mamás Seite war es für mich einfach gewesen. Sie hatte mich mit Blicken und Gesten liebevoll um Fallstricke und Fettnäpfchen herumdirigiert. Tu dies, lass das, sagte sie mir mit einem nachdrücklichen Schließen der Augen, mit einem Nicken, mit einer Hand auf meinem Arm. Wie sehr ich sie vermisste! Ein paar Schritte noch, dann würde ich in einem Raum voll wildfremder Menschen stehen, die ich mir als ausnahmslos sehr bedeutend vorstellte, als rundum gebildete Weltenbürger mit perfekten Manieren.

Und der Mann an meiner Seite? Er schwieg, dass die Spannung die Luft zu zerreißen drohte wie ein Blitzschlag. Krampfhaft suchte ich nach Worten, um einen Weg aus der Stille zu finden, aber es fielen mir keine ein. Tapfer reckte ich das Kinn in die Höhe. Unsere Schuhsohlen knirschten im Kies.

»Was sind denn das für Bäume?«, fragte ich schließlich, froh, endlich etwas zu sagen gefunden zu haben, was mich zudem wirklich interessierte. Zu skurril sah dieser hohe nackte Stamm mit der kleinen Krone aus schweren, gebogenen Zweigen aus. Wenn es denn Zweige waren.

»Palmen«, sagte Ernst Wilhelm.

»Palmen?« In einem Buch über Goethes Italienreise hatte ich kolorierte Stiche gesehen. »Das also sind Palmen.«

»Sag nicht, du hättest noch nie Palmen gesehen?!«

»Doch, doch«, gab ich zurück. »Ich hatte sie nur vergessen.«

Er schaute mich prüfend an, du kennst ja diesen Blick von ihm, wenn er die Brauen zusammenzog wie zwei kleine Büschel. Mir war klar, er glaubte kein Wort.

»Und übrigens, lässt Mamá Ihnen Grüße ausrichten«, sagte ich schnell, um das Thema zu wechseln.

Wir hatten den Haupteingang erreicht. Ein Wachposten salutierte mit dem Hitlergruß und riss die schwere Eichentür auf. Ich starrte ihm auf den Trauerflor am linken Arm und fragte mich, warum er ihn trug. Die Hindenburgtrauer war längst vorüber.

Kurz nach meiner Heirat hatte man die schwarze Binde zu Ehren des verstorbenen Reichspräsidenten vierzehn Tage lang an allen Straßenecken gesehen, was ich in Momenten des aufflammenden Selbstmitleids insgeheim als Zeichen der mitmenschlichen Solidarität mit meinem persönlichen Schicksal umzumünzen pflegte.

Ernst Wilhelm schien keinen Blick für den Mann übrig zu haben. Ich fühlte seine Hand an meinem Ellenbogen, als er mich eilends vorbeizog. In der Empfangshalle spürte ich seinen Atem am Ohr, so nah kam er mir.

»Ich bitte dich, Elisabeth«, raunte er. »Hör um Himmels willen auf, mich zu siezen!«

Dann standen wir vor dem Botschafterpaar.

»Entzückend!« Frau von Beuthen war eine stattliche Frau von etwa fünfzig Jahren, doch ihre Stimme war so hell, dass sie klirrte. Noch ehe ich meinen Gruß herausgestammelt hatte, fasste sie mich an den Schultern und drehte mich mal hierhin, mal dorthin, um mich im Licht zu betrachten. »Schau doch, Oskar! Wie entzückend!«

Mit einer unbewegten Miene, die alles oder nichts bedeuten konnte, strich sich der Botschafter mit Daumen und Zeigefinger die Oberlippe glatt. Erst da fiel mir auf, dass er ein Hitlerbärtchen hatte. Die Erinnerung an meinen Vater zog meinen Blick zu seinem linken Ärmel, doch der Arm war dran. »Guten Abend, Frau von Traunstein, und herzlich willkommen in Tokio.« Er verbeugte sich mit preußischer Knappheit in meine Richtung, bevor er sich an Ernst Wilhelm wandte. Er klopfte ihm auf die Schulter und sagte: »Gratulation! Gute Wahl, gute Wahl«, während er seinen Blick zwischen uns beiden hin- und hergleiten ließ. »Und so jung, das Küken.«

»Aber wir kennen uns lange.« In Ernst Wilhelm Stimme schwang eine Beflissenheit mit, die ich damals noch nicht an ihm kannte. »Elisabeths Vater ist ein langjähriger Vertrauter meines Vaters. Gleich nach ihm die Nummer eins im Unternehmen.«

»Ich verstehe. Ich verstehe. Amüsiert euch, Kinder.«
Damit waren wir entlassen.

Die von Beuthens hatten den inneren Zirkel der Botschaftsangehörigen in den kleinen Saal gebeten. Auch eine Reihe anderer Leute aus der deutschen Gemeinde war gekommen, die in Tokio recht klein war. Dies war also der Kreis, in dem ich mich von nun an bewegen sollte. So fernab von der Heimat war jeder Anlass zum Feiern willkommen und jedes neue Gesicht eine halbe Sensation, was ich natürlich nicht wusste. Gleich mehrfach stieß man auf uns an. Man brauchte einen Grund, um zu trinken. Das junge Brautpaar lebe hoch! Wann immer sie zu der Stelle mit dem Kinderkriegen kamen, trieb es mir die Röte ins Gesicht, denn so naiv ich war – dass das Stillhalten und Geschehenlassen, von dem Mamá so rätselhaft gesprochen hatte, auf irgendeine peinliche Weise mit der Zeugung von Nachwuchs zu tun haben musste, das ahnte ich doch.

Ich schüttelte Dutzende von Händen und lächelte, bis mir die Gesichtsmuskeln schmerzten, während ich nach Anhaltspunkten suchte, um mir all die Namen zu merken. Du wirst es dir ja auch nicht merken wollen, wie die dralle Gattin von Luftwaffenattaché von Mirke hieß, Elfriede nämlich. Sie erinnerte mich an eine Praline in der Schachtel, die mir Richard in Berlin in den Zug hineingereicht hatte. Sie trug eine eng anliegende Kappe wie aus Goldstanniol und war in das gleiche Rot gehüllt, nur war es kein krauses Seidenpapier, sondern ein Kragen aus üppigen Rüschen.

Ein gewisser Dr. Heckelmann – er war einer der Wirtschaftsreferenten – stach aus der Masse heraus, weil er schlank und groß war und mich an unseren Trauzeugen Oberst von Almsbrunn erinnerte, von dem ich immer noch träumte. Ich war froh, dass er es zur Begrüßung bei einem höflichen Nicken beließ. Ein Handkuss und mir wäre das Herz zersprungen.

Doch von diesem Heckelmann abgesehen, fingen die vielen neuen Namen alsbald in meinem Kopf wie in einem Trichter an zu kreiseln, bis es sie allesamt hinunter und hinaus durch die Röhre zog und ich am Ende keinen mehr wusste.

Nur ein weiterer ist mir an jenem Tag im Gedächtnis geblieben – der von Elvira Klüsener. Der Abend war schon fast vorüber, als sie sich an den Flügel setzte. Wie eine zartblaue Wolke bauschte sich der Tüll ihres Kleides um ihre üppigen Hüften. Ausgerechnet Schuberts Noten zu Schillers *Hoffnung* schlug sie an.

»Kennt das jemand?«, fragte sie und strich sich das blonde Haar aus der Stirn. Trotz all der Leute schien sie völlig unbefangen.

Ich kann es wirklich nicht mehr sagen, aber es muss wohl gewesen sein, wie Ernst Wilhelm später einmal meinte: Ich habe genickt. Wie sonst wäre ich in aller Blick geraten? Halb versteinert vor Angst ließ ich mich von den als Vorschuss gewährten Bravo-Rufen und irgendwelchen fremden Händen ans Klavier geleiten. Da stand ich also und sang: »Es reden und träumen die Menschen viel von bessern künftigen Tagen.«

Und wie mir diese Worte über die Lippen kamen, war mir plötzlich, als würde ich wieder daheim in München aus dem Fenster schauen und Vater hutlos auf das Haus zueilen sehen. Keine drei Monate waren seither vergangen. Nun war ich mittendrin in diesen »künftigen Tagen« und hoffte, es würden bessere sein. Der Text sprach mir so aus der Seele!

Als ich endete, war es ganz still im Saal. Man hörte niemanden atmen.

»Entzückend!« Mit ihrem schrillen Sopran brach Frau von Beuthen schließlich den Bann. Alles lachte und klatschte.

III

Freiheit

> 1 <

Tokio! Als hätte sich unter mir eine Falltür geöffnet, war ich in jenem Herbst des Jahres 1934 in diese andere Welt gestürzt.

Im Haus meiner Eltern war ich es gewohnt gewesen, mich tagein, tagaus in ein Korsett aus eisernen Gesetzen, meist ungeschriebener Natur, zu fügen, deren Übertretung aufs Strengste geahndet wurde. Backpfeifen, Kopfnüsse, der stahlharte Griff meines Vaters im Nacken, im Winter ohne Mantel auf den Balkon gesperrt werden, am Tisch sitzen bleiben, bis das letzte Bröckchen einer ungeliebten Speise seinen Weg vom Teller in den Magen gefunden hatte, auch wenn es mich dabei würgte – mit Quälereien wie diesen war ich von frühester Kindheit an vertraut.

Dass ich achtzehn Jahre war, mochte die Art der verhängten Zwangsmaßnahmen verändert haben, bei der Bestrafung selbst aber blieb es. Fand Vater heraus, dass ich von Besorgungsgängen nicht schnell genug heimfand, ließ er mich auf Knien den Boden in der ganzen Wohnung scheuern, bis alles blitzte. Dann noch einmal von vorne. Verschwendung, Müßiggang und Unachtsamkeit, das waren die drei schlimmsten Verbrechen. Auf die ersten beiden stand mindestens ein Tag Essensentzug. Auf Unachtsamkeit jedoch das Putzen der Treppenhausaborte, auch für die Wohnungen eins über und eins unter uns. Keine zwei Wochen vor dem Tag auf dem Standesamt war mir beim Hantieren in der Küche von einer ohnehin angeschlagenen Tasse der Henkel abgebrochen. Es setzte Prügel bis zuletzt.

Meine Mutter, von mildem, ja sanftem Naturell, stand hilflos weinend daneben. Aus heutiger Sicht meine ich, er habe sie auch verdroschen. Warum sonst traute sie sich nie, für mich Partei zu ergreifen? Warum hat sie keinen Schritt ohne seine Billigung getan? Und warum steckte sie mir Zettel zu – mit Warnungen, die nur ich verstand, weil ich allein wusste, dass nur die Worte eins und sieben von Bedeutung waren. »DICKE Bohnen trocknen schneller an der LUFT.«

Sie brachte mir bei, den Nacken zwischen die Schultern zu ziehen und auf knarrenden Dielen lautlos zu schleichen.

Vielleicht verstehst du in diesem Lichte, was ich am Morgen nach dem Empfang empfand, an meinem ersten Morgen in Tokio.

Es muss schon gegen neun gewesen sein, als ich zögernd die Treppe hinunterstieg. Durch die offene Tür des Speisezimmers sah ich Ernst Wilhelm lesend beim Frühstück. In der Nacht war ein Regenguss niedergegangen, und die Feuchtigkeit brachte alles Grün vor dem Fenster zum Leuchten. Die Sonne zeichnete das Sprossenmuster wie einen Scherenschnitt auf die Wände. Zaghaft klopfte ich an und blieb stehen, lächelnd, wie es sich gehörte.

»Du musst doch nicht klopfen, in deinem eigenen Haus! Setz dich, setz dich.« Die Zeitung schon halb weggelegt, las er noch etwas weiter, so klebten seine Augen an den Buchstaben.

»Ich will nicht stören.«

»Elisabeth, ich bitte dich!« Er erhob sich ein wenig und deutete auf den Stuhl gegenüber. »Nimm Platz.«

Ich nickte und tat, was er sagte.

Erst jetzt fiel mein Blick auf den Tisch. Er war aufs Feinste gedeckt mit Porzellan so zart wie ein Traum. In einer Schale von der Form eines Blattes erhob sich ein Arrangement mit Orchideenblüten zwischen Schüsselchen, Tellern und Platten, so üppig gefüllt, dass mir schwindelig wurde. Drei verschiedene Schinkensorten und sechs Marmeladen, fingergroße Kuchenstücke, Butterhörnchen, ein Korb mit runden und länglichen Brötchen ... Selbst im Haus meiner Schwiegereltern hatten wir nicht so fürstlich gegessen. Ich verschluckte mich fast beim Schauen.

»Wie war deine Nacht?«

»Sehr gut«, log ich. Kein Auge hatte ich zugetan! Mich plagte das schlechte Gewissen. Ich hätte auf keinen Fall singen sollen! Warum musste ich mich in den Vordergrund drängen? Es half nichts, mir die Bettdecke über den Kopf zu ziehen. Die Sache war mir so peinlich! »Und deine?«

»Ausgezeichnet. Greif bitte zu.«

Ich nickte, die Lider gesenkt, die Hände im Schoß, in Erwartung meines Urteils.

Ernst Wilhelm zog die Stirne kraus. Die Brauenbüschel zuckten. »Ich glaube ...«, er zögerte, »dass wir reden sollten«.

Mir stockte der Atem. Jetzt kommt es, dachte ich. Jetzt wird es schlimm.

»Elisabeth.« Aus seiner Stimme meinte ich jene Mischung aus Nachdruck und mühsam auferlegter Geduld herauszuhören, wie man sie auf verstockte Kinder verwendet, die zu dumm sind, das Augenscheinliche zu begreifen. »Schau mich an.«

Errötend hob ich den Blick. Mir wurde fast schwarz vor Augen.

»Elisabeth«, sagte er noch einmal. Ich spürte, wie er nach Worten suchte. »Auch wenn du das vielleicht glauben magst, ich bin kein Unmensch. Du musst dich nicht vor mir fürchten. Eine Dienstbotin bist du auch nicht!« Inzwischen war er aufgestanden und ging, die Hände hinter dem Rücken gefasst, vor dem Fenster auf und ab. »Ich will dich nicht noch einmal so hereinschleichen sehen, hörst du! Herrgott, Elisabeth! Gestern Abend habe ich gesehen, was in dir steckt. So wie du da am Flügel standst, da bist du wer! Da bist du …« Er warf mir einen prüfenden Blick zu. »Da bist du Frau von Traunstein!«

Glaub mir, Karoline, mit jedem Wort seiner Rede war mir der Kiefer tiefer gesackt. Mein Mund wollte sich nicht mehr schließen. Ich starrte ihn unverhohlen an.

»Genau so trittst du auch hier bitte auf! Das Haupt erhoben. Du bist hier jemand! Zeig es auch!«

Ich fand keine Spucke, um sie hinunterzuschlucken.

»Hast du mich verstanden?«

»Ja.« Ich nickte. Leise, fast flüsternd, fügte ich »Ernst Wilhelm« hinzu. Es war das erste Mal, dass ich seinen Namen aussprach.

Die weiteren Modalitäten unseres Zusammenlebens waren schnell geklärt: Es gab keine Regeln, außer dass ich mich bezüglich des Gebrauchs der Dienstlimousine mit ihm absprechen sollte. Es gab keine Pflichten, außer rein repräsentativen. Das Personal würde er mir vor dem Mittagessen vorstellen. Es seien sehr gute Leute, die man praktisch sich selbst überlassen könne. Dann würde er mir auch die japanische Währung erklären und den Gebrauch eines Scheckhefts. Bezüglich meines Budgets mochte er mir keine Vorschriften machen, er vertraue auf mein Gespür für das rechte Maß, zumal ja gewiss kein Mangel herrsche.

Ich sehe mich noch heute am Tisch sitzen, wie ein Standbild, so reglos, als wäre der Film meines Lebens mit einem Mal – nein, nicht gerissen. Zum Stehen gekommen. Die Erdkugel muss sich weitergedreht haben. Sicher zwitscherten draußen die Vögel. Um diese Zeit hat der Gärtner immer den Kiesweg geharkt, an der Einfahrt salutierten vielleicht gerade die Wachen. Aber ich war dem allen entrückt. Ich war nicht fähig, zu denken.

Ernst Wilhelm war hinaus in die Halle gegangen, die Stiefel anziehen und die Uniformjacke und die Mütze für den Weg ins Büro. Ich hörte ihn draußen rumoren. Spielt mir die Erinnerung einen

Streich, oder pfiff er wirklich ein Lied vor sich hin? Da schob sich sein Kopf durch die Tür. Wie war er Mamá ähnlich!

»Und was die Gestaltung deiner Tage anbelangt, da mach dir mal keine Sorgen.« Mit einer ausladenden Geste, die den ganzen kleinen Kosmos der Botschaft zu umfassen schien, deutete er durch die Fenster in unsere Nachbarschaft. Du weißt ja, wie er schauen konnte, wenn er ironisch wurde, die Brauen hochgewölbt wie zwei japanische Brückchen. »Ich bin mir sicher, die Meute wird dich zu inspirieren wissen.«

»Die Meute?«

»Verzeih mir, Elisabeth, ich meine die Damen.«

› 2 ‹

Es folgte eine Zeit des Staunens. Alles war neu, nicht nur mein Name, mein durch die Ehe erworbener Stand und die Räumlichkeiten, in denen wir lebten, sondern auch der makellos gepflegte Park ringsum. Er war voll von exotischen Pflanzen, deren Namen ich nicht einmal vom Hören kannte: Kanamemochi-Sträucher, japanischer Liguster, Himmelsbambus ... Dank der Lage auf dem Regierungshügel bot sich uns ein so grandioser Blick über ein chaotisches Durcheinander von Millionen hingestreuten Dächern, über das Parlamentsgebäude und die Gärten des kaiserlichen Palasts, dass mir bei dem Anblick der Atem stockte. Nachts, von meinem Schlafzimmer aus, schaute ich auf einen magischen Teppich aus flimmernden Lichtern, der sich bis zum Horizont hin erstreckte. Wie oft stand ich am Fenster und schaute.

Die Köchin, Frau Takemura, eine handtuchschmale Frau von einem Meter fünfundfünfzig, brachte zwar köstliche Gerichte mit vertraut klingenden Namen wie »Ajs Bajn« oder »Snisel« zustande, doch sie kamen in so kleinen Häppchen und so knackig, knusprig, bunt und kunstfertig arrangiert auf die feinen Teller, dass ich mich kaum zu essen traute. Unvergessen sind die Düfte! Wie anders war das Essen doch daheim gewesen. Als Gewürze kannte ich Salz und allenfalls ein wenig grauen Pfefferstaub. Schnittlauch und Petersilie hießen unsere Kräuter, die es nur im Sommer und meistens auch nur sonntags gab. Alles wurde, abgesehen vom Salat, so lange gekocht, bis es durch und durch weich war. Das Essen war ein fader Brei, verglichen mit den Speisen hier.

Ungewohnt war auch, in einem Haushalt mit Personal zu leben, das beinahe unbemerkt seine ordnende Hand walten ließ, alles blitzblank hielt und wie mit Zauberhand dafür sorgte, dass die Kleidung aus meinen Koffern, über Nacht vom Staub der Reise befreit, frisch duftend in meinem Schrank hing. Dinge verschwanden von einem Ort und tauchten an einem anderen wieder auf, fein säuberlich wie mit dem Lineal ausgerichtet. Bei Tisch fuhr ich zusammen, wenn plötzlich eine Hand an meinem Ellbogen vorbei den nächsten Gang servierte, so geräuschlos bewegten sich diese Menschen, die ich ob ihrer Ähnlichkeit kaum auseinanderzuhalten vermochte. Doch kaum waren sie in den verborgenen Fluren verschwunden, hörte man das Klappern ihrer hölzernen Geta und das Karren und Knacken der Dielen.

Das Überraschendste aber war mir die Freiheit. Wenn Ernst Wilhelm im Büro war, bekam ich feuchte Hände allein bei dem Gedanken, dass ich einfach den Hut aufsetzen konnte, um das Haus zu verlassen. Es war eine Mutprobe, die ich zitternd bestand.

Beim ersten Mal lauschte ich, bevor ich ging, an der Küchentür, mit jenem Gefühl von Zögerlichkeit, das mir in jener Zeit wie ein zu enges Unterkleid auf den Leib geschneidert war.

Das Geräusch von laufendem Wasser. Ein Tsch, Tsch wie von Besenstrichen. Tsch. Tsch.

»Frau Takemura?« Ich klopfte.

Es wurde still. Dann die sich nähernden Schritte. Lautlos ging die Tür auf, einen Spalt nur, dann schob sich wie die Scheibe des Mondes am Rand einer Wolke das kleine, runde Gesicht der Köchin aus dem Schatten hervor, die Lippen wie zum Kuss zusammengezogen.

»Ich will nur Bescheid geben, dass ich hinüber zu Elvira Klüsener gehe, auf eine halbe Stunde nur.«

Ihre Augen waren still und schwarz wie zwei Seen, die Miene unbewegt.

»Frau Takemura?«

Sie zog die Hand vor den Mund und fing zu kichern an. Dann plötzlich schnellte ihr Finger nach oben. Sie verbeugte sich mehrmals in ihrer beflissenen Art, verschwand und kam sogleich mit einem Glas Wasser zurück, das sie mir lächelnd reichte.

»Vielen Dank.« Artig trank ich in großen Schlucken und reichte ihr das leere Gefäß. »Bis später also. Zu Elvira Klüsener. Eine halbe Stunde vielleicht.« Ich musste es sagen. Es war wie ein Zwang.

»Soo, soo, soo«, sagte sie. Es hörte sich an, als hätte sie sich die Finger verbrannt, so scharf klang das S, doch sie stand stocksteif da und ihr Blick war ernst. Mehrmals verbeugte sie sich mit Andacht. Als sie sich aufrichtete, schaute mich aus ihren Augen eine Leere an, in der ich keinen Boden fand. Mit klopfendem Herzen ergriff ich die Flucht.

Von da an ging ich dazu über, Ernst Wilhelm kleine Zettel hinzulegen. Ich eilte über die Wege, hin wie zurück. Doch wenn ich atemlos die Tür unseres Hauses aufschob, sah ich mein Briefchen jedes Mal unberührt auf der Anrichte unter dem goldgerahmten Spiegel liegen: Er war noch nicht heimgekommen.

Du magst lachen, Liebes, wenn du dies liest, aber ich brauchte eine Zeit, um zu begreifen, dass ich kommen und gehen konnte, ohne fragen oder mich rechtfertigen zu müssen. Die Erkenntnis stellte sich ganz allmählich ein, bis es irgendwann so weit war und ich das Schreiben der Zettel unterließ.

Wenn das Wetter es erlaubte, schlenderte ich nun durch den Park, statt zu rennen. Dann nahm ich mir Zeit, den Gärtnern zuzuschauen. Sie trugen seltsame Stiefel, die wie Strümpfe aussahen, mit abgeteilten Zehen. Bis in die höchsten Kiefernkronen sah man sie damit klettern, um die Bäume durch das Herausschneiden einzelner Nadelbüschel unauffällig zu lichten.

Vor den Hortensien blieb ich bei jedem Rundgang stehen, sie liebte ich besonders wie auch die Rosen, vielleicht weil sie mich an die Heimat erinnerten. Und als ich die Herbstluft atmete, die satt und schwer war vom Regen, dachte ich an die Geschichte von Damokles, die ich von Tante Aglaia her kannte. Was er empfunden haben musste, als er unter dem Schwert hervortrat, das Dionysos am Rosshaar baumelnd über seinem Stuhl hatte aufhängen lassen? Nur hatte er den Platz am Tisch des Herrn aufgeben müssen, während ich ihn hier unverhofft vor mir sah.

Zu Ernst Wilhelm war ich schließlich gekommen, als hätte Knecht Ruprecht sich im Datum geirrt und ihn ein halbes Jahr vor der Firmenweihnachtsfeier mit finsterer Miene und der Rute in der Hand aus des Nikolausens Sack gezogen! Ich entschloss mich, ihn zu mögen, froh, nicht das Bett mit ihm teilen zu müssen. Fragen stellte ich nicht, das verbot mir allein die Scham.

Bald stellte sich eine Form von Routine ein. Tagsüber war Ernst Wilhelm drüben in der Botschaft. Mittags nahm er das Essen in der Messe ein. Abends aßen wir gemeinsam und verbrachten danach ein wenig Zeit im Salon, um zu tun, was er »plaudern« nannte. Für mich fühlte es sich wie Schulunterricht an. Wenn er sich nicht über den kleinen österreichischen Gefreiten echauffierte, der sich nach Hindenburgs Tod nun auch die Reichspräsidentschaft angemaßt hatte, spekulierte er über Tschiang Kai-schek und seine Kuomintang, über Rohstoffe, den mandschurischen Zwischenfall, die darauf folgende Gründung von Mandschukuo und den Einfluss der Kwantung-Armee auf die Expansionspläne Japans. Während sich vor mir die große weite Welt zu diesen völlig unbekannten Horizonten dehnte, saß ich im Licht der Stehlampe an meiner Seite auf dem chintzbezogenen Sessel links vom Kamin, der nun »meiner« war, und stickte Petit Point.

› 3 ‹

Bezüglich der »Meute« sollte Ernst Wilhelm recht behalten. Sie wusste mir in der Tat meine Tage zu füllen. In beinahe stündlichem Abstand sah ich gleich am ersten Tag und von da an immer wieder den Laufburschen den schmalen, moosigen Steinpfad zum Hintereingang unseres Hauses eilen. Er war fast noch ein Kind, kaum älter als zwölf, dreizehn Jahre, in engen Hosen und einem schwarzen wehenden Kittel, den Schädel so kahl geschoren, dass ihm die Ohren wie zwei Suppenlöffel vom Kopf wegstanden. Mager war er wie die Reisigbündel, die bei uns daheim zum Anzünden des Feuers neben dem Küchenofen lagen. Gelegen hatten, rief ich mir in Erinnerung, meine Eltern lebten ja nicht mehr daheim.

Nur wenig später vernahm ich ein leises Klopfen an der Tür des Schlafzimmers, in dem ich vorgab, meine Sachen zu ordnen, um nicht allein unten im Haus sein zu müssen. Ein Hausmädchen mit kreisrund gerahmter Brille reichte mir mit einer so demütigen Verbeugung ein Kärtchen herein, dass ich sie am liebsten an den Schultern gepackt, wie ein Kissen durchgeschüttelt und gerade hingestellt hätte. Sie war nicht viel jünger als ich.

»Wie heißt du?«, fragte ich sie, als sie das erste Mal klopfte. Bei der Vorstellung des Personals hatte mir Ernst Wilhelm zwar all die Namen genannt, doch für meine ungeübten Ohren klangen sie furchtbar ähnlich. Sie schienen alle auf Silben wie *iki, imi* oder *ini* zu enden.

Zaghaft lächelnd schaute mich die Dienstbotin von unten her an. Ihre Brillengläser waren dick wie Lupen.

»Name?« Ich deutete mit dem Finger auf sie.

Ein Leuchten ging ihr übers Gesicht. »*Watashi no namae wa Shigeko desu.*«

»*Watashi?*«

Sie schüttelte die Hände, nicht den Kopf und lachte laut auf, woraufhin sie sich erschrocken den Mund zuhielt, wie wir es tun, wenn wir husten. »*Watashi*«, sagte sie und deutete mit ausgestrecktem Zeigefinger auf ihren Bauch. »Shigeko.«

»Shigeko?«

Sie nickte, jetzt strahlend; sie war sehr hübsch selbst mit ihrer Brille, und eilte klappernd des Weges.

Wie oft genau sie an diesem Tag klopfte? Ich kann es nicht sagen. Kärtchen um Kärtchen brachte sie mir. Ich bedankte mich überschwänglicher, als es meinem Stande entsprach, und schloss die Tür, bevor ich das handgeschöpfte, creme- oder pastellfarbene Papier mit spitzen Fingern aus dem Umschlag zog, um es nur ja nicht zu knicken. Bis zum Abend hatten mich mehr Einladungen erreicht, als ich an einer Hand abzählen konnte, darunter eine, die Frau von Beuthen persönlich unterschrieben hatte, gleich für den nächsten Tag.

Pünktlich um drei Uhr stand ich, fein herausgeputzt in einem graugrün gemusterten Nachmittagskleid mit passendem Jabot, im Hauptgebäude unter der Hakenkreuzflagge, die größer war als daheim unsere Wohnung. In der einen Hand hielt ich meine kleine Tasche, in der anderen das Anstandsgeschenk: einen der Fingerhüte aus Bayerisch-Blau-Porzellan, die Mamá mir in weiser Voraussicht im Dutzend für solche Anlässe mit auf den Weg gegeben hatte. Ernst Wilhelm war eigens gekommen, um mich bis hierher zu begleiten und mich am Empfang zu melden. Man ließ Frau von Beuthen holen.

»Du kommst alleine zurecht?« Er ließ die Hacken knallen.

Du weißt, wie groß er war. Ich musste den Kopf in den Nacken legen, um ihn anzuschauen, doch sein Blick war ihm vorausgeeilt, die Treppe hinauf. Irgendwo dort oben war sein Büro. Ich wusste, er hatte zu tun, und wollte ihm nicht zur Last fallen.

»Ja, natürlich.«

Doch mir war bang ums Herz, als er, zwei Stufen auf einmal nehmend, hinaufeilte und hinter der Balustrade verschwand. Ich fühlte mich winzig in dieser Halle, fast wie in den Räumen des Standesamts, nur bohrten sich mir hier die Blicke der Wachen ins Kreuz und nicht die Faust des Vaters.

Schreibmaschinengeklacker drang von oben herunter. Ein dumpfes Murmeln.

»Jawoll«, dröhnte es eilfertig dazwischen. »Sofort!«

Ich blieb neben einer Säule im Eingangsbereich stehen, um nicht unnötig mit den Absätzen zu lärmen, und steckte mir die Kappe neu fest.

»Frau von Traunstein!« Wie froh ich war, Frau von Beuthens durchdringenden Sopran zu hören. Über die Brüstung gelehnt, winkte sie mir vom ersten Stock aus zu. Alles an ihr war gepflegt, ja edel, doch ihr sorgfältig in Wellen gelegtes, kinnlanges Haar war weder braun noch grau, und das cremefarbene Jackenkleid ließ sie farblos erscheinen. »Entzückend sehen Sie aus. Kommen Sie doch herauf, meine Liebe!«

Wie eine Eintrittskarte hielt ich ihr mein Päckchen entgegen, während ich die steinernen Stufen erklomm. Ich weiß noch, mit welcher Ehrfurcht ich die privaten Räume der Familie betrat, umso mehr, als meine Schuhe bereits im Flur einen Fingerbreit im dicken Teppich versanken.

Wenig später hatten wir im Salon im Erker Platz genommen.

Eine herrliche Aussicht, man konnte den ganzen Park überschauen! Ich fragte mich, warum es nach Maiglöckchen roch. Was vor dem Fenster blühte, waren Kosmeen.

»Sie werden mir meine Neugier verzeihen.« Den Zeigefinger auf den Deckel der Kanne gelegt, schenkte Frau von Beuthen mir ein. »Wie haben Sie beide sich kennengelernt?«

Mit pfeilgeradem Rücken saß ich auf der Kante des mit cremefarbenem Velours bezogenen Cocktailsessels und balancierte den Blütenkelch von einem Tässchen auf seinem zerbrechlichen Unterteller, als sich ihre Hand auf meinen Unterarm legte.

Ich hob den Blick und schaute sie an. Lang genug war ich an Tante Aglaias Institut unter höheren Töchtern gewesen, um in ihren Worten die Ouvertüre eines wohlvertrauten Spiels zu erkennen: Sie suchte nach Stoff zum Klatschen. Wie menschlich sie das mit einem Mal machte.

»Wie mein Mann schon sagte. Mein Vater ist seit Jahren meines Schwiegervaters rechte Hand. Wir kennen uns, solange ich denken kann.«

»Aber meine Liebe.« Sie rückte ein wenig näher und schlug jenen leisen, ein wenig raunenden Tonfall an, in dem beste Freundinnen über ihre Geheimnisse reden. »Ich bitte Sie! Er ist doch so viel älter als Sie …« Ihr Blick glitt von oben nach unten an mir herab und dann zurück, hinauf zu den Augen. Sie beugte sich vor.

Ich hielt ihren Blick. Der Duft … Jetzt begriff ich. Es war ihr Parfum. »Oh, Frau von Beuthen, ganz im Vertrauen. Er ist ein zauberhafter Mann.« Das Erröten kam mir diesmal zupass. Ich senkte die Lider und räusperte mich. »Ich bin seinem Charme erlegen.«

»Ach.« Ihr sackte ein wenig der Kiefer.

Zu meiner eigenen Verwunderung empfand ich größtes Vergnügen bei diesem Theater und setzte mein süßestes Lächeln auf. »Sie glauben nicht, wie glücklich ich bin, endlich hier an seiner Seite zu sein.«

»Und wir … « Ihr Rücken nahm wieder Haltung an. »Es ist uns ein außerordentliches Vergnügen, Sie hier in unserer Mitte zu haben. Mit Ihrer entzückenden Stimme! Sie werden doch des Öfteren für uns singen?«

»Sehr gern, Frau von Beuthen, nur wünschte ich, mein Repertoire wäre größer. Bisher habe ich meine Stücke mit meiner Mutter eingeübt. Sie lehrt klassischen Gesang. Doch hier …«

»Das soll nicht Ihre Sorge sein, meine Liebe. Lassen Sie mich nur machen. Sie haben großes Talent.«

Es waren kaum mehr als diese paar Sätze, die wir an jenem Tag sprachen, aber ich glaube, ich hatte, wenn nicht ihr Herz, so ihren Respekt gewonnen. Noch in derselben Woche reichte der Bote ein weiteres cremefarbenes Kärtchen von ihr herein: Sie hatte für mich Gesangsunterricht arrangiert, bei einer gewissen Madame Clément unten in der Stadt.

> 4 <

Wie beim Begrüßungsdefilee auf einem der unzähligen Nachmittagskränzchen sehe ich die Damen vor mir stehen in ihren feinen Kleidern, tschilpend wie ein Spatzenschwarm, wie sie der Gastgeberin Orchideensträußchen reichen oder ein Schächtelchen mit Lohmeyers Pralinen.

Allen voran in Spangenschuhen, die groß waren wie die eines Mannes, preschte stets die wuchtige Brunhild von Kotta nach vorn, dicht gefolgt von Marianne Sievert, zart wie ein Hauch und wie immer in ihrem Schatten.

»Meine Liebe!«, schallte es von allen Seiten.

»Kinder, wie zauberhaft!«

»Wie hübsch ist dein Hut!«

Oh ja, die Gattinnen der höheren Botschaftschargen hatten es zu einiger Meisterschaft darin gebracht, sich die Zeit mit Dingen zu vertreiben, die mein Vater allesamt mit einer unwirschen Geste als Papperlapapp abgetan hätte. Sich gegenseitig die Aufwartung zu machen, war eine der ersten und liebsten Pflichten, dicht gefolgt von Einkaufstouren auf die Ginza, die Haupteinkaufsstraße von Tokio.

Zu gern waren die Damen bereit, mich unter viel Lob für mein gelungenes Debut als Küken in ihren Kreis aufzunehmen, zumal mich Frau von Beuthen nach unserem Gespräch persönlich zu protegieren schien. Ehe ich mich versah, war ich rundum beschäftigt. Mit Elvira Klüsener übte ich täglich von sechs bis sieben eine Reihe von Schubertliedern ein, leichte und lustige wie *Die Unterscheidung* und *Männer sind méchant*. Jetzt war ja ich die, die wählte.

Im Karten-Klub lernte ich Patiencen legen.

Mittwochs traf man sich reihum zum Kaffee.

Von Ferne hatte ich den Stallgeruch der »besseren Kreise« an Tante Aglaias Schule geschnuppert, nun stäubte ich mich selbst damit ein, von oben bis unten. Wie viel war mir daran gelegen, dazuzugehören! Wie begeistert war ich, der Damen kleiner Liebling zu sein! Wenn man mich »niedlich« nannte, nahm ich es als Kompliment.

Die Ausläufer des Taifuns, der in der Woche nach meiner Ankunft halb Osaka und Kobe verwüstete und über tausend Menschen das Leben kostete, reichten bis zu uns nach Mitteljapan hinauf. Böige Winde trieben den Regen waagerecht vor sich her und fegten die Straßen menschenleer. Nur die grün-weißen Straßenbahnen rumpelten unbeirrt weiter. Auch für uns war die Welt in Ordnung, immer in Ordnung.

Von den Chauffeuren ließen wir uns bis direkt vor die Tür der *Depātos* bringen, jener Warenhäuser, die sich in ihrer verschwenderischen Großzügigkeit an der Ginza so dicht an dicht reihten wie daheim die Taxen vor dem Bahnhof und in deren weiten Hallen wir in wechselnden Formationen halbe Tage verbrachten: Schirokiya, Matsuzakaya, Matsuya, Takaschimaya, Mitsukoschi, Wako …

Bei meinen ersten Besuchen müssen meine Augen groß und rund gewesen sein wie die handverlesenen Bachsteine, die die Wege des Botschaftsgartens säumten, während ich mich auf den Rolltreppen von Etage zu Etage tragen ließ – eine grandioser als die andere gestaltet mit schimmernden Reliefs, aufwendigen

Stuckverzierungen, wandgroßen Spiegeln und Marmorsäulen mit goldenen Kapitellen. Es war eine einzige Pracht.

»Wir sind hier eben nicht in Berlin«, hörte ich an einem solchen Tage vor mir die eleganteste von allen, Agnes von Hauenstein, sagen, während mein Blick fasziniert über die funkelnden Vitrinen glitt. Die Schwerkraft zerrte an den Winkeln ihres Mundes, während sie sich mit ausgestrecktem Finger über die zur Sechs gelegte Locke auf der rechten Wange strich.

»Und auch nicht in München!«, gab ich zurück. Die Röte stieg mir ins Gesicht. Das München, das ich kannte, war zwar alles andere als ein Dorf gewesen. Man braucht nur an die Maximilian- und Theatinerstraße zu denken, an Loden Frey am Marienplatz! Doch welcher Anlass hätte mich in solch vornehme Viertel der Stadt führen sollen? Wir waren kleine Leute! Nicht einmal bei Oberpollinger oder Hermann Tietze war ich gewesen, was ich nun tunlichst verschwieg.

»Aber es ist doch hier alles ganz nett geworden«, bemerkte Charlotte Totzauer mit gelangweilter Stimme und warf sich den silbernen Fuchsschweif über die Schulter, als ob er ihr lästig sei. In ihren Worten schwang jener joviale Großmut mit, wie ihn Reiche gegenüber armen Verwandten gern zeigen. »Wenn man bedenkt, dass vor wenigen Jahren hier alles in Trümmern lag.«

Ich nickte, froh zu wissen, wovon die Rede war. Von Ernst Wilhelm hatte ich erfahren, dass das Kanto-Erdbeben im September 1923, also gut zehn Jahre vor meinem Eintreffen, halb Tokio zerstört hatte. So beklagenswert die Verheerungen damals gewesen sein mochten, man hatte die Chance zum Wiederaufbau in eben jenem europäischen Stile genutzt, den ich als so großzügig und mondän empfand.

»Ja, ganz nett«, kam es im Chor zurück, und alle Damen seufzten. »Und doch ... Tokio ist und bleibt ein ödes Nest.«

Oh, welcher Hochmut.

Neben Sälen voll mit teuren Seidenstoffen, Kimonos und fein bemalten, gewachsten Regenschirmen, in denen herausgeputzte Japanerinnen mit lackschwarz glänzenden Hochsteckfrisuren ihren Bedarf an traditioneller Kleidung deckten, neben Kunst, Teppichen und Mobiliar von der allerteuersten Sorte, wurde eine schier unendliche Fülle westlicher Waren angeboten: Kostüme mit breiten Schultern und Röcken, die unterhalb des Knies zu schwingen begannen wie Dirigentenhände bei den leiseren Tönen, farbenfrohe Cocktailkleider, Abendroben mit sündhaft tiefen Rückendekolletés, Miederwaren und Korsagen, Mäntel, Pelze, krempenlose Kappen, wie sie damals in Mode waren, dazu Hüte, Hüte, Hüte ... In einem der *Depātos*, ich glaube, es war Matsuya, gab es auf dem Dach sogar einen Zoo.

Wenn ich an diese Ausflüge zu den Geschäften von Tokio denke, überkommt mich noch heute eine Fiebrigkeit, die meine Hände zum Zittern bringt. Mein Lebtag hatte ich nie etwas in einem Laden erstanden, was nicht auf einem Zettel stand. Das Geld für diese Besorgungen hatte auf den Pfennig genau abgezählt in meiner kleinen, bescheidenen Börse aus abgeschabtem dunkelbraunem Leder gesteckt.

»Was meint ihr, Kinder?« Einen grünen Seidenschal um die Schultern drapiert, drehte sich Elvira vor dem Spiegel.

»Gott, nein! Wie ein Frosch!« Alles lachte.

»Sie hat keinen Geschmack«, raunte Agnes, die Augen schmal wie Schlitze. »Schau doch nur den Rock, den sie trägt. Was macht er für breite Hüften!«

Ich schluckte. Während ich den Blick dem Beispiel der anderen Frauen folgend über die ausgestellten Waren schweifen ließ, mit einstudierter Miene mein unverbindliches Interesse zeigte und mal diesen, mal jenen Stoff befühlte, schlug mir das Herz wild wie die Flügel eines Schmetterlings, der sich ins Haus verflogen hat und vergeblich einen Ausweg aus den Falten der Gardinen sucht.

Beinahe als wäre ich einer von den Feuerschluckern, die ich als Kind einmal auf dem Münchner Oktoberfest mit beidseitig brennenden Stäben jonglieren sah, spielte ich mit dem Gedanken, selbst etwas zu kaufen. Doch was, wenn ich mich vor aller Augen durch irgendeine Ungeschicklichkeit blamierte? Ich traute und traute mich einfach nicht.

Die Wochen zogen rasch ins Land. Mein Geburtstag kam. Ich feierte ihn allein mit einer Kerze und meinem ersten Brief von Mutter. Es gehe ihnen gut, schrieb sie. In der hübschen kleinen Villa fühle sie sich wie eine Maus in der Vorratskammer. Sie klang mir eine Spur zu fröhlich, was mich, vor allem in den frühen Morgenstunden, noch halb im Schlaf, darüber grübeln ließ, ob ich an meine Tante schreiben und nachfragen sollte – ein Vorsatz, den ich doch jedes Mal beiseiteschob, während ich durchs offene Fenster auf die inzwischen nicht mehr ganz so fremden Klänge meiner neuen Heimat lauschte. Dies war die Zeit der Händler, ob Sojaquark, ob Zeitungen, ob Milch geliefert wurde, sie alle taten ihr Kommen lautstark kund und priesen pfeifend, trommelnd oder rufend ihre Waren an. Vom Küchenhof kam zu den Besenstrichen das Gekreisch der Krähen, die sich um die Brocken balgten, die Hausmeister Yoshida ihnen allmorgendlich hier und an verschiedenen anderen Stellen auf dem Compound in tiefer Andacht überreichte – als Gabe an Yatakarasu, den im Shinto hochverehrten schwarzen Mythenvogel, der, wie es heißt, den Sonnensohn, den allerersten Tenno, auf die Erde an seinen Platz als Gott und Kaiser der Japaner führte.

Am 2. Oktober fegte ein weiterer Taifun über Japan hinweg, in einer ähnlichen Schneise. Wieder wurde von Hunderten von Toten berichtet. Japan übte sich in *Gaman* – der Tugend des Ertragenkönnens. Bei uns in Tokio blieb das Wetter schlecht.

Am Mittwoch darauf, als ich von einer Nachmittagseinladung nach Hause kam, stand meine Überseekiste in der Halle. Transitvermerke in Schablonenschrift auf dem rauen Holz zeugten von ihrer weiten Reise.

»Shigeko, du bist eine Perle!« Sie hatte den Teppich zur Seite gerollt, sie dachte an solche Dinge.

»Lauf, geh Yoshida holen! Er soll das Werkzeug bringen!«

Bis in die Nacht hinein packten wir aus. Am nächsten Morgen stand ich dann lange vor dem wandbreiten Schrank in meinem Zimmer, alle Türen geöffnet, unschlüssig, was ich nun anziehen sollte. In einer flachen gelben Schachtel, die mir tags zuvor entgangen war, fand ich eingeschlagen in Seidenpapier mein altes blaues Vergissmeinnichtkleid mit einem Gruß von Mutter. Wie weich der Stoff vom Waschen war. Wie ärmlich es jetzt wirkte. Ich musste mich setzen und weinte.

Als hätte ich den Himmel mit meinen Tränen angesteckt, ging der nächste Schauer nieder, mit einem Wind, der die Palmen peitschte, dass sie sich zur Erde neigten. Doch bis zum nächsten Morgen hatte er das Schlechtwettergebiet endlich weitergetrieben, sodass die Sonne mich weckte. Der Ahorn vor dem Fenster leuchtete wie in rote Farbe getaucht. Ich weiß noch, wie ich das Freudenlied sang: *O wie lieblich ist der Anblick*.

Mit Elvira und einigen anderen Frauen fuhren wir in die Stadt hinunter. Auch Agnes war dabei, und ich weiß nicht, wer noch. Die Luft war klar und frisch. Über den Kimonos trugen die Japanerinnen jetzt bodenlange wattierte Mäntel, die mich an Morgenröcke denken ließen. Die kleinen Kinder, die sie an den Händen führten, waren so dick eingepackt, dass ihnen die Ärmchen zu den Seiten standen und sie wie Pinguine liefen. Seit fast einem Monat war ich nun da.

An jenem Tag war Mitsukoschi unser Ziel, neue Winterware war dort eingetroffen, die »Mode der letzten Saison«, wie die Meute abschätzig befand, noch bevor wir sie überhaupt sahen. Es war bei diesem Besuch, dass ich diese Handschuhe sah, die wie gemacht für mich schienen. Nun musst du wissen, Liebes, dass selbst Mamá bei all ihrem Bemühen an der Herausforderung gescheitert war, für mich, was Handschuhe anbetraf, die richtige Größe zu finden. Selbst die kleinsten saßen nicht. Wie sich zeigte, sah das in Tokio anders aus. Japanerinnen besitzen zwar nicht unbedingt die Zierlichkeit anderer asiatischer Frauen, sondern sind meist untersetzt, aber so klein, dass selbst ich mit meinen Einssechsundfünfzig noch manche überragte, was bedeutet, dass sie Hände haben wie die meinen.

Die Handschuhe also. Taubenblau waren sie, mit feinen Biesen, die halb über die Rücken der Finger liefen. So schön fand ich sie, dass mein Herz laut zu pochen begann. Ein Wunder, dass niemand es hörte.

Hatte Ernst Wilhelm mir nicht just an diesem Morgen aufgetragen, mir endlich etwas Schönes zu kaufen?

Ich zögerte und schaute nach den anderen. Agnes stand am anderen Ende des Saales, eine Bahn Stoff quer über die Schulter gelegt, mit kritischem Blick vor einem Spiegel. Daneben Lore, das Kinn in ihre Hand gestützt, und Brunhild von Kotta; ich meinte, neben ihr wie immer die schmale Gestalt von Marianne Sievert zu sehen, die kurz darauf so plötzlich an Krebs verstarb, dass es für uns alle ein Schock war, aber wozu diese Namen, du kennst sie ja nicht. Elvira sah ich etwas abseits an einer Auslage mit Steckkrägen stehen. Ich fand mich plötzlich alleine.

Ich holte tief Luft.

Kurz entschlossen nickte ich der Verkäuferin zu und deutete auf die Glasvitrine. In ihrem bunten Kimono trippelte sie in dieser schwebenden Art herbei, wie sie für japanische Frauen typisch ist, lächelte über ihr ganzes lackiertes Puppengesicht, zog mit vielen kleinen Verbeugungen die Lade heraus und reichte mir das Paar flach auf beiden Händen über den Tresen.

Das Leder fühlte sich kühl an. Ganz glatt war es und weicher als Samt. Ich liebte den neuen, würzigen Duft. Mit fahrigen Händen streifte ich sie mir über. Wie eine zweite Haut saßen sie, kein bisschen zu weit, selbst an den Fingern passten sie faltenfrei.

Die Verkäuferin sagte einen langen Satz mit »*gozaimasu*« am Ende. Wie Steinchen, die übers Wasser springen, hörte sich das in ihrem Tonfall an.

Ich verstand natürlich kein Wort, aber ich zog die Handschuhe aus, strich sie liebevoll glatt und reichte sie ihr zurück. »Ich nehme sie!«

Mit großem Nachdruck nickte ich, um den Kauf zu besiegeln.

Wieder ein Plätschern von Worten. Strahlend bereitete sie meiner kostbaren Ware ein Bett aus farblich passendem Seidenpapier in einer länglichen Schachtel und band eine goldene Schleife darum.

Während ich ihr wie gebannt auf die Finger mit den rot glänzenden Nägeln schaute, die wie Lampions im Wind zu tanzen schienen, schwappte mit einem Mal eine Welle des Triumphs über mich hinweg, deren Wucht mich auf den Zehenspitzen tänzeln ließ. Schwungvoll zog ich den Geldschein mit dem Bild des wolkengekränzten Fuji-Gipfels aus dem teuren Lederportemonnaie, das ich von Mamá bekommen hatte und nun, einmal vom Bezahlen des Mittagessens abgesehen, zum ersten Mal wirklich benutzte. Ich wünschte mir, Vater könnte mich sehen. Es würde ihm die pomadisierte Locke von der Stirne wehen, so zornig wäre er über diese große Verschwendung! Ich musste mich zusammennehmen, um nicht laut aufzulachen, so hoch schwebte ich über dem Boden.

IV

Zwerg mit Mütze

> 1 <

Es stimmt, was man vom Alter sagt. Du brauchst nur einmal die Lider zu schließen und schon ist ein Jahr vergangen. Die Stunden und Tage aber kriechen dahin, während sie in der Jugend rasch verflogen. Und erst in Tokio in dieser Zeit, als alles neu war für mich! Im Nu war der November da. Im Spätherbst, sagt man, sei Tokio am schönsten, was ich genauso empfand: Wenn der Wind aus dem Norden von den Höhen der Berge die nächtliche Kühle hinunter in die Bucht zum Pazifik bringt, tauschen die Bäume ihr grünes Kleid gegen Mäntel aus Gold und Purpur ein. Der Park war eine einzige Pracht. Es war die Zeit, in der neben Beeten voll mit kleinen gelben Chrysanthemen ein ganzes Meer von blauen Blümchen blühte, mit Köpfchen, die kaum größer waren als Vergissmeinnicht. Nach all dem Wind und Regen war das Wetter mit einem Mal wunderbar warm, sodass ich es mir zur Gewohnheit machte, die Vormittage auf der kleinen Terrasse vor unserem Haus zu verbringen.

Es muss ein Freitag gewesen sein, denn an dem Tag ging die Diplomatenpost um zwei Uhr Richtung Hafen ab. Wie eine Mahnung hatte ein Brief von Mamá seit seinem Eintreffen auf meinem Sekretär gelegen, die Antwort duldete keinen Aufschub mehr. So hatte ich mich zum Schreiben in den Garten gesetzt, vielleicht würde mir in diesem Rahmen etwas Passendes einfallen. Wieder und wieder setzte ich die Feder an, doch es war, als weigerte sie sich, das Papier zu berühren.

Mamás Zeilen hatte ich inzwischen so oft gelesen, dass ich sie auswendig kannte: »Verzeih mir, Goldstück, ich will euch nicht drängen, aber wir werden nicht jünger, Theodor und ich. Du weißt, es ist nicht meine Art, den Kern der Dinge in ein dickes Plumeau aus Worten zu hüllen. Es muss heraus! Ein Stammhalter, das ist mein größter Wunsch. Ob er mir wohl erfüllt wird? Und wie bald?«

Oh, Mamá, dachte ich, Sie ahnen ja nicht. Das Schlucken fiel mir schwer.

So freundlich Ernst Wilhelm zu mir war, in dieser einen heiklen Sache war und blieb er mir ein Fremder. Unser nächtliches Arrangement war seit dem Tage meiner Ankunft unverändert: Ich hatte mein Zimmer, er hatte seines. Wir verloren kein Wort darüber. Anfangs sagte ich mir, er wolle Rücksicht nehmen und mir Zeit geben, mich an ihn zu gewöhnen. War mir das nicht immer mehr als recht gewesen? Hätte ich nicht bei dem Gedanken, das Bett mit ihm zu teilen, am ganzen Leib einen Ausschlag bekommen?

Aber seit mich Mamás Brief erreicht hatte, waren all die Fragen wieder da, die mich die ganze Reise über gequält hatten. Was war mit ihm? War da etwa eine andere Frau im Spiel? Eine, die womöglich nicht standesgemäß war? Hatten ihn seine Eltern, um irgendeinen Skandal zu vertuschen, in diese Ehe hineingedrängt wie die meinen mich? Aber genau genommen war auch ich von recht bescheidener Herkunft. Die Frau müsste schon aus der Gosse kommen!

Das Argument, Ernst Wilhelm habe heiraten müssen, um den Anforderungen seines diplomatischen Amtes zu genügen, zog ich inzwischen in Zweifel. Schließlich war gerade erst der neue Polizeiattaché vor ein paar Tagen aus Berlin gekommen, dieser schreckliche Egon von Wächter, der mich seiner wimpernlosen

Augen wegen an ein Reptil erinnerte? Er war doch auch ohne Gattin!

»Verehrte Frau Mamá«, schrieb ich in meiner schönsten Schrift. Dann schwebte die Feder wieder.

Ich ließ die Paare Revue passieren. Die von Mirkes und Hauensteins hatten keine Kinder. Aber die Sieverts, die Westhoffs, die von Eckners ...

Elvira hatte zwei Buben von zwei und vier, und was ich für ein Zuviel an Körperfülle gehalten hatte, schuldete sie einem dritten. Sie war sich sicher, dass es diesmal ein Mädchen würde. Es hatte irgendetwas mit der Form ihres Bauches zu tun. Er war runder als bei den ersten Malen, meine ich mich zu erinnern. Oder spitzer.

»Wir haben ganz herrliches Wetter. Die Botschaft hat ihren Sitz auf dem Regierungshügel und ist von einem Park umgeben, der schöner nicht sein könnte. Ganz Tokio liegt uns zu Füßen, samt den kaiserlichen Gärten, nur den Palast selbst darf niemand sehen, er hüllt sich in die Kronen von Bäumen. Ernst Wilhelm ist viel beschäftigt.«

Ein lang gezogenes Klagen ließ mich aufschauen, ein Laut wie das Quietschen eines ungeölten Gartentürchens, aber einmal von der Umfassungsmauer und ihren Zufahrten abgesehen, gab es auf dem ganzen Compound weder Zäune noch Tore. Da war es wieder! Es kam aus den Hortensienbüschen, deren Blüten sich bereits zu verfärben begannen, altrosa und pudriger Flieder. Ich horchte. Es raschelte. Da. Es klang jämmerlich. Ich sprang auf und beugte mich zu dem Beet hinunter, meinen Rock in der Hand gerafft. Vorsichtig bog ich die Zweige zur Seite. Zwei große Augen schauten mich an.

»Ein Kätzchen!« Ich musste so lachen, als ich das kleine Kerlchen sah. Es war noch so winzig! Willig ließ es sich in beide Hände nehmen. Behutsam hob ich es auf.

»Auauauau.« Mit spitzen Zähnchen fing es an meinen Fingern

zu knabbern an. »Wer wird denn da beißen?« Schneeweiß war sein Fell, bis auf die Stirn und die Ohren, die schwarz waren, als trüge es eine Kappe. »Wo gehörst du denn hin?«

Die kleinen Pfoten fingen wohlig in meiner Hand zu treten an. Was sollte ich tun? Ich trug das schnurrende Bündel in die Küche. Frau Takemura wischte sich die Hände an dem Tuch ab, das zu diesem Zwecke am Obi ihres Kimonos steckte. Sie betrachtete das Kätzchen lange und mit großem Ernst.

»Soo, soo, soo«, machte sie immer wieder, mit diesem scharfen S, wie sie es tat, wenn sie Zeit zum Nachdenken brauchte oder etwas nicht verstand.

Dann hob sie plötzlich den Finger, und ihre Augen fingen zu leuchten an. In ein kleines Schälchen goss sie ein wenig Wasser und rührte dann etwas von der Milch hinein, die sie als Japanerin selbst niemals trinken würde. Sie deutete auf die Katze und reichte mir die Schale.

So saßen wir also vor dem Haus, mein neuer kleiner Freund und ich. Ich hatte den Zeigefinger gerade in die Milch getaucht, als ich Ernst Wilhelm auf das Haus zueilen sah. Es war noch nicht einmal Mittag, sofort war der Gedanke an meinen Vater da, was mein Herz erschrocken hüpfen ließ wie ein Zicklein über eine Mauer.

»Ich hoffe, du kannst mir verzeihen!«, rief er von Weitem. Ohne seinen Schritt zu verlangsamen, zog er einen Strauß gelber Rosen hinter dem Rücken hervor und hielt ihn mir am erhobenen Arm entgegen. »Eben hat mir von Wächter deine Papiere zurückgegeben. Alles geprüft, alles in Ordnung. Du bist willkommen in der Partei! Da habe ich erst das Datum gesehen: der 27. September. Du warst hier, an deinem Geburtstag! Und ich …«

Inzwischen war er über die zwei Stufen an der Terrasse zu mir heraufgesprungen und stand in seiner ganzen Länge vor mir, dünn wie eine Bohnenstange mit seinem schweren Kopf obenauf, außer Atem, mit den Blumen in der Hand.

»Wer ist das denn?« Er starrte entgeistert das Tier an.

»Ein Kater«, sagte ich schnell, nicht wissend, ob das Tier nun männlich oder weiblich war. Zum ersten Mal gelang es mir, die Lider nicht zu senken. »Er wird ab sofort bei uns wohnen.«

› 2 ‹

Ernst Wilhelm bestand auf einer Wiedergutmachung für den versäumten Geburtstag, wie oft ich auch sagte, es mache doch nichts, er habe es schließlich nicht wissen können. Als verspätetes Geschenk schlug er mir tatsächlich einen Ausflug vor, sodass wir am Sonntag nach Nara fuhren, in die alte japanische Hauptstadt. Der Fahrer der Botschaft sollte uns im Wagen hin und zurück bringen, und ich freute mich wie ein Kind auf diesen Ausflug.

Klein wie ein Staubkorn im Licht fühlte ich mich beim Durchschreiten der mächtigen hölzernen Tore. Wie Ernst Wilhelm mir erzählte, stellte jedes dieser Tore eine Einladung an die Vögel dar, auf dieser Erde zu landen. Seine aufmerksame Art, mir all dies zu zeigen und zu erklären, ist mir ähnlich unvergesslich wie der Todaji-Tempel allein ob seiner schieren Größe. In seiner gigantischen schattigen Halle, die alle Geräusche verschluckte, bis vom Hüsteln und Murmeln und den Schritten der Besucher nicht mehr als der Hauch einer Ahnung blieb, dort saß stumm und hoch wie ein Haus ein schimmernder bronzener Buddha. Ich konnte nur schweigen und starren. Den Kopf hatte ich so lang in den Nacken gelegt, dass mir die Schultern schmerzten, doch ich konnte den Blick nicht wenden.

Später, wir waren geraume Zeit durch die herrlichen Gärten spaziert und bewegten uns auf das Teehaus zu, da wich ich plötzlich erschrocken zurück. Vor einer vom Wetter silbern gebleichten Holzfassade kauerte auf einem geschnitzten Stuhl eine Gestalt in einem orangefarbenen Überwurf. Ihr Gesicht war ein einziger Schatten.

»Wer ist das denn?!« Ich hatte das Gefühl, dem Tod ins Auge zu schauen.

Ernst Wilhelm hielt mich lachend am Arm. »Niemand! Nichts! Bloß ein alter, hölzerner Buddha.«

»Wie kann jemand so etwas schnitzen?« Aus so hohlen Augen starrte uns die schwarze Fratze an, dass mich ein Schaudern erfasste.

»Wenn man abergläubisch wäre, könnte man sagen, das ist ein Omen.« Er grinste bis über die Ohren. »Wehe dem Wicht, den wir heute noch treffen!« Wie ein Kind ein böses Gespenst spielt, reckte er die Hände über den Kopf und hielt sie mir wie Klauen entgegen. »Huh, huh, huh!«

Ich lächelte dünn und schnappte nach Luft. Es war mir nicht nach Scherzen zumute, doch er zog mich weiter, sodass ich den Anblick schon bald vergaß. Ein hölzernes Männchen, mehr war es ja nicht. Das sagte ich mir. Außerdem gab es so viel anderes zu sehen, Figuren, die nicht so makaber waren. Sie waren von wirklichen Meistern geschnitzt und wie mit Eimern von Gold übergossen. Die Sonne konnte kaum herrlicher glänzen. Sie wollte ich im Herzen behalten.

Wenn du je die Gelegenheit haben solltest, dann, Liebes, fahre nach Nara! Dort wirst du immer das alte Japan finden, diese Stadt ist so ewig, sie kann nicht vergehen. Die Pagoden mit ihren geschwungenen Dächern, die wie Biskuitböden von Torten übereinandergeschichtet sind, dazwischen auf den Wegen, im Vergleich dazu spielzeugklein, die in ihre Tracht gehüllten Menschen. Gegen die Kühle in dick wattierte Seide gehüllt, folgten die Frauen mit japanisch weichen Gesten ihren würdevollen Männern, die jetzt Mäntel mit einer Art Cape um die Schultern trugen, das ihnen bis auf die Taille reichte. Nirgends habe ich so viel Stoff an so kleinen Menschen gesehen!

An der großen Glocke gab Ernst Wilhelm dem Wärter ein paar Münzen, die dieser, ohne sie anzuschauen, in den Falten seines Obis verbarg.

»*Arigatō gozaimasu.*« Mit raschelndem Gewand verbeugte er sich, dass seine Nase beinahe die Knie berührte. Dann trat er mit feierlicher Miene zurück. Groß und schwer wie der Klöppel war, er ließ sich leicht wie eine Schaukel schwingen. Dann dieser Laut! Neben den eigenwilligen Harmonien der Tempelgesänge, die wir auch an jenem Tag wieder hörten, verkörpert mir dieses ohrenbetäubende, alle Fasern des Körpers durchdringende Tschinn selbst nach all den Jahren den unvergessenen Klang von Japan.

Im Nara-Park fütterten wir die heiligen Hirsche, hübsche Tiere mit weißen Flecken, die ganz zahm waren und keine Geweihe trugen, sie wurden ihnen alljährlich in einer heiligen Zeremonie geschnitten, damit sie niemanden verletzten.

Wie müde war ich, als wir nachher im Wagen saßen, wie satt von den Eindrücken des Tages. Die ganze Fahrt über führte ich einen stillen Kampf gegen die Schwere meiner Lider, den ich wohl nicht immer gewann, denn ich sah nicht die Landschaft draußen, sondern das Erlebte an mir vorüberziehen: die lange Narbe, die das Gesicht des jungen Glockenwärters in zwei Hälften teilte wie eine Aprikose; der halb trippelnde, halb schwebende Gang der Frauen, die sich in den Gärten ergingen; das kleine Mädchen, das auf dem Kiesweg vor dem Andenkenladen gefallen war und so herzzerreißend weinte. Ich wünschte, es wäre meines gewesen.

Irgendwann blitzte die Totenlarve des hässlichen Buddhas vor mir auf, ganz kurz nur; lachend hörte ich Ernst Wilhelm sagen: »Wehe dem Wicht, den wir heute noch treffen!« Eilig wischte ich das Bild und die Worte fort wie eine lästige Fliege, doch mit pochendem Herzen schlug ich die Augen auf. Wir hatten bald die

Botschaft erreicht. Es war spät geworden und längst dunkel draußen. Ernst Wilhelm bat den Fahrer, den Alleenweg zu nehmen und am Haupteingang zu halten.

»Verzeih mir«, sagte er. »Ich muss noch auf einen Sprung ins Büro. Fräulein Ritter hat heute für mich einen Bericht geschrieben, den ich lieber in den Tresor legen möchte.«

Sein gutes Fräulein Ritter, das weder Sonn- noch Feiertag kannte. Ich nickte. »Aber natürlich.«

»Es wird nicht lang dauern. Ein paar Minuten, allenfalls.«

Er tätschelte mir die Hand.

Plötzlich saß er senkrecht da, den Blick auf etwas vor dem Fenster gerichtet. »Das ist ja …« Er fing laut zu lachen an. »Gas geben, Hayashi! Hupen Sie!« Er kurbelte die Scheibe herunter, sodass die kühle Nachtluft in den Wagen rauschte. »Nun fahren Sie schon! Folgen Sie dem Motorrad! Und hupen Sie, Mann! Hupen Sie!«

Ich begriff so wenig wie der Chauffeur, was in Ernst Wilhelm gefahren war. Hupen? Es musste bald Mitternacht sein. Die ganze Botschaft schlief schon!

»Wer ist das?«, fragte ich, rieb mir die Augen und starrte auf die schwere Maschine, die sich im Scheinwerferlicht aus dem Dunkel des Weges schälte. Im Umschauen leuchtete das weiße Gesicht eines Mannes auf. Seine Zähne blitzten, und er winkte und wurde schneller und schneller.

»Alexander!« Auch wenn meine Frage damit beantwortet war, der Ruf galt nicht mir, sondern dem Kerl da draußen. Ernst Wilhelm lehnte halb aus dem Fenster des fahrenden Wagens und fuchtelte wild mit den Armen. »Alexander!«

Offenbar wollte der Fremde uns zeigen, was in seiner Maschine steckte, mit Erfolg, wie sich erwies, denn obwohl sich Hayashi alle Mühe gab, hinter ihm herzujagen, brauste er auf ihr davon, um sie wenig später vor dem Haupteingang so abrupt zum Stehen zu bringen, dass den Wachen ein Kiesregen auf die Stiefel spritzte.

Noch schneller als sonst rissen sie ihren rechten Arm in die Höhe. Nicht nur Ernst Wilhelm amüsierte sich köstlich beim Anblick der mühsam beherrschten Gesichter, mit denen sie ihr »Heil Hitler!« riefen. Wir schüttelten uns beide vor Lachen in unserem Auto, das nur knapp hinter dem Motorrad abgebremst hatte.

Früher oder später wäre ich Alexander an der Botschaft ohnehin begegnet, allerspätestens beim nächsten Empfang. Aber so, wie es war, werde ich mich immer daran erinnern, dass der Mann, der unser Schicksal sein sollte, in jener Novembernacht des Jahres 1934 in unser Leben rauschte, wie es seinem Charakter entsprach: Er war kein Mann von leisen Tönen.

»Darf ich vorstellen?«, sagte Ernst Wilhelm, als wir wenig später im Licht der Gaslaternen vor dem Wagen standen, mit einer Wärme in der Stimme, die ich bis dahin nicht an ihm kannte. Obwohl es auch für ihn ein langer Tag gewesen war, sah er auf einmal ganz jung aus. »Alexander Arendt, Journalist der *Frankfurter Zeitung*. Er ist ein ausgewiesener Kenner sämtlicher ostasiatischer Fragen und anerkannter Japan-Spezialist. Aber …« Er warf dem Mann einen kurzen Blick zu, der mir halb fragend, halb prüfend erschien. »Ich denke, ich darf das so sagen: Alexander und ich, wir sind Freunde.«

»Aber natürlich darfst du!« Alexander drehte seine Motorradbrille in der Hand und schaute zu Boden, als er dies sagte, allein das Schmunzeln der beiden entging mir nicht. Sie waren alle zwei sehr groß gewachsen, doch Alexander war viel breiter in den Schultern und so athletisch gebaut, dass Ernst Wilhelm trotz der Uniform neben ihm noch schmaler erschien, als er es eigentlich war.

»Und das, lieber Alexander …« Ernst Wilhelm fasste mich am Ellenbogen. »Das ist meine Frau Elisabeth.«

Alexander legte seine ohnehin zerfurchte Stirn in noch tiefere Falten und fuhr sich mit gespreizten Fingern durch den dichten, dunklen Schopf.

»Sehr erfreut«, sagte ich, steif wie ein frisch gestärkter Kragen, und machte mich daran, mir den tadellosen taubenblauen Handschuh abzustreifen. Doch noch bevor ich ihn an den Fingern zu fassen bekam, hatte er mich schon an den Schultern gepackt, um mich mal hierhin, mal dorthin zu drehen, wie um mich im Licht zu betrachten. Frau von Beuthen etwa hatte mich auch so begrüßt. Doch ihre Hände berührten mich nicht. Nicht so. Die seinen schienen zu glühen.

»Sehr hübsch, muss ich sagen. Sehr, sehr hübsch.« In seinen auffallend hellen Augen blitzte es, und in dem funzeligen Licht der flackernden Gaslaternen fragte ich mich unwillkürlich, ob sie blau waren oder grün? »Aber was für ein Zwerg!« Er zog das Wort Zwerg in die Länge, als wollte er es bis zum Fujiyama hin dehnen. »Darf denn so was schon heiraten?«

Vergiss nicht, es war eine andere Zeit. 1934! Etikette war damals noch ein Zauberwort, gerade zwischen Mann und Frau!

»Ich bitte Sie, Herr Arendt!« Ich versuchte, meine ganze Entrüstung über sein unerhörtes Verhalten in meine Stimme zu legen und entwand mich seinem Griff, um mich abzuwenden, denn ich spürte die Röte in meinem Gesicht.

»Kinder«, hörte ich Ernst Wilhelm sagen. Noch nie hatte er zu Erwachsenen »Kinder« gesagt, obwohl es damals in Mode war. »Ich schlage vor, ihr beiden kommt auch ganz formlos zum Du.«

Ich glaubte meinen Ohren nicht zu trauen.

Ohne eine Antwort abzuwarten, nahmen mich die Männer in ihre Mitte. Als ich spürte, wie sich ein Arm von links und einer von rechts bei mir unterhakte, hüpfte mir fast das Herz aus dem Leib, so nah war mir ihr herbes Parfum und die Wärme, die durch ihre Jacken drang. So schlugen wir den Kiesweg zu unserem Haus hinüber ein.

»Und deine Dokumente?«, fragte ich, und ich fürchte, ich habe gestottert. »Hat Fräulein Ritter nicht eigens am Sonntag …?«

»Ach was!« Ernst Wilhelm zu meiner Linken winkte lachend ab. »Morgen ist auch noch ein Tag! Jetzt trinken wir darauf, dass Alexander heil wieder da ist.«

»Wenn das kein Wort ist!«, kam es von rechts. »Ihr glaubt ja nicht, welchen Durst ich habe!«

»Und du musst uns alles erzählen! Was machen die Japaner in China? Wie war es in Schanghai?«

› 3 ‹

Kaum betraten wir den Salon, ließ sich unser Gast breitbeinig wie ein Bauer auf dem Canapé nieder und streckte Ernst Wilhelm in Erwartung eines gefüllten Glases die Hand entgegen. Sein Tweedanzug schlug Beulen an den Knien, sodass er wirkte, als habe er darin geschlafen – oder nicht schlafen können, ein Eindruck, den sein unrasiertes Kinn ebenso verstärkte wie diese rötlichen Ränder, die sich ihm bis tief auf die Wangen zogen. Erst hielt ich sie für Augenschatten, bis ich bemerkte, dass es die Abdrücke der Motorradbrille waren, die er nun wie eine Binde um den Oberarm trug. Auf der Kante meines Sessels sitzend, aufrecht, die Hände im Schoß, sah ich mit festgefrorenem Lächeln zu, wie sie allmählich verschwanden.

Es war kühl im Salon, wegen unseres Ausflugs hatte Yoshida kein Feuer gemacht, sodass ich mir fröstelnd die Arme rieb.

»Ihr gestattet die Marscherleichterung?« Ohne unsere Antwort abzuwarten, löste sich unser Gast grinsend, den Zeigefinger zum Haken gebogen, den Krawattenknoten vom Hals.

Mit fragendem Blick hielt mir Ernst Wilhelm, wohl mehr des Anstands halber, einen leeren Cognacschwenker und die entkorkte Flasche hin. Abwehrend hob ich die Hände.

»Da hast du dir einen schönen Blaustrumpf an Land gezogen!« Säuerlich wie eine Anstandsdame rümpfte Alexander die Nase.

Dann lachte er laut, während er sich am Handrücken eine Zigarette aus dem zerknautschen Päckchen klopfte.

Entrüstet fuhr ich zu ihm herum, was ihn noch mehr amüsierte. Ich hoffte, er würde bald gehen.

»Lass gut sein. Sie ist schon in Ordnung.« Noch stehend, schaute Ernst Wilhelm mich an, wie um in der physischen Erscheinung meiner Person nach einer Bestätigung für seine Worte zu suchen.

»Entschuldigt mich einen Moment.« Er sprang auf, als sei ihm plötzlich etwas eingefallen. Man hörte seine Schritte draußen im Flur, die weiteren dämpfte der Teppich. Von der Couch kam das schabende Geräusch eines Feuerzeugs. Ein tiefer, gieriger Atemzug.

»Du gestattest doch?«

Ich nickte.

Der Schrei eines Vogels drang durch die Stille der Nacht. Es mochte eine Eule sein.

»Na, dann Prost.« Er hob sein Glas in meine Richtung. Bis zu mir war zu hören, wie er schluckte.

»Sie kennen Ernst Wilhelm schon lange?«, fragte ich, um Konversation zu betreiben.

»Nein, ganz und gar nicht. Ich war beim Empfangskommando in Tokio mit dabei, als Ernst Wilhelm frisch aus Deutschland eintraf. Vorher kannten wir uns nicht.«

»Ach?« Ich spürte, wie sich meine Stirn in Falten legte. »Wenn man Sie beide zusammen sieht, glaubt man, Sie würden sich von Kindesbeinen an kennen.«

»Wir sind Brüder im Geiste.« Die Arme zu beiden Seiten wie Flügel über die Rückenlehne gelegt, das Glas in der rechten, die brennende Zigarette in der linken Hand, schaute er mich unverwandt an, etwa so wie ein Raubtier seine Beute mustert, bevor es entscheidet, ob der Sprung sich lohnt.

»Und an der Waffe.« Ich hatte Ernst Wilhelm nicht hereinkommen hören. »Hier. Das wird dich wärmen.« Wie ein Kissen mit einem Orden hielt er mir ein Plaid hin. Es war grün mit schwarzen Streifen und sah nicht mehr ganz neu aus, aber warm war es, so warm. »Wir waren beide im Krieg. Zwar haben wir an verschiedenen Fronten gedient, Alexander im Osten, ich im Westen, aber an der Kameradschaft ändert das nichts.« Er stellte einen Aschenbecher auf den Tisch vor unseren Gast, und ich sah die beiden einen Blick austauschen, wie man ihn wechselt, wenn man zusammen einen weiten, schweren Weg gegangen ist.

»Wie schnell Männer doch Freundschaft schließen.«

»Du nicht? Mit den Damen? Im Übrigen finde ich, Alexander hat recht. Du solltest einen kleinen Cognac probieren.«

Karoline, Liebes, wie oft hast du mich für meine Liebe zu Cashmeredecken verlacht. Nun, in dieser Nacht ist sie geboren. Ich versank förmlich darunter im Sessel. In ihrem Schutze streifte ich heimlich die Schuhe ab und zog die Füße vom Boden hoch auf den Sessel. Als aus der Küche das klägliche Miauen des Katers kam, ging ihn Ernst Wilhelm eigenhändig holen und setzte ihn mir auf den Schoß.

Ich trank den ersten Weinbrand meines Lebens. Genau genommen tauchte ich eher meine Zungenspitze ein, als ihn wirklich zu schlürfen. Das machte das Brennen erträglich, und zugegeben, ich mochte den Duft, der mir auf seltsame Weise bis unter die Haarwurzeln kroch.

»Und? Wie ist die Stimmung, drüben?«, fragte Ernst Wilhelm.

»Du meinst in China?« Mit mehr Sorgfalt als nötig drückte Alexander seine Zigarette aus. Er sah zum Sterben müde aus. »Das Land hält die Luft an.«

Ich sah, wie sich Ernst Wilhelms Brauen hoben.

»Der Tiger ist zum Sprung geduckt. Wenn du mich fragst, ist es eine Sache von Monaten, dann fressen sich die Japaner nach Süden weiter. Alles, was nördlich der Großen Mauer liegt, haben sie sich schon einverleibt – im letzten Jahr haben sie Jehol und Chahar eingenommen, trotz dieses lächerlichen Waffenstillstands.« Ihm entfuhr ein sarkastisches Lachen. »Ich sehe sie schon eine Marionette nach der anderen ausgraben wie diesen albernen Puyi in Mandschukuo und bis hinunter nach Singapur lauter kleine Kaiser von des Tennos Gnaden installieren.« Wieder lachte er bitter. »Und das Volk? Die Bauern, die Armen? Die rackern sich tot und können mal wieder verrecken.«

Wie aus dem Nichts stand auf einmal das Bild von Fräulein Degenhardt vor mir, und meine Hände suchten ohne mein Dazutun nach dem Wollknäuel.

»Wissen Sie, wo Kaifeng liegt?«, fragte ich und zog mir die Decke hoch zum Kinn, weil mich wie von einer düsteren Ahnung ein Frösteln überlief.

»Ich dachte, wir duzen uns, Zwerg.« Er hatte diese Art, die markanten Brauen über seinen tief liegenden Augen so zusammenzuziehen, dass sie sich in der Mitte trafen und ihm beinahe wie die Bemalung der Kabuki-Masken von Samurai-Kriegern auf der Stirne standen, die ich mir kurz vor jenem Tag bei einem Ausflug des Kulturkreises der Botschaftsdamen im Tokioter Nationalmuseum angesehen hatte. Wenn er, wie in diesem Moment, zudem nur den einen Mundwinkel in die Höhe zog, wirkte er auf eine dreiste Weise überheblich. Ich hätte ihn ohrfeigen mögen. Doch sobald er zu erklären begann, waren mit dem ersten Wort aus seinem Ton alle Ironie und Arroganz gewichen. »Wenn du dir ein Dreieck mit gleich langen Schenkeln vorstellst, mit Schanghai im Süden und Wladiwostok im Norden ...« Mit dem Cognacschwenker und dem Feuerzeug markierte er die beiden Punkte. »Dann sitzt Kaifeng hier, im Westen.« Der Nagel seines Zeigefingers war bis aufs Fleisch zurückgebissen. »Warum interessiert dich das?«

»Ich habe da, wie soll ich sagen ...? Eine Bekannte? Eine Freundin.«

Ernst Wilhelm hob fragend die Brauen.

»Du weißt doch, Fräulein Degenhardt.«

»Die strenge Missionarin.« Leise lachte er in sein Glas hinein.

»Sie hat mir sehr geholfen!« Ich konnte das nicht einfach stehen lassen, niemand sollte etwas sagen gegen sie!

»Missionarin sagt ihr? In Kaifeng?« Alexander schüttelte sich eine neue Zigarette aus dem Päckchen.

»Nicht direkt.« Ich hatte die Zeichnung vor Augen. »Es muss etwa fünfzig Kilometer östlich sein.«

»Bauernland«, sagte er. »Es heißt, die Provinz Henan sei die Kornkammer Chinas, aber im letzten Jahr bin ich selbst in der Gegend gewesen. Du weißt ja«, sein Blick ging zu Ernst Wilhelm. »Ich habe diesen Artikel geschrieben.« Er tat einen langen Zug. »Ihr könnt euch nicht vorstellen, unter welcher Armut das Volk dort leidet. Entweder die Leute ersaufen, weil der Gelbe Fluss über die Ufer tritt, oder die Dürre macht alles zu Staub. Ich habe gesehen, wie man Kinder mit einem Brei aus Erde füttert, um ihre Mägen zu füllen. Töchter werden als Sklavinnen verkauft, kaum dass sie laufen können.« Er lehnte sich zurück und starrte an die Wand, als würde er dort diese Bilder sehen. Leise fuhr er schließlich fort: »Und das bisschen, was den Menschen bleibt, wenn die Ernte einmal gut war, wird ihnen von Tschiang Kai-scheks Kuomintang-Hunden abgenommen. Willkürlich schnappen sie sich auf den Straßen kräftige Männer heraus, um sich von ihnen über Kilometer und Kilometer ihre Lasten schleppen zu lassen. Sollen die Familien daheim doch verhungern! Als Lohn gibt es einen Kanten verschimmeltes Brot. Wenn man sie nicht mehr braucht, lässt man sie eben laufen. Dann geht es zu Fuß nach Haus! Wenn sie so weit noch kommen! Es ist eine Schande, sag ich euch.«

»Aber eine christliche Missionsstation, die werden sie doch in Ruhe lassen?« Mir war ganz schwarz vor Augen.

»Das kann man nur hoffen.« Ein Kloß drückte ihm auf die Stimme.

Wie der Rauch der Zigaretten breitete sich ein Schweigen im Raume aus, dass es fast greifbar war. Vielleicht hätte ich nicht fragen sollen. Was half es mir, dieses Wissen? Ich sah Fräulein Degenhardt vor mir stehen, in ihrem schwarzen Ordensgewand, das Kinn gereckt, den Schirm in der Hand, und hinter ihrem Rock hervor starrten mich stumm die hohlwangigen Gesichter von Kindern an. Von vielen, vielen Kindern. Er hatte recht. Man konnte nur hoffen und beten.

Ich zog mich in den Schutz meiner Decke zurück und kraulte und kraulte den Kater. Er war so warm, so weich. Das Reden überließ ich den Männern. Während sie die Welt in Gut und Böse sortierten und sich in Halb- und Nebensätzen über den Führer mokierten und diesen von Wächter, den blödsinnigsten aller Nazis an der Botschaft – während all dieser Zeit schwenkte und schwenkte ich das Glas in der Hand und schickte die düsteren Gedanken fort. Tief sog ich den aromatischen Duft in mich ein. Meine Augen versanken in der braungoldenen Farbe, bis der Inhalt schließlich zur Neige ging.

»Und was macht die Liebe?« Ernst Wilhelm hatte sich längst auch seiner Jacke entledigt und den Kragen geöffnet, als er die Frage stellte. Die Männer schienen beide nicht zu frieren.

Alexander wartete nicht, bis ihm nachgeschenkt wurde. Er griff selbst zur Flasche, goss sich ein und ließ die Zweifingerbreit kreisen. »Tja, die Liebe ….«

Ich hielt ihm mein Glas hin.

»Sieh einmal an, der Zwerg.«

Er schenkte mir nach.

Dann lachte er plötzlich, als habe er sich an einen Witz erinnert. »Ich habe übrigens Käthe gesehen.«

»Ach?« Ein Strahlen lief über Ernst Wilhelms Gesicht wie in den damals noch als Sensation empfundenen Leuchtreklamen unten auf der Ginza.

»Ihr Buch ist da. Sie hat in Schanghai einen Verleger gefunden, der so mutig war, es zu drucken. Sie hat vor, in nächster Zeit nach Tokio zu kommen, und wird dir sicher ein Exemplar geben. Eines sollten wir übrigens auch diesem Herrn von Wächter zukommen lassen. Kann gut sein, dass ihm dann das Hirn explodiert. Es wäre nicht schade um ihn.«

»Pass auf, was du sagst.« Ernst Wilhelm senkte die Stimme. Es war fast, als würde er sich selbst in unserem Wohnzimmer über die Schulter schauen. Sie tauschten einen stummen Blick aus. »Ist Käthe noch immer mit Viktor liiert?«, fragte er dann.

Alexander nickte. »Der Mann hat ein Schwein!« Er lachte, nahm einen Schluck, ließ das bauchige Glas langsam in den Schoß hinuntersinken und barg es im Nest seiner Hände.

»Käthe ist schwanger?« Ernst Wilhelm saß plötzlich senkrecht da.

Ich horchte auf. Wer war diese Frau?

»Wie kommst du denn darauf? Nein, nein, Käthe doch nicht!« Alexander lachte derb wie ein Kutscher. »Du kennst doch ihre Haltung zu Ehe und Mutterschaft.«

Ernst Wilhelm grinste. »Und Miyake?«

»Der ist auch hier. Er war mit mir auf dem Schiff. Ozaki hat ihm eine Stelle verschafft. Die *Asahi Shimbun* brauchte einen Fotografen.«

So viele Namen, mit denen ich nichts anzufangen wusste. Aus der gemütlichen Wärme meines Nestes ließ ich sie an mir vorübertreiben wie Boote auf einem Fluss, während sich meine Hände in dem weichen weißen Fell des schnurrenden Bündels auf meinem Schoße vergruben. Es war tatsächlich ein Bübchen, was irgendwann in jener Nacht festgestellt wurde. Feierlich wurde das Tier »Kater Mütze« getauft. Eine neue Flasche Cognac war dazu vonnöten, zumal man ihn zu fortgeschrittener Stunde und mit gelöster Zunge offiziell in den Stand eines Attachés erhob, zuständig für Mäusefragen auf extraterritorialen Gebieten. Mein Sessel solle künftig der seine sein. Ich dürfe ihn aber auch weiter benutzen.

Von Osten her begann der Himmel durch den Tau auf den Fenstern violett zu schimmern, als sich die Männer erhoben. Alexander hielt sich schwankend am Rahmen der Tür. Ernst Wilhelm wollte ihm einen Wagen rufen, doch Alexander lehnte dies rundheraus ab. Sein Motorrad wisse den Weg schon alleine zu finden. Es habe ihn des Öfteren gefahren.

Wie Ernst Wilhelm den folgenden Tag im Büro überstand, bleibt mir ein ewiges Rätsel. Hinter Alexander war kaum die Tür zugefallen, da wechselte er das Hemd und ging aus dem Haus. Erst am Abend kam er heim, grau um die Augen, doch er lachte.

Ich selbst versank in seligem Schlaf und träumte von einem Land im Licht, in dem nur glückliche Menschen lebten. Düstere Wolken ballten sich über dem Horizont, doch der lag weit in der Ferne. Ich schaute nur auf das Leuchten und schmolz in der milden Wärme dahin wie Lohmeyers Schokolade im Munde.

Was mich weckte, war die Sonne, die mir aufs Kissen schien. Noch nie hatte ich den halben Tag verschlafen, doch ich hatte kein schlechtes Gewissen. Erwachsen fühlte ich mich! Wie eine richtige Herrin des Hauses.

Mittags, beim Frühstück, saß ich mit Kater Mütze am Tisch. Er bekam zwei Scheiben Schinken.

V
Zwischen den Welten

> 1 <

In meiner ersten Zeit in Tokio tat ich, was Touristen tun. Mit großen Augen bestaunte ich diese Stadt, in der das Neue und das Alte so nahe beieinanderlagen, als eilten die Menschen mit einem Fuß im Lederpumps in Richtung Zukunft, während sie der andere noch mit dem traditionellen Geta an den Zehenbändern täglich hin zum Altvertrauten zog. Tiefer als über die Oberfläche reichte allerdings keiner meiner Blicke. Was sich dort vor meinen Augen spiegelte, erschien mir ausnahmslos besonders.

Rückblickend glaube ich, dass die Sorge um Fräulein Degenhardt für mich der Anlass war, anders hinzuschauen. Es war, als hätte mir Alexander in der Nacht unserer ersten Begegnung mit dem Wenigen, was er über die bedrohliche Lage in Henan gesagt hatte, ein Gift ins Herz geträufelt, das mir ganz allmählich und zunächst unbemerkt die unbekümmerte Arglosigkeit raubte, mit der ich durch dies neue Leben taumelte. Es lag wohl an jener für die Jugend typischen Mischung aus Naivität und Ichbezogenheit, dass ich meinte, vom Schicksal oder wem auch immer für die harte Schule meiner Kindheit entlohnt und auf direktem Weg ins Paradies befördert worden zu sein. Ein Paradies, ja, das war Tokio für mich in dieser ersten Zeit. Ich nahm gierig, was ich bekam. Und in diese Unbedarftheit platzte die Bemerkung von Henan, die mir zeigte, wie wenig ich wirklich vom Leben in Asien wusste.

Hätte Ernst Wilhelm es wie Fritz Meißner gehalten, der sich geweigert hatte, der Partei beizutreten und Anfang 1935 von Reichsaußenminister Konstantin Freiherr von Neurath von heute auf morgen nach Berlin zurückbeordert wurde, wäre die Zeit in Japan für mich nichts als ein faszinierendes Intermezzo geblieben. Was hätte ich in diesem Falle im Gedächtnis behalten? Eine Stadt, in der wie auf einer Insel der Seligen nur wohlhabende Bürger lebten, mitsamt eines Heeres von schmaläugigen, genügsamen, stillen Heinzelmännchen und guten Feen, die diese lächelnd bedienten.

Wir Deutschen blieben damals weitgehend unter uns, selbst zu Ausländern anderer Nationen pflegten wir allenfalls reservierte Kontakte, das Misstrauen nach dem Kriege saß tief. Wenn es bei Veranstaltungen an der Botschaft tatsächlich einmal zu Begegnungen mit Japanern kam, blieben diese förmlich und in hohem Maße unverbindlich. Man sah die Leute lächeln und im Rücken wippen und sich nach Regeln, die sich mir nicht erschlossen, mal tief, mal nicht so tief verbeugen. Doch während ich mir anfangs kaum mehr Gedanken darum machte, als wäre dies Ganze ein Spiel, wuchs in mir mit einem Male ein täglich tieferes Unbehagen. Ich stellte mir vor, wie sich diese Menschen hinter ihrer Fassade aus Höflichkeit verbargen und mich beäugten, so wie die Witwe Schwarz daheim in München hinter ihrem Vorhang stehend auf die Welt vor ihrem Fenster blickte und ungesehen alles beobachtete, was draußen so passierte.

Mir war mit einem Mal, als wäre ich in ein Niemandsland zwischen meiner alten und dieser neuen Welt geraten. Auch wenn sich meine Tage in eine Routine gefügt hatten, gehörte ich doch nirgends dazu. Ob mir das jetzt erst auffiel? Ja, schon. Bekannte hatte ich viele, doch was ich schmerzlich vermisste, war eine Freundin, der ich vertrauen konnte. Mit wem hätte ich über Dinge reden sollen, die mich im Herzen bewegten? Wie genau war Elvira schwanger geworden? Sollte ich etwa Ernst Wilhelm fragen? Ich würde doch sterben vor Scham! Reichte es, wenn er mich küssen würde? Woran würde ich merken, wenn es bei mir so weit war? Nur daran, dass mein Bauch sich wölbte und meine Hüften zu schwellen begannen? Bei mir tat sich nichts. Ich war und blieb schmal.

Ernst Wilhelm lebte sein Leben, neben ihm versuchte ich, das meine zu leben. Aber ….

Jetzt, wo der Dezember gekommen war, begann die Hatz nach Geschenken. Wenn die Meute fast täglich zur Ginza fuhr, kam ich meistens mit, doch immer öfter fragte ich mich, wer diese Frauen wohl waren. Man duzte sich, man war so gut Freund.

»Hach, meine Liebe, hast du gehört …?«

Und schon steckten die Köpfe zusammen.

Ich fühlte mich an meine Schulzeit in München erinnert, nicht Backfische, sondern »Hühner« hatte uns Tante Aglaia genannt, um des Gegackers willen. Nur teilte ich jetzt mit den Müttern die Bank, diese Frauen waren alt für mich und dementsprechend anspruchsvoller. Wenn sie prunkten und prahlten, so ging es nicht um eine neue Spange oder die Zahl der Seilchensprünge, die sie besonders gut konnten.

Ich vergesse nie, wie wir einmal zum Baumkuchenessen bei Lohmeyers saßen. Agnes von Hauenstein trat plötzlich durch die Türe. Nein, sie trat nicht, sie wehte mit dem Wind herein. Sie trug einen neuen Mantel, cremeweiß war er und sehr schmal in der Taille. Der Blick, mit dem sie sich vor uns drehte, dass der glockige Saum zu schwingen begann! Triumph stand in ihren Augen geschrieben, in großen goldenen Lettern. Den Kragen hatte sie hochgeschlagen und an beiden Enden gefasst, doch mit den Daumen von unten her, sodass man den Pelzbesatz sah.

»Ist das Nerz?« Charlotte Totzauer ließ das Gäbelchen sinken und machte große Augen.

»Japanischer Zobel. Ihr glaubt gar nicht, wie weich der ist!«

»Teuer?«, fragte Elfriede von Mirke. Den Kopf taxierend schräg gestellt, stützte sie ihr schweres Kinn in die Hand.

»Sündhaft. Mein Mann wird sich freuen, wenn er die Rechnung bekommt.« Agnes' Lachen war ein wenig zu schrill. Alles kicherte mit. »Herr Ober?«, rief sie. »Mädels, was ist das, was ihr da trinkt? Doch nicht etwa Tee?«

»Punsch«, sagte ich.

»Punsch?« Sie zog die strichdünn gezupften Brauen in die Höhe. »Richtiger Alkohol? Du etwa auch, mein Kleinchen?«

Sie sagte tatsächlich »mein Kleinchen«, als hätte »Kleines« nicht vollends gereicht. Dass ich nach meinen Handschuhen griff, merkte ich erst, als ich das kühle, glatte Leder zwischen den Fingern spürte. Ich strich sie glatt. Ich zog sie lang. Ich hätte sie ihr gern vor die Füße geklatscht. Stattdessen beugte ich mich zu Lore hin, die neben mir am Fenster saß. »Zobel?«, fragte ich und setzte mein liebenswürdigstes Lächeln auf. »Ist der nicht etwas passé?«

So nonchalant mir die Spitze über die Lippen ging, ich fühlte mich plötzlich ganz elend. Nicht nur von Agnes, ich war von der Meute enttäuscht! Wie oberflächlich diese Frauen im Grunde doch waren. Wie gehässig und arrogant. Ihre Nettigkeit schien nicht tiefer als die Schminke zu reichen. Ihr Interesse kreiste nur um sie selbst, um die Dinge, die sie schöner und wichtiger machten, die sie vor anderen herzeigen konnten. Ich dachte an Mamás Umschlag mit dem Reisegeld. Nach Abzug aller Kosten waren zweihundertsechsundachtzig Reichsmark geblieben, in meinen Augen ein kleines Vermögen. Fräulein Degenhardt hätte es nehmen sollen! Hier wurde das Geld nicht gebraucht.

› 2 ‹

Mein Tagebuch fand den Weg aus der Schublade meines Sekretärs auf meinen Nachttisch zurück. Wenn ich abends, einsam im Zimmer, vor dem Einschlafen darin zu blättern begann und zu Fräulein Degenhardts Zeichnung gelangte, folgte mein Finger der feinen Rille, die ihr fester Strich in das Papier gedrückt hatte wie eine Spur im Sand. Hoffentlich verwehte sie nicht. Ja, beten und hoffen, mehr konnte ich nicht.

Ich fing an, von Schiffen zu träumen. War Schanghai der nächste Hafen? Ob es von Tokio oder Yokohama aus eine Fähre hinüber zum chinesischen Festland gab? Oder musste man nach Osaka? Und dann? Wie weiter? Fuhr nach Kaifeng eine Eisenbahn?

Meine Vorstellung von China war mehr als diffus – ein bruchstückhaftes Gewebe aus Sätzen, die ich mit halbem Ohr aufgeschnappt hatte. Was in der großen Welt geschah? Wo ich herkam, waren solche Dinge für Frauen kein Thema gewesen. Frauen kochten, stopften und stickten.

Die vage Ungewissheit, die mich umfing, setzte mir derart zu, dass ich beschloss, meinen Mut zusammenzunehmen und mit Ernst Wilhelm zu reden. Wir saßen gemeinsam beim Essen, als ich meine Chance gekommen sah. Ich wartete, bis Shigeko die Suppe aufgetragen und die Tür hinter sich ins Schloss gezogen hatte. An mehreren Abenden hintereinander war Ernst Wilhelm mit

Alexander unterwegs gewesen und erst spät in der Nacht nach Hause gekommen – »Herrenrunden«, wie er entschuldigend sagte. Doch ich sah seine Augen glänzen.

Seit Alexander aus Schanghai gekommen war, saß ich oft alleine zu Tisch und starrte auf meinen Teller, mit dem Kater als einziger Gesellschaft. Von Ernst Wilhelm wusste ich, dass der Mann bald täglich in der Botschaft erschien. Seine Verbindungen seien exzellent und sein Rat gefragt, bis hinauf zu Herrn von Beuthen. Doch ihn selbst sah ich nie, abgesehen davon, dass ich in der Zufahrt manchmal das Knattern seines Motorrads herannahen hörte und er an mir vorbeibrauste, dass mich der Fahrtwind halb von der Fahrbahn fegte. Wild winkend riss er bei diesen Gelegenheiten den Arm in die Höhe und schrie lachend: »Achtung! Ein Zwerg!«

Verrückter Kerl! Kopfschüttelnd schaute ich ihm jedes Mal nach und schimpfte auf den Staub, den er machte. Nun hieß es, er sei für ein paar Tage nach Osaka gefahren. Gott sei Dank. Ich hoffte nur, dass es stimmte!

»Ernst Wilhelm?« Ich brockte etwas Brot in die Suppe.

»Ja?«

»Was bedeutet eigentlich ›Kuomintang‹?«

Überrascht hob er die Brauen. »Die Kuomintang? Seit wann hast du Interesse an China?«

»Ich wollte nur … Ich meine …« Ich fühlte vom Hals aus die Röte steigen. War das eine dumme Frage?

Ernst Wilhelm aber lächelte mild. »Die Kuomintang, das sind die Soldaten des chinesischen Marschalls Tschiang Kai-schek.«

»Aber warum nennt Alexander sie Hunde? Stimmt es denn nicht, dass dieser Tschiang Kai-schek Kommunisten jagt?« So giftig, dass die Spucke in alle Richtungen spritze, hörte ich Vater sich in Rage reden: »Kommunistensäue! Jüdische Bolschewiken! Stellt sie alle an die Wand!« Doch Vater hatte auch gegen von Schleicher und seine Leute gewettert, die »Führerverräter«, wobei er nichts dabei fand, meine Hand an Ernst Wilhelm zu geben, der angeblich einer von ihnen war. Ich verstand sie nicht, diese Welt.

Ernst Wilhelm aß schweigend, als ob es für ihn nichts als diese Suppe gäbe. Noch den letzten Rest schabte er mit dem Löffel vom Tellerrand. »Unsere Regierung«, sagte er schließlich, als ich schon dachte, er antworte mir nicht, »ist in der Tat an einer Zerschlagung der kommunistischen Sache interessiert. Man betrachtet diese Leute als Verbrecher. Erst dieser Tage hat Göring im Außenamt in Berlin darüber referiert. Im letzten Jahr haben wir Tschiang eigens einen Militärberater zur Seite gestellt, um ihn zum Aufbau von Nachschubwegen rings um die Rückzugsgebiete von Mao Tse-tungs Truppen zu bewegen. Ein erfolgreicher Kampf erfordert Infrastruktur.« Er warf mir einen prüfenden Blick zu. »Verzeih. Mao Tse-tung ist der Führer der kommunistischen Truppen in China. Er hat sich mit seinen Männern in das Grenzgebiet der beiden Provinzen Jiangxi und Fujian zurückgezogen. Nach unseren Informationen ist Tschiang ihm tatsächlich auf den Fersen, zumal er inzwischen dank des Waffenstillstands mit Japan den Rücken frei hat. Es finden Bewegungen gen Nordwesten statt, seit diesem Oktober. Wie es aussieht, scheinen die Kommunisten zur sowjetisch kontrollierten Grenze vordringen zu wollen. Ein verzweifelter Marsch. Anfang des Monats haben sie den Fluss Xiang überquert. Die Hälfte der Leute sind ...« Wieder schaute er mich an, diesmal ganz kurz nur, dann legte er leise den Löffel weg. »Ertrunken«, sagte er bitter. »Von Kuomintang-Fliegern aus der Luft abgeknallt. In Berlin würde man sagen: zum Glück! Doch ...« Er suchte nach Worten. »Im Leben kann es keine letztendlichen Gewissheiten geben. Es sind Menschen, die da sterben. Hitler mag vor einer kommunistischen Verschwörung warnen. Aber ...« Er zögerte. Leise, fast flüsternd fuhr er fort. »Das sehen nicht alle so.«

»Und Henan? Liegt das im Kampfgebiet? Und die Japaner? Was heißt das, wenn der Tiger springt?«

»Jetzt verstehe ich. Du denkst an Fräulein Degenhardt.« Über den Tisch hinweg suchte seine Hand die meine, eine seltene Geste, die mich abermals erröten ließ. »Du hast sie wohl sehr ins Herz geschlossen.«

Ich nickte und schluckte die Tränen hinunter.

»Keine Angst, meine Liebe. Zurzeit herrscht dort Ruhe.«

In diesem Augenblick brachte Frau Takemura persönlich den nächsten Gang herein, einen Fisch mit grün-blauer Haut. Mit langen Stäbchen zerteilte sie ihn und tat ihn uns auf. Shigeko servierte den Reis dazu und zweierlei Saucen, eine gelbe, pikante und eine grüne, die, wenn du mich fragst, etwas seltsam war. Sie schmeckte nach einem Kraut, das ich nicht kannte.

Wir aßen schweigend.

Ja, beten und hoffen.

Im Stillen seufzend nahm ich mir vor, für den Kater Kopf und Haut aufzubewahren. Auch einen Brief nach diesem Kaifeng würde ich schreiben, um nach meiner guten Fee zu fragen und natürlich nach den Kindern. Was sie wohl auf dem Teller hatten? Eine Handvoll Reis? Konnte das einem Menschen genügen?

› 3 ‹

In jenem Jahr kam der Winter spät in Tokio. Es war Mitte Dezember, als die Gärtner mit ausladenden Strichen ihrer breiten Fächerbesen das letzte Laub der Ginkgo-Bäume von den Wegen kehrten, das in wirbelnden Flocken aus dem blassblauen Himmel fiel wie goldener Schnee. In großen Sieben wuschen sie den Kies wieder weiß. Alle Büsche waren perfekt geschnitten und die Beete wie mit dem Staubtuch poliert.

Ob es am fehlenden Blattwerk lag oder an der glasklaren Luft, die Geräusche der Stadt drangen deutlich wie nie zu uns herauf. Tagsüber mischte sich unter das unablässige Motorenrauschen das helle Bimmelim der Straßenbahnen und das Rumpeln eisenbeschlagener Räder. Mit der Leichtfüßigkeit von Elfen huschten Shamisen-Kläge von dem einen oder anderen Teehaus über diesen Teppich hinweg. Nach Einbruch der Dunkelheit kündigten sich die Wachmänner des Viertels auf ihren Runden mit dem klappernden Stakkato ihrer Klanghölzer an. Morgens wurde die Sonne im nahe gelegenen Shinto-Schrein mit dumpfen Trommelschlägen begrüßt, und abends, wenn sie unterging, legte sich das warme, tiefe »Bommm!« der Tempelglocke wie eine schützende Decke über die Dächer der Häuser und das nun kahle Geäst.

Die Nächte waren kühl geworden und so klamm, dass die Knochen im Leib zu frösteln begannen, obwohl die Temperaturen doch im Vergleich zu München ganz harmlos waren. Statt Schnee lag morgens der Tau wie ein silberner Teppich auf dem Rasen.

In der Botschaft ging es adventlich zu. Fast täglich war ich mit drüben im Haus und half, es für das Fest herauszuputzen.

»Es wird doch eine Krippe geben?«, fragte ich Frau von Beuthen eines Tages, als sie kam, unser Werk zu bestaunen. Zu dritt waren wir den ganzen Morgen beschäftigt gewesen, für die Geländer der zweiflügeligen Treppe, die die große Hakenkreuzflagge rahmten wie ein offener Kragen, aus langnadeligen Kiefernzweigen eine Girlande zu winden. Gerade hatten wir sie mit roten Schleifen befestigt. Mit etwas Terpentin wischte ich mir das Harz von den Händen. Auch wenn andere dies sicherlich seltsam fanden, ich mochte den Geruch.

»Eine Krippe?« Aus Frau von Beuthens Mund klang das Wort wie die Bezeichnung einer ansteckenden Krankheit, vor der man sich tunlichst hüten sollte.

Erschrocken schaute ich auf, gerade rechtzeitig, um zu sehen, wie sich auf ihrem Gesicht ein eigentümliches Lächeln ausbreitete. »Wir feiern die DEUTSCHE Weihnacht«, sagte sie mit einer Andacht, wie ich sie von meiner alten Religionslehrerin, Schwester Annunziata, her kannte, wenn sie von der Heiligen Dreifaltigkeit sprach. »Wozu brauchen wir irgendwelche astrologischen Könige aus dem ›Morgenlande‹, um ein Kind von dubioser Rasse zu preisen, wo wir den Führer als Erlöser haben und den Sieg des Lichtes feiern?«

»Selbstverständlich«, murmelte ich, ohne meinen Fauxpas ganz zu begreifen, und machte mich an der Transportkiste mit den Dekorationen zu schaffen, die gerade rechtzeitig mit der Diplomatenpost den weiten Weg aus Gablonz an der Neiße gekommen war.

»Frau von Beuthen?«

Ich war froh, dass in diesem Moment eine der Wachen neben uns trat. Damit war ich entlassen. Der Mann war jung. Nicht jünger als ich. Sein Gesicht zeigte keine Spuren von Bartwuchs. »Sie erwarten einen Gast? Eine gewisse Frau Heckelmann steht am Empfang und behauptet ...« Die Röte kroch ihm die Wangen hinauf. Der Ärmste. Ich wusste, wie er sich fühlte.

»Du meine Güte, die Hedwig.« Frau von Beuthen fasste sich an die Stirn. »Wie konnte ich vergessen, sie dem Empfang zu melden.« Begleitet vom Stakkato ihrer Blockabsätze rauschte sie erhobenen Hauptes davon.

Aus dem weichen Holzwollebett hob ich behutsam einen der hauchzarten mundgeblasenen Tannenbäume heraus und hängte ihn zwischen die Sterne.

Es sollte keinen Jesus mehr geben?

Wie eine plumpe, dicke Kröte hockte die Frage vor mir. Ich mochte und mochte sie nicht schlucken.

Noch am Nachmittag, als ich mich von Hayashi durch die Gassen des Shibuya-Viertels zu meiner Gesangsstunde fahren ließ, konnte ich nicht aufhören zu grübeln. Während mein Blick über die Fronten der kleinen Verkaufsläden glitt, die kaum mehr als Holzverschläge mit riesigen, bunten Schildern waren, musste ich an den Weihnachtsschmuck denken, den wir daheim alljährlich vom Dachboden holten. Geholt hatten, musste es nun wohl heißen, auch das ein Gedanke, der so falsch für mich war wie das Fehlen von Schnee im Winter.

Was wohl daraus geworden war? Ob man unseren alten Schatz angesichts des neu erworbenen Status womöglich als zu schäbig empfand? Auf den staubigen Dielen zwischen Truhen und Säcken sah ich die beiden Pappkartons stehen, den großen mit den Kugeln und Sternen und den kleineren, in dem obenauf der Engel mit dem Rauschehaar lag. Was sollte aus Ochs und Esel werden, wenn die Herren in Berlin uns ungefragt unser Betlehem nahmen? Was aus dem kleinen strohgefüllten Krippchen mit dem winzigen wächsernen Christuskind, das noch von Großmutter stammte aus dem Andenkenlädchen in der Wallfahrtskirche von Birkenstein?

Ich bin nie wirklich politisch gewesen, nicht mit dem glühenden Eifer, wie ich ihn bei so vielen Männern und später auch bei Frauen erlebte, einem Eifer, der mich zeitlebens erschreckte, weil er mir so gnadenlos schien und in hohem Maße zerstörerisch. Aber Weihnachten nicht nach alter Sitte zu feiern, das versetzte mir einen schmerzlichen Stich, der mich innerlich in einen trotzigen Aufruhr versetzte, beinahe wie früher gegen den Vater. Wenn die Nationalsozialisten uns den Jesus nahmen, nur weil er Jude und aus Nazareth war, was folgte dann noch?

»Bitte. Wir sind da.« Hayashi setzte meinen Fragen ein Ende, als er mir, weiß behandschuht und mit ernster Miene, den Schlag aufhielt. Seine Stiefel waren wie üblich gründlich poliert. Sein Gesicht glänzte mit ihnen um die Wette.

»*Arigatō gozaimasu*«, sagte ich und schmunzelte im Stillen. Er schaute mich nie an, es gehörte sich nicht; auch klappte sein Oberkörper vor, kaum dass ich den Fuß auf die Straße setzte, doch ich war mir sicher, dass es ihn freute, wenn ich in seiner Sprache die Worte für ein Dankeschön fand.

Mein Bündel Noten gegen die Brust gedrückt, schob ich das hölzerne Tor auf und lief die paar Meter durch den kleinen Hof auf Madame Cléments Haus zu, dessen Wände in der japanischen Art aus papierbespannten Rahmen bestanden, vor denen als dürftiger Schutz vor der winterlichen Kälte ausgebleichte *Amados* hingen, wie man die Holzplatten nannte.

Mit spitzen Fingern fasste ich die Klöppelschnur der kleinen Bronzeglocke, deren Ende wie ein Eichhörnchenschweif in einen Busch zerfasert war.

»*Entrez!*«, hörte ich Madame auf mein Läuten hin rufen. Sie hatte tatsächlich kein Mädchen.

Dies war meine fünfte oder sechste Stunde bei ihr, doch in

ihrem Haus waren Ost und West eine solch befremdliche Verbindung eingegangen, dass es mir auch dieses Mal war, als träte ich durch den Schleier des Schlafes in einen seltsamen Traum. Die Wände waren mit schwerem, weinrotem Samt behangen, wie er in Theatern vor der Bühne hängt. In dem Maße, wie sich meine Augen an den Mangel an Licht gewöhnten, trat aus den Schatten wieder auf den dicht an dicht gereihten Tischen, Anrichten und Borden unterschiedlichster Größe und Höhe die chaotische Ansammlung von Dingen hervor, die ich nun schon kannte – hier die gerahmte Laudatio eines »Théâtre du Capitole«, dort ein getrockneter Rosenstrauß mit einer brüchigen Schleife, daneben ein fettwanstiger tönerner Buddha; ein kleiner, wie von gelblichem Leder überzogener Totenschädel, er mochte von einem Affen stammen; auf einer Tafel mehrere Orden an seidenen Bändern; und überall und immer wieder Bilder von Madame in großen Roben und sehr viel jüngeren Jahren, die Augen noch größer und schwärzer geschminkt, das dunkle Haar zum Knoten gewunden oder wehend bis hinunter zur Taille.

»Guten Tag, Madame. Guten Tag, Mister Wang.« Ich nickte dem Mann am Flügel zu. Er war Chinese, ein dürres Männlein. In einem Band von *Brehms Tierleben* hatte ich einmal ein Bild von einer *Mantis religiosa*, einer Gottesanbeterin, gesehen. Daran ließ er mich denken: Seine Hände waren außerordentlich lang und schmal, und wenn sie nicht über die Tasten glitten, hob er sie sich auf die gleiche Weise vor die schmale Brust, die Finger zu Klauen gebogen. Er nickte nur. Er sprach nie ein Wort, aber er konnte wunderbar spielen.

»*Ma petite Élise!*« In rauschendem Taft kam Madame auf mich zu und hüllte mich, während sie mir schmatzend die Wangen küsste, in eine Wolke aus schwerem Parfum. Sie roch wie Tante Aglaia und trug sehr ähnliche Kleider. Ihr war mein Blick vorhin nicht entgangen.

»Schaust du dir an, was mir geblieben ist?« Mit ihrem starken Akzent zog sie das »ist« in die Länge, dass es noch melancholischer klang. »Der Preis der Liebe«, seufzte sie. Ich wusste, dass sie einem »wunderhübschen *Officier*« aus Toulouse nach Französisch-Indochina gefolgt war. Der Weg von dort nach Japan lag wie der Raum im Schatten.

»*Ah, l'amour!*« Mit einer ausladenden Geste deutete sie auf ihr kurioses Kabinett, die Bewegung zu groß für den Raum, was mich zurück an meinen ersten Besuch bei ihr denken ließ. Als sie sich vor mich an den Flügel stellte und mir zum Beweis ihres Könnens *Je veux vivre dans ce rêve* vortrug, Julias Arie an Romeo, da strebten die Teeschalen an den Rand des kleinen Tischs, dass sie beinahe gefallen wären. Madames Ketten klingelten wie die Glöckchenstränge eines Weihnachtsschlittens, was umso passender schien, als in dem Lichtkegel, der wie der Leitstrahl eines Leuchtturms durch die zwei Handbreit große Öffnung in einem der *Amados* fiel, der Staub wie Schneeflocken tanzte.

Sie war Künstlerin, keine Hausfrau.

Mit einem unterdrückten Hüsteln – Räuspern war tabu, es war »tödlich« für die Stimme – hielt ich ihr den Stapel Papiere entgegen.

»Da sind die Noten, Madame.« Elvira und ich hatten uns vorgenommen, für die Weihnachtsfeier andere als die allseits bekannten Stücke einzustudieren. »*Wie schön geschmückt der festliche Raum* haben wir ausgesucht, oder auch *Das einst ein Kind auf Erden war.*« Ich hatte den Satz kaum zu Ende gesprochen, als ich mich fragte, ob das »Christkindlein« von dem darin die Rede war, für eine »deutsche« Weihnacht noch passend wäre. Das Licht war zu preisen. Der Sieg des Lichts.

Wie aufs Stichwort trat im selben Moment etwas Helles aus dem Schatten: Es war eine Dame.

»Oh, Verzeihung«, sagte ich. »Bin ich zu früh?«

Ich glaube, ich starrte sie an. Die Unbekannte war Mitte dreißig, vielleicht etwas älter, sehr schlank und sehr groß, was umso mehr ins Auge fiel, als sie – ich fand es sensationell! –, einen schneeweißen Anzug mit weiten Hosen trug, wie ich ihn nur vom Film her kannte: Die Dietrich mochte so etwas tragen, aber keine »normale« Frau! Die krempenlose schwarze Kappe verlieh ihrem Teint eine beinahe japanische Blässe, die jedoch nicht von weißer Schminke herzurühren schien, denn um ihre Augen lag ein bläulicher Schimmer, was ihrem Ausdruck etwas Verletzliches gab. Sie war auf kühle Weise schön, wie eine Statue aus Elfenbein.

»Nein, nein«, hörte ich Madame neben mir sagen. »Darf ich Sie bekannt machen. Frau von Traunstein. Frau Herwig. Sie sind, wie sagt man? *Compatriotes.*«

»Sehr erfreut«, sagte ich und streckte der Fremden die Hand hin.

»*Enchantée.*« Sie lächelte knapp und nickte und zog sich dabei die Handschuhe an. »Ich hoffe, Sie entschuldigen, dass ich nicht bleiben kann. Leider bin ich etwas in Eile.«

Noch bevor ein weiteres Wort gewechselt wurde, war sie zur Tür hinaus. Das war unsere erste Begegnung.

Vom Rest der Stunde weiß ich nichts mehr, nur, dass ich dann doch vom Christkind sang; auch dass es wie immer Jasmintee gab, den ich allmählich zu lieben begann, daran erinnere ich mich.

»Madame«, fragte ich, als mein Besuch sich dem Ende entgegenneigte und ich die Noten zusammenraffte. »Diese Dame eben …?«

Madame Clément schauderte unwillkürlich. Es war ja auch kalt in dem Raum. Keine Heizung! Stell dir das vor. Der Winter in Tokioter Häusern war zum Fürchten. »Du musst gehen, Élise.« Sie rieb sich die Arme. »Ich erwarte den nächsten Schüler.«

Als ich, noch eingehüllt in ihr schweres Parfum, wenig später vor die Tür trat, war es dunkel geworden. Das Pflaster glänzte im Licht der Laterne. Es hatte ein wenig zu nieseln begonnen.

Im Wagen sitzend, war es, als glitten die Häuser des Viertels an mir vorüber, ihre Dächer so niedrig, dass man meinte, auf dem Lande zu sein, wenn da nur mehr Platz gewesen wäre. Doch die armseligen Gebäude drängten sich dicht an dicht wie die Möbel in Madames Salon. Mildes Licht schimmerte durch die papierenen Fenster wie durch blind gewordenes Glas. In diesem schwachen Schein, der sich vor dem Wagen auf die Straße ergoss, sah ich eine junge Frau, die Arme um den Körper geschlungen, den Weg mehr entlanghuschen als -eilen. Sie hatte noch nicht einmal einen geölten Schirm, wie man ihn in Tokio überall sah und der für ein paar Sen zu bekommen war, obwohl der Regen jetzt in dicken Tränen über die Seitenscheiben floss. Als ich durch den Nebel schaute, den mein Atem machte, meinte ich, mich selbst dort laufen zu sehen. Plötzlich wurde mir schwarz vor Angst. Genauso im Schatten, so unbeachtet, ja heimlich führte ich mein Leben! Wer sah mich denn schon? Und warum denn auch?

Die Tore meines alten Lebens hatten sich in Berlin mit dem Zuschlagen der Abteiltüren am Berliner Bahnhof Friedrichstraße hinter mir geschlossen. An die meines neuen klopfte ich vergebens an. Wie lange schon? Wie lange noch? Sie mochten und mochten sich nicht öffnen.

VI

Gefährten

› 1 ‹

Mein erstes Weihnachten in Tokio, es sollte deutsch sein, wie Frau von Beuthen wünschte. In einem üppig über dem Gesäß gerafften, tannengrünen Kleid, bestickt mit goldenen Kerzen, schritt sie nach dem Bankett vor uns her in die große Halle. Sie ging am Arme ihres Gatten, aber in meiner Erinnerung sehe ich nur sie, wie sie uns mit aufgeregten Gesten zum Christbaum führt, schnatternd, dass ich an die armen Gänse denken musste, die zu diesem Fest ihr Leben für uns gelassen hatten. Wir folgen ihr wie Küken nach.

»Meine Herrschaften, darf ich bitten. Es ist so weit. Alles im Sinne des Führers!«

Strahlend und mit Inbrunst reckte sie den Arm zum Hitlergruß und deutete, als wäre diese ganz Pracht allein ihr Werk gewesen, auf die geschmückte Tanne, die den Saal nach Heimat duften ließ. An ihrer Spitze prangte leuchtend golden ein Sonnenrad.

Eine Zeit lang paradierten die Herren ihre Damen und die Damen ihre Abendkleider, für die sie sich nach langem Hin und Her entschieden hatten. In Kelchen aus dem Harz perlte Sekt vom Rhein.

»Auf den Führer!«, kam es von allen Seiten. »Sieg Heil!«

Als die Gläser oft genug gehoben waren – waren sie das je? –, löschte man die Lüster aus, und alles raunte und sah mit der gebotenen Andacht zu, wie zwölf blonde Kinder, sechs Buben und sechs Mädchen, in zwei Reihen von beiden Treppenseiten kommend, im Defilierschritt vor den Baum traten, die Gesichter ernst im Schein der schweren Runenleuchter, die sie trugen.

Frau von Beuthen klatschte. »Heißen wir das Licht willkommen!«

In Ernst Wilhelms Schatten stand ich mit einem steifen Lächeln auf den Lippen und sah dem Treiben wie von Ferne zu. Das Sektglas war feucht und kalt in meiner Hand. In Gedanken war ich weit, weit weg, bei meiner Mutter, die in ihren Briefen Schönwetter zu verbreiten suchte. Doch ich kannte meinen Vater. Auch wenn er den begehrten Posten und die Villa hatte, er war und blieb der Alte. Wie ging es ihr mit ihm alleine? Selbst Tante Aglaia hielt sich, wenn sie schrieb, in diesem Punkt bedeckt. Es gehe allen bestens. Der Tisch quelle über vor Speisen. Mutter habe eine Köchin. Sie spiele täglich Klavier, nun, da Vaters Arbeitsstunden der Wichtigkeit seines Tuns angemessen länger geworden waren. Sie seien alle furchtbar glücklich. Es war das »furchtbar« in dem Satz, das mich erschauern ließ.

Den Rauschgoldengel musste mir in jenem Jahr Elvira Klüsener ersetzen. Ihr Haar war aus so purem Gold wie ihr Lächeln, mit dem sie sich auf Frau von Beuthens Zeichen hin an den frisch polierten Flügel setzte. Ihre neue Fülle versuchte sie mit einer Stola zu kaschieren, was ihr mehr schlecht als recht gelang. Die Liste unserer Lieder hatte das Reptil von Wächter höchstpersönlich abgenickt.

Der Braten lag mir schwer im Magen, als ich vor die Leute trat, und in der Brust war mir eng. Wie durch ein Nadelöhr musste ich in meine Stimme schlüpfen. Doch mit der ersten Note, die ich sang, vergaß ich meine Angst. Das Publikum ließ sich gleich ergreifen und sparte nicht mit Applaus. Selbst Herr von Beuten rief ein »Bravo!« in den Saal.

Auf das erste *Encore* hin wechselten Elvira und ich den Blick, den wir vereinbart hatten, unser Nicken kaum mehr als ein Wimpernzucken. So habe ich an jenem Abend doch noch von dem Kind gesungen, das einst auf Erden war. Mit klammer Hand hielt ich mich an dem Flügel fest und schaute nicht zu Frau von Beuthen. Nur einmal sah ich zu von Wächter hin. Starr stand er da wie die dicke Säule, die sich hinter ihm erhob. Nur sein Kiefer mahlte. Es sah so aus, als würde er an etwas kauen, das ihm nicht behagte, was in mir eine leise Freude wachsen ließ. Vielleicht lag es am Alkohol.

»Entzückend!«, rief Frau von Beuthen in die Stille, nachdem der letzte Ton verklungen. Elvira und ich verbeugten uns ein wenig tiefer als gewöhnlich, damit niemand unser Schmunzeln sah. Zu fortgeschrittener Stunde trat Alexander auf mich zu und gratulierte mir zu meiner schönen Stimme und der Wahl des letzten Lieds. Dass er getrunken hatte, merkte man ihm an. Seine Stimme hatte die Kontur verloren, und er wahrte nicht den Abstand, der sich ziemte. Dass wir uns duzten, trug sicher dazu bei.

»Ernst Wilhelm, lass uns bitte gehen«, sagte ich. »Es ist schon spät.«

Es schien, als ginge der eine Festtag in den anderen über. Ich hatte das Gefühl, gleich darauf schon wieder dort zu stehen, an Silvester, und Herr von Beuthen hielt eine weitere große Rede.

»Niemand wünscht sich mehr den Frieden als der Führer«, sagte er. Wieder floss der Sekt in Strömen und die teuren Gläser klirrten. Irgendwer rief »Prosit Neujahr«: Mitternacht! Mit offenem Mund sah ich den Schmuckraketen auf ihrem Weg gen Himmel zu – so vielfältig und so farbenprächtig wie in Japan, wo Feuerwerke eine wahre Kunst sind, hatte man sie in der Heimat nie gesehen. Der ganze Compound roch nach Pulverdampf, und vor den Mond, der eben noch ganz rund und klar am Himmel stand, zog der Rauch in dicken Wolken auf. Ernst Wilhelms Hand lag, wie so oft in der Gesellschaft anderer Leute, auf meiner Schulter, und ich war froh um dieses kleine bisschen Wärme, denn es war beißend kalt, nicht nach dem Thermometer wohlbemerkt, es war die Feuchtigkeit des nahen Meeres, die sich wie eine Schicht aus Eis auf meine Haut zu legen schien. Ich habe selten so gefroren wie winters in Tokio. In meinem Schaudern lag wohl auch die Sorge um meinen kleinen Kater. Ich hatte – grundlos, wie sich zeigte – große Angst, dass er vor dieser ganzen Knallerei auf Nimmerwiedersehen geflohen sei.

Es folgte eine Zeit der Stille, die mich an frühere Wintertage denken ließ, wenn man am Fenster stand und zuschaute, wie die Flocken tanzten und zu Boden sanken und sich lautlos und allmählich zu einem Teppich fügten, der selbst das Hässlichste bedeckte. So still war es nach all dem Trubel, dass meine Ohren plötzlich selbst die eigenen Schritte als zu laut empfanden, sodass ich wieder, wie in der Anfangszeit in Tokio, auf Zehenspitzen durch die Räume schlich.

»Du musst verstehen«, sagte mir Elvira. Die erste Woche dieses neuen Jahres war gerade erst verstrichen. »Ich kann nicht mehr so lange sitzen. Klavier zu spielen fällt mir immer schwerer. Mir schwellen die Füße an!« Und sie verschränkte ihre Hände auf dem Bauch.

Ich hätte heulen mögen, aber ich verstand natürlich.

»Was sind denn deine Pläne heute? Fährst du mit den Damen auf die Ginza?«, fragte mich Ernst Wilhelm wie so oft am Frühstückstisch.

Ich zuckte mit den Achseln. »Was soll ich auf der Ginza?«

Er ließ die Zeitung sinken. »Du bist doch sonst so gerne hingefahren.«

»Ach, ich weiß nicht. Ich brauch doch nichts. Mein Schrank ist voll.«

Er lachte, dass er sich die Seiten hielt. »Und das sagst du als Frau?«

Es war, als hätte ich von einer süßen Speise allzu viel genascht. Als hätte ich sie im Überdruss genossen. Wozu sollte ich die vielen Menschen dort ertragen? Jetzt im Winter starrte man in all die vielen Atemmasken, die die Bewohner Tokios zum Schutz vor der beißend kalten Luft über Mund und Nase trugen. Die Augen hob kein Mensch zu dir, es schaute dich hier keiner direkt an – auch wenn sie starrten. Das Gewirr aus fremden Zeichen, das ich anfangs faszinierend fand, irritierte mich nun plötzlich. Nirgends auf der Welt wird von der Schrift so viel Gebrauch gemacht, wie auf Tokios Straßen. Wie ein Gewirr aus Vogelspuren bedeckt sie jede freie Fläche und gemahnt den Nicht-Japaner so auf Schritt und Tritt, dass er nicht in dieses Land gehört, dass er ein *Gaijin*, ein Fremder und damit ein Ausgeschlossener, ist.

Auf dem Weg zu den *Depātos* verfing mein Blick sich in Geschäften, in denen scheinbar ohne jede Regel von einer Ware mal zehntausend lagen oder ganze magere drei. Nicht mehr die eleganten Kimonos zogen mich in ihren Bann. Wo ich auch hinsah, ich fühlte mich umgeben von den gedrungenen Gestalten »moderner« Mädchen, die unbeeindruckt von der Winterkälte in unvorteilhaften Faltenröcken liefen, wie sie in Europa üblich waren. Mit in dicke Strumpfhosen gehüllten X-Beinen wuselten sie mit scheinbar stets zu kleinen Schritten in jeder Straße vor mir her. Und die Männer? Wenn sie einen Anzug trugen, war er schlecht geschnitten. Waren sie nach alter Tradition in ihre Männertracht gehüllt, schritten sie mit erhobenem Haupt und arroganter Miene vor den Frauen her und überließen diesen ganz allein das Tragen der Pakete.

Ich blieb daheim und stickte und pflegte meine Traurigkeit. Drei Gobelinkissen zierten unsere Couch, ein viertes lag bei Mitsukoshi, um gefasst zu werden. Ereignislos schlichen diese Wochen irgendwie dahin. Kälte und Regen wechselten sich mit warmen Tagen ab, an denen es im Winter schon nach Frühling roch. Schnee fiel selten, und wenn er fiel, stand ich am Fenster und schaute dem Wirbeln der viel zu dicken Flocken zu. Zwei Zentimeter, mehr ergab es nicht. Als hätte man den Garten mit Wattebäuschen dekoriert, so künstlich wirkte dieses Weiß auf den roten Blüten der Magnolien und den langen Wedeln unserer Palmen.

Es war an einem dieser Tage. Unschön wie ein nass gewordener, alter Teppich lag ein halb geschmolzener Brei aus Graupeln auf dem Pflaster der Terrasse. Kater Mütze schüttelte die Pfoten bei jedem Schritt, mit einem Vorwurf in den Augen, als trüge ich die Schuld an der Misere.

»Ich kann doch nichts für dieses Wetter!« Ich machte ihm die Tür auf und holte ihn ins Haus. Kaum war er im Warmen, wollte er hinaus. »Miau.«

»Jetzt geh, mein Kleiner. Oder bleib! Du musst doch wissen, wo du hingehörst!«

Mir war mit einem Mal ganz elend.

Am nächsten Morgen war das, was sich als Winter ausgegeben hatte, schon vorbei. Die Wolken hatten sich verzogen. Von ihrer grauen, schweren Last befreit, lag jetzt der Park noch grüner da denn je. Der Seidelbast war aufgeblüht. Der Kater tobte übermütig draußen auf dem Rasen.

Er war bald ausgewachsen, so schnell verflog die Zeit. Täglich brachte er »Geschenke« mit, tote Mäuse, die er wie schlafend auf die Matte vor den Eingang legte oder auf die Schwelle an der Küchentür, wo mal Frau Takemura, mal Shigeko sie entdeckten. Glaub nur nicht, dass sie kreischten. Der Jäger wurde für die gute Arbeit mit reichlich Lob und frischem Fisch belohnt.

»*Ii ko.* Guter Junge. *Ii ko.*«

Wen kümmerte es schon, dass sein Fell keine Streifen hatte, vom Personal wurde er *Shiroi Tora* gerufen – weißer Tiger. Er war der unumstrittene Liebling auf dem Compound.

Es war Ende Januar, an einem Morgen, der nicht anders war, als viele andere auch. Halb im Stehen trank Ernst Wilhelm den letzten Schluck Kaffee aus seiner Tasse und war schon an der Tür. »Beinahe hätte ich es vergessen! Rechne heute Abend nicht mit mir zum Essen. Wir haben eine kleine Herrenrunde. Alexander wird auch mit dabei sein.«

Es waren Sätze, die ich dauernd hörte, zu denen ich sonst schweigend nickte. Ich weiß nicht, woher diesmal all die Tränen kamen, die mir so heftig liefen, dass ich sie nicht halten konnte.

»Ist gut.« Ich drehte mich zum Fenster und suchte nach dem Taschentuch in meinem Ärmel. Etwas in meiner Stimme muss mich wohl verraten haben. Erschrocken schaute mich Ernst Wilhelm an. »Was ist mit dir?«

»Nichts! Gar nichts!«

Schluchzend stürmte ich an ihm vorbei die Treppe hoch und flüchtete mich in mein Zimmer. Kaum hatte ich mich dort aufs Bett geworfen, hörte ich ihn klopfen.

»Elisabeth? Darf ich eintreten? Bitte!«

Gleich werde ich dir einen Grund zum Heulen geben, hörte ich in mir den Vater drohen.

»Elisabeth! Ich bitte dich!«

Reiß dich zusammen! Ich spürte Vaters Katzengriff im Nacken, seine eisenharten Finger. Ich hatte Angst, Ernst Wilhelm draußen stehen zu lassen. Schwer schluckend wischte ich mir mit dem Handrücken die Tränen von den Wangen und richtete mich auf.

»Herein.«

Zaghaft ging die Tür auf. Es war das erste Mal seit meiner Ankunft, dass Ernst Wilhelm diesen Raum betrat. Er setzte sich auf meinen kleinen Sessel in der Fensternische und schaute lange seine Stiefel an.

»Bist du nicht glücklich?«

Es war dieses eine Wort, das in mir einen Damm durchbrach wie ein Torpedo einen Schiffsbauch. Glücklich? Hatte mich in meinem Leben je ein einziger Mensch danach gefragt?

»Doch«, sagte ich. Aber plötzlich saß ich kerzengerade da. Wie

Wasser, das in einem Kessel kocht, blubberte die Wut in mir. »Es ist nur ...«

»Was ist nur?« Er zog die Uhr aus seiner Jackentasche und schaute von der Seite auf das Ziffernblatt. Ich meine auch, dass er an dieser Stelle seufzte und die Augen ein klein wenig hin zur Decke drehte. »Ärgern dich die Damen?«

Das war der Augenblick, in dem ich platzte.

»Seit ER da ist, sitze ich hier ständig ganz alleine!« Der Satz war schon heraus, als ich merkte, dass ich laut geworden war.

»Elisabeth, ich bitte dich! Seit wer da ist?«

»Du weißt genau, von wem ich rede! Alexander!« Ich sprang vom Bett. Allein der Name ließ mich meinen Degen zücken.

»Findest du ihn denn nicht nett?«

»Nett! Nett!« War ich das wirklich? Diese Furie? Ich sehe mich mit irrem Blick. Meine Haare wehen.

»Ich bitte dich, Elisabeth! Beruhige dich!«

»Ich mag nicht mehr zu Hause sitzen und ein Sofakissen nach dem anderen sticken. Ich werde noch verrückt!« Und ich weiß nicht, welche Worte sonst noch flogen.

Kalt und schwer stand die Luft in unserem Haus, als Ernst Wilhelm schließlich ging. Ich zog mich eilig zum Spaziergang an und lief hinaus, den Kater suchen. Wer war denn außer ihm mein Freund? Ich fand ihn, schlafend eingerollt, im Torfbett unter dem Spalier, das jetzt so winterkahl und traurig war. Die Rosen zeigten nichts als Stacheln. Ich weinte lange in sein weiches Fell, sein Schnurren war mein Trostlied.

Der Tag war windig und die Luft so schneidend, wie sie es in Tokio selten war. Wer weiß, ob ich ohne unseren Streit überhaupt vors Haus gegangen wäre. Ich lief mit Mütze durch den Park. Er sprang voran, den Schwanz hoch erhoben. So kam es, dass ich an jenem Tag einen schmalen Pfad entdeckte, den ich noch nie gegangen war.

»Warte!«, rief ich, denn wo der Kater springen konnte, balancierte ich auf Zehenspitzen über einen dichten Wurzelteppich, den die Büsche von den Seiten her gewoben hatten. Nach meinem morgendlichen Auftritt schien eine düstere Wolke über meinem Haupt zu schweben, die bald platzen würde, und doch lachte ich. Das Tier machte das mit mir: Es ließ mich jeden Kummer schon nach kurzer Zeit wenn nicht vergessen, so doch wie durch eine Watteschicht betrachten. Du magst es lächerlich empfinden, dieses Spiel von mir und ihm, diese Nähe und Verbundenheit. Manchmal frage ich mich: Hätte ich ein Kind gehabt zu jener Zeit oder einen Mann, der mich auf andere Weise lieben mochte als Ernst Wilhelm, hätte ich das Tier dann auch so sehr geliebt? Ich weiß es nicht, nur wenn ich ehrlich bin, ich spüre heute noch die Sehnsucht nach diesem zauberhaften Wesen, das mir zum ersten Mal in meinem Leben zeigte, dass nicht alles ernst und alles immer zweckgebunden ist. Ich werde wieder neunzehn Jahre alt, wenn ich nur daran denke!

Schließlich erreichte ich einen kleinen runden Platz, der zum Park hin wie eine Lichtung in den meterhohen Rhododendren eingebettet lag. Ursprünglich war er wohl als Aussichtspunkt gedacht gewesen, doch die Gärtner mussten ihn im Lauf der Zeit vergessen haben. Wie ein offener Erker ragte er über die Umfassungsmauer, die unseren Compound zum Gelände unterhalb begrenzte. Zur Stadt hin bot sich von hier oben eine Sicht, dass ich den Blick kaum wenden mochte. Der Regierungshügel, auf dem auch die Botschaft sich befand, lag zu meinen Füßen wie ein hingeworfener Mantel. Jenseits des Parlamentsgebäudes sah ich bis hinüber zu den Zyklopenmauern, die die Residenz des Kaisers wie einen Sarg aus Kupfer auf den Schultern trugen, umwölkt vom Grün des Gartens.

Der Kater sprang in elegantem Bogen auf die Brüstung, wo er ein Fleckchen Sonne in dem Wechselspiel aus Licht und Schatten fand.

»*Konnichiwa.*«

Ich fuhr herum. Vor lauter Schauen auf den Kater hatte ich den Mann gar nicht bemerkt, der kaum ein paar Meter von mir seitlich an der Brüstung stand, mit einer Staffelei vor sich. Er malte.

»Guten Morgen«, sagte ich und hielt gleichsam mein Herz mit beiden Händen fest, so sehr war ich erschrocken.

Der Maler war von jenem mittleren Alter, das man als junger Mensch kaum einzuschätzen weiß, zumal bei einem, der wie er Asiate war und außerdem noch ziemlich rundlich wirkte. Zum Teil lag dies wohl an dem weiten blauen Kittel, den er trug. Dieser war so angekleckst mit Farben, dass der Mann inmitten dieses grünen Dschungels wie ein bunter Vogel wirkte. Still wie ein Standbild stand er da, den Ellenbogen in die eine Hand gestützt, den Pinsel zwischen drei erhobenen Fingern, als wäre er ein Pfeil. Die weiche, breite Krempe seines Hutes reichte ihm bis auf die Schultern, und seine Augen schauten mich aus diesem Dunkel an. Das Bläulich-Weiße darin aber sah man doch.

Er hielt meinen Blick, ich war mir sicher, obwohl es eigentlich undenkbar war. Er war Japaner! War das Betrachten einer fremden Frau ihm nicht verboten? Und doch wagte er es, mir direkt ins Gesicht zu schauen? Als sei es ihm plötzlich eingefallen, verbeugte er sich schließlich, wie es Brauch in diesem Lande war, wobei er die Hand mit dem Pinsel zum Hut hin führte, statt hinunter an die Hosennaht.

»Miyake«, sagte er. »Miyake Takashi.«

»Von Traunstein. Sehr erfreut.«

Miyake? Miyake? Den Namen hatte ich doch irgendwo gehört.

Die Rhododendren waren hoch wie ausgewachsene Bäume, und er stand in ihrem Schatten. Ich war nicht sicher, ob das weiße Blitzen, das ich sah, einem Schmunzeln zuzuschreiben war. Der Kater strich ihm um die Beine, als wären die beiden längst Vertraute. »Sie sind also Frau von Traunstein? Ich habe schon gehört von Ihnen.«

»Gehört? Von mir?!«

»Sanda-san sagt ...«

»Sanda-san?« Meine Stirne zog sich kraus.

»Mister Aren. Sanda.«

»Ach.« Ich verzog keine Miene, doch plötzlich wusste ich es wieder. Miyake! Alexander hatte mit Ernst Wilhelm über diesen Mann gesprochen. »Und was sagt dieser Sanda-san?« Du ahnst ja, liebe Karoline, wie ich auf diesen Kerl zu sprechen war.

Umständlich zog Miyake seinen Pinsel durch die Tusche und rollte ihn, bis alle Haare spitz zusammenliefen. »Sie sind ein ...«

»Was?«

Wieder sah ich seine Zähne blitzen. »Zwerg.« Er verbeugte sich, als er es sagte.

Der Zorn sprang mich so heftig an, dass ich um Atem ringen musste. Mir wurde heiß trotz aller Winterkälte. Auf Münchhausens Kanonenkugel hätte ich Herrn Arendt setzen mögen und in die Hölle schießen, wo er schmoren sollte bis ans Ende aller Tage. Miyake aber hielt sich den Bauch vor Heiterkeit bei meinem Anblick. Sein Lachen war von jener Art, die es unmöglich machte, nicht angesteckt zu werden. Mir war, als würde sich in mir der von der Angst des Morgens zugezogene Knoten lösen. Ich konnte mich bald selbst nicht halten. Wir lachten, dass uns dicke Tränen über die Wangen rollten. Japsend ließen wir uns auf die Mauer sinken, mit dem Kater zwischen uns. So saß ich da, mit diesem völlig Fremden. Ich war froh, dass niemand zusah, doch etwas in mir freute sich wie lange nicht.

»Kommen Sie oft hierher, Herr Miyake?«

Er nickte. »Fast jeden Tag, wenn ich keinen Auftrag habe, der mich von Tokio abberuft.«

»Einen Auftrag? Als Maler?«

»Nein.« Er grinste. »Das Malen ist nur … Wie sagt man? Ein Steckenpferd. Ich bin Fotograf.«

»Ach ja?«

»Bei der *Asahi Shimbun*.« Der Name schlug die Brücke zur Erinnerung. Plötzlich wusste ich es wieder. »Mister …« Ich suchte in den Winkeln meines Hirns nach diesem einen Namen. »Herr Uzuki hat Ihnen diese Stelle verschafft, nicht wahr?«

»Ozaki. Woher wissen Sie das?« Wir saßen ja im Schatten und die Krempe seines Hutes reichte ihm tief in die Stirn, doch ich meine jetzt, wenn ich im Nachhinein an die Begegnung denke, dass er erschrocken war. Damals aber war ich ahnungslos und wusste solche Zeichen nicht zu deuten. Ich wollte nur mein kleines Späßchen machen und fuhr fort.

»Von …« Mit der Fingerspitze zog ich die Fugen zwischen den vermoosten Platten auf der Brüstung nach, um den Moment zu dehnen. Dann schaute ich ihn triumphierend an und zauberte wie eine Magierin den Namen aus dem blauen Dunst. »Von Sandasan!«.

»Ah, soooo.« Es war das breit gezogene »Soooo« der Leute hier, wenn sie Verwunderung bekunden, nur sprach er es viel weicher aus, das S war bei ihm nicht so hart. Auch die Art und Weise, wie er seinen Kopf auf den Schultern wiegte, schien mir bedächtiger zu sein. »Verzeihung«, sagte er mit einem Lächeln. »Es wird Zeit für mich zu gehen.«

»Sanda-san ist ein arger Verräter, nicht wahr?« Die Worte waren schon heraus, bevor ich merkte, was ich sagte. Ich dachte mir nicht viel dabei. Es war ein Scherz, mehr nicht. Vielleicht auch eine kleine Spitze zur Revanche.

Schweigend stand er auf, strich sich den Kittel glatt und machte sich daran, mit großer Sorgfalt die Lackkästchen mit den Tuschesteinen und Pinseln in eine große Ledertasche zu verstauen. Er hatte schöne Hände. »Ich kenne Mister Aren lange«, sagte er nach einer Weile. Er schaute mich nicht an. Eine nach der anderen löste er die Flügelmuttern an den Beinen seiner Staffelei und schob sie klein zusammen. »Er ist ein guter Mensch.«

»Ich will nichts anderes behauptet haben.« Ich zog mir meinen Schal um meine Schultern. Der Wind war wirklich frisch an jenem Morgen. »Mein Mann und er sind die allerbesten Freunde.«

»Das habe ich gehört.« Lächelnd fasste sich Miyake an die Krempe seines Hutes. »*Sayonara,* Frau von Traunstein.«

Ich wollte ihm die Hand entgegenstrecken, doch mir fiel ein, dass sich das in diesem Land nicht schickte. Ich verbeugte mich stattdessen. »Auf Wiedersehen, Herr Miyake. Es hat mich wirklich sehr gefreut.«

› 2 ‹

Es war längst dunkel draußen, als ich Ernst Wilhelm an jenem Abend nach Hause kommen hörte. Ich saß auf meinem Platz im Lampenlicht und tat, als würde ich sticken. Ein paar Tage zuvor war aus München eine Schallplatte für mich eingetroffen, die ich hörte, um mich nicht so allein zu fühlen – ein Walzer von Chopin mit Mamás ahnungsvoller Widmung auf der Hülle: »Für deine hoffentlich sehr seltenen einsamen Stunden in Japan«.

Seufzend und mit bangem Herzen steckte ich die Nadel in den Stramin und legte den Rahmen mit der neu begonnenen Arbeit aus der Hand, das »Entschuldigung« schon auf den Lippen.

»Verzeih, dass ich so spät komme«, rief Ernst Wilhelm noch von der Halle und steckte seinen Kopf zur Tür herein. Wo war sein Groll geblieben?

»Es ging schon wieder um die Manöver der Briten im Dezember.« Er löste sich den Kragenknopf. »Die haben uns eine schöne Arbeit bereitet, nur um den Japanern in Singapur zu zeigen, wer der Herr im Osten ist. Was für ein Aufgebot! Alexander hat neue Zahlen beschafft, weiß Gott über welche Kanäle. Ich musste noch Meldungen kabeln. Ach, ja, und …« Du weißt ja, wie er schaute, wenn er eine Überraschung hatte. »Zieh dir etwas Hübsches an!«

»Wir gehen aus?!« Mit offenem Munde sprang ich auf. Mit allem hatte ich gerechnet, nur damit nicht.

»Mit Alexander. Wir treffen uns unten in der Stadt. Wir gehen essen. Echt japanisch.«

Ich brauchte Zeit, um zu begreifen, was er sagte, und stand wie angewurzelt da. Wie ein Kiesel, den man ins Wasser wirft, allmählich immer größere Kreise schreibt, so breitete sich in mir die Freude aus. Er nahm mich mit! Ich würde nicht allein zu Hause sitzen, nur mit dem Kater zur Gesellschaft!

»Ja, dann …« Ich strahlte. Wie auf Schwingen trug es mich nach oben. In Windeseile machte ich mich frisch. Ein Hauch von Puder, ein wenig Lippenstift, ein paar Tropfen Parfum – oh ja, in jungen Jahren geht das schnell. Ich schlüpfte in ein Kleid, ich weiß nicht welches, nur dass es schmal geschnitten war.

Noch vor Ernst Wilhelm stand ich unten in der Halle. Im Spiegel sah ich meine Augen leuchten, und schon saßen wir im Wagen. Durch das Botschaftsviertel und an den schlafenden Gärten der notablen Familien Tokios vorbei, fuhren wir hinunter in die Stadt. Ich genoss die Fahrt durch die Dunkelheit – obwohl es niemals wirklich dunkel war in Tokio, zu viele Menschen, zu viele Lichter.

Wie in einem dieser Fotokästchen, wie man sie früher für Touristen hatte, tauchen jetzt, wo ich dies schreibe, die alten Bilder wieder vor mir auf, von dem Rikscha-Fahrer etwa, der uns bergauf entgegenkam, und der zarten Geisha, die er fuhr. Wie musste er doch strampeln für diese leichte Fracht. Ich hör ihn förmlich keuchen. Wieder sehe ich das Pflaster schimmern im orangenen Schein der Papier- und Glaslaternen, die, versehen mit dicker, schwarzer Zeichenschrift, statt Schildern vor den Läden hingen. Mein Blick fällt durch ein Fenster, ein Geschäft für Tee. Ganz in Schwarz gekleidet sehe ich den Besitzer auch zu dieser späten Stunde noch in Erwartung seiner Kundschaft auf einer Matte auf dem Boden sitzen. Hinter ihm in Rängen bis hinauf zur Decke reihten sich die Tongefäße dutzendweise, so rund und dick wie Buddhabäuche. Ein Stückchen weiter standen vor der Tür eines

Chinarestaurants zwei junge Männer, mit Zigaretten in der Hand. Durch den Rauch aus ihrem Mund streifte mich der Blick des einen wie mit sanfter Hand, bevor er schnell zu Boden schaute.

Von den Veranstaltungen an der Botschaft einmal abgesehen war ich nur selten ausgegangen und auf der Ginza zu abendlicher Stunde in all der Zeit noch nie gewesen. Wenn ich meinte, sie sei am Tag schon belebter als der Münchner Hauptbahnhof bei Hochbetrieb, dann herrschte, als Ernst Wilhelm den Wagen nun vor einem der Basare halten ließ, ein einziges Gewimmel. Ganz Tokio schien diese Straße wie magnetisch anzuziehen, ob Priester oder Gaukler, ob Herrschaften der vornehmsten Gesellschaft in Frack und Seidenkimono oder bettelarme Leute, die in Lumpen gingen. Aus einem Nachtcafé drangen Klänge eines Saxofons zu uns heraus. Es wurde Jazz gespielt, Musik, die mein Vater so sehr hasste, dass er das Wort »Neger« dazu spuckte, als wär's der pure Dreck. Doch ich ließ meinen Körper den Takt zu meinen Schritten suchen und ging beschwingt am Arm meines Mannes. Ich war so überrascht an jenem Abend von der guten Wendung, ich fühlte mich so frei.

Die ganze Welt schien sich ein Stelldichein zu geben, Studenten aller Rassen mit schräg gestellte Käppis und in den Uniformen ihrer Universitäten, Chinesen mit baumelnden Zöpfen in langen pekingblauen Gewändern, Koreaner, tadellos in Weiß gekleidet, hoch aufgeschossene Kaschmiris …

Neben einem Postkartenladen bot ein altes Hutzelmännlein seltsame schmale Stäbchen mit ziemlich scharfer Spitze an.

»Ohrenreiniger.« Ernst Wilhelm lachte über mein Entsetzen. »Aus Bambus.«

Wenn du diese Zeilen liest, meine liebe Karoline, bist du gerade frisch aus diesem Land zurückgekommen und hast es selbst erlebt: So unnahbar Japaner manchmal scheinen, sie haben nicht die halbe Scheu vor der Berührung im Gedränge wie sie uns Deutschen eigen ist. So dicht an dicht schob man sich in der Menge, dass man die Aknenarben auf den Wangen junger Männer sah und den leicht erdigen Duft des Kamelienöls in der Nase hatte, mit dem die Damen ihre Haare in der hochgewölbten Form fixierten. Doch so eng es zuging und so nah die Leute kamen, keiner sah mir in die Augen.

An meinem Ellenbogen spürte ich Ernst Wilhelms Hand und musste plötzlich an die Heimat denken. Genauso hatte mein Schwiegervater Mamá am Arm gehalten, die paar Schritte auf dem Weg zum Standesamt. Bald ein halbes Jahr war das nun her. Ich merkte, dass mein altes Leben allmählich so verblasste wie ein Vorhang, wenn darauf zu lang die Sonne scheint.

Neben einem Spielzeugstand, an dem kleine blecherne Meerjungfrauen feilgeboten wurden, die in Wasserbecken zappelnd ihre Runden drehten, lag ein unscheinbarer Eingang, zu dem Ernst Wilhelm mich nun führte. Wie zu einem Wohnhaus, dachte ich und stutzte. Ich war enttäuscht, wenn ich ganz ehrlich bin, ich hatte mir den Rahmen unseres Abendessens irgendwie mondäner vorgestellt. Der Aufzug war von jener Art, der man nicht gern vertraut. In der Kabine roch es muffig nach Maschinenöl und altem Essen, und das Licht war spärlich. Im ersten Stock schon blieb sie so ruckend stehen, dass meine Knie knicksten.

»Lass dich überraschen, meine Liebe. Japanisch essen, das ist sehr speziell.«

»Ich bin gespannt.« Mein Lächeln war nicht wirklich echt.

Ernst Wilhelm läutete an einer Tür. Er nahm die Kappe ab und strich sich mit der flachen Hand die kahl rasierten Schläfen glatt. Sein Teint sah gelblich aus im Schein der Laterne, die ihr trübes Licht verströmte.

Eine junge Frau öffnete sogleich. Es mag dich wundern, dies zu lesen, aber ich hatte bis zu jenem Augenblick noch nie eine traditionell gekleidete Japanerin mit der klassischen Schminke so unmittelbar betrachten können. Ihr kalkweißes Gesicht wirkte umso befremdlicher auf mich, als ihre rot gelackten Lippen an den Seiten überpudert waren, wohl um den Mund kleiner erscheinen zu lassen. Ihrem Haar, das sich in enormen Hohlwalzen türmte, entströmte wieder dieser eigene Duft.

»*Yoku irasshaimashita.* Kommen Sie bitte. Man erwartet Sie schon.« Sie formte die Laute mit der Zungenspitze, wie ein Kätzchen, das Milch aufleckt, um uns sodann, das Gesicht uns zugewandt, unter vielen kleinen Verbeugungen auf ihren Getas voranzueilen. Es duftete nach süßen Blüten, Jasmin vielleicht, und ein wenig auch nach diesen scharf-sauren Pickles, die ich von den Märkten kannte. Wir folgten ihr einen schmalen, von Papierwänden gesäumten Gang entlang, durch die man leise Stimmen hörte. Die graue Seide ihres Kimonos schimmerte mit metallenem Glanz in dem milden Licht, als sie plötzlich niederkniete und eine dieser Türen für uns aufschob.

Dort, auf dem mit Strohmatten ausgelegten Boden, sah ich an einem niedrigen, quadratischen Tisch eine fremde Frau und Alexander sitzen. So etwas, was wir deutsche Sitzgelegenheiten nennen würden, gab es nicht. Ein Leuchten ging durch Alexanders Augen, als er uns bemerkte.

»Da seid ihr ja!«

Es war seine Stimme, die so augenblicklich eine Welle von Aufregung in mir aufwallen ließ, dass mir das Blut wie kochend durch die Adern schoss.

»Käthe!«, rief Ernst Wilhelm. »Wenn das keine Überraschung ist! Bleib sitzen, Alexander. Bleib nur sitzen!«

Stumm griff ich nach Ernst Wilhelms Arm, während ich mir auf sein Geheiß hin die Schuhe abstreifte. Ich spürte die Röte im Gesicht und war froh um das Schummerlicht in diesem kleinen Raum.

»Ich wusste doch, Ernst Wilhelm, dass es dich freuen würde, unsere gute alte Käthe heute hier zu sehen.« Alexander stand nun doch vor uns. Ich konzentrierte mich auf meine Füße, die jetzt nur in seidenen Strümpfen waren.

»Was heißt hier alt?« Es war die Dame, die da protestierte.

»Darf ich bekannt machen? Käthe Herwig. Meine Frau Elisabeth.«

Ich murmelte mein »Guten Abend, sehr erfreut« und brachte es fertig, mit einem Blick in ihre Richtung kurz zu nicken, doch ich sah sie praktisch nicht. Auch wenn es jetzt im Nachhinein ganz lächerlich erscheinen mag, Alexander hier zu sehen, machte mich so ungemein befangen, dass es mich Mühe kostete, lächelnd meine Contenance zu wahren. Ich schalt *ihn* innerlich dafür, nicht mich.

Mit gesenkten Lidern raffte ich mein Kleid ein wenig hoch, voll Ärger, dass ich ausgerechnet dieses wählte, das so schmal geschnitten war. Man saß hier, wie gesagt, ohne eine Form von Stühlen auf dem Boden. Ich dachte an Shigeko, wie ich sie im Herbst auf ihren Fersen vor dem Kücheneingang sitzen sah, wenn sie Adzukibohnen palte. Nach ihrem Vorbild beugte ich die Knie und ließ mich so senkrecht wie nur möglich auf dem mir angewiesenen Platz hinsinken, was einfacher war als zuvor gedacht, nur bequem, das war es nicht.

»Das ist deine Frau?!«, hörte ich die Fremde rufen, während Ernst Wilhelm sich neben mir im Schneidersitz auf der Matte niederließ, mit Schenkeln wie von einem Frosch, die umso länger wirkten, als er jetzt keine Stiefel trug. »Wir kennen uns bereits.«

Ich schaute auf, ich war perplex. Jetzt erst sah ich, wen ich vor mir hatte: Die weiße Dame, der ich bei Madame Clément begegnet war! Auf der Straße hätte ich sie wohl nicht erkannt, zumal sie damals diese schwarze Kappe und den weißen Hosenanzug getragen hatte. Es war, als hätte sie ihr Arrangement von Farben auf den Kopf gestellt: Nicht nur, dass ihr kinnkurz geschnittenes Haar, das sich zu einer Seite hin in dichten Locken bauschte, so schlohblond war, dass es beinahe einen weißen Schimmer hatte. An jenem

Abend trug sie zudem eine chinesische Tunika aus einer matten Seide, deren Schwärze eine ungeheure Tiefe hatte. Wie der Himmel in einer Neumondnacht.

»Oh ja, natürlich.« Gerade wollte ich »Frau Herwig« sagen, als ich ihre Lippen ein stummes »Käthe« formen sah. In ihren Augen blitzte es. Es war ein stiller Austausch, der mich augenblicklich zu ihrer Komplizin machte. Ich liebte sie von diesem Augenblick an.

»Käthe«, sagte ich und spürte selber, wie ich strahlte. »Wie schön, dich hier zu sehen!«

»Ihr kennt euch?« Ernst Wilhelm zog die Brauenbüschel in die Höhe. Mir entging es nicht: Es stockte ihm der Atem.

»Das glaube ich nicht!« Alexanders Augen gingen mal zu ihr und mal zu mir, als schaute er beim Tennis zu, während er sich mit gespreizten Fingern durch die Haare fuhr, was damals am Essenstisch vielleicht ein ungehobelter Flegel machte, aber doch kein wohlerzogener Mann. »Und woher?«

Käthe warf mir einen langen Blick zu. »Oh.« Sie zog den Laut mit einem tiefen Lachen in die Länge, das mich vollends schmelzen ließ. »Männer müssen doch nicht alles wissen. Wir sind Freundinnen, das muss euch reichen. Mehr werden wir euch nicht verraten.«

Schmunzelnd sahen wir uns an. Die hohen Wangenknochen und leicht schräg gestellten großen Augen verliehen Käthes Gesicht etwas von einer Katze. Sie war unglaublich schön.

In diesem Augenblick fuhr die Papiertür mit einem schabenden Geräusch zur Seite. Auf Knien rutschend, stellten zwei Bedienungen in himmelblauen Kimonos, die einander glichen wie zwei Puppen einer Marke, vor jeden von uns ein lackiertes Kästlein hin. An langen Stäbchen legten sie in jedes davon ein beinahe handtuchgroßes Tuch, das dampfte wie im deutschen Winter Wäsche an der Leine. Als ich die anderen danach greifen und sich damit die Hände reiben sah, tat ich es ihnen gleich. Das war der Auftakt für das Mahl.

Als Nächstes brachten die zwei jungen Frauen Gefäße mit gewärmtem Sake und tausenderlei Schalen, die mal die Form eines Brückchens, eines schmalen Steges oder Treppchens und mal die einer Blüte hatten, alles aus dem allerfeinsten Porzellan. Auf jedem lag die verschwindend kleine Menge einer Speise, so kostbar hindrapiert wie Schmuckstücke im Mikimoto Pearl Store.

»Iiii!« Ich hatte an dem Sake wirklich nur genippt, doch verzog ich das Gesicht, was ich sonst – mein Vater hatte schon dafür gesorgt – niemals, wirklich niemals tat. Verzeih mir, wenn ich es sage, aber dieser Reiswein schmeckte einfach schauderhaft! Ein Gebräu, als hätte man getragene Socken in Kölnisch Wasser ausgekocht!

»Eine Frage der Gewöhnung!« Käthe lachte schallend auf. »Augen zu und durch!« Wie um es mir zu zeigen, spülte sie den Inhalt ihres Schälchens in einem Zug hinunter. »Ahhh.«

»Jetzt du.« Ich spürte Alexanders Blick auf mir. Er machte mich nervös. Mit angehaltener Luft unterdrückte ich das Kräuseln, das mir der Ekel auf die Lippen malen wollte, und rang mich dazu durch, ein zweites Mal zu kosten. Mein Magen kam mir in der Speiseröhre halb entgegen. Ich drückte ihn mit schierer Willenskraft nach unten. So dringend ich es suchte, für dieses faulige Aroma konnte ich kein Lächeln finden, doch immerhin, ich weiß nicht wie, ich schluckte und schaute Alexander triumphierend an. Ich erntete ein dreistes Grinsen. Ich hätte ihn ermorden können!

Mit den Stäbchen, deren Gebrauch ich mir zum Glück an einem meiner endlos langen Tage um des Zeitvertreibes willen von Frau Takemura hatte zeigen lassen, nahm ich etwas Reis auf, was mir dank dessen Klebrigkeit gelang. Nicht, dass ich Sake jemals lieben lernte, aber nach dem zweiten Kosten hatte der Geschmack das schockierend Neue, Andersartige verloren. Dass er sich am Gaumen mit dem Essen mischte, machte ihn am Ende irgendwie erträglich.

Bald gab ich meine steife Haltung auf, was auch daran gelegen haben mag, dass in dem ansonsten ungeheizten Raume anstelle eines Tuches eine gesteppte Decke über den Tisch gebreitet lag, die bis auf den Boden reichte, um das Kohlebecken, das darunter stand, wie in einen Mantel einzuhüllen. Bis hinauf zu den Hüften steckten unsere Beine in diesem warmen Nest. Im Schutz der Decke raffte ich mir den Rock bis auf die Schenkel hoch, um Bewegungsfreiheit zu gewinnen. Ein Akt des puren Übermutes, wie ich fand. Ich fürchte, Kind, dass meine Wangen glühten.

Während des Essens, das in immer neuen, noch raffinierteren Kompositionen, doch stets häppchenweise, aufgetragen wurde, flogen die Worte hin und her, mal leicht wie Federbälle und mal scharf wie mit dem Pfeil geschossen. Andere wogen schwer wie Kiesel, die ins Wasser sanken. Alexander wusste Neues über die für den nächsten Monat angekündigte erste Fernsprechverbindung zwischen Berlin und Tokio zu berichten.

»Es lebe der Forrrtschrrritt«, rief Ernst Wilhelm im Stakkato des kleinen österreichischen Gefreiten, sodass wir alle lachten. Nahtlos kamen wir damit zu Hitler und dem Völkerbund. Die kleine bauchige Sake-Karaffe mit Daumen und Zeigefinger am schmalen Hals umfasst, schenkte Alexander allen nach, stürzte den Inhalt seines eigenen Schälchens in einem Zug herunter und füllte sich sogleich noch einmal randvoll ein. Der Name Hitler war für ihn ein rotes Tuch.

»Dass die Saarländer so geschlossen für den Wiederanschluss votierten, wird dem Oberlippenbärtchen mächtig Aufwind geben. Er wird noch dreister werden, darauf wette ich.« Als wären sie mit Gift getränkt, spuckte er die Sätze aus und spülte sich den Mund mit Sake. »Es gibt Gerüchte, dass er binnen Monatsfrist die allgemeine Wehrpflicht wieder einführen lässt.«

»Das werden die Briten und Franzosen zu verhindern wissen.« Ernst Wilhelm wiegte skeptisch seinen beinahe kahl geschorenen

Kopf. »Die lassen sich doch nicht von ihm düpieren! Es gibt ja schließlich noch Versailles!«

»Was schert sich ein gewisser Hitler um Versailles? Verträge gelten für ihn nicht! Er ist so dreist.«

»Ich sehe das wie Alexander.« Käthe fischte sich eine der delikaten Köstlichkeiten von einem Teller, mit den Fingern, nicht den Stäbchen! Sie schaute in die Runde. »Die Weltwirtschaftskrise hat die Briten ziemlich bluten lassen, aber dass sie deshalb in Asien auch nur einen Zentimeter weichen? Dass sie Singapur den Japanern überlassen? Wer das geglaubt hat, der wurde spätestens von den Manövern eines Besseren belehrt!« Sie leckte sich die Finger ab. Eine Ungehörigkeit, hier vor den Männern! Sie war so frech. Mir blieb der Atem stehen. Was hätte ich gegeben, so wie sie zu sein. »Glaubt mir, im Augenblick kann Hitler machen, was er will. Die Briten werden sich mit ihm auf alle Fälle arrangieren. Sie wollen ihre Kräfte hier im Osten bündeln. Eine weitere Front aufmachen, ist nicht in ihrem Sinn.«

»Und die Franzosen? Die knurren. Die bellen. Aber beißen tun sie nicht.« Alexanders Zunge war inzwischen schwer geworden. Die letzten Tropfen Sake träufelte er sich direkt aus der Karaffe in den Mund. »Gibt es in diesem Haus denn nichts zu trinken?« Auf Knien rutschend brachte ihm das Mädchen sofort Nachschub, sie muss wohl vor der Shoji-Türe auf diesen Ruf gewartet haben, und er war schließlich laut genug.

Alexander wirkte regelrecht verzweifelt. Er sah unendlich müde aus. So zornig ich auf ihn gewesen war, bei diesem Anblick gab etwas in mir nach. Ich spürte den Impuls, ihm mit der Hand die Furchen von der Stirn zu streichen. Ich tat natürlich nichts dergleichen, es war nur ein Gedanke.

»Ihr habt ja recht.« Ernst Wilhelm zog an seiner Uhrenkette. »Es sieht so aus, als würde sich der Führer nach allen Seiten Raum verschaffen. Die Russen und die Polen lullt er in goldene Versprechen ein. Und er müsste schon oben auf dem Brenner stehen, dass Mussolini reagiert.« Er gähnte hinter vorgehaltener Hand. »Aber lasst uns mal das Thema wechseln. Sag, Käthe, wie geht es eigentlich Viktor?«

»Ach, Viktor!« Käthe lachte auf. »Der wird von Tag zu Tag noch reicher.«

Wann ich es erfuhr, ob an jenem Abend oder doch ein andermal, ich kann es nicht mehr sagen. Es war auf alle Fälle so, dass Käthe mit diesem Mann in einer, wie man damals sagte, »wilden Liaison« lebte. Er war Jude und Psychiater von Beruf. In der wachsenden und damals noch vergleichsweise wohlhabenden Diaspora Schanghais erfreute sich seine Praxis eines starken Zulaufs, was angesichts von all den Emigrantenschicksalen kein Wunder war.

»Und wann heiratet ihr?« Ernst Wilhelm grinste. Er schien zu ahnen, wie sie reagieren würde.

»Willst du mich provozieren?« Käthe warf ihm einen Blick wie einen Wurfpfeil zu. Lächelnd griff sie nach ihrer Tasche, zog ein flaches, rot eingeschlagenes Päckchen heraus und hielt es ihm entgegen. »Da kannst du nachlesen, wie ich zur Ehe und dergleichen stehe.«

»Dein Buch!« Ernst Wilhelm zerriss das Papier mit einem Ratsch. »Der schwarze Staub von Kohlen« las ich auf dem Titel. Er blätterte ein wenig in den Seiten. »Respekt! Ich gratuliere dir. Natürlich musst du es für mich signieren! Ich wusste schon von Alexander, dass es inzwischen fertig ist.«

»Alexander, du Verräter!«

Ich konnte nicht umhin, zu schmunzeln.

Alexander hob sein Sakeschälchen. »Prost.«

Käthe zückte ihren Füller und setzte ihren Namen schwungvoll auf die erste freie Seite. Dann war es Zeit zu gehen. Lachend versuchten wir, unsere »mürben Knochen«, wie Käthe sagte, möglichst würdevoll unter dem Tischtuch herauszuschälen und aufzustehen. Ich war froh zu sehen, dass auch die anderen ihre Mühe damit hatten. Wir strichen uns die Kleidung glatt. Neben unseren Schuhen, zwischen denen Ernst Wilhelms Stiefel wie zwei Türme standen, warteten die Bedienungen in gebeugter Haltung mit den Mänteln. Ich schwankte etwas, als Alexander mir die Stola um die Schultern legte. Wie um den Pelzrand glatt zu streichen, glitten seine Hände mir am Hals entlang, was mich am ganzen Leibe schaudern ließ. Ich roch den Sake in seinem warmen Atem.

»Und jetzt könnt ihr mich alle küssen!«, rief er. Er war zu laut. Hinter meinem Rücken kicherten die beiden himmelblauen Kimonos. »Wo ich doch Geburtstag habe!«

»Geburtstag, du?!« In dem engen Gang umfasste Käthe Alexanders Kopf von hinten und drehte ihn gerade so, dass ihre Lippen seine Wange fanden. »Natürlich! Darum bist du heute Abend so spendabel!«

Ernst Wilhelm klopfte ihm über mich hinweg auf die Schulter, als hätte er vergessen, dass ich zwischen ihm und Alexander stand. »Alles Gute! Du wirst sehen, das wird ein erfolgreiches Jahr für dich! Der Alte hat etwas mit dir vor. Mehr verrate ich dir nicht.«

»Ach.« Alexanders grinste, und die beiden tauschten einen Blick aus, wie ihn Käthe zu Beginn des Abends mit mir gewechselt hatte. Wieder dachte ich, die beiden kennen sich schon lang und wusste doch, dass es nicht stimmen konnte.

»Und du, Zwerg?« Ich spürte Alexanders Hand an meiner Schulter. »Willst du mich gar nicht küssen?«

Ich trat zurück, so weit es ging, und streckte meine Hand aus. »Herzlichen Glückwunsch und vielen Dank für diesen schönen Abend.«

»So ein Quatsch! Komm her!« Mit beiden Händen fasste er mich an den Wangen, gerade so, dass neben meinem Mund ein wenig Platz zum Küssen blieb. Ich wand mich gleich danach frei aus seinem Griff und sagte noch mal Dankeschön. Dann floh ich in den Flur, voraus zum Aufzug.

Draußen auf der Straße traf uns die winterliche Brise so frisch wie das erste kalte Wasser morgens im Gesicht. Der Trubel war noch nicht verebbt. Es stimmt, dass die Ginza etwas von den Schwalben hat: Auch sie kennt weder Stillstand noch einen Augenblick des Schlafs. Ich war noch aufgewühlt von diesem Kuss und vielleicht darum übermütig, und wir hatten alle viel getrunken, sodass wir uns wie Kinder zu vieren bei der Hand nahmen. So bahnten wir uns in dem schreiend bunten Schein der Neonschilder unseren Weg durch das Gewirr von all den bunten Fächern und bemalten Regenschirmen, von Ellenbogen und mit Waren voll beladenen Tischen, von Menschengerüchen und Essensdüften, von Akrobaten und Bettlern. Käthe lief voran, sodass sie uns ins Stolpern brachte, als sie plötzlich stehen blieb. Sie deutete in einen Winkel neben einem Blumenladen, vor dem in Käfigen bunte Papageien krächzten. »Da schaut!«

Zwei Hunde spielten dort auf eine Weise, die irgendwie befremdlich war. Der Kleinere von beiden schien den Großen von hinten zappelnd zu umarmen, was ihm auch irgendwie gelang. Ich verstand natürlich nichts.

»Ob Mensch, ob Tier – wenn man von schnöden Dingen wie der Liebe einmal absieht, ist der Akt an sich der gleiche.« In Käthes Augen glänzten tausend Lichter. »Die Natur drängt uns zum Kinderzeugen. Mehr will sie von uns nicht. Aber wenn ihr mich fragt, ein besseres Leben führt die Hündin! Sie muss keinem Mann als Sklavin dienen. Sie schert sich nach dem Akt kein bisschen mehr um ihn. Sie geht ganz einfach ihres Weges.«

»Du musst uns Männer wirklich hassen!« Ernst Wilhelm riss sich los von ihrer Hand. Er grinste. »Komm, Alexander, lass uns gehen. Hier mag uns eine nicht.«

»Wollt ihr etwa sagen, dass ich unrecht habe?« Aus dem Strom der Passanten schälte sich in diesem Augenblick die gebeugte Gestalt eines winzig kleinen, alten Weibs hervor und hielt ihr in der Hoffnung auf ein paar Münzen ein Streichholz hin. Es war, als hätte sie mit dieser Flamme Käthes Leib und nicht die Zigarette angesteckt. Sie sprühte förmlich Funken, so wütend war sie plötzlich. »Dann lasst uns nach Shibuya fahren! Da könnt ihr sie im Käfig sitzen sehen, die armen Dinger! Kaum zwölf Jahre alt und schon vom Vater für ein paar Sen verkauft. Als Lumpen für die schmierigen Kerle, die sie noch verachten dafür, dass sie den erzwungenen Dienst verrichten.«

»Ist ja gut, Käthe.« Ernst Wilhelm legte seinen Arm um ihre Schultern. »Du hast ja recht. Aber lass es uns ein andermal bereden. Jetzt fahren wir dich erst einmal ins Hotel.«

› 3 ‹

Es war am nächsten Morgen. Wir saßen noch beim Frühstück. Bereits zum zweiten Mal spähte Shigeko durch die Tür, um zu sehen, ob wir fertig waren. Ich schüttelte den Kopf und hob die Achseln. Nickend, die Hände flach an ihrer Schürze, zog sie sich zurück.

»Möchtest du noch etwas Kaffee?«, fragte ich. Es war schon acht vorbei.

»Ja, bitte. Einen brauche ich noch.« Die Stimme, die durch den *Deutschen Boten* zu mir sprach, klang geradewegs wie aus dem Grabe.

Ich schenkte Ernst Wilhelm noch eine Tasse nach und gab ein wenig Milch dazu. Er rührte lange und so langsam um, dass ich kaum wegschauen konnte. Ich hatte einen Plan und saß auf heißen Kohlen, doch er las und las.

Die Zeitung raschelte. Mein Herz schlug schneller, und ich schob den Stuhl zurück, doch noch immer stand wie auf einer Wand in den fetten Lettern der Titelschrift »Sowjetunion verkauft Ostchinabahn an Japan« vor mir. Ich seufzte innerlich.

Draußen, an der Terrassentüre, miaute Kater Mütze. Er drückte sich sein Näschen an der Scheibe platt. Ich sprang auf und ließ ihn ein, froh, mich zu bewegen. Als wäre ich ein Nichts, lief das Tier mit erhobenem Schwanz an mir vorbei zu seinem Herrn hinüber und strich ihm schnurrend um die Beine.

»Wenigstens *ein* Kater, der zu mir freundlich ist.« Ernst Wilhelm ließ die Zeitung sinken und legte sich die Hände an die Schläfen. In seinem Seufzen lag eine Zärtlichkeit, die nur das Tier in ihm zu wecken wusste. »Du sollst nicht leben wie ein Hund!« Er griff mit bloßen Händen eine Scheibe Schinken von dem Teller vor ihm und ließ sie über Mützes grünen Augen baumeln. Das Weitere war vorhersehbar: Ein kurzes Ducken, ein Sprung, ein Blitzen von fünf Krallen, schon war der Kater abgezischt. Wenn er solche Beute hatte, zog er es vor, im Flur zu fressen. Wir mussten beide lachen.

Endlich stand Ernst Wilhelm auf. Er streckte sich.

»Ist dir nicht gut?«, fragte ich ihn, als wir draußen in der Halle standen. Die Ränder seiner Lider waren rot, und seine Wangen schimmerten wie Kerzenwachs.

Er lachte trocken. »Danke, meine Liebe, ich weiß die Freundlichkeit zu schätzen. Mamá würde sagen, dass es mir recht geschieht. Ich habe viel zu viel getrunken.«

Er griff nach seiner Aktentasche.

»Kommst du zum Abendessen?«

»Ja. Heute wird es nicht so spät. Glaub mir, dafür sorge ich.«

Die Tür fiel ins Schloss. Ich schloss die Augen und lauschte mit angehaltenem Atem auf das Knirschen seiner Schritte draußen auf dem Weg, bis es leiser wurde und verschwand. Vögel zwitscherten im Park. In der Küche klapperten Geschirr und Frau Takemuras Getas.

Obwohl Ernst Wilhelm nicht mehr da war, schlich ich die Treppe auf Zehenspitzen hoch. Sein Zimmer war mein Ziel. Im Zustand zwischen Traum und Wachen nämlich war in der Nacht im Licht des unrunden Mondes in mir eine Ahnung herangereift, die das ganze Rätsel unser Heirat mit einem Schlage zu entschlüsseln schien: Er liebte Käthe! Und war es denn ein Wunder? Bei ihrem Charme? Ich war doch selbst ganz hingerissen. In ihrem Buch würde ich Gewissheit finden, so war ich überzeugt. Ich musste es in meine Hände kriegen. *Der schwarze Staub von Kohlen.*

Mit zitternder Hand drückte ich die Klinke nieder, hoffend, dass die Tür nicht verschlossen sei. Sie war es nicht. Der Geruch von Tabak und verbrauchter Luft strömte mir aus dem dämmrigen Licht entgegen. Das Bett war ungemacht, ein so intimer Anblick, dass er mein Gefühl vertiefte, hier ungebetener Gast zu sein. Mit einem Schlucken trat ich ein und zog den Vorhang einen Spaltbreit auf, um besser sehen zu können. Bücher über Bücher, in deckenhohen Schränken, ringsum an allen Wänden. Auf einem Bord in Taillenhöhe lag ein Sammelsurium von aufgeschlagenen Bänden, Schriften und Papieren. *Deutschland und England – Entwurf einer weltpolitischen Möglichkeit* las ich auf einer. Ernst Wilhelms Name stand darunter. Ein Stapel Briefe aus der Heimat türmte sich daneben, mit dem Wappen der Familie. »Mit deutschem Gruß, Dein Vater.«

Auf dem Schreibtisch stapelten sich Manuskripte in Ernst Wilhelms Handschrift, die schmal und lang war wie er selbst. Um Sojabohnen ging es, um Chinas Rolle in der Welternährung, ich nahm mir nicht die Zeit, den Sinn herauszulesen. Füllfederhalter, Bleistifte, ein halb gefüllter Aschenbecher.

Keine Spur von Käthes schmalem Band.

Von der Treppe hörte ich ein Knarren. Ich sprang in den Schatten an der Tür und presste meinen Rücken an die Wand.

Es war Shigeko. Ich hielt den Atem an, mein Puls mehr Flirren als ein Pochen.

Mit einem schnellen Griff zog sie den Vorhang auf und drehte an dem Fensterknauf. Die frische Luft des Morgens brachte Kühle. Auf ihren Obi starrend, trat ich um das Türblatt in das grelle Sonnenlicht. Wie von außen kommend stand ich da, plötzlich wieder Herrin meiner Lage.

»Shigeko«, sagte ich. »Ich brauche dich. Hilf mir bitte, meine Schuhe zu sortieren.«

VII

Augen und Ohren

› 1 ‹

Käthe blieb noch eine Woche, in der wir uns fast täglich sahen, und sei es nur »auf ein Schlückchen unten in der Stadt«, wie sie zu sagen pflegte.

»Treffen wir uns morgen?« Sie war es, die die Frage stellte, wenn wir auseinandergingen. Waren Ernst Wilhelm und Alexander mit dabei, beugte sie sich so dicht zu mir heran, dass ich die Wärme ihres Atems spürte und ihr feiner, ein klein wenig herber Duft in meiner Nase war. Er schien mir so besonders, dass ich sie einmal danach fragte und so erfuhr, dass sie die Rasiertinktur von Viktor nahm, um sich damit zu parfümieren. Es war so typisch Käthe. Sie tat nie, was andere Frauen machten. Sie war in jeder Hinsicht ganz speziell.

Wenn sie die Frage stellte, senkte sie ihre Stimme nur so weit, dass es die beiden Männer hören mussten. Wir liebten das Gefühl, dass sie die Ohren spitzten.

»Sag du eine Zeit«, gab ich hinter vorgehaltener Hand zurück und schlug dabei der Wirkung halber meine Lider nieder. Sie zeigte mit den Fingern eine Sieben oder Acht, worauf ich nickte und mich vergeblich mühte, die Lippen nicht mit einem Schmunzeln zu verziehen. Wie ich dieses Spiel genoss!

Käthe war, wie Alexander auch, als Journalistin für verschiedene Blätter tätig, jedoch im Gegensatz zu ihm nicht für die renommierten. Während seine Artikel in der *Frankfurter Zeitung* oder angesehenen ökonomischen oder landwirtschaftlichen Fachorganen erschienen, stand sie als glühende Verfechterin von radikaler Chancengleichheit – ob zwischen den Geschlechtern oder Menschen der verschiedenen Rassen – im mageren Sold der revolutionäreren unter den Exilorganen. Ich fragte mich bisweilen, wovon sie leben mochte. Von Viktor, sagte sie, nähme sie kein Geld, sie wolle unabhängig bleiben. Aber ihre Kleidung war doch immer nur vom Feinsten.

Es war ein solcher Auftrag, der sie in jenem Februar des Jahres 1935 zu uns nach Tokio führte.

»Was weißt du von den Burakumin?«, fragte sie mich, als wir an einem Nachmittag in einem dieser Intellektuellen-Cafés auf der Ginza saßen, in dem sich die Presseleute aus dem Ausland trafen.

Ich zuckte mit den Achseln. »Nichts.«

»Siehst du.« Triumphierend hob sie ihre Hände. »Sie haben keine Fürsprecher, diese Leute. Man ignoriert sie, einzig aus dem Grund, dass sie Berufe haben, die als ›unrein‹ gelten.«

Wie ein Floß trieb ihre Stimme auf dem Gemisch der Sprachen. Neben uns palaverten zwei Männer Italienisch und beäugten uns mit großem Interesse.

»Nicht nur Leichenwäscher und Metzger, alle, die in irgendeiner Weise mit Tierfellen zu tun haben – Gerber, die Hersteller von Trommeln, sogar Strohsandalenflechter! Fehlt nur, dass sich Hitler und die Nipponisten zusammenschließen. Wenn das passiert, dann Gnade uns der liebe Gott!«

Als ich die Schale mit meinem Martini an die rot geschminkten Lippen hob – ja, neuerdings hatte ich Martini zu »meinem« Getränk erkoren – sah ich durch die Scheibe ein wenig abseits vom Strome der Passanten einen Mann im Mantel an einer Laterne lehnen.

»Schau dir den Kerl da draußen an!« Ich lachte hinter vorgehaltener Hand. Ich wusste, dass er schaute. »Der denkt, es sei noch

Winter.« Zwischen der tief ins Gesicht gezogenen Krempe seines Hutes und dem hochgeschlagenen Mantelkragen blieb ihm gerade noch ein Augenschlitz. Er musste grässlich schwitzen in der frühlingshaften Wärme.

»Ach der!« Käthe schnaubte. »Der ist, seit ich in Tokio bin, auf Schritt und Tritt auf meinen Fersen. Glaub mir, der friert von innen. Der ist von der Tokko. Diese Leute sind aus Eis.«

Von der Tokko? Es war längst nicht das erste Mal, dass ich den Namen hörte. Ich sagte nichts, doch ich spürte, wie mir ein kalter Schauer über den Rücken lief. Käthe aber schien die Schnüffelei der Geheimdienstleute nicht weiter zu bekümmern, sie blätterte in einem Bündel von Papieren, das sie aus ihrer Tasche zog.

»Da!« Sie klatschte mit dem Rücken ihrer Hand auf eine Seite, wie man es im Ärger mit den Handschuhen machen würde. »Ich wusste es! Ich hatte es mir aufgeschrieben. Eta nennt man sie, oder auch Hinin, was ›viel Schmutz‹ bedeutet oder ›Nicht-Mensch‹. Klingt nicht anders als die Judenhetze in den Nazi-Propagandaschriften!«

Aus den Augenwinkeln sah ich, wie sich an dem kleinen Ecktisch neben dem der Italiener der Kopf des einzigen Japaners drehte, der im Lokal zugegen war. Ich zog den Nacken ein und legte meine Hand auf Käthes Arm.

»Du redest uns noch um Kopf und Kragen!«

Man wusste doch, dass alle Welt hier Ohren hatte, so groß wie die Blätter der Bananenstauden, die bei diesem Wetter allerorten aus dem Boden schossen!

»Sag mal, Käthe.« Ich senkte meine Stimme. »Darf ich dich mal etwas anderes fragen?« Vielleicht hätte ich diesen Anfang nie gemacht, wenn nicht um das Thema möglichst schnell zu wechseln. Nun drehte ich die Tasse in der Hand und schwenkte den Rest von Kaffeesatz auf ihrem Boden, als könnte ich darin die Worte finden, die ich suchte. Am jenem Morgen war ich bei Elvira zu Besuch gewesen. Sie war so rund und rosig.

»Weißt du, Käthe, ich wünsche mir ein Kind. Und ....«
Erschrocken schaute Käthe auf. »Und?«
»Ernst Wilhelm. Er. Ich meine. Hat. In seinem Zimmer steht. In meinem ....« Ich zupfte einen Krümel von der Papierserviette und schnickte ihn auf meinen Teller. »Wir leben quasi nicht zusammen. Wir sind wie Fremde.«
»Du bist Jungfrau?!«
»Käthe, bitte!« Ich flüsterte an ihrer statt. Wir ernteten schon Blicke! »Ich wüsste nicht, mit wem ich reden könnte, außer dir.«

Sie zog die Brauen hoch und öffnete den Mund, als wollte sie mir etwas sagen, doch sie schluckte es hinunter, griff nach den Papieren und schob sie wieder in die Tasche.

»Tja«, sagte sie nach einer Zeit. »Da hast du dir die Richtige gesucht, um dir einen Rat zu geben.« Sie sackte gegen ihre Sessellehne und hob die Hände hilflos in die Höhe.

Ich spürte, wie die Tränen in mir stiegen. »Lass gut sein, Käthe. Ich wünschte, ich hätte es nie angesprochen.«

Jetzt legte sie mir ihre Hand auf meinen Arm, und ihre Augen suchten nach den meinen.

»Nicht jeder Mann ...« Sie konnte flüstern, wenn sie wollte. »Nicht jeder Mann, Elisabeth ... Nicht jeder ist wie alle anderen. Geduld zu haben, bringt da nichts.« Ihre Finger gruben sich in meinen Ärmel. »Manche ...« Sie griff zu ihrem Glas und leerte es auf einen Zug. Plötzlich zog ein Lächeln über ihr Gesicht wie eine Schwalbe im Vorüberflug. »Es gibt auch welche, die können einfach nicht. Du hast nach meinem Rat gefragt, da hast du ihn: Tu dich nach einem anderen um. Nur für eine Affäre, verstehst du. Bis du dein Baby hast. Aber um eines bitte ich dich.« Die Worte, die dann kamen, brachte sie so leise und mit solcher Eindringlichkeit hervor, dass sie sich mir in die Seele schrieben. »Riskiere niemals diese Ehe! Du glaubst nicht, wie du Ernst Wilhelm schaden könntest.«

Ich vergaß zu atmen. Dass ausgerechnet SIE so sprach. Sie hielt doch nichts vom Heiraten und Kinderkriegen.

»Rede mit niemandem darüber, hörst du mich?«

Mit einem Nicken zog ich meinen Arm zurück und schloss die Augen. Ich hatte es vermutet. Sie war die Frau, die er in seinem Herzen trug, und ich die Tarnung für die Liaison, die es nicht geben durfte! Weder die Diskrepanz des Standes noch Bedenken bezüglich eines losen Lebenswandels kamen einer Heirat in die Quere. Es waren ihre Reden! Eine Kommunistin war sie, eine Suffragette noch dazu! Hatte sich Ernst Wilhelm nicht im Wagen zu mir hingebeugt, als wir ungeachtet des Kopfschmerzes, der ihn plagte, am Abend nach Alexanders Geburtstagsessen ins Imperial fuhren, um sie dort zu treffen? Ich hatte seine Mahnung noch im Ohr.

»Bitte lade Käthe nicht zu uns nach Hause ein. Tust du mir den Gefallen? Sie ist eine wirklich interessante Frau. Aber ...« Er spielte mit der Kette seiner Uhr. »Sie passt nicht an die Botschaft.«

»Liebst du Ernst Wilhelm?« Die Frage war heraus, bevor ich sie verschlucken konnte.

»Aber natürlich!« Käthe war mit einem Male ganz die Alte, als hätte einer dieser Bühnen-Hypnotisten sie mit einem Fingerschnippen aus der Trance geweckt. Kokett warf sie den Kopf zurück. »So wie ich Alexander liebe!« Plötzlich wieder ernst, griff sie nach meiner Hand und drehte sie, wie um darin zu lesen. So leise, dass ich die Worte von den Lippen lesen musste, fügte sie hinzu: »Und dich, mein Herzchen, glaube mir, dich liebe ich am meisten.«

Ich wusste, dass es wahr war.

»Was weinst du denn?«

Ich ballte die Serviette in den Händen. »Noch keiner hat mir das gesagt.«

»Glaub mir, es werden andere kommen!«

Und dann war eines Morgens der Moment des Abschieds da, den ich gefürchtet hatte. Um zehn Uhr früh standen wir am Bahnsteig, ich zwischen beiden Männern. Der Schaffner ließ die Türen knallen. Die Pleuel schoben. Unsere Füße waren schon im Dampf verborgen, der in dichten Schwaden aus dem Gleisbett drängte.

»Passt auf euch auf!« Käthe pfiff wie immer auf die Regeln des Benehmens. Sie schwenkte ihre hübsche Kappe aus dem Fenster, und ihre blonden Haare flogen.

Ich frage mich bis heute, wie es die Japaner fertigbringen konnten, sich beim Abschied still wie Wachsfiguren zu begegnen, mit unbewegten Mienen. Wie konnten sich die Mütter und die Bräute wortlos mit kaum mehr als einem Nicken die geliebten Männer aus dem Herzen reißen, die man auch an jenem Tag in Scharen als Soldaten nach Mandschukuo schickte, wo ein unbekanntes Schicksal an der Russlandgrenze ihrer harrte?

Laut schluchzend starrte ich dem Zug nach, bis er im Nichts verschwand. Die Arme beider Männer lagen fest um meine Schultern.

»Käthe, ich liebe dich!«, schrie es in mir. Ich wünschte mir, dass sie es hören könnte.

› 2 ‹

Die Wochen flogen schnell dahin. Im Nu war der April gekommen. Mit allen Farben aus dem Füllhorn der Natur triumphierte nun der Frühling, und ganz Tokio strömte Blumendüfte aus. Die Pflaumen waren schon verwelkt und verstreuten ihre zarten rosa-weißen Flocken. Über dem Wassergraben an den Zyklopenmauern des Palasts wogte das erste Kirschrosa in einem Bett aus gelbem Raps, sodass man meinen konnte, es wäre nicht allein der Tenno, sondern dieser Anblick, der die Japaner an der Brücke stehen bleiben und in demütiger Verbeugung verharren ließ.

Im Ueno-Park verwandelte sich der große See vor dem Tempel von einem Besuch auf den nächsten in eine Höhle aus Amethyst: Zu Tausenden hingen Blauregentrauben von riesigen Spalieren, die sich, auf unzählige Pfähle gestützt, über dem spiegelnden Wasser spannten. Millionen Bienen berauschten sich am Honigduft. In der schieren Masse schwoll ihr Summen zu einem Dröhnen wie von Fliegerstaffeln in der *Wochenschau*.

Auf den Tennisplätzen hatten die Damen die Saison eröffnet. Leise und regelmäßig wie das Pochen eines Herzschlags hörte ich die Bälle auf die frisch gewalzte Decke schlagen, als ich durch die Rhododendrenhecke trat, eine dunkelgrüne Wand von prallen Knospen.

»*Konnichiwa*, Elisabeth-san!« Ich fuhr herum, als ich die Stimme in meinem Rücken hörte.

»Guten Morgen, Miyake-san. Ich habe Sie vermisst.«

Mein Freund, der Maler, war in den nördlichen Provinzen in der Gegend von Sendai unterwegs gewesen. Er arbeitete an einer Dokumentation über die Reisbauern, die dort lebten, um sich neben dem Fotografieren einen Namen auch als Journalist zu machen. Eile war geboten, denn schon bald würden in den Dörfern die Felder für das Anpflanzen der Setzlinge gewählt. Danach waren alle zu beschäftigt, um mit einem »Schreiberling« zu reden.

»Wirklich? Mich vermisst?« Er neigte seinen Kopf zur Seite, drehte die Knie einwärts wie ein Mädchen und raffte seinen Kittel neckisch knicksend, sodass ich hellauf lachen musste, doch schon war er bei anderen Dingen. Ich folgte seinem plötzlich wieder ernsten Blick hinunter Richtung Stadt. Wie frisch herausgeputzt breitete sich im klaren Licht des Vormittags das Regierungsviertel zu unseren Füßen aus. Kirschblütenblätter wirbelten im lauen Wind, als, wie eigens für ein Foto herbestellt, unten vor dem Parlamentsgebäude ein Tross von schwarzen Limousinen vorfuhr, dem eine Anzahl Männer, allesamt im Frack, entstieg: die hohen Herren Minister. Miyake hatte schon den Deckel seiner Tasche aufgeklappt und seine Leica in der Hand.

»Sie müssen doch schon Dutzende von solchen Bildern haben.«

»Um das große Bild zu sehen, bedarf es vieler kleiner.«

»Wer sagt das? Konfuzius?«

Mit einem amüsierten Grinsen drehte er am Ring des Objektivs. »Nein, ich. Das Licht ist einfach ein klein wenig anders, jeden Tag. Außerdem bin ich heute etwas später dran als sonst. Ich musste noch zur Bahnstation Shibuya.«

»Doch nicht wegen Hachiko?«, fragte ich und reichte ihm das Lacktablett mit den gedämpften Reisbällchen, die Frau Takemura an diesem Morgen frisch zubereitet hatte, gefüllt mit einem süßen, roten Bohnenmus, das ein wenig nach Maronen schmeckte und auch vom Duft sehr ähnlich war. Die Nachricht von dem Tod des treuen Hundes, der geschlagene acht Jahre bei jedem Wetter vor dem Bahnhofsgebäude auf seinen Herrn gewartet hatte, obwohl der längst verstorben war, war seit Wochen schon in aller Munde.

»Ach wo, ich musste einen Koffer holen. Aber nebenbei habe ich erfahren, dass die Beamten Spenden sammeln. Sie wollen dem Tier ein Denkmal setzen!« Er schüttelte den Kopf und leckte sich mit sichtlichem Genuss das Mus von den Fingern. Dann griff er in die Tasche seines Kittels und streute eine Handvoll Körner für die Spatzen aus, wie er es häufig tat. »Ich kann sie nicht verstehen, diese Leute. Sie verziehen keine Miene, wenn ihre Söhne als Soldaten sterben und man ihnen dann das Kästchen mit der Asche überreicht. Aber wenn ein Hund sein Leben lässt, vergießen sie die dicken Tränen!«

»Miyake-san, Sie reden ja gerade so, als ob Sie kein Japaner wären.«

»Ich und ein Japaner?« Er verschluckte sich an einem Bissen Reis und Bohnenmus, dass ihm die Tränen in die Augen traten. »Ich bin von den Ryukyus! Ich bin Uchinanchu.« Wie um seinen Worten zusätzlich Nachdruck zu verleihen, ließ er die Beine seiner Staffelei eins nach dem anderen in die Länge sausen und zog energisch die Flügelmuttern fest.

»Von den Ryukyus?«

Von Käthe wusste ich, dass Japan diese Inseln ganz im Süden kaum fünfzig Jahre zuvor eigenmächtig übernommen hatte, als habe es ein Recht dazu. Ihre Bewohner wurden hier im Mutterland behandelt wie Verwandte aus dem Armenhaus, geduldet, um die Stube auszukehren, doch nicht gern an dem Tisch gesehen, an dem die anderen aßen.

Er nickte und löste sich nach einem Augenblick des Zögerns vom Hals eine dünne, goldene Kette. »Da, sehen Sie. Diese Perle ist aus Ishigaki, meiner Heimat.«

»Die ist ja schwarz!«

»Ein seltenes Stück. Ich habe sie von meiner Mutter.« Etwas Schweres kam in seine Stimme. »Sie ist schon lange tot.«

»Das tut mir leid.«

Eine Weile schwiegen wir und sahen zu, wie die Spatzen sich um das ausgestreute Futter balgten.

»Jetzt verstehe ich«, sagte ich nach einer Zeit. »Dass Sie kein Japaner sind, erklärte mir vieles. Sie sind so anders, ohne diese Förmlichkeit, die mir die Menschen hier so unnahbar und unverständlich macht.«

Miyake packte seine Tuschekästchen aus und stellte eines nach dem anderen auf die Brüstung. »Das kann man sagen. Wir Leute aus dem Süden sind tatsächlich anders. Wir haben unsere eigenen Gesetze. Nur werden sie von unseren ungeliebten Herren nicht immer respektiert.«

»Was hat Sie dann bewogen, hierherzukommen?«

»Bei uns daheim herrscht große Not. Wir sind nicht minder mittellos wie diese Bauern von Sendai. Ich brauchte Arbeit.«

Eine Weile schwiegen wir. Ich sah ihm zu, wie er ein Stück Tuschestange am Reibstein zerrieb. Er mischte etwas Wasser in das Häufchen Pulver.

»Apropos Sendai, erzählen Sie, Miyake-san. Wie war es denn im Norden? Was haben Sie gesehen?«

Er tauchte einen Pinsel in die Tusche und drehte die Spitze glatt. »Um es mit einem Wort zu sagen: Armut. Mütter zählen ihren Kindern zu den Mahlzeiten die Reiskörner beinahe einzeln in die mageren Hände.« Mit Kraft aus dem ganzen Arm zog er mit dem Pinsel einen schwarzen Bogen aufs Papier, setzte ein paar Punkte in das obere Drittel und ergänzte sie mit einer guten Handvoll kleiner Striche. Plötzlich saßen da die beiden Spatzen auf dem Kirschenzweig, die du von dem Bild auf meinem Schreibtisch kennst.

»Letztlich sind es allein die Bauern, die die imperialistischen Gelüste des Tenno finanzieren.« Er trat zurück und betrachtete, den Ellenbogen in die Hand gestützt, sein Werk. »Sie füttern die Armee, bis ihnen selbst kaum noch das Nötigste zum Leben bleibt. Armut ist nicht malerisch, Frau von Traunstein, das können Sie mir glauben. Man kann nur hoffen, dass diese Leute eines Tages so zornig sein werden, dass sie die Herren von ihren Äckern jagen. Denn das sind es: ihre Äcker.«

»Das hört sich ziemlich bitter an, Miyake-san.« Mit einem Seufzen packte ich Geschirr und Tischtuch ein und griff nach meinem Korb. »Wenn man Ihnen zuhört, könnte man fast meinen …«, ich zögerte, »dass ein Kommunist aus Ihnen redet«.

Aus dem Schatten seines Hutes schaute mich Miyake an. »Ja«, sagte er. »Das könnte man fast meinen. Aber keine Angst.« Jetzt lachte er. »Ich tue Ihnen nichts. Ich bin auf meine Weise harmlos.«

»Sehe ich Sie morgen?«

»Ich denke schon, vorausgesetzt, das Wetter hält. Allein die Aussicht auf das Frühstück, das Sie mir bringen, ist Grund genug, zu kommen.«

› 3 ‹

Mir war ein wenig mulmig in der Magengrube, als ich kurz darauf aufs Haus zueilte. Waren denn alle Menschen, die ich mochte, Anhänger von solch verbotenen Thesen? Käthe. Alexander. Selbst Ernst Wilhelm hatte dahingehend etwas angedeutet, im Zusammenhang mit diesem Kampf in China. Doch mir blieb keine Zeit zu grübeln. Es ging bestimmt auf elf Uhr zu, und ich wollte mit Elvira essen.

»Komm, Mütze!« Der Kater war zum Spielen aufgelegt. Als wären ihm Höllenhunde auf den Fersen, robbte er in ein paar Sätzen mit ausgefahrenen Krallen den Stamm des Pflaumenbaumes hinauf und funkelte mich aus der sicheren Höhe mit flach gelegten Ohren an. Ich lachte laut. »Der Hafer hat dich wohl gestochen!«

Mit der Schulter drückte ich die Terrassentür auf. Ich erschrak, als ich so unvermittelt Ernst Wilhelm vor mir stehen sah. Aus dem Schatten hinter ihm trat eigenartig grinsend Alexander.

»Ihr beiden? Um diese Zeit?« Ich hatte das Gefühl, sie irgendwie zu stören.

»Trink ein Glas Sekt mit uns.« Ernst Wilhelm hielt eine Flasche in die Höhe und machte sich daran, den Draht zu lösen.

»Gibt es denn etwas zu feiern?«

»Und ob! Darf ich vorstellen.« Er verbeugte sich mit großer Geste in Richtung Alexander. »Herr Arendt, der frischgebackene

Leiter des Deutschen Dienstes. Eben hat von Beuthen die Ernennung offiziell bekannt gegeben.«

»Da gratuliere ich.« Ich streckte Alexander die Hand entgegen. »Ich freue mich für dich.«

»Du wirst noch sehen, Zwerg, ob es eine Freude für dich ist. Der Alte hat mir ein eigenes Büro in der Botschaft zugewiesen. Von nun an tauche ich jeden Tag zum Frühstück bei euch auf!«

»Tu das, ja, tu das!« Aus purem Übermut richtete Ernst Wilhelm den Flaschenhals in Richtung auf die offene Tür und schoss den Korken in den Garten, dem Kater direkt vor die Füße, der vor Schreck senkrecht einen Meter in die Höhe sprang.

»Ernst Wilhelm!«, rief ich und provozierte mit der Strenge in der Stimme bei beiden Männern eine Salve von Gelächter. »Kindsköpfe! Alle beide!«

Ernst Wilhelm reichte uns die Gläser und setzte zu einer kleinen, feierlichen Rede an. Er liebte das, du weißt es ja. »Auf dich, mein lieber Alexander! Es hat lang genug gedauert! Seit Anfang des Jahres hat der Alte schon versucht, Auerbach nach Schanghai wegzuloben, um den Posten für dich freizumachen. Er will dich als Berater hier im Hause haben. Du wirst sehen, er wird dir jeden Tag im Nacken sitzen mit irgendwelchen Fragen. Von Beuthen hält sehr große Stücke auf dich. Du bist *der* Ostasienexperte an der Botschaft! Glaube mir. Erst letzte Woche hast du ihn schwer beeindruckt mit deinen Informationen über das Treffen von Ribbentrop und Militärattaché Oshima in Berlin. Kein Mensch wusste von der Sache! Ein heißes Eisen, sag ich dir.«

Wir stießen an, ich nippte mehr symbolisch und griff nach meinem Korb.

»Ihr entschuldigt mich?«, sagte ich. »Ich bin zum Essen verabredet und will mich noch ein wenig frisch machen.«

»Und wer ist der Glückliche, wenn ich fragen darf?« Alexander verzog keinen Muskel im Gesicht.

»Das werd ich gerade dir auf die Nase binden.«

Dies war der Moment, in dem ich aus den Augenwinkeln das Flattern in den Falten der Gardine sah. Mit gespitzten Ohren duckte sich der Kater, der wohl durch die Tür hereingeschlichen war, lautlos auf den Boden. Die Spitze seines Schwanzes zuckte.

»Nein!«, schrie ich. »Nicht!« Zu spät. Schon flog er durch die Luft wie ein Geschoss aus Fell. Die Bücher von dem Beistelltisch neben Ernst Wilhelms Sessel landeten in hohem Bogen auf dem Teppich. Mit dem Schmetterling im Maul floh der Jäger pfeilschnell Richtung Eingangshalle.

Bis Shigeko kam, hatte ich die Hälfte der im Raum verstreuten Werke wieder aufgehoben. Ich schnappte kurz nach Luft, als ich allein aus diesem Zufall in einem aufgeklappten Exemplar den Innentitel las. *Der schwarze Staub von Kohlen.* Käthe! Wortlos klappte ich den Deckel zu, auf dessen Schutzumschlag die Zeichnung eines jungen Paares prangte, mit einer Bäuerin daneben, die ein Ährenbündel in den Armen hielt. *Kind und Volk,* stand dick darunter, *Vererbung und Auslese – Erster Teil.*

Noch in derselben Nacht habe ich das Buch gelesen.

So oft hatte sich Käthe in meinem Beisein mit beiläufiger Nonchalance über die Konventionen des guten Tons hinweggesetzt, dass ich glaubte, sie müsse aus den höchsten Kreisen stammen. Wirft man nicht gerade das am sorglosesten über Bord, was man sich nicht erarbeitet, sondern mühelos qua Geburt erworben hat? Ich hätte nicht mehr irren können! Käthe war, wie sich nun zeigte, die älteste Tochter eines Kohlenkutschers, der jeden Groschen in die Kneipe trug. Im dritten Hinterhof eines schäbigen Berliner Hauses, wo kaum ein Lichtstrahl noch zu Boden fiel, hatte sie im Souterrain mit Vater, Mutter, sieben Brüdern und einer Schar von Mäusen hausen müssen. Ohne jede Larmoyanz beschrieb sie in diesen Seiten das Elend eines Lebens auf engstem Raume, das nichts vor Kinderaugen zu verbergen suchte, auch nicht die Dinge zwischen Mann und Frau.

Als ich zur letzten Zeile kam, hatte ich die Sache mit den beiden Hunden auf der Ginza, wenn nicht bis ins Detail, so doch prinzipiell begriffen.

So atemlos wie nach dem Anstieg über die vielen Stufen zur großen Halle des Zojoji-Tempels saß ich noch lang, nachdem ich meine Lampe gelöscht hatte, am Fenster meines Zimmers und starrte in die Nacht hinaus. Ich ahnte nun mit einem Mal die Gründe für Mamás Erröten und wobei genau sie mir das Stillhalten empfahl. Wie in einer Endlosschleife sah ich die Flanken der Tiere wieder zucken. Ihr Jaulen klang mir in den Ohren, und auch Käthes lautes Lachen, als mir ein Schaudern bis hinunter zu den Schenkeln lief.

Auf leisen Sohlen schlich ich durch das dunkle Haus, um ihr Werk an seinen Platz zurückzulegen. Ich strich den falschen Umschlag wieder glatt.

Vielleicht, versuchte ich mir zu sagen, war auch dies hier eine Frage der Gewohnheit. Ich hoffte, dass es funktionieren würde mit dem »Augen zu und durch«.

> 4 <

»Seien Sie so gut, liebe Frau von Traunstein, morgen um drei Uhr zum Hauptsekretariat im ersten Stock zu kommen. Ich habe eine besondere Bitte an Sie. Herzlichst, Magda von Beuthen.«

Inzwischen war ich lang genug in Tokio, um zu ahnen, worum es Frau von Beuthen bei den in ihrer eigentümlich kindlichen Handschrift verfassten Zeilen gehen mochte. Zum Geburtstag des Führers blieben noch zwei Wochen. Wie vor jedem besonderen Anlass – und wann gab es den in einer Botschaft nicht? – sandte sie ihre Kärtchen aus, um im Kreis der Damen Freiwillige für die anstehenden Aufgaben zu rekrutieren. Dies waren die »gesellschaftlichen Pflichten«, vor denen Ernst Wilhelm mich an jenem ersten Tage warnte, kaum dass ich japanischen Boden betreten hatte.

Viertel vor. Ich war zu früh wie immer. Ich schob das Kärtchen wieder in den Umschlag, ließ es in meiner Handtasche verschwinden und nahm auf einem der Wartestühle Platz, die sich im ersten Stock an den Wänden reihten. Die Balustrade versperrte mir den Blick hinunter in die Halle, sodass ich mir die Zeit damit vertrieb, den Lüster in der Deckenmitte zu studieren und den Stuck, der ihn umrahmte. Es roch nach frischem Bohnerwachs. Der Kopf des hübschen Dr. Heckelmann tauchte am Geländer auf. Im Eilschritt kam er auf mich zu.

»Guten Tag, gnädige Frau!« Er dienerte und war schon um die Ecke, bevor ich grüßen konnte. Ich schenkte ihm trotzdem ein Lächeln. Er gehörte nicht zu denen, die »Heil Hitler« riefen und den Arm nach oben schnellen ließen. Es gab auch solche Leute hier im Haus.

Durch den Spalt der Bürotür war das stete Klappern von Schreibmaschinentasten zu hören und ein gedämpftes Murmeln. Ein Mann lachte. »Bäumchen, das haben Sie aber gut gemacht!«

Möglichst unauffällig hob ich erst den einen, dann den anderen Schenkel von dem grässlichen Kunstleder der Sitzfläche ab, um mir das Unterkleid von der schweißklammen Haut zu lösen.

»Sie können die Kiste jetzt abholen lassen.« Das war der Stimme nach das strenge Fräulein Baum, die Sekretariatsleiterin, die bei Ernst Wilhelm und Alexander »die alte deutsche Eiche« hieß.

»Jawoll.« Ich hörte Stiefelhacken knallen. Mit einem Formular in der Hand trat eine der Wachen, gerade so als sei dies das Ende einer kaiserlichen Audienz, im Rückwärtsgang auf den Flur heraus und zog lautlos die Türe hinter sich ins Schloss. Es war der Junge mit dem blässlichen Gesicht. Konrad hieß er, das wusste ich inzwischen. Das Blut schoss ihm in die Wangen, bedeckt von Flaum, als er mich dort sitzen sah. Er stammelte etwas, was ich nicht verstand, und floh, als könne ich ihn beißen. Er war zu komisch!

Kopfschüttelnd stand ich auf, strich mir den Rock zurecht und schlenderte den Gang zwischen den Büros entlang, um mir die Zeit zu vertreiben. Hinter einer Türe klingelte ein Telefon. Dann drangen Worte an meine Ohren. »Göring«, sagte jemand. »Schande tilgen.« Und: »Fünfhundertfünfzigtausend.«

Durch das Fenster am Ende des Flures sah ich, wie Chauffeur Hayashi unten im Garagenhof auf einer Leiter stehend das Dach des Mercedes-Lieferwagens wusch. Er musste auf der höchsten Sprosse balancieren, um auch die Mitte zu erreichen. Kein Wunder, denn so klein war dieser Mann selbst für japanische Begriffe, dass er beim Fahren ein Kissen unterlegen musste, um die Straße vor sich im Blick zu haben. Es war sein Glück, dass man dieses ziemlich dicke Polster nicht sehen konnte, sobald die Wagentür geschlossen war, sonst hätte sich der Spott des gesamten deutschen Compounds in noch volleren Kübeln über ihn ergossen, obwohl er doch so freundlich und so liebenswürdig war.

Ich mochte ihn, und Kater Mütze mochte ihn noch lieber, denn aus der Tasche seines Kittels zauberte er nicht selten irgendeinen Happen Futter für das Tier hervor. Kein Wunder, dass der Mäusedieb auch jetzt dort unten auf dem Pflaster in der Sonne lag. Er leckte sich zuerst das Maul und dann die Pfoten.

»Frau von Traunstein! Wie gut, dass Sie schon da sind.«

Auf flinken Blockabsätzen klackerte Frau von Beuthen auf mich zu. »Uns bleiben nicht einmal zwei Wochen bis zu dem großen Ehrentag!« Schon hatte sie sich an meinem Ellenbogen eingehakt und mich in eine Aura blumigen Parfums gehüllt. »Ich brauche Sie ganz dringend. Sie sind doch Lehrerin.«

»Guten Tag, Frau von Beuthen. Lehrerin? Nicht wirklich«, versuchte ich einzuwenden, doch sie fuhr nahtlos fort, während sie mich auf das Sekretariat zu dirigierte. »Ich stelle mir das so vor: Sie üben mit den Botschaftskindern zunächst noch einmal das Horst-Wessel-Lied, was ja nicht schwierig ist. Die Kleinen singen es ja laufend. Dann wählen Sie für den Gedichtvortrag je einen Buben und ein Mädel aus. Vielleicht sollten es zwei von den Kindern sein, die am Abend zuvor ihren Eid auf den Führer geleistet haben. Ich muss noch einmal in der Liste schauen ...«

»Mit den Kindern? Ich dachte, dass Frau Sievert ...?«

Über die Schulter ihres cremeweißen Jackenkleides warf »die Chefin«, wie man sie im Stillen nannte, mir ein Lächeln zu, das ihre Augen nicht erreichte. »Frau Sievert ist leider unpässlich.« Ihre Hand lag auf der Klinke, als hätte sie die Kraft mit einem Mal verlassen.

»Ich hoffe, es ist nichts Ernstes?«

»Das hoffen wir alle. Ach, was die Feier anbelangt – ich rechne fest mit Ihnen, Frau von Traunstein. Zumal ...« Ihr Blick ging prüfend zur Treppe und zur Balustrade, als wolle sie sich vergewissern, dass niemand hörte, was sie sagte. Sie griff nach meinem Arm. »Meine Liebe, mein Mann hält große Stücke auf Ihren Gatten«, fuhr sie leise, bald raunend, fort. »Man handelt den Namen von Traunstein in den allerhöchsten Kreisen. Das hat er mir erst heute Morgen am Frühstückstisch gesagt. Sein Tschiang-Kaischek-Bericht muss in Berlin mächtig Eindruck hinterlassen haben.« Ihr Lachen scheppterte so blechern wie ein Eisenhenkel gegen einen Eimer. Damit fand sie in ihren lauten Ton zurück. »Nicht, dass mich solche politischen Dinge wirklich interessierten. Man hört nur dies und hört nur das. Sie können es sich denken.«

Ich nickte, nicht recht wissend, wie ich ihre Worte deuten sollte. Ernst Wilhelm in Berlin gelobt? In den allerhöchsten Kreisen? Hieß das, man hatte dort vergessen, dass er einer der Männer von Schleicher gewesen war? Hatte man ihm verziehen? Oder sah Frau von Beuthen in mir nur einen Arbeitsesel und hielt mir eine Möhrenrute hin?

Mitten in meine Gedanken kam schon die nächste Anweisung von ihr: »Gut, meine Liebe. Noch einmal zurück zum Ablauf. Machen Sie sich keine Sorgen. Ich habe ihn genau im Kopf. Unter Ihrer Aufsicht sammeln sich die Kinder hier im Sekretariat. Von dort aus können sie ungesehen auch zum anderen Flügel der Treppe gelangen und von beiden Seiten in zwei Reihen bis hinunter zur Plattform defilieren. Sie kennen das vom Weihnachtsfest. Nur tragen die Buben diesmal Flaggen und die Mädel Körbe mit Blumen und langen roten Schleifen. Alles Weitere dazu nachher. Kommen Sie!« Mit diesen Worten schob sie die Türe auf. »Jetzt zeige ich Ihnen erst einmal ...« So jäh sprang sie zurück, dass ich ihr beinahe in die Hacken trat. »Herr Arendt! Sie hier?«

Alexander? Natürlich! Das war seine Stimme eben! Bäumchen hatte er gesagt. Ich schluckte, zwang mir die Röte aus den Wangen und trat hinter Frau von Beuthen ein.

»Guten Tag, Gnädige Frau.« Alexander machte einen Diener.

»Heil Hitler.«

»Guten Tag, Elisabeth.«

Er griff nach einem Aktenhefter, den Fräulein Baum ihm hinhielt. Ihre Wangen hatten einen rosa Schimmer, als sei sie gerade zwei Treppen hochgerannt.

»Verbindlichsten Dank. Ich werde mich zu revanchieren wissen, liebes Fräulein Baum.«

»Selbstverständlich«, sagte diese und strich sich die Bluse glatt.

»Die Damen entschuldigen mich?«

Wir nickten alle drei und schauten ihm schweigend nach, als er aus der Tür trat.

»Einen schönen guten Tag, Herr von Wächter«, hörte man ihn draußen rufen. »Na, alles mitgeschrieben?« Sein Lachen hallte durch die Halle. »Ah, Konrad! Schon zurück.«

»Heil Hitler!«

»Passen Sie auf, junger Mann, dass Ihnen der Arm nicht wegfliegt, wenn Sie so eifrig grüßen!«

Frau von Beuthens Gesicht war weiß wie ihr Kleid. »Eines Tages wird sich dieser Kerl an seinen frechen Reden noch verschlucken! Eines Tages knüpfen sie ihn auf!«

VIII

First Lady

> 1 <

Der Juni kam in Tokio mit einer feuchten Hitze, in der der kleinste Schritt schweißtreibend und beschwerlich war. Wenn Regen fiel – und des Abends fiel er häufig –, so traf er auf den vom Tag durchglühten Boden und löste sich im Nu in Dampf und noch mehr Schwüle auf. Schlaflos stand ich des Nachts am offenen Fenster und starrte in den Himmel, der über dieser Stadt niemals erlosch, selbst wenn vom Mond nicht eine Spur von Sichel blieb. Wie schwarze Riesen warteten im Park die Bäume, dass sich ein Lüftchen regte, doch der Dunst hing reglos in den Zweigen. Man hörte sie fast ächzen unter dieser schweren Last.

Fledermäuse jagten kreischend nach Insekten, und Grillen zirpten so beständig, dass man das Geräusch erst dann bemerkte, wenn plötzlich alle schwiegen. Die Stille, die dann folgte, war bald lauter als das Sägen selbst.

So träge war die Atmosphäre, dass selbst die Uhren stillzustehen schienen. So zäh sie auch verfloss, die Zeit in jenen Tagen, so verging sie doch. Am einundzwanzigsten des Monats etwa jährte sich zum ersten Mal der Tag, an dem mein Vater mich … Ich schlucke heut noch, wenn ich dieses Wort nur denke, doch es ist wahr, und darum muss es aufs Papier: an dem mein Vater mich verkaufte. Ich hasste ihn dafür aus ganzem Herzen und hatte dabei, fand ich, dennoch Glück gehabt.

Wenn mich in jenen langen Nächten diffuse Sorgen plagten, so rührten sie von dem Gedanken her, Ernst Wilhelm könne sich entgegen aller Widerstände und Vernunft am Ende doch der großen Liebe seines Lebens nicht entziehen. Er könne mich um Käthes willen einfach sitzen lassen und heim nach Deutschland schicken, zurück zu Mutter und zu Vater ... Das war meine größte Angst! Ernst Wilhelm würde es nicht tun, mal hoffte ich. Dann war ich mir sicher. Ein Trauschein hatte damals viel mehr Gewicht. Man glaubte noch an diesen »Bund fürs Leben«. Und auch er tat es. Bestimmt.

»Wir nehmen diese hier«, entschied er am Morgen unseres Hochzeitstages, als wir auf den plüschbezogenen Sesseln im Mikimoto Pearl Store am Verkaufstisch saßen. Er zeigte auf die teure Kette mit den Brillanten am Verschluss, die ich bis heute trage. Groß und ebenmäßig schimmerten die Perlen im Schein der niedrig hängenden Leuchte wie makelloses Augenweiß. Die preiswerte, nach der ich instinktiv gegriffen hatte, nahm er mir schweigend aus der Hand und legte sie auf das Tablett zurück. Glaub mir, mein Kind, ich strahlte.

Das Gefühl der Einsamkeit, des Nichtdazugehörens, das mich bis dahin immer wieder plagte, es trat zurück wie der Wachmann an der Ladentüre und entließ mich auf die Ginza in den warmen Sonnenschein. Wenn ich ein Leben hatte, dann war es dies hier! Mir war, als dauerte mein Aufenthalt in diesem Land schon ewig, so weit lag meine deutsche Jugend nun zurück. Auch wenn ich mir damals eine andere Form von Ehe wünschte, und Kinder, aber den Gedanken erlaubte ich mir nicht oft, so war ich dankbar für die Freundschaft, die ich hatte. Ernst Wilhelm war ein guter Mensch.

Der Sommer zog vorüber. Elvira kehrte im September ans Klavier zurück. Der kleine Clemens war ein properes Kerlchen. Die Form des Bauches, die angeblich für ein Mädchen sprach, sie hatte doch getrogen. Ein kleiner Stich ins Herz für mich: Ich wurde nicht die Patin.

»Du musst verstehen«, erklärte mir Elvira und strich dem Kleinen über den zarten Flaum von Haar. »Du bist so jung ...« Der Rest des Satzes schwebte zwischen uns wie eine Feder, die im Winde treibt. Ich nickte, dass sie landen konnte.

Doch eines hab ich ihr nur schwer verziehen: dass ausgerechnet Agnes von Hauenstein in ihrem bodenlangen Cape aus violetter Seide und einem Hut mit meterlanger Feder in der Togozaka-Kirche in Kojimachi neben dem Herrn Pastor stand. Mit ausgestreckten Armen hielt sie das in weiße Klöppelspitzen gehüllte Bündel über das steinerne Becken, als sei nicht ein Kind darin, sondern ein hübsches Accessoire für ihren großen Auftritt. Zu meiner Freude, die ich gut verbarg, schrie sich der kleine Bub die Seele aus dem Leib und fand erst Trost, als er aus ihren Fängen war.

Ein Leben kam, ein Leben ging: Die ganze Botschaft war geschockt vom Tod Marianne Sieverts. Es war wohl Krebs. Darüber wurde viel gemunkelt. Betroffen sei ein »weibliches Organ«. So war das damals, mehr erfuhr man nicht.

Gemeinsam mit Elvira übernahm ich in jenem Frühherbst den Chor der Botschaftskinder. Frau von Beuthen war, wie sollt es anders sein, entzückt, doch auch mir selbst war diese Arbeit mit unseren kleinen Sängern ein Quell der Freude, den ich kaum beschreiben kann.

Ein Jahr in Tokio! Und ich nun zwanzig Jahre alt!

Wenn jetzt die Jahreszeiten kamen, so waren sie mir schon vertraut. Natürlich staunte ich, doch anders als beim ersten Mal. Ich freute mich auf sie: die leuchtend gelben Chrysanthemenfelder und die Ahornbäume, die praktisch über Nacht in tiefem Rot erglühten. Kaum waren sie verloschen, aalte sich der Kater vor unserer Tür in einem Daunenbett vom Laub der goldenen Ginkgoblätter ... Noch vor Silvester blühten die Kamelien auf und wurden täglich üppiger und schöner, bis im Februar dicke Knospen an den Pflaumenbäumen schwollen. Dann, mit einem Male, war es, als bliebe die Blüte stehen: Der Winter war zu kalt.

Es war am Morgen des Aschermittwochs 1936, als die Beschaulichkeit ein Ende nahm und ich zum ersten Mal begriff, dass die Idylle trog. Wie vollgesogene Wattebäusche fielen schwere, nasse Flocken in dem grauen Morgenlicht.

»Deine Kinder haben gut gesungen.« Ernst Wilhelm nahm ein Brötchen in die Hand und schnitt es mit dem Messer auf.

»MEINE Kinder?« In meinem Lachen schwang für mich hörbare Wehmut mit. »Aber ja, ich bin zufrieden. Den Applaus haben sie sich schwer verdient. Bei diesem steifen Publikum. Wenn du mich fragst.« Die Rede war vom Faschingsball.

»›Wo von Wächter wacht, da niemand lacht.‹« Ernst Wilhelm grinste.

»Du bist ja unter die Dichter gegangen!«

»Ach was! Ich doch nicht. Wer, glaubst du, denkt sich solche Sprüche aus?«

Wie vom Winde zugeschlagen, fiel in diesem Augenblick die Haustür ins Schloss. Kurz darauf rauschte Alexander mit einem Schwall feuchtkalter Luft zu uns herein ins Speisezimmer. Er klopfte niemals an.

»Wenn man vom Teufel spricht ...« Ernst Wilhelm erhob sich halb von seinem Stuhl und deutete auf das dritte Gedeck, das das Mädchen bereits eingedeckt hatte. »Nimm Platz.«

»Ach ja? Ihr habt von mir geredet?«

Seltsam tonlos kam mir seine Stimme vor, so farblos und ohne diese manchmal etwas scharfe Ironie, die sonst in bald jedem seiner Sätze steckte. Er fuhr sich mit den Händen übers Gesicht, das grau war, fast wie seine Anzugjacke, und setzte sich nicht hin.

»Was ist mit dir?«, fragte ich. Ich dachte wirklich, er sei krank.

»Unten ist die Hölle los!« Er deutete in Richtung Stadt. »Ein paar durchgedrehte Offiziere haben in der Nacht geputscht. Man weiß noch nichts Genaues. Nationalisten, wie es heißt. Die meisten wohl von der Kodo-ha-Partei. Premier Okada soll ermordet worden sein. Sein Vorgänger Makoto und General Watanabe ebenso. Nur Saionji, der alte Fuchs, ist ihnen, wie es scheint, entwischt.«

»Fürst Saionji?« Ernst Wilhelm war während Alexanders atemloser Rede aufgesprungen und lief im Raume auf und ab, wie er es immer tat, wenn er schnell denken musste. Den Namen dieses alten Mannes hatte ich schon oft gehört, er war in Japan eine schillernde Gestalt. Die beiden Männer schätzten ihn als eine Kraft des Friedens. Er musste bald fünfundachtzig Jahre alt sein und war der letzte Genro, wie man die kaiserlichen Berater der alten Schule nannte, ein besonnener, weiser Mann. Dass man ausgerechnet ihn ermorden wollte? Es schnürte mir die Kehle zu.

Shigeko spähte um die Tür, zwei Kronleuchter im Miniaturformat schauten mich aus ihren Brillengläsern an. Ich schüttelte den Kopf und schenkte Alexander selbst den Kaffee ein.

»Wo du hinkommst in der Stadt, an jeder Ecke steht ein Trupp Soldaten.« Er sackte schwer auf seinen Stuhl. Das Haar hing ihm ungeschnitten in die Stirn, verdeckte kaum die Furchen, die sich eingegraben hatten. Noch im Mantel saß er da, breitbeinig und zurückgelehnt, wie auf alten Ölgemälden Napoleon im Schlachtzelt. »Das Parlament ist eingenommen, das Heeresministerium, das Hauptquartier der Polizei. Den Hügel haben sie mit Straßensperren abgeriegelt.«

»Den Hügel?«, fragte ich entsetzt. Der Hügel, das waren wir.

Mit hochgezogenen Brauen blieb Ernst Wilhelm stehen. »Wie bist du dann überhaupt heraufgekommen?«

»Der kleine Hayashi hat was gut bei mir.« Alexanders Grinsen war mit einem Mal zurück. »Er war gerade auf dem Weg zum Bahnhof und stand am Posten, als er mich entdeckte. Er kam mich holen.«

»IHN haben die Soldaten einfach so passieren lassen?«

Alexander nickte. »Die Hakenkreuz-Standarten an den Kotflügeln haben ihre Wirkung nicht verfehlt. Sie waren wie ein Freifahrtschein.«

»Und weiter?« Ich reichte Alexander seine volle Tasse, die ich vor Aufregung in meiner Hand vergessen hatte.

»Ganz einfach. Er hat mich in den Wagen eingeladen, vor den Augen der Idioten kehrtgemacht, ist zurückgefahren und hat mich vor eurer Tür abgesetzt.«

»Wer steht denn an den Sperren? Wer sind die Leute überhaupt? Kaisertreue? Oder wollen sie dem Tenno an den Kragen? Wollen sie den Hügel schützen? Oder sperren sie uns ein?«

»Ich hätte zwei, drei von den Kerlen mit zum Frühstück bitten sollen, dann könnten wir sie fragen.«

Sein Lachen klang so wenig fröhlich, dass mich schauderte. »Aber wenn sie doch Fürst Saionji ermorden wollten, dann kann das doch nichts Gutes heißen.«

»Nein. Das kann es nicht, Elisabeth.« Alexander schaute mich nicht an. Er war, wie er es angekündigt hatte, inzwischen morgens unser Stammgast, und wenn er in der Früh erschien, sah er immer irgendwie verknittert aus. Kein Wunder, er schlug sich ja praktisch jede Nacht in Tokio um die Ohren. Aber an jenem Morgen sah er nicht nur müde aus. Ich hatte das Gefühl, die Ereignisse des Tages seien bloß die Spitze eines Eisbergs aus nie ausgesprochenen Dingen, die ihn noch viel mehr bedrückten; eines Eisbergs von kolossalen Dimensionen, dessen Spitze ich manchmal erspähte, der jedoch darunter in der Tiefe trieb und nicht nur seine, sondern unser aller Existenz bedrohte. Es sollte sich als wahr erweisen, doch das wusste ich natürlich nicht.

Alexander seufzte. »Nationalisten, wie gesagt. Aber wer dahintersteht?« Er zuckte mit den Achseln.

Es hatte aufgehört zu schneien. Draußen stand die Wintersonne als blasse Scheibe hinter einem Schattenriss aus kahlen Bäumen. Ich dachte erst, ein paar Strahlen hätten doch den Weg zu uns hereingefunden und sie seien es, die Ernst Wilhelms Augen mit einem Mal zum Leuchten brachten, doch ich irrte mich.

»Komm, Alexander!«, rief er über die Schulter zurück, schon auf dem Weg zur Halle. »Wenn wir mit unserem Lagebericht schneller als die anderen sind, könnten wir uns einen hübschen kleinen Stern verdienen. Nationalisten sagst du? Das wird den Führer freuen!«

Noch lange saß ich allein am Tisch und starrte auf die halb gegessenen Brötchen auf den Tellern. Ich hätte gerne mehr von alledem verstanden. »Nationalisten« war in jener Zeit ein oft gebrauchtes Wort, das nach allem, was ich wusste, für die Guten stand, die Tapferen, die Vaterlandsverteidiger. Doch wie erklärte sich dann dieses Attentat auf den Fürsten Saionji, der den Kaiser beriet und ein Mann des Friedens war?

Noch am Donnerstag und Freitag blieben die Blockaden auf den Straßen bestehen. Dass man Hayashi an jenem ersten Tag überhaupt in Richtung Stadt hinunterließ, war reines Glück gewesen. Selbst wir als Diplomaten waren eingesperrt auf unserem Compound. Es hieß, entlang der Ginza und auch der Seitenstraßen lägen Hunderte von Soldaten in dem knietiefen Matsch, zu dem der Schnee inzwischen breitgetreten war. In der Botschaft herrschte eine Spannung, die uns still dasitzen oder rennen, schweigen oder schreien ließ, es gab kaum ein Dazwischen.

Flugblätter fielen aus dem Himmel, die die Putschisten drängten, aufzugeben. Lautsprecherdurchsagen schallten bis zu uns herauf. Frau Takemura übersetzte sie für uns. »Geht zurück in die Kasernen. Der Tenno hat es befohlen. Eure Anführer sind verblendet und vom rechten Wege abgewichen. Rückt ein! Es wird euch nichts geschehen.«

Am Samstag schließlich war der Spuk vorbei. In Tokio zog der Alltag wieder ein, beinahe so, als wäre nie etwas passiert, obwohl bis Juli noch das Kriegsrecht galt. Die von Beuthens luden uns zu einem Umtrunk ein, um die überstandene Belagerung zu feiern.

»Trinken wir auf diesen guten Ausgang!« Und wie immer perlte in den Gläsern Sekt. Wir alle dachten, das Ganze sei bald vergessen, doch wir hätten nicht mehr irren können.

Es war nicht lange nach dem Putsch, als Ernst Wilhelm mich an einem Abend ins Kabuki-Theater führte. Ich frage mich, was wohl der Anlass war. Wann ging er schon einmal mit mir aus? Ich war begeistert von den beeindruckenden Kostümen und den großen Gesten, auch wenn ich von der Handlung wirklich nichts, rein gar nichts verstand. Andere aus der Botschaft können nicht dabei gewesen sein, denn nach der Vorstellung gingen wir noch ins Imperial. Ich sehe uns durch die imposante Halle schreiten, mit ihren Ziegelwänden und den Säulen, die wie man sagte, etwas von der Baukunst der Azteken hatten, warm und in zwei Farbtönen gehalten. Ich genoss den Abend. Wir waren beide bester Laune und nahmen in der Bar an einem dieser kleinen Tische Platz.

»Du machst dich wirklich gut als Frau an meiner Seite.« Wir saßen kaum, als Ernst Wilhelm mir dies sagte. Er war nicht der Mann für große Komplimente, und ich weiß noch, wie ich zugleich staunte und mich freute. Ich dachte, nun hat Käthe doch nicht recht gehabt. Es kann sich doch noch etwas tun, bei diesem Mann. Ich brauche keinen anderen für mein Baby. Doch dann fuhr er fort: »Herr von Wächter sprach mich heute Morgen auf dich an. Er bewundert dich und deine Arbeit mit dem Kinderchor. Du seist eine Zierde für das Reich! Die Kleine mit den dünnen Beinchen und den Blumenkleidchen, wer hätte das gedacht! Das waren seine Worte.« Er grinste.

»Ernst Wilhelm! Du machst dich lustig über mich!« Ich hätte ihn ermorden können, und doch steckte er mich an mit seinem Lachen.

Der Ober stand gerade bei uns, um die Bestellung aufzunehmen, als Alexander durch die Türe kam. Er entdeckte uns sofort.

»Schon gehört?«, fragte er.

Wir nickten beide und wurden augenblicklich ernst. Am selben Morgen nämlich hatten wir erfahren, dass die Rädelsführer des Aufstands, deren erklärtes Ziel es war, ihren geliebten Gott und Kaiser Hirohito aus den Fängen der »korrupten Zauderer« und »Expansionsverhinderer« zu befreien, bei diesem selbst nicht einen Funken Milde fanden. Für die meisten hieß das Urteil Tod am Strang. Die anderen schickte man ins Zuchthaus, fast alle lebenslang.

»Sie tun mir leid, die armen Teufel«, sagte Alexander und bestellte eine Flasche Brandy.

»Wie das?!« Ernst Wilhelm nahm im Sitzen Haltung an. »Sie haben doch gemeutert, Mann! Wenn das ohne schwere Folgen bliebe!«

»Sie waren aufgestachelt! Bauernsöhne in Offiziersuniformen. Vergiss nicht, es sind IHRE Schwestern, die von den Vätern ins Bordell verhökert werden, weil die Not so groß ist. Sie würden jedem Idioten folgen, der ihnen Besserung verspricht.« Da war sie wieder, diese Bitterkeit in seinen Worten, die ich inzwischen kannte. Eine Zeit lang rauchte er und starrte seine Hände an. Er hatte recht. Am Bahnhof Shibuya hatte ich inzwischen mit eigenen Augen einen dieser Züge ankommen sehen. Die Mädchen saßen in Waggons mit Gitterstäben, eingepfercht wie Vieh! So blass und mager waren sie! Bis heute sehe ich die schmalen Augen, tellergroß vor Angst. Ich konnte seinen Zorn verstehen. Ich war ja auch wütend.

»Dass ein paar Prozent reich sind und alle anderen nichts zu Fressen haben, das ist das Übel, dem die Menschheit an die Wurzel gehen muss!« Er schluckte seinen Brandy, als wäre es braun gefärbtes Wasser.

»Nicht so laut!« Ernst Wilhelm sah sich um. Es war schon spät. Nur eine Handvoll Gäste war noch da. Der Kellner aber hatte uns im Auge. »Lass gut sein.« Er legte seine Hand auf Alexanders Arm, doch der zog ihn unwirsch weg.

»Sag nicht, dass man feudalistische Strukturen nicht verändern könnte! Die Russen machen es doch vor!« Die ganze Halle war erfüllt von seiner Stimme.

»Wie du die Russen liebst, das weiß inzwischen jeder. Du sagst es doch mit jedem zweiten Satz. Aber manchmal ist es besser, Dinge zu verschweigen.« Ernst Wilhelm lächelte mit schmalen Lippen und stand auf. »Komm, Elisabeth, ich glaube, es ist besser, wenn wir gehen.«

Es war so schade. Der Abend war so schön gewesen, bis zu Alexanders Auftritt. Seufzend griff ich nach meiner Tasche.

»Ja, geht nur!« Alexander machte Anstalten, sich zu erheben, doch er schwankte, und die Schwerkraft zog ihn wieder auf den Sessel. »Glaubt mir, die Putschisten waren unbedarfte Marionetten. Mission erfüllt, und fort mit ihnen!« Seine Zunge hatte Mühe mit den Worten. »Die wirklichen Verbrecher sind ganz andere Leute. Es sind die skrupellosen Eisgesichter, die nichts lieber wollen als den Krieg!«

Die weitere Entwicklung schien ihm recht zu geben. In den darauffolgenden Wochen verloren die gemäßigten Kräfte in Japan nach und nach an Einfluss. Fürst Saionji hatte tatsächlich im allerletzten Augenblick vor den Attentätern fliehen können, doch er beendete sein Leben für die Politik und überließ es anderen, den Tenno zu beraten. Auch der ebenfalls besonnene Premier Okada war noch einmal mit heiler Haut davongekommen, durch ein Versehen hatte man den Schwager an seiner Stelle erschossen. Dennoch trat er Anfang März zurück. In uns klang noch die Rede Herrn von Beuthens nach, der im Anschluss an die Besetzung des Rheinlands mit glühenden Wangen von Hitlers genialem Befreiungsschlag aus dem Versailler Würgegriff schwärmte, als ein Mann des Militärs Regierungschef in Japan wurde.

Ein paar Wochen waren nach dem Abend im Imperial vergangen, als wir spätabends zu dritt auf unserer Terrasse saßen. Der Streit war längst vergessen, und so war die Stimmung milde wie der Duft der Rosen und die laue Sommernacht. Endlich war die Tokioter Schwüle gewichen, unter der wir Europäer furchtbar ächzten, die die Japaner aber offenbar nie störte. Sie schienen einfach nicht zu schwitzen.

»Was denkst du, greifen die Japaner Russland an?« Ernst Wilhelm beugte sich über die Lehne seines Stuhls und kraulte unseren Kater, der neben ihm in ganzer Länge ausgestreckt mit dem Bauch nach oben auf den Platten lag.

Alexander zündete sich eine Zigarette an und blies den Rauch des ersten tiefen Zugs in kleinen Wölkchen aus. »Eurem hochverehrten Führer käme es gelegen. Es hielte ihm im Osten den Rücken frei.«

Eine Zeit lang schwiegen wir und schwenkten unseren Cognac in den Gläsern. Eine Fledermaus flog ihre irren Kurven auf der Suche nach Insekten, und die Zikaden sägten, wie es schien, die Bäume ab.

Schließlich seufzte Alexander. »An den Mann mit dem langen weißen Bart da oben …« Er deutete zum Himmel, den die Großstadtlichter zum Schimmern brachten wie einen seidenen Lampenschirm. »Wenn ihr mich fragt, ich glaube nicht an ihn. Aber ich hoffe bei Gott und allen guten Geistern, dass die Japanerchen Hitler diesen Gefallen niemals tun.«

Wie die Geschichte zeigte, wurde sein Gebet erhört. Die Welt raste trotzdem auf den Abgrund zu.

› 2 ‹

Ein Jahr später kam der Paukenschlag: Bei einem Manöver südwestlich von Peking, an der Marco-Polo-Brücke, kam es im Juli 1937 zu einem offenen Scharmützel zwischen japanischen und chinesischen Soldaten. Ob es provoziert wurde, wie man allenthalben munkelte? Es ist zu vermuten, denn es lieferte den »Japanerchen«, wie Alexander gerne sagte, genau den Anlass, den sie seit Langem suchten. Der Tiger duckte sich nicht mehr, er sprang. Das hieß Krieg mit China!
Schanghai fiel im Dezember nach einer schweren Schlacht. Von Häuserkämpfen war die Rede. Ich hatte solche Angst um Käthe.
»Ach was«, schrieb sie in ihrer lapidaren Art. »Alles halb so schlimm, man sollte nur nicht vor die Türe treten – und wer wollte das bei diesem kalten Wetter?«
Während die japanisch-kaiserlichen Truppen mit erhobenem Sonnenbanner von Schanghai aus nach Süden zogen und alles niedertraten, was ihnen vor die Füße kam, um den chinesischen Führer Tschiang Kai-schek in die Knie zu zwingen, stimmten wir uns in der Botschaft abermals mit Lebkuchen und Plätzchen aus der Heimat auf Weihnachten ein und übten deutsches Liedgut.
Am Tag vor dem Fest bekam ich, als ich kaum mehr damit gerechnet hatte, über Schanghai die lang erhoffte Nachricht aus

Kaifeng. Käthe hatte es ermöglicht, über die »Kanäle«, die sie hatte, welche das auch immer waren. Ich stellte keine Fragen.

»Haus steht«, schrieb Fräulein Degenhardt. »Kinder wohlauf. Reis auf dem Teller. Unser Leben ist in Gottes Hand.«

Bei aller Sorge, die mich plagte, ich lachte laut, als ich die Zeilen las, die in Käthes Weihnachtskarte lagen wie ein verirrter Schnipsel: Der abgeschnittene Rand einer vergilbten Zeitung war der guten Frau Briefpapier genug gewesen – eine Wahl, so typisch und so ökonomisch wie die Zahl der Worte, die sie darauf schrieb. Ich sah sie schweigend im Abteil mir gegenübersitzen und spürte unter mir die Räder auf den Schienen rattern. Mir wurde warm ums Herz. Aus meinem Fundus suchte ich sogleich ein paar Knäuel Wolle und schlug Maschen auf für ein Paar Socken als Geschenk für Elviras kleinen Clemens. Mein Gott, er war schon anderthalb!

Ob es daran lag, dass mir mein begrenzter Ausschnitt von Tokio nun vertraut war und die überraschenden ersten Male seltener wurden? In meiner Erinnerung verschwimmen die Ereignisse dieser Zeit, als ob sie unter Wasser lägen. Nur ab und zu ragen Eindrücke und Begebenheiten wie ins Meer gestreute Felsennadeln aus dem Unklaren hervor:

Die Gerüche Tokios! Die Stadt war eingehüllt in einen Flickenteppich aus Tausenden Aromen, jeder Winkel verströmte seinen eigenen Atem. Wenn ich daran denke, treibt es mir den Duft des reifen Obstes in die Nase, von dem die Märkte in der warmen Jahreszeit förmlich überquollen: Mangos und die grässlichen Durians, die Drachenfrüchte, Guaven und Jujube-Beeren, wo ich von daheim doch kaum mehr als Äpfel und Birnen kannte, und, wenn Saison war, manchmal ein paar Kirschen. Es roch nach den sauren Pickles, von denen es Hunderte Sorten gab, nach Meerrettichwurzeln und Bohnenpaste, nach getrocknetem Thunfisch, den die Köchin, in feine Flocken geschabt, als Einlage in die Suppe gab. Bei schlechtem Wetter mischten sich die tranigen Dünste des Imprägnieröls darunter, mit denen man die Regenschirme tränkte. Wie auf unsichtbaren Zeppelinen umwehte der Geruch des Kamelienöls die Frisuren der Frauen und der beißende Tabak aus den Pfeifen die Männer. Ein Gemisch von Räucherstäbchen ließ an den Tempeltüren die Sinne Richtung Himmel fliehen.

Glaub mir, Liebes, beileibe roch nicht alles gut. Am schlimmsten war es unten in Yokohama an der Uferstraße. Noch heute kraust sich mir die Nase beim Gedanken an den Gestank der Gerbereien!

Unvergessen ist auch die Reise nach Osaka, die wir im Jahre 1937 unternahmen, und der Ausflug, der uns zum Kloster am Berg Koya führte. Auf dem Friedhof sehe ich die Grabmale dicht an dicht gestellt wie Schachfiguren vor dem Spiel, schaurig-schön im Dämmerlicht des nahen Herbstes; es fiel wie hingemalt in Streifen durch die hohen Kieferkronen.

Auch dass Käthe mehrmals zu uns kam und wieder fuhr und ich sie danach schmerzlicher denn je vermisste, bleibt mir.

Wie ich Agnes zu Charlotte sagen hörte: »Sie tut mir leid, die kleine E. v. T., sie will Elviras Bübchen nur verwöhnen, weil sie keine eigenen Kinder haben kann.«

Der Brief von Vater, in dem er Tante Aglaia zur *persona non grata* erklärte und mir jeden weiteren Kontakt verbot. Sie habe Knall auf Fall ihr Institut geschlossen und aus Gründen, die zu wiederholen er sich zu fein sei, unserer schönen Heimat den Rücken gekehrt, um in die Schweiz zu gehen, noch dazu im Geleit von ein paar »dreckigen Judenschicksen«, schrieb er, dies letzte Wort zweimal mit dem Lineal unterstrichen. Mutter tat mir leid.

Yoshida, das Faktotum, diesen hübschen jungen Mann sehe ich vor mir, wie er sich beim Brennholzhacken mit der Axt am Fuß verletzte und sich nicht von unserem Arzt behandeln lassen wollte, obwohl das Blut ihm durch den Lappen tropfte, den er darumband. Shigeko brachte ihn nach Shiba, wo sie wohnten, in der Rikscha eines Onkels, der sie holen kam. Sie waren beide kreidebleich. Wie blind war ich gewesen, nicht zu merken, dass sie miteinander lebten. Sie waren Mann und Frau!

Und auch dies hier fällt mir wieder ein: dass mein Freund Miyake mir an einem Sommertag ein Bambuskästlein mit einer gefangenen Grille schenkte, damit ich sie in die Freiheit entlassen konnte. Das arme Ding! Sie sprang Kater Mütze direkt ins aufgesperrte Maul! Ich grämte mich, dass ich die halbe Nacht nicht schlafen konnte.

Am nächsten Tag die Schreckensmeldung: Tschiang Kai-schek hatte am Gelben Fluss die Dämme sprengen lassen, um den Vormarsch der Japaner zu verhindern und aus Angst vor lauernden Spionen, die den Coup verraten könnten, die Menschen, die dort lebten, nicht gewarnt. Hunderttausende, so hieß es, seien in der großen Flut zu Tode gekommen. Käthes heimliche Kanäle funktionierten nun nicht mehr. Ich weiß nicht, wie ich den Schmerz beschreiben soll, den das in mir auslöste. Noch Jahre später sah ich Fräulein Degenhardt und ihre Kinder in dicken, handgestrickten Socken durch meine Träume waten, als wären sie auf einer endlos langen Reise ohne Ziel.

Dann das Ereignis, das unübersehbar wie ein riesengroßes Banner mit aufgedrucktem Datum am Himmel der Geschichte steht:

Der 1. September 1939.

An diesem Tag wurden wir mit knappster Vorankündigung für achtzehn Uhr vollzählig zum Gemeinschaftsempfang in die Botschaft beordert. In Deutschland war es zehn Uhr morgens, als aus dem Radioapparat, der im V der Treppe unter der Hakenkreuzflagge aufgestellt war, so leise, dass wir die Ohren spitzen mussten, die krachende, knisternde Kurzwellenübertragung der unverkennbaren Stimme Adolf Hitlers drang. Zu eben jener Stunde hielt er im Reichstag eine Rede, die wohl jeder Deutsche mit uns hörte:

»Polen hat nun heute Nacht zum ersten Mal auf unserem eigenen Territorium auch durch reguläre Soldaten geschossen. Seit fünf Uhr fünfundvierzig wird jetzt zurückgeschossen. Von jetzt ab wird Bombe mit Bombe vergolten.«

Es war warm an jenem Tag, doch wünschte ich beim Klang der Worte, ich hätte eine Jacke mitgenommen.

»Wenn unser Wille so stark ist, dass keine Not ihn mehr zu zwingen vermag, dann wird unser Wille und unser deutscher Stahl auch die Not meistern! Deutschland – Sieg Heil!«

Bis zu uns nach Japan waren die Jubelschreie und Beifallsbezeugungen der Abgeordneten zu hören. Mit ihnen stimmte der ganze Saal ernst und mit Inbrunst das Deutschlandlied an. Ich stand schaudernd daneben und vergaß zu singen, denn ich musste plötzlich an den Fotografen denken, in München, auf dem Standesamt. Der Kriegsschreck steckte ihm noch in den Kleidern. Und nun griff Deutschland wieder zu den Waffen. Ja, hatten wir denn nichts gelernt?

Vier Monate später aber schien der Schrecken schon gebannt. Polen war wie versprochen im Handstreich besiegt, und begeistert, ja euphorisch stürzte sich die deutsche Gemeinde Tokios in das neue Jahrzehnt: 1940! Beim Silvesterempfang strahlte Herr von Beuthen, der sonst kaum eine Miene zu verziehen wusste, wie die blank polierten Orden auf seiner vorgewölbten Brust. »1940 wird ein gutes Jahr! Diesmal ist alles, wirklich alles, ganz anders als beim ersten großen Krieg!« Seine Stimme bebte, als er zu uns sprach. »Ist nicht Polen das beste Beispiel dafür, dieser uns aufgezwungene Feldzug? Sind die Engländer und Franzosen dem Feinde etwa beigesprungen? Großmäulig erklärten sie dem deutschen Reich den Krieg, doch sie taten ...« Mit erhobenen Händen legte er eine Pause ein und schaute triumphierend in die Runde. »Nichts! Der Führer ist genial! Diesmal steht unser geliebtes Vaterland unter einem Siegesstern! Wer hätte Stalin schon gebraucht? Er griff im Osten an, als alles längst entschieden war. Ja, ich verschweige nicht, dass wir auch Verluste hatten. Deutsche Soldaten starben. Doch kein einziger starb umsonst! Auch waren es nicht annähernd so viele wie in den Schlachten von vierzehn-achtzehn! Und sollten Sie um Ihre Lieben in der Heimat bangen, versichere ich Ihnen, diese Front kommt niemals heim ins Reich. Göring persönlich hat neulich erst erklärt, er wolle Meier heißen, wenn es auch nur einem feindlichen Flugzeug gelingen sollte, in den deutschen Luftraum vorzudringen.«

Man klatschte lachend mit erhobenen Händen und sah den dicken Göring förmlich als Herrn der Lüfte mit gezücktem Schwert am Himmel schwirren, um ihn von bösen Fliegerbomben, ja vom kleinsten düsteren Wölkchen frei zu fegen.

Von Wächter rief: »Sieg Heil!«

Und hundert rechte Arme schnellten in die Höhe. »Sieg Heil!«

Dann strömte alles zum Buffet.

Der Rest des Abends? Er ist einerlei und ganz und gar nicht wert, erzählt zu werden. Nur, dass Ernst Wilhelm etwas blässlich war. Auf dem Weg zur Arbeit war er morgens auf nassem Laub ausgerutscht und hatte sich den Knöchel schwer lädiert. Als wir uns daheim zum Gehen fertig machten, kam er kaum in seinen Stiefel und stand doch aufrecht wie ein Baum an meiner Seite, auch noch kurz nach Mitternacht.

»Wir wollen unseren lieben Freund doch schonen!« Mit einem übertriebenen Bückling hielt Alexander mir den Ellenbogen hin. »Darf ich bitten?«

Ernst Wilhelm nickte mir aufmunternd zu, sodass ich den langen Rock meines Abendkleides an der Schlaufe fasste und an dem mir hingereichten Arm zum ersten Walzer dieses neuen Jahres schritt.

»Sei nicht traurig, Zwerg.« Wie ein Fragezeichen beugte Alexander sich zu mir herunter und raunte mir den Satz ins Ohr. Ich reichte ihm gerade eben zu den Schultern. »Du bist noch jung. Du wächst ja noch. Was nicht ist, das kann noch werden.«

Ich wand mich frei, um auf dem Absatz kehrtzumachen. »Ach, tanze doch mit einer anderen! Am besten nimm Brunhild von Kotta!«

Lachend schnappte er nach meiner Hand und zog mich zu sich hin. »Das denkst du dir, dass du mir so leicht entkommst!«

› 3 ‹

In den folgenden Monaten stürzten uns ständig neue Siegesmeldungen in einen fiebrigen Aufruhr. Auch wenn ich heute gern das Gegenteil behaupten würde, er erfasste mich genauso wie die anderen. Natürlich blieben viele Fragen offen. Wie Albtraumgestalten holten sie mich ein, sobald ich nachts mit mir alleine war. Dann huschten sie aus ihren Schattenwinkeln und sprangen mich von hinten an.

Manch lang gehegte Sorge war darunter, etwa die über die Sache mit von Schleicher und die Frage, ob man Ernst Wilhelm seine Taten, welche auch immer das gewesen sein mochten, in all der Zeit vergeben und verziehen hatte? Andere waren neueren Datums: Warum war meine Tante plötzlich in die Schweiz gegangen, und das mit diesen Mädchen? Sie war in meiner Familie stets die mit dem klarsten, ja, dem klügsten Kopf gewesen. Tat sie etwas, konnte es nicht ganz verkehrt sein. Ob mein Vater Gift und Galle in ihre Richtung spuckte – er war für mich nicht mehr das Maß der Dinge. In Tokio, mit Tausenden von Kilometern Abstand, schrumpfte er mit jedem Tag ein bisschen mehr. Doch ungeachtet seiner lächerlichen Winzigkeit: Man war in jener Zeit auf Schritt und Tritt einer Antijudenpropaganda ausgesetzt, die uns zum Hass erzog. Nur fragte ich mich in meinen grübelnden Momenten, was denn so hassenswert an diesen Menschen war, wo Käthe doch einen Juden liebte?

»Ein Gutes haben sie, die Kriegsgelüste der Japaner«, erklärte Käthe einmal, als sie für ein paar Tage bei uns war. »Sie halten ihr gesamtes Land in Atem! Nur so erklär ich mir, dass sie vergessen haben, die Einreise für Emigranten nach Schanghai zu regeln. Man braucht kein Visum, um hineinzukommen! Kannst du dir vorstellen, wie viele Juden täglich aus unserer großartigen deutschen Heimat eintreffen?«

»Ist es für Juden denn so schlimm geworden?«

»Schlimmer! Für Juden und für alle, die noch selber denken.«

In der Tat, man hörte Schreckliches von der Gestapo munkeln. Manchmal raunte einer hinter vorgehaltener Hand: »Der endet noch mal im Kazett!« Warum die ganze Angst vor den Wänden mit den großen Ohren, selbst bei uns in Botschaftskreisen? Was war die Strafe für ein falsches Wort?

Tagsüber ging ich mit diesen Fragen um wie mit Flecken auf dem Tischtuch, nur war es kein Geschirr, an dem ich hier ein bisschen, dort ein bisschen schieben konnte, um sie zu verdecken. Stattdessen rückte ich an den Pfeilern meines Weltbilds, rückte sie zurecht. So stürzte ich mich begeistert auf die positiven Meldungen, die Ernst Wilhelm beinahe täglich brachte. Mit offenem Mund verfolgte ich die *Wochenschauen,* die uns mit einiger Verzögerung bei den Filmabenden im Deutschen Club über die »neuesten«, stets positiven Entwicklungen »informierten«.

Hitler mit Mussolini am Brenner!

Dänemark und Norwegen besetzt!

Im Blitzkrieg die Niederlande, Belgien und Luxemburg eingenommen!

Wie Bonbons hielt man uns diese »Nachrichten« hin, zum dröhnenden Geräusch von Kampfmaschinen, die schlichtweg unbesiegbar schienen. Wir konnten nicht genug davon bekommen!

Vielleicht trug diese Stimmung das ihre dazu bei, dass ich an einem Morgen Anfang Juni mit einem Gefühl die Augen aufschlug, wie ich es von den Geburtstagen meiner Kindheit kannte, so bescheiden sie auch gewesen sein mochten. Ein kleiner Kuchen, ein Paar Kerzen genügten, um mir zu sagen: Dies ist ein ganz besonderer, seltener Tag.

Das Wetter war verheißend. Bald zwei Wochen lang war aus schwer verhangenem Himmel ein sanfter, aber dichter Regen niedergegangen, der der Stadt die Härte der Konturen nahm. Die Welt schien Ton in Ton zu sein und wie mit einem Tuch aus mattem Blau und Grau bezogen, auf dem sich die Papierschirme der Frauen wie bunte Kreisel drehten. Selbst am Tage brannte Licht in allen Zimmern, und abends drang der Schein der alten Steinlaternen mit einem trüben Schimmer aus dem Park zu uns herüber, der mich – im Juni! – an Caspar David Friedrichs düstere Landschaftsbilder denken ließ.

In jener Nacht aber war die Wolkendecke aufgerissen, die wie ein nasser Lappen über allem lag, sodass man blinzelnd in die Sonne schaute, die man beinahe schon dem Reich der Mythen zugerechnet hatte. Hätte es nie aufgehört zu regnen … Manchmal frage ich mich, was dann gewesen wäre. Doch was bringt es, dieses Hätte, dies Was-wäre-wenn?

»Sie können mich hier aussteigen lassen, Hayashi-san.« Es war schon Nachmittag, als ich den Fahrer auf dem Rückweg von meiner Stunde bei Madame Clément unten vor dem Haupttor halten ließ. »Den Rest des Wegs gehe ich zu Fuß bei diesem wunderbaren Wetter.«

Der Himmel spannte sich blau über dem beinahe künstlich grünen Rasen. Aus der Erde schwitzte Feuchtigkeit, denn mit der Sonne war augenblicklich die Hitze wieder da. Die erste Schwüle kroch schon aus dem Boden, doch noch war es so herrlich, dass das Lied, das ich gesungen hatte, in mir weiterschwang: »Geh aus, mein Herz, und suche Freud in dieser schönen Sommerzeit.« Mag sein, dass ich es leise summte, ich fühlte mich beschwingt.

Noch hatte ich nicht ganz den Anfang der Allee erreicht, als mich das tiefe Grollen eines Motors hinter mir an den Rand der Zufahrt ausweichen ließ. Die Sonne stach mir ins Genick. Die flache Hand musste mir die Krempe eines Huts ersetzen, da ich nur eine leichte Kappe trug. Von ihr beschirmt, blinzelte ich in Richtung auf das Haupttor. Mein Pulsschlag hüpfte wie die Faltenröcke kleiner Mädchen, wenn sie Seilchen springen, denn ich ahnte, wer da kommen würde. Im Frühjahr hatte Alexander seiner alten Knatterbüchse von Motorrad eines Nachts auf einer Fahrt nach Hause den Garaus gemacht, und sich, noch mit Gipsfuß und diversen anderen Verbänden, eine neue Maschine zugelegt, eine Rikuo. Das tiefe Blubbern ihres Motors war ganz unverwechselbar.

»He, Zwerg!« Als er mich entdeckte, winkte er auf seine ungestüme Art und schaute mich durch die Insektenaugen seiner Motorradbrille an.

Die Hitze war mir plötzlich unerträglich, sodass ich mich nach einem knappen Gruß zum Gehen wandte, um in den Schatten der Alleebäume zu treten. Ich rechnete damit, dass er Gas geben und weiterfahren würde. Doch diesmal bremste er, dass mir die Kiesel an die Waden spritzten. Ich machte einen Satz zur Seite. »Alexander!« Entrüstet schüttelte ich den Kopf. Er hatte wirklich kein Benehmen, dieser Kerl!

Einen, vielleicht zwei Meter neben mir ließ er den Motor der Maschine im Leerlauf grummeln. Mein kleiner Unmut schien ihm großen Spaß zu machen. Er war sehr geschickt darin, in mir diesen kleinen inneren Aufruhr zu entfachen, der an der Grenze zwischen Spaß und Ärger lag.

»Und, Zwerg? Was sind deine großen Pläne?«

»Große Pläne? Eher nicht.« Ich konnte seinen Blick nicht halten, und so lächelte ich ringsum die Gegend an. »Ich gehe nur spazieren. Sonst nichts.«

»Recht hast du. Ehrlich gesagt, mir ist auch nicht danach, in der Stube zu sitzen, bei den Nazis drüben, die die Luft verpesten.« Mit einer verächtlichen Kopfbewegung deutete er über die Schulter zum Hauptgebäude hin. Dann lachte er. »Wie wär's mit einer Spritztour?«

Ich war mir sicher, dass er scherzte, doch unwillkürlich ging mein Blick zu der Maschine. Der Rock des bunt bedruckten Blumenkleides, das ich trug, war theoretisch weit genug. Theoretisch. Habe ich wirklich Ja gesagt? Ich kann mich nicht erinnern. Ich sehe mich schweigend dastehen und von den Fersen auf die Ballen wippen, während Alexander das Motorrad mit den Füßen anschob, um es Richtung Stadt zu wenden. Er deutete auf den Sitz hinter sich – ein winziges, quadratisches Polster, nicht größer als ein Damentaschentuch.

Ich hielt die Luft an und ließ den Blick prüfend über das Gelände gleiten. Wie ein Schwarm Krähen knieten Gärtnerjungen in schwarzen Kitteln zwischen den Hortensien, um sie vom Unkraut zu befreien. Keiner schaute auf. Eine Elster hüpfte über den noch ungemähten Rasen. Eine zweite saß auf einem Japankirschenbaum. Nichts regte sich sonst. Ich war so aufgeregt wie früher in Momenten, wenn mich bei aller Strafe, die mir drohte, der Hafer stach und es mich juckte, die vom Vater eng gesetzten Grenzen in meiner Weise auszudehnen. Es flatterte in meinem Magen.

»Pass auf, dass du dich nicht verbrennst. Der Auspuff ist richtig heiß!« Alexander sprach mit dieser sanften Stimme, die er gebrauchte, um mir Dinge zu erklären. »Und hier stellst du die Füße drauf.«

Ich nickte und sah mir wie von außen zu. Ich raffte den Rock. Ich schwang das Bein. Ich fasste nach den Falten seiner Jacke.

»Halt dich richtig fest!« Er packte meine Hand und zog sie vor um seine Taille. »Und jetzt die andere!«

Zaghaft folgte ich, offenbar zu langsam, denn er gab schon Gas, und der Ruck riss mich zurück. Wie tausend Pfeile schoss der

Schreck mir durch die Adern. Ich schrie auf und griff freiwillig fester zu. Er lachte. Jetzt schlang ich ihm die Arme richtig um den Leib und presste meine Wange an seinen rauen Jackenstoff. Als wär's in mir, spürte ich den Motor dröhnen.

Im Vorbeifahren sah ich Kater Mütze sich genüsslich in der Sonne aalen. Er sprang nicht einmal fort bei dem Getöse, das wir machten. Ich hatte Angst, dass er am Ende überfahren würde! Doch schon ließen wir das Haupttor hinter uns und waren draußen auf der Straße, sodass mir weiter keine Zeit zum Denken blieb.

Wasser spritzte aus den Pfützen auf. Fußgänger sprangen eilig zur Seite. Ein Rikschafahrer, den wir unten am Graben um den Palast passierten, flüchtete sich mit einem Sprung in eine Einfahrt, dass das Gefährt ins Schlingern geriet. Jenseits der Kernstadt, deren Grenzen wir im Nu passierten, brausten wir durch das nimmer endende Gewirr der ewig gleichen Straßen, mit denen Tokio wie ein zäher Brei in das endlos weite Umland kroch, ohne Anfang, ohne Ende, ohne Anspruch darauf, schön zu sein. Wie achtlos hingeworfen ragten schmucklose Betongebäude zwischen Holzhäusern auf, deren Latten in der Sonne bleichten. Bambuszäune wanden sich in Kurven zwischen den verschachtelten Fassadenreihen, zwischen Hütten, Schuppen, kleinen Läden.

Hier also lebte dicht an dicht die große Masse der gut sechseinhalb Millionen Menschen, von denen ich gehört und die ich doch nie zuvor gesehen hatte. Wie Bilder aus einer Wundertüte wirbelten Gestalten vorbei, als hätte der Fahrtwind sie mir zugetragen: Männer mit spitzen Hüten, die an wippenden Bambusstäben schwer beladene Körbe schleppten; spielende Kinder am Wegesrand; Bauern in langen Mänteln; Frauen, die ihre Einkäufe in bunte Tücher eingeknüpft in ihr bescheidenes Zuhause trugen; Radfahrer, die sich in flatterndem japanischen Gewand den Weg durch das Gewühl der im Zickzack fahrenden Autos bahnten. Wir waren schneller, wir flogen einfach so vorbei.

Ich weiß nicht, wie lange wir dahingebraust waren, nur dass mir die Knie zitterten, als ich vor unserem Haus vom Sozius glitt und wieder festen Boden unter den Füßen spürte. Ich strich mir, so gut es ging, die Falten aus dem Blumenrock, und dabei strahlte ich von einem Ohr zum anderen. Es war beinahe so, als würden die Winkel meines Mundes von unsichtbaren Fäden in die Höhe gezogen. Ich konnte mir nicht helfen.

»Und?«, fragte Alexander grinsend und schob sich die Brille hoch auf die Stirn.

»Und was?« In einem Anflug reinsten Übermuts zog ich mir die Kappe vom Kopf und schüttelte die Locken aus. Ich fühlte mich wie Käthe, nur war mein Haar kastanienbraun und reichte mir bis auf den Rücken.

»Da seid ihr ja!«, hörte ich in diesem Augenblick Ernst Wilhelm rufen. Ich fuhr herum, das Gewissen schwarz wie Kohlenstaub.

Er aber lehnte gelassen im Rahmen unserer Haustür und lachte gerade so, als mache es ihn glücklich, uns so unbeschwert zu sehen. »Gut, dass ihr kommt!« Dieses »Ihr« ging ihm über die Lippen, als wäre nichts dabei. »Ich habe schon auf euch gewartet. Ihr werdet staunen, Kinder! Ich habe eine gute Nachricht. Aber jetzt kommt erst einmal rein.«

Die Nachricht, Liebes, ist sehr schnell erzählt, doch sie veränderte unser ganzes Leben: Herr von Beuthen hatte aus gesundheitlichen Gründen um seine Abberufung aus Tokio gebeten. Als Nachfolger im Amt war Ernst Wilhelm ausersehen. Er sei, so hieß es, der fähigste Mann im ganzen Stab. Der Sekt perlte kühl in den beschlagenen Gläsern, als Ernst Wilhelm uns die Neuigkeiten überbrachte.

»Was meinst du, Alexander? Soll ich das wirklich machen?« Wir wussten alle, dass die Frage rein rhetorisch war.

»Ich weiß nicht«, sagte Alexander, den Mund zum breiten Lächeln verzogen, doch es kam nicht von Herzen, die Freude schien aus ihm gewichen. »Ich bin da eher skeptisch. Zu viel Ehrgeiz hat schon ganz anderen den Charakter verdorben.« Er leerte seinen Schampus in einem Zuge und hielt Ernst Wilhelm das Glas zum Nachschenken hin. »Wenn du mich fragst, mach es nicht! Ein Karriere-Nazi ist viel schlimmer als ein Gesinnungsidiot!«

IX
Fujiyama

> 1 <

Erinnerst du dich an dieses Bild, liebe Karoline, das all die Jahre daheim in unserer Villa Rose im Erker zwischen den Familienfotos hing? Als ich es beim Umzug aus dem Rahmen nahm, war es völlig ausgebleicht. Nur die Aufschrift hatte sich auf alle Zeit ins Glas gefressen: »Tokio, 1. Juli 1940. Der neue deutsche Botschafter von Traunstein nebst Gattin nach der Überreichung der Ernennungsurkunde im Garten des Palasts.«

Ich muss es nicht in Händen halten, ich brauche nur die Augen zuzumachen, um zu sehen, wie Ernst Wilhelm im feldgrauen Festtagsrock mit den drei Schwingen am Kragenspiegel und den goldenen Schulterschlaufen an den vom Zeremonienmeister angewiesenen Platz tritt. Neben ihm steht Hirohito, den die Japaner als Kaiser und Gott zugleich verehrten, der Mann, der die halbe Welt in den Abgrund reißen sollte und es im Amt überlebte. Er reichte Ernst Wilhelm kaum bis zu den Schultern, und auf der Straße hätte man einen wie ihn nicht wiedererkannt, so schmächtig war er und so unscheinbar mit dieser Nickelbrille, die im Land der schlechten Augen bald jeder fünfte Bürger trug. Zu seiner Linken, klein und leider etwas dicklich, wartete wie hindrapiert die Kaiserin Kōjun mit maskenhaft lackierter Miene. Sie war zu dem Anlass in ihrem vollen Amtsornat erschienen, als Großausgabe der Millionen Japanpuppen, die in den Auslagen auf der Ginza ihrer Käufer harrten.

Und daneben ich, das kleine Herzchen. Viel zu laut und viel zu schnell spüre ich bis heute, wie es gegen meine Rippen pochte, als ich vor den Fotografen stand. Alle anderen waren offensichtlich kaum gerührt von all der Förmlichkeit des Tages. Ernst Wilhelm schien mir ruhig wie das Wasser vor uns in dem flachen Becken, das von Lilien gesäumt war. Libellen schwirrten in der Luft, blau schillernd und unbeschwert von all den Nöten, die mich in meinem Inneren quälten. Wie groß allein die Sorge, mich nur ja nicht zu blamieren! So viele Verbeugungen waren in bestimmten Winkeln vorzunehmen. Wie tief? Und wann? Und wo? Unter den gestrengen Augen eines eigens vom Palast geschickten Etikettemeisters, der die kühle Strenge eines Automaten hatte und niemals auch nur eine Regung zeigte und weder Lob noch Tadel für mich fand, hatte ich den Auftritt einstudieren müssen. Und zu der ganzen Qual kam noch die eine Frage, die wohl jeder Frau vor einem solchen Tag den Nachtschlaf raubt: Was ziehe ich bloß an?

Bis heute höre ich Frau von Beuthens Lachen durch die beinahe leeren, teppichlosen Räume scheppern, die wir kurz darauf beziehen sollten, als ich mich schließlich an sie wandte. Ich brauchte einfach ihren Rat.

»Eine bodenlange Robe wollen Sie tragen? Aber Frau von Traunstein! Sie sind doch keine Prinzessin aus dem Märchen!« Kopfschüttelnd streifte sie sich inmitten dieses ganzen Chaos von halb gepackten Kisten und Koffern die Handschuhe über und griff nach ihrer Tasche. »Kommen Sie!«

Kaum eine halbe Stunde später preschte sie im Stechschritt vor mir her bei Wako durch die Kaufhausflure, dass Kunden und Verkäuferinnen mit aufgerissenen Augen zur Seite sprangen, und scheinbar ohne auch nur einmal Luft zu holen, rauschte sie in einer kerzengeraden Linie auf das Modellkleid zu, das sich an einer kopflosen Schneiderpuppe auf der zentralen Bühne drehte.

»Das hier! Das nehmen Sie!«

Kannst du dir vorstellen, wie ich schluckte. Ein schwarzes Kleid? Schwarz, das war damals eine Farbe, die Dienstboten bei der Arbeit trugen und Trauernde zum Friedhofsgang. Doch schon hielten mir eifrige Hände das teure Stück an meine schüchtern eingezogenen Schultern. Was blieb mir anderes übrig, als mich vor dem hohen schmalen Spiegel leise zu drehen, unzufrieden mit mir, nicht zuletzt wegen der tiefen Falten in meiner Stirn.

»Aber Frau von Beuthen«, fiel mir schließlich ein. »Ich sollte für den Anlass lieber deutsche Mode wählen. Das hier, das ist französisch!«

»Französisch? Meine Liebe!« Frau von Beuthen schürzte angewidert die Lippen. »Letzte Woche haben wir Paris besetzt! Die Haute Couture ist deutsch!«

Abends, nach dem Essen, zog ich das Kleid zur Probe an, das erste »kleine Schwarze« meines Lebens. Zaghaft trat ich in den Salon, wo die Männer rauchend saßen. Sie spielten Schach, wie sie es so oft und gerne taten. Alexander war zu der Zeit ja beinahe täglich unser Gast, bis er zu fortgeschrittener Stunde auf sein Motorrad stieg, um, wie er sagte, die Stadt ein wenig auf den Kopf zu stellen. Von dort aus fuhr er im Morgengrauen irgendwann nach Hause in die Wohnung, die er unten in der Altstadt hatte.

»Ich will nicht stören. Ich wollte nur … Ich wollte fragen …« Ich stammelte. Mir brannte die Röte auf den Wangen. »Ob ich das wirklich zu dem Empfang im Palast tragen kann? Was meint ihr? Ich bin mir gar nicht sicher.«

Es war, als hätten diese beiden bei meinem Anblick mit einem Schlag vergessen, dass sie der Sprache mächtig waren.

Ernst Wilhelm starrte rundheraus. Er lehnte sich zurück, wie um mich mit Abstand zu betrachten. Dann pfiff er leise, wie Kerle in der Heimat pfiffen, vor denen man die Mädchen warnte.

Alexander ließ langsam die Zigarette sinken, blies kleine Wölkchen in die Luft, und ich spürte plötzlich, wie seine Augen durch den Rauch die meinen suchten. »Sagen Sie, gnädige Frau, wo ist mein Zwerg geblieben?«

Mir stockte der Atem und ich suchte schnell das Weite.

> 2 <

»Man sagt, Sie mögen Gorki?« Den Pinsel wie einen Taktstock erhoben, beobachtete Miyake mich aus dem Schatten seines Hutes, ein Grübchen zeichnete sich auf der Wange ab.

»Wer sagt das?« Ich hätte nicht zu fragen brauchen, es war so klar wie das Wasser, das wir in großen Glaskaraffen aus den Gebirgsquellen von Shirakawa bezogen.

»Von Sanda-san.« Wie einen Köder warf er mir die Antwort hin und malte mit der Schuhspitze einen Punkt wie zur Betonung in den feuchten Sand, den der Regen in eine Senke des Pflasters geschwemmt hatte.

»Dieser Mann!« Ich verdrehte die Augen. Alexander hatte mir die Bücher selbst gegeben, eingeschlagen in Zeitungspapier, nicht nur von Gorki, auch andere, deren Autoren ich von dem Behördenschreiben her kannte, das man uns in der Zeit vor meiner Abreise in die Schule geschickt hatte: »Reinigt eure Büchereien!« Tante Aglaia verbrannte den Aufruf, während man draußen die Bücher ins Feuer warf. Jetzt las ich ganze Nächte hindurch ausgerechnet diesen sogenannten »Schund«: Tucholsky, Kästner, Remarque.

»Wer weiß, was er Ihnen sonst noch erzählt hat.«

»Oh, allerhand.« Miyake träufelte ein paar Tropfen Wasser aus dem Flakon auf den Reibestein und wählte aus seinem Lackkästchen eine Tuschestange aus, einen kurzen Stummel, mehr war es nicht, kaum länger als ein Fingerglied. »Warten Sie, was war es noch?« Unter der Krempe hervor blitzte es in seinen Augen. »Von einer Fahrt mit dem Motorrad …«

»Miyake!«, rief ich und vergaß vor Entsetzen ganz, das »san« hinzuzufügen. »Sagen Sie solche Dinge nicht weiter! Es könnten Gerüchte entstehen!«

Er lachte. »Zumal ich … Wie heißt das in Ihrer Sprache? Eine Pudertasche bin.«

»Plauder.« Ich verschränkte die Arme vor der Brust und bemühte mich, nicht zu lachen.

»Plauder«, wiederholte er und zog ein paar Striche auf das Reispapier. Ein Korpus mit runden Kanten. Er trat einen Schritt zurück, um sein Werk zu betrachten. »Es gibt etwas, das könnte meine Lippen verschließen.« Aus dem Handgelenk ein schneller Bogen, und schon stand mein Korb vor mir.

»Noch ein Reisbällchen hätte er also gern, der Herr?« Ich legte meine Stirn in bedächtige Falten und schritt auf und ab, bevor ich sagte: »Als Bestechung? Obwohl ich nichts zu verbergen habe?« Mit großer Geste schlug ich das Geschirrtuch zurück. »Da bitte, das letzte. Aber dann ist's genug!«

Das Schmunzeln lag mir noch auf den Lippen, als mir die Wache wenig später am Hauptportal die Tür aufhielt. »Leise flehen meine Lieder durch die Nacht zu dir«, summte es in mir. Heimlich wie ein Dieb in der Nacht hatte sich der Ohrwurm in meine Gedanken geschlichen. Er verfolgte mich, seit wir im Deutschen Club diesen Film über Schubert gesehen hatten, der sich als bettelarmer Komponist in seine Musikschülerin, die Gräfin Esterhazy, verliebte. »In den stillen Hain hernieder, Liebchen, komm zu mir!«

»Heil Hitler, Frau von Traunstein!« Der Arm der Wache schnellte in die Höhe, wie ein Springteufel, der aus der Kiste fährt.

»Guten Morgen, Konrad.« Ich klappte das Handgelenk nachlässig nach oben. Das musste dem Führer genügen. »Darf ich Ihnen einen Moment meinen Korb dalassen? Ich gehe nur auf einen Sprung hinauf in die Wohnung.«

Ohne seine Antwort abzuwarten, stellte ich das ungefügige Ding neben der Empfangstheke ab, hielt zur Erklärung meinen Zollstock in die Höhe und eilte zur Treppe hinüber. »Flüsternd schlanke Wipfel rauschen in des Mondes Licht.« Ich nahm mir vor, das Lied in mein Repertoire aufzunehmen. »Des Verräters feindlich Lauschen, fürchte, Holde, nicht.«

»Ihre Unterlagen sind alle fertig abgetippt, Herr Arendt, bitteschön.« Durch die halb offene Tür des Sekretariats hörte ich Fräulein Baums Stimme bis auf den Gang hinaus.

»Bäumchen, wenn ich Sie nicht hätte.«

»Heil Hitler, Herr Arendt.«

Ich fühlte, wie mir die Röte in die Wangen stieg, und beschleunigte meinen Schritt. Nach meinem Auftritt mit dem Kleid, nach diesem Blick von ihm, ging ich ihm aus dem Wege, wo ich nur konnte. Beinahe hatte ich das Ende der Galerie erreicht, von dem aus es zu unserer künftigen Dienstwohnung ging, als mir das Herz in die Magengrube sank. Von Wächter lehnte an der Balustrade vor dem Büro, das er direkt neben unserem Eingang hatte.

»Heil Hitler, Frau von Traunstein!« Mit einem schnellen Schritt trat er neben die Tür, zog sie mit einem Ruck auf und fasste sie mit ausgestrecktem Arm so an der Klinke, dass weder an ihr noch an ihm ein Vorbeikommen war.

»Guten Tag«, sagte ich, ohne die Hand zu heben. Meine Füße schienen am Boden zu kleben. Ein paar Meter vor ihm blieb ich stehen.

»Gut, dass ich Sie sehe, gnädige Frau. Ich wollte Sie ohnehin sprechen. Sie gestatten doch? Auf ein Wort.« Von Wächter war feist, sein Gesicht hatte einen öligen Glanz, als würde er aus den

Poren Fett ausschwitzen. Groß war er nicht, keinen Meter siebzig, doch er hatte diese seltsame Art, den Körper seitwärts zu drehen und einen von unten heraus anzuschauen, als wolle er sich kleiner machen, als er in Wirklichkeit war.

»Ich bin leider etwas in Eile, Herr von Wächter.«

»Es wird nicht lange dauern.« Süß wie der Löffel Zucker, auf dem man bittere Medizin serviert, kam seine Stimme daher. »Bitte nach Ihnen.«

Widerwillig trat ich ein. Ich würde mich auf keinen Fall setzen, sondern stehen bleiben, nahm ich mir vor. Das Zimmer war kleiner, als ich es erwartet hatte, eine Wirkung, die sich dadurch noch verstärkte, dass die Wände vollkommen aus Akten zu bestehen schienen. Selbst vor den Schränken türmten sich Ordner und Mappen, was dem Raum trotz des großen Fensters zum Garten und dem Haupteingang hin etwas so Drückendes, Enges gab, dass mir der Atem stockte. Als eine Insel deutscher Ordnung erhob sich der massive Schreibtisch aus dieser drängenden Flut. Wie mit der Richtschnur ausgemessen lag eine mattbraune Zirkularmappe auf dem Leder in der Mitte, die vielleicht drei, vier Unterschriften trug. Ebenso exakt stand oben quer eine Bakelit-Schale mit Tintenfass und Füllfederhalter.

»Nehmen Sie bitte Platz.« Von Wächter deutete auf den Besucherstuhl. Er wich mir nicht von der Seite, sodass mir nichts anderes übrig blieb, als seiner Anweisung – ja, es war eine Anweisung – zu folgen.

»Darf ich Ihnen einen Kaffee bringen lassen?«

»Nein, danke.« Meine Hand schnellte nach oben, als hätte sie mit Verspätung ihre deutsche Pflicht begriffen. Ich zog sie in den Schoß zurück und schaute meinen Zollstock an. »Was kann ich für Sie tun, Herr von Wächter?«, fragte ich so kühl, wie ich konnte.

Er setzte sich vor mich auf die Kante der eichenen Tischplatte. »Ja«, sagte er im jovialen Tonfall eines wohlwollenden Onkels.

»Lassen Sie uns gleich zur Sache kommen.« Die Sonne schien von der Seite ins Zimmer und brachte sein Ohr zum Leuchten. Es war zu groß für seinen kahlen Kopf.

Ich nickte und rang mir ein Lächeln ab.

»Sicher werden Sie mit mir einer Meinung sein, liebe Frau von Traunstein, dass Sie jetzt, als Gattin unseres frisch ernannten neuen Botschafters, so weitab von der Heimat zu einem noch wichtigeren Vorbild für unsere gesamte Gemeinde geworden sind. Sie sind gewissermaßen unsere erste Frau in Tokio.« Er beugte sich zu mir vor.

»Natürlich.« Das war es also: Er wollte mir eine Schlachtrede halten, mich einschwören auf den rechten Weg. Erleichtert neigte ich den Kopf, so weit es ging, aus dem Trichter seines Atems heraus.

»Dann ...« Mit einer Geste, die bei einem anderen Menschen womöglich etwas Freundliches gehabt hätte, fasste er mich an der Schulter. Ich erstarrte und dachte schaudernd an Vater. »Dann, gnädige Frau, werden Sie dies gewiss in Ihrer Haltung zum Ausdruck bringen und Ihren Mann nicht länger kompromittieren.« Seine Stimme war glatt wie ein Messer. Ich merkte den Stich erst, als er mir bereits in den Magen fuhr.

»Ich kompromittiere meinen Mann?!« Wäre da nicht seine Hand gewesen, die sich mir feucht-warm durch den Blusenstoff drückte, ich glaube, ich wäre aufgesprungen.

»Nun, das ist noch gelinde gesagt!« Seine Augen waren aschgrau und von feinen, farblosen Härchen gesäumt, die ich bis dahin nie wahrgenommen hatte. Eine Schliere trübte ihm die linke Pupille. »Wie sonst soll ich es bezeichnen, wenn Sie Woche für Woche zu dieser halbseidenen, ekelhaften Judenschlampe gehen?« Wie unappetitliche Esser beim Reden feuchte Krümel durch die Gegend spucken, so flogen die Worte zwischen seinen Lippen hervor.

»Judenschlampe?«, sagte ich so ausdruckslos wie möglich, während mir das Blut im Leibe augenblicklich zu sieden begann.

Hätte er mir die Frage ein paar Monate zuvor gestellt, ich wäre tatsächlich ahnungslos gewesen – und wäre es wohl geblieben, hätte nicht diese Frau Stock, die Mutter der Schülerin, die regelmäßig vor mir kam, Madame Clément eines Tages an der Tür aufgehalten. Ich kannte Frau Stock flüchtig, ihr Mann betrieb die Druckerei, in der wir Briefpapier und Kärtchen für diverse Anlässe anfertigen ließen. Um nicht zu stören, war ich nach meinem Gruß nicht stehen geblieben, sondern an ihr vorbei eingetreten. Ich nickte Mister Wang, dem Pianisten mit einem höflichen »Konnichiwa« zu, was er mit seinem üblichen Schweigen quittierte, legte die Noten vor ihn auf den Flügel und vertrieb mir die Zeit, indem ich mal dieses, mal jenes Foto aus Madames reicher Kollektion studierte. »*Opéra National de Lyon: Le chevalier de la rose, 1915*«, las ich auf einem sehr alten, fleckig-vergilbten Bild, das Madame in der Hosenrolle des jungen Grafen Rofrano zeigte. Ich stutzte. Arielle, das war Madames Vorname. Aber »Zilbermann«? Sie hieß doch ...

»Wir erwarten ein deutliches Entgegenkommen, was den Preis anbetrifft«, hörte ich im selben Moment Frau Stock mit ihrer dünnen Stimme sagen. Madame Clément hatte die Shoji-Türen ja immer zugeschoben, doch die Wände dieser alten Tokioter Häuser waren aus bloßem Papier, man hörte hier förmlich die Nachbarn atmen. »Ansonsten können wir unsere kleine Hedwig leider nicht mehr zu Ihnen schicken. Sie müssen verstehen, unsere Kundschaft in der deutschen Gemeinde ... Unser Ruf steht auf dem Spiel. Sie als Jüdin, das macht sich nicht gut.«

Madame war Jüdin? Zilbermann? Clément musste der Name ihres Mannes sein, ihres kleinen *Officier*! Mir war, als hätte ich in der hübschen Fassade meines ordentlichen Lebens plötzlich eine peinliche Stelle entdeckt, die nach schamhafter Bedeckung schrie. Ich schob den Gedanken beiseite und versuchte, mich damit zu beruhigen, dass Frau von Beuthen mir die Stunden bei Madame

Clément immerhin persönlich vermittelt hatte, und doch redete ich mit keinem Menschen darüber, nicht einmal mit Ernst Wilhelm. Insgeheim dachte ich wohl – oder besser: Ich hoffte, dass niemand es merken würde.

»Aber ich bitte Sie, gnädige Frau!« Von Wächters Stimme riss mich aus der Erinnerung. Er hatte sich vor mir aufgerichtet und musterte mich, wie man eine Ware auf Mängel prüft. Wie aus dem Nichts stieg in mir eine kalte Mischung aus Wut und Ohnmacht auf, die mir den Atem nahm. Was war schon dabei? Dann war sie halt Jüdin! In Gedanken fegte ich mir seine Hand von der Schulter, wie eine lästige Fliege, aber meine Muskeln gehorchten mir nicht.

In diesem Moment klopfte es an der Tür. Ich dachte nur: »Gott sei Dank.«

Als habe er es nicht gehört, ließ von Wächter mich nicht aus den Augen. »Tun Sie nicht so naiv. Sie wissen genau, wen ich meine.« Er sprach ganz leise, bald flüsternd, die ledrig braunen Lider verengten die Augen zu Schlitzen.

»Es hat geklopft, Herr von Wächter.«

»Sie haben mich verstanden?«

Ich war wie gelähmt. Ich schluckte und versuchte vergeblich, wieder zu lächeln.

»Herein!«, sagte er da endlich und stand so abrupt auf, dass ich vor Schreck zurückwich, denn ich sah im Geiste Vaters Handrücken fliegen. »Ach, Sie sind es, Herr Arendt.«

Ich fuhr herum, in mir ein einziger Aufruhr.

»Oh, ich wollte nicht stören! Elisabeth, du hier?« Unsere Blicke kreuzten sich. Er nickte mir mit einem langen Lidschlag zu. Ich unterdrückte ein erleichtertes Seufzen.

»Sie stören doch nicht! Wir hatten nur einen kleinen …« Das Reptil warf mir einen Blick zu, als ob wir in einem geheimen Bunde wären. »… einen kleinen Plausch, Frau von Traunstein und ich.«

»Oh, ich wollte ohnehin gerade gehen.« Ich war schon halb durch die Tür, als ich mich auf meine Manieren besann und mich zum Umschauen zwang. »Guten Tag, die Herren.«

Alexander hatte sich die Mappe vom Schreibtisch gegriffen und blätterte darin. Von Wächter schaute mich, die feisten, feuchten Lippen breit gezogen, an, als wolle er sich bis zum Grund meiner Seele durchbohren. »Sie halten mich auf dem Laufenden, Frau von Traunstein? Wir werden uns ja künftig sehr viel öfter sehen.«

Ich lächelte, hoffte, dass er die Kälte daraus las. Ich nickte nicht. Wie ich ihn hasste, den Mann.

› 3 ‹

Ernst Wilhelm war zu seinem Antrittsbesuch in die Vertretungen nach Kobe und Osaka gefahren. Vor dem späten Nachmittag erwartete man ihn nicht zurück, sonst wäre ich wohl zum ersten Mal in all den Jahren an Fräulein Ritters hochgezogenen Brauen vorbei unangemeldet quer durch sein Vorzimmer zu ihm ins Büro geprescht. So floh ich, ohne nach links und rechts zu schauen, hinunter in die Halle, hinaus zur Tür.

»Heil Hitler«, hörte ich den Konrad rufen. »Warten Sie! Ihr Korb!«

Ich blieb nicht stehen. Ich wollte nur noch eines: nach Hause. Jetzt erst erfasste mich eine Ahnung, was aufzugeben wir im Begriffe standen: unser stilles Nest im Park! Von Wächter würde fortan unseren Eingang hüten, statt der zwei hübschen grün glasierten Löwen, die zu beiden Seiten unserer Pforte wachten. Mir wurde flau im Magen, wenn ich nur daran dachte.

»Mütze!«, rief ich, als ich auf der Terrasse den Kater in der Sonne liegen sah. Doch er wollte seine Ruhe haben, sprang auf und floh. In fünf, sechs Sätzen war er oben auf dem Baum und starrte mich aus sicherer Entfernung an. Mit einem Gefühl beinahe so, als hätte Vater mich geprügelt, schlich ich ins Haus. Der Kopf zersprang mir fast vom Kreisen der Gedanken.

Die Judenhetze damals, man traf sie, wo immer Deutsche waren, auch in Tokio und auch an unserer Botschaft. Natürlich war nicht jeder zu hundert Prozent überzeugter Nazi. Die wirklich Schlimmen waren in der Minderzahl. Doch es genügte eine Handvoll Peitschenschwinger, um uns wie Schafe in den Pferch der Ideologie zu treiben. Leute wie von Wächter waren wie der Klassenprimus, den keiner leiden mochte und den doch jeder dulden musste, weil ihm durch das nach oben Buckeln und nach unten Treten das Recht des Stärkeren von höheren Gnaden verliehen worden war. Und es ist nun einmal so: Die Furchtbaren graben sich mit ihren widerlichen Krallen besonders tief in die Erinnerung ein.

Die Tiraden gegen die Juden, sie kamen von Männern wie Alexanders Vorgänger im Amte, diesem Auerbach, der aussah wie ein Magenkranker. Wenn er gelegentlich von seinem neuen Einsatzort in Schanghai zu uns herüberkam, sprach er von der »Drecksflut«, die die Stadt förmlich überschwemme, weil die Japaner nach der Übernahme nicht die richtigen Konsequenzen zögen. Um keinen Zweifel zu lassen, welche das wären, fuhr er sich mit dem Daumen wie mit einem Messer an seinem dünnen Hals entlang. Die Judenhetze kam auch von Leuten wie diesen Stocks, die nur nach Argumenten für ihren finanziellen Vorteil suchten. Ja, auch von Hans-Herbert Klüsener, Elviras hübschem Gatten, der nach einem Berlin-Aufenthalt Ende 1938 bei einem Abendessen im kleinen Kreise davon schwärmte, wie schön die Synagogen brannten und welche Schande es doch sei, dass die in der Oranienburger Straße durch den falsch verstandenen Eifer ausgerechnet eines deutschen Polizeivorstehers von der Zerstörung ausgenommen worden sei. Ich saß am Tisch und spielte mit der Gabel, den Blick gesenkt. Weder ich noch irgendein anderer ergriff das Wort. Wir zogen es vor, zu schweigen.

Heute, im Rückblick, rede ich mich heraus mit dem Gedanken, dass die Verfolgung in Japan nicht so offensichtlich war. In Tokio gab es keine Judensterne. Weder kam die Gestapo dort einen Nachbarn holen, noch hielten uns Kauft-nicht-bei-Juden-Schilder an Ladentüren vom Betreten jüdischer Geschäfte ab. Doch mir wurde an jenem Tag klar, dass die bedingungslose Führertreue in jedem, auch in diesem Punkte der Mitgliedsausweis für den Club der sogenannten »guten Deutschen« war. Ich schäme mich, es hier zu schreiben, und mir brennen heute noch die Wangen: Es war die Sorge um unsere Stellung an der Botschaft, die Angst auch vor dem feisten Mann mit seinen ekelhaft nackten Augen, die mich durch viele kleine Hintertürchen vor dem Gedanken flüchten ließ, Madame Clément in freundschaftlicher Treue beizustehen und ihm einfach zu widersprechen. Ein Nein zu ihm zu sagen. Ein: Ich mache da nicht mit! Was mich stattdessen quälte, war die Frage: Wie komme ich heraus aus der vertrackten Lage und bringe ihr den Abschied schonend bei?

Ich versuchte, mich mit Sticken und mit Stricken abzulenken, doch das Muster wollte nicht gelingen, und die Nadeln flogen nicht wie gewohnt. Ich blätterte ein wenig in dem Buch von Gorki, froh um diese kleine Heimlichkeit, doch ruhig dazusitzen war mir eine Qual. Die Uhren schienen stillzustehen. Ich musste mich bewegen!

Warm wie eine viel zu dicke Daunendecke lag die Sommerhitze über Tokios Dächern, und beim kleinsten Schritt war man in Schweiß getränkt. Trotzdem ging ich lang im Park spazieren und freute mich, dass Mütze mir auf halbem Weg in spielerischem Angriff vor die Füße sprang und sich nach einem Anfall reinsten Übermuts mit zirkusreifen Überschlägen in die Büsche trollte. Er war an jenem Freitag nicht verschmust. Und doch hob er mir die Laune.

Als ich zurückkam, schrieb ich einen Brief an Mutter, in dem ich sie, versteckt in jedes siebte Wort, wie wir es früher taten, um die Adresse meiner Tante bat, hoffend, dass sie unseren alten Code verstand. Ich musste wissen, was der Grund für ihren Umzug war und was es auf sich hatte mit den Judenmädchen. Gerade steckte er im Umschlag, es ging schon bald auf sechs Uhr abends zu, da endlich, endlich, hörte ich den Schlüssel in der Tür.

»Ernst Wilhelm!« Ich sprang auf und lief zur Treppe.

»Beeil dich«, hörte ich ihn ohne Gruß von unten rufen. »Pack fürs Wochenende ein paar Sachen ein. Wir machen einen Ausflug!«

Für seine Worte hatte ich nun wirklich gar kein Ohr. »Du wirst nicht glauben, was mir heute passiert ist!«

»Du wirst es mir schon noch erzählen.« Mit einem Strahlen auf dem Gesicht sehe ich ihn vor mir stehen, unten in der Halle. Wie er mir einen riesengroßen Blumenstrauß entgegenhält – zwei Dutzend gelbe Rosen! »Verzeih mir, unser Hochzeitstag! Ich hatte ihn vergessen!«

»Aber ... Ich danke dir, Ernst Wilhelm. Das ... es ist wirklich lieb von dir. Aber bitte, hör mir zu!«

»Reden können wir später. Jetzt gehen wir erst einmal packen. Nimm Badesachen mit. Ich habe eine große Überraschung!«

Als wäre dies das Stichwort für den nächsten Auftritt, klingelte es in diesem Augenblick. Shigeko war nicht schnell genug, Ernst Wilhelm hatte schon geöffnet.

»Hayashi! Das klappt ja wirklich bestens. Was ist mit Herrn Arendt?«

»Der sitzt schon im Wagen, Herr von Traunstein.«

»Perfekt. Kümmern Sie sich bitte um die Blumen, Shigeko. Ach, sagen Sie Frau Takemura noch, sie solle uns ein paar Lebensmittel richten für das Wochenende. Schnell! Schnell! Ach ja: Und Wein! Etwas zu trinken dürfen wir auf keinen Fall vergessen!«

Mit offenem Mund sah ich dem Treiben zu.

»Oder soll Shigeko für dich packen?« Seine Brauen malten ihm ein Fragezeichen auf die Stirn.

»Nein, nein, ich schaff das schon.«

Keine halbe Stunde später saßen wir im Wagen, Alexander bei Hayashi vorne und Ernst Wilhelm im Fond neben mir. Sie hatten beide schrecklich gute Laune. Am Hafen ließ Ernst Wilhelm den Chauffeur die Küstenstraße in den Südosten nehmen, die der Bucht von Yokohama folgt. Wann immer ich etwas sagen wollte, legte er sich strahlend den Zeigefinger auf die Lippen. »Pssst. Es dauert nicht mehr lange. Ich werde nichts verraten, also frag nicht!«

Ich war nur selten wütend auf den Mann, aber an jenem Tage war ich so aufgebracht, dass sich mir die Stacheln aufstellten, als wäre ich ein Igel. »Ihr beide aber, ihr dürft reden?« Ich verschränkte die Arme vor der Brust und wandte meinen Blick hinaus durchs offene Fenster, den Wind im Haar, mit nichts anderem vor Augen als Maschendraht und Ölbehälter, von denen beinahe täglich neue in die Höhe schossen wie Riesenpilze ohne Hut. Es stank nach Chemikalien. Dieser Teil der Bucht war alles andere als ein Seebad mit hübscher Promenade. Es gab hier unten Dreck und Hässlichkeiten, weiter nichts.

Die Männer lachten. Lass sie lachen, dachte ich. Und doch. Sie knackten mich wie eine Nuss. Bald ging es mir wie einem Kind, das spielen mag und doch im Schmollen gefangen am Rande auf dem Bänkchen sitzt. Schweigend sah ich zwei Hunden zu, die an einer Straßenecke knurrend eine Beute zwischen sich zerfetzten, und biss die Zähne zusammen.

»Hast du schon gehört?«, fragte Alexander. Den einen Ellenbogen auf der Lehne, rieb er die Linse seiner Kamera am Ärmel blank. »Die Briten haben wieder mal gekniffen.«

Im Inneren stöhnte ich auf. Die große Politik! Konnten sie nicht einmal davon lassen? Von draußen starrten mich die Plakate an, die an allen Ecken hingen, um vor uns zu warnen, den *Gaijin*, den Fremden. Man zeigte uns mit Ohren groß wie die von Fledermäusen und viel zu langen Nasen. Seit der Krieg im Gange war, hatten die Japaner noch viel größere Angst vor uns. In allen Weißen sahen sie Spione. Sie schlugen die Augen nieder und verfolgten uns doch ständig mit den Blicken. Sie hassten uns, da war ich überzeugt.

Das Klick-Klick-Klick des Fotoapparats holte mich aus den Gedanken. »Alexander! Siehst du nicht?« Die ganze Bucht war militärisches Gebiet, und an allen Zäunen hingen Schilder mit durchgestrichener Kamera.

»Ach, wirklich?« Frech grinsend richtete er das Objektiv auf mich und drückte wieder ab.

»Nicht mich!« Ich fuhr mir mit der Hand durchs Haar. »Der Wind!«

»Inwiefern?« Ernst Wilhelm knüpfte an den Faden des Gesprächs an, als gäbe es mich nicht.

»Sie haben zugesichert, über den Korridor von Hongkong endgültig keine Waffen mehr an China gehen zu lassen«, sagte Alexander.

»Was glauben sie denn?! Dass die Japaner sie im Gegenzug in Singapur in Ruhe lassen werden?« Plötzlich spürte ich Ernst Wilhelms Hand an meinem Arm. »Aber lasst uns an einem Tag wie diesem von erfreulicheren Dingen reden. Schaut euch zum Beispiel diesen Himmel an!«

Er schillerte tatsächlich wie das Innere von Perlenaustern, so transparent und tief wie ihn ein Maler niemals malen kann. Vom Pazifik her zog eine Reihe kleiner grauer Wolken ins Inland. Kreischend stieß eine Möwe auf sie nieder, sie hielt die Wolken wohl für Futter. Am Boden aber ging das Chaos weiter. Inzwischen hatten wir die Großanlagen hinter uns gelassen und links und rechts der Straße mischten sich in das Gedränge baufälliger Hütten unzählige schäbiger Fabriken, in denen oft nur eine einzige Familie mit Japans Rüstungsproduktion beschäftigt war. Dutzende von

Wasserträgern schleppten ihre bis zum Rand gefüllten Fässer auf die winzig kleinen Werksgebäude zu. Halb auf der Straße standen Schmiede an den Essen und hämmerten im Rauch auf die heißen Eisen ein, dass es mir in den Ohren hallte. Dann ließ mich ein Geruch von Teer und irgendetwas Faulem nach der Fensterkurbel greifen.

»Du hast recht.« Alexander nickte grinsend. »Bei dem Gestank – da fällt mir dieser fiese Wicht ein. Von Wächter. Was wollte er von dir, Elisabeth.«

»Von Wächter?« Ernst Wilhelm fuhr zu mir herum.

»Fast hätte ich den Kerl vergessen.« Mein dünnes Lächeln bewies nur meine Lüge. »Er verbietet mir den Umgang mit Madame Clément. Weil sie angeblich Jüdin ist.«

»Ach. Was genau hat er gesagt?«

Ich überlegte. »Genau genommen hat er ihren Namen nicht erwähnt. Er warnte mich vor dieser ›Judenschlampe‹, zu der ich jede Woche ginge.«

»Und du? Hast du von ihr gesprochen?«

Ich schüttelte den Kopf. »Ich habe mich naiv gestellt.« Jetzt musste ich auf einmal lachen. Ich schaute Alexander an, und unsere Blicke kreuzten sich. »Dann kam ein Held hereinspaziert. Er hat sein Schwert gezückt und mich herausgehauen.«

»Wie das?« Ernst Wilhelms Brauen schnellten in die Höhe.

»Er hat sie richtiggehend abgefangen«, kam es von Alexander. »Aus purem Zufall hab ich es gesehen. Da habe ich ein kleines Störmanöver inszeniert. Ich habe einfach angeklopft. Mehr war es nicht.«

»Gut. Dann hab ich nie etwas davon gehört. Und du weißt nichts, Elisabeth. Du gehst ganz einfach weiter zu Madame Clément, als sei nichts gewesen.«

»Aber er sagt, ich kompromittierte dich! Er sagt, ich sei ein schlechtes Beispiel für die gesamte deutsche Gemeinde! Und ich sage, ich mag nicht vorne in der Botschaft wohnen! Nicht wenn dieses Reptil ...«

»Reptil?« Alexander lachte. »Das ist gut. Genauso sieht er aus!«

»Mach dir keine Sorgen, meine Liebe.« Ernst Wilhelm fasste meine Hand und drehte sie mal hierhin und mal dorthin, als sähe er sie zum ersten Mal. »Lass mich nur machen. Wenn er dich noch einmal anspricht, dieser Kerl, dann sag ihm, er soll zu mir kommen.«

Auch wenn ein Rest von Zweifel blieb, glaub mir, Karoline, ein Knoten löste sich in mir. Beruhigt wie ich war, schien mir die Landschaft, die an uns vorüberzog, mit einem Male zauberhaft. Mittlerweile hatten wir die Küste hinter uns gelassen und folgten einem kleinen Sträßchen, das in vielen Kurven durch ein Waldstück mit uralten Bäumen führte. Dünn wie Zöpfe von Chinesen hingen lange Flechten aus dem Astwerk und dazwischen fiel das Licht in langen, schrägen Strahlen. Eine gute Viertelstunde fuhren wir auf dieser Serpentinenstrecke, dann bogen wir in einen kleinen Waldweg ein, der so holprig war, dass der Wagen immer wieder tief durchsackte, obwohl er gut gefedert war. Mit einem leisen Kratzen schabte er mit dem Boden über das hoch aufgeschossene Hafergras, das wie ein Längswall in der Mitte zwischen den zwei Reifenspuren stand.

»Mach die Augen zu, Elisabeth!« Ernst Wilhelm strahlte wieder.

Ich sah ihn fragend an.

»Nun mach schon! Es soll eine Überraschung sein!«

Die beiden Männer waren aus dem Wagen, kaum dass die Bremse ratschte. Durch die offenen Türen drang ein frischer Wind herein. Es roch nach Kiefern und nach einem Hauch von Salz und Algen.

Ich spürte eine Hand an meinem Ellenbogen. »Darf ich bitten?« Wie zum Tanze. »Nicht blinzeln! Untersteh dich!«

Ein Kichern gluckste in mir auf, während ich den Fuß tastend auf den unbekannten Boden setzte. Ich spürte Weiches. Es war Sand. Darauf ein Bett aus trockenen Nadeln. Ein Blinzeln verriet es mir.

»Achtung, Stufe. Noch eine. Jetzt. Jetzt darfst du schauen.«

Da stand ich also zwischen diesen beiden Männern. Meine Wangen glühten, und zum ersten Mal schaute ich von der Klippe aus auf dieses Meer im Abendlicht. In der sanften Brise wogten goldene Wellen wie auf einem riesengroßen Ährenfeld. Wie von versunkenen Drachenrücken ragten daraus Felsenzacken in bizarren Formationen. Eine Handvoll Fischerboote zog der Küste und den Häfen zu, deren Lichter man auf der anderen Seite der Bucht in der beginnenden Dämmerung flirren sah. Hinter diesem Uferstreifen sank die Sonne, nicht minder rot als auf der Flagge der Japaner, gerade in das grau schattierte Bett aus Hügeln. Neben ihr erhob sich aus dem schweren Dunst ein Kegel, der so groß und mächtig war, dass er die Welt zu überragen schien. Wie von Konditorhand geformt, so ebenmäßig stiegen seine Flanken in den noch immer kupferroten Himmel, der Schnee wie Zuckerguss, die Wolken wie ein weißes Sahnehäubchen, mit dem Dressiersack obenauf gesetzt.

»Darf ich vorstellen?«, sagte Ernst Wilhelm leise neben mir.

Alexander gab für ihn die Antwort. »Das ist seine Majestät, der Fujiyama.«

Ich wusste es natürlich. An klaren Tagen sah man den Berg von Tokio aus, doch immer zwischen Häuserschluchten und nie so frei wie hier. So mächtig war er, dass man sich bei seinem Anblick selbst vergaß! Dies also war die Aussicht von dem Ort, den Ernst Wilhelm für uns angemietet hatte, um der Hitze des Tokioter Sommers zu entgehen: Im Schutze des Ogusu-Berges standen wie ein winzig kleines Dorf mehrere alte Holzgebäude im japanischen Stile hoch oben auf einer Klippe über der Sagami-Bucht. Sie waren nur erreichbar über einen schmalen Holperweg aus Sand und hartem Gras, über den die Wurzeln krochen wie mit langen Fingern. Der Schirm der alten Kiefern tauchte sie in ein diffuses, grünlich-blaues Licht, das ihnen ihren Namen gab: »Schattenhäuser«, so wurden sie von uns von diesem ersten Tage an genannt.

Der Blick von hier, er war so schön, dass es weit und ruhig in mir wurde und ich auf einmal dachte, dass ich hier sterben wollte, irgendwann.

› 4 ‹

Zwei Nächte blieben wir dort draußen in Akiya, in den Schattenhäusern, auf deren Dächern sich das Moos in dicken Polstern drängte wie in einem Osternest. Mir war, als lebten wir auf einer grünen Insel, umweht vom frischen Wind des Meeres, weitab von Tokios Schwüle und dem Weltgeschehen, wo wir uns die Tage mit nichts anderem vertrieben als mit Baden, Schlafen, Essen. Abends saßen wir auf der Veranda und tranken Wein und redeten mit leisen Stimmen über alles, nur nicht eins: die Politik. Zikaden lärmten, und das Windspiel klimperte im lauen Wind der Nacht, doch ich spürte in mir eine Stille, die ich so nicht kannte. Ich weinte, als wir fahren mussten, obwohl ich wusste, dass dies nun unsere Häuser waren und ich kommen konnte, wann ich wollte. Ich liebte sie vom ersten Tag.

Zurück in Tokio blieb mir keine Zeit zum Denken. Es war so weit: Aus unserem hübschen Haus im Park zogen wir nach vorne in das Hauptgebäude um. Wie gern hätte ich es noch hinausgezögert! Die Rosen am Spalier standen gerade in der schönsten Blüte, und die Hortensien trugen ihre Spitzendeckchenblüten in himmelblau und rosarot. Mir graute vor dem schrecklichen von Wächter.

Die Arbeit selbst war schneller fertig als gedacht. Es ist, wie sich erwies, nicht schwer, von kleinen Räumen in sehr viel größere zu ziehen. Frau Takemura ernannten wir als Älteste im Hause zur

Hofwesirin. Von früh bis spät schwang sie mit großem Stolz das Zepter und leitete das gute Dutzend Leute an, das wir aus unserem Hausstab herüberbeordert hatten. Doch sie tat es nicht, ohne dem japanischen Brauche folgend über jeden Schritt zuvor zu reden. Im Küchenhof sah man die Frau frühmorgens vor den Männern unseren Plan erklären. In schwarzen Arbeitsmänteln hockten sie im Kreise beieinander und berieten sich mit ernsten Mienen, bis am Ende alle einverstanden waren. So wusste jeder, was zu tun war. Und alles funktionierte reibungslos.

Frau Takemuras helles »*Kochira dōzo*« und »*Sochira dōzo*« und das Klappern ihrer Getas hörte man den ganzen Tag. Was Shigeko anbelangt, so stand sie ihr mit einer Unermüdlichkeit zur Seite, die ihresgleichen suchte, doch wenn ich durch ihre dicken Brillengläser schaute, sah ich in gerötete Augen. Sie lachte nicht. Sie schien bedrückt. Auch ihr Mann, Yoshida, wirkte blass und hager fast wie damals, als er seinen Unfall hatte. Sie haben wohl gestritten, dachte ich.

An einem Morgen fiel mir auf, dass einer von den Botenjungen die morgendliche Runde um die Häuser machte, um dem shintoistischen Brauch folgend den Krähen an verschiedenen Stellen auf dem Compound ihre Brocken hinzustreuen und so dem Mythenvogel und Götterboten Yatakarasu die Ehre zu erweisen. War Yoshida nicht zum Dienst erschienen? Er musste erkrankt sein. Selbst mit dem wehen Bein war er doch seinerzeit schon nach zwei Tagen an seinen Platz zurückgehinkt, ganz gleich, was man ihm sagte. Sein Auftrag war gewesen, dieses Holz zu hacken! Er hackte es zu Ende! Man war so pflichtbewusst in diesem Land und besser noch als alle Deutschen im Zähneaufeinanderbeißen!

Es war ein Donnerstag. Zum ersten Male nahmen wir das Frühstück in unserem neuen Speisezimmer ein, als uns Shigeko, angetan mit einem Häubchen und einer kleinen weißen Schürze – im Haupthaus waren Kimonos verpönt –, zum Kaffee mit einem knappen stummen Nicken einen Brief überreichte, den ihr Mann geschrieben hatte. Es lag wohl an der ungewohnten Kleidung, dass mein Blick auf ihre Hüften fiel, sonst hätte ich es sicher nicht gesehen: Ihr Bauch war rund wie eine kleine Kugel. Unsere Blicke kreuzten sich. Sie sagte nichts, doch als sie schneller, als die Höflichkeit gebot, hinauslief, sah ich ihre Schultern beben.

Was Yoshida schrieb? Den Dienstherrn habe er gewechselt. Alexander, der die Sprache ganz passabel sprach, übersetzte es uns aus dem Stegreif: »Ich gehe nun den Weg des Tenno, den mir meine Ehre abverlangt. Mit leichtem Herzen, bla bla bla …«

Mir wurde schlecht bei dem Gedanken. Er ließ Shigeko einfach so zurück?

Alexander knäulte das Papier zusammen und zielte ohne Ehrgeiz auf den Kater auf der Fensterbank. Er traf ihn nicht. »Wenn's bei dem einen bliebe! Nächste Woche ist er auf dem Weg zum Festland, und Tausend andere sitzen neben ihm im Boot. Halb China haben sie besetzt! Hebei, Schandong, Jiangsu, Anhui, Zhejiang – Provinzen groß wie bei uns ganze Länder, sind alle schon in ihre Hand gefallen.«

»Wenn's nach dem Führerwillen geht …«, Ernst Wilhelm biss von seinem Brötchen ab und kaute lang daran, »dann sollten sie jetzt weiter nach dem Norden greifen und gegen Russland gehen. Du kennst ja meine Order: Ich soll sie in diese Richtung drängen, obwohl ich Hitlers Strategie nicht wirklich nachvollziehen kann. Nicht die Russen sind mit uns im Krieg, es sind die Briten. Herrgott noch mal, sie sitzen doch in Singapur, im Süden!«

»Dein großer Führer ist ein großer Heuchler! Ich gebe keinen Deut auf den Nichtangriffspakt! Lächelnd reicht er Stalin seine Hand und schwört ihm seine Freundschaft, bloß um ihn hintenrum zu packen. Ich glaube aber, dass er sich verrechnet hat. Die Japanerchen, sie hassen zwar die Russen, aber sie noch einmal anzugreifen? Ich bezweifle, dass sie dazu irgendjemand überreden kann. Was hat der Sieg gegen Russland denn im letzten Krieg für sie gebracht? Im Völkerbund durften sie sich eine Weile in dem Glauben wiegen, dass man sie nach ihrer Heldentat für gleichberechtigt mit den Weißen hält, und ließ sie dann ein Abkommen zur Flottenbegrenzung unterzeichnen, sodass sie England tunlichst nicht gefährlich werden konnten! Mich wundert's nicht, dass sie dreiunddreißig alles hingeschmissen haben. Sie haben ihre eigenen Ziele! Sie wollen mit den Herren aus Europa nicht befreundet sein, sie wollen sie vertreiben. Hitlers Wünsche werden sie nur dann erfüllen, wenn es in ihre Pläne passt und dazu beiträgt, die Briten und Franzosen aus Asien hinauszudrängen. Deren Kolonien wären doch für die Japanerchen ein Leckerbissen! Das heißt, die Reise geht nach Süden weiter. Keiner hält sie dabei auf.«

Bei dem Gedanken an die *Wochenschauen* aus der Heimat, die man uns im Deutschen Club zu sehen gab, kam mir auf einmal ein Gedanke: Als sei das Vorrücken der Deutschen und Japaner in jenem Jahre 1940 wie ein Spiegelbild ein und desselben Angriffs auf zwei Kontinenten zu betrachten. Ob in Europa oder Asien – allzeit stürmten die Soldaten, die Fliegerstaffeln, Panzertruppen, die nur eine Richtung kannten: Vorwärts! Die deutschen Grenzen schoben sich um Hunderte von Kilometern nach Osten, Norden, Westen, und seit dem Anschluss Österreichs vor ein paar Jahren im Süden bis zum Brenner hin. Helsinki, Brüssel, Warschau und Paris, so hießen jetzt die neuen »deutschen« Städte. Die Japaner hielten ihrerseits den gesamten Osten Chinas entlang der Küste bis fast hinunter nach Hongkong in ihrer harten Hand. Ein Ende war noch lange nicht in Sicht. Bald täglich hielten Extrablattverkäufer die Meldungen von neuen Siegen in die brütend heiße Luft.

Mir wurde schwindelig, wenn ich an die Eroberungen dachte, die man den Menschen hier wie dort als Akt der Notwehr nach dem ersten großen Kriege und unverzichtbar für die beiden »Völker ohne Land« erklärte.

Ich hatte keinen Hunger mehr. Seufzend stand ich auf und trat ans Fenster zu dem Kater, doch er sprang mir unter den Händen weg. Unten im Garten wogten die Kosmeen in einer sanften Brise – ein Meer aus violetten Blüten und feinen grünen Federblättern. Sie waren eine reine Pracht!

»Ich wollt, ich könnte schwimmen gehen.« Ich sah mich wieder in Akiya bei den Schattenhäusern. Das Wasser war so klar und frisch gewesen! Ich sehnte mich nach diesem schlichten Platz, seit ich ihn zum ersten Mal gesehen hatte.

»Fahrt ihr doch einfach vor, ihr zwei! Ich komme dann am Samstagabend nach.«

So leicht war dieser Satz dahingesagt. Mir flimmerte davon das Herz.

Ein letzter Schluck Kaffee, dann stand Ernst Wilhelm auf und schaute auf die Uhr. »Ihr wisst, ich habe viel zu tun. Ich bin beauftragt, Stalin doch dazu zu bewegen, in die Achse einzutreten.« Sein Grinsen ging zu Alexander hin. »Berlin-Rom-Tokio-Moskau! Das klingt nach einer Lösung! Das wäre ein Zusammenschluss, der die Briten und Amerikaner in die Schranken weisen dürfte. Wie die Lämmer wären sie! Vielleicht gelingt es ja. Und am Ende wäre ich derjenige, der diesen Pakt besiegelt und das Schriftstück hier in Japan unterschreibt! Mir geht es um den Frieden, Alexander. Nur so viel zu deiner These, dass das Amt mich korrumpieren könnte.«

Er gab dem Kater sein gewohntes Häppchen Schinken, nach kurzem Zögern noch ein zweites, um ihn an seinen neuen Wohnsitz zu gewöhnen, und dann war er schon zur Tür hinaus.

Ich drehte mich nicht um. Wir schwiegen.

Ich hörte meinen Puls ganz klar in einzelnen Tönen schlagen.

Die Schwalben draußen flogen ihre schnellen Schleifen.

»Um drei Uhr heute Nachmittag?«, fragte schließlich Alexander in die Stille. »Mit dem Motorrad, würd dir das gefallen?«

»Das schon. Aber lieber wär's mir etwas später. Vorher gehe ich noch Singen zu Madame Clément.«

Ich hätte den Termin bestimmt verschoben, doch am Wochenanfang, mitten in dem ganzen Umzugstrubel, hatte mich ein Brief von ihr erreicht. »*Ma petite Élise,* ich plane für den nächsten Donnerstag eine Reise. Ich muss nach Hanoi auf die Kolonialbehörde, eine Sache mit dem Erbe regeln. Mein verstorbener kleiner *Officier* hat, wie es aussieht, nun doch für mich gesorgt. Verzeihen Sie die Bitte, und vergessen Sie sie gleich, wenn Sie sie nicht erfüllen mögen. Ich wäre Ihnen wirklich sehr verbunden, wenn Sie mich nach unserer Stunde auf dem Weg nach Hause mit zum Bahnhof nehmen könnten.«

»Es ist das letzte Mal, vorerst. Sie geht für einige Zeit aus Tokio fort und fährt nach Indochina.«

»Ach«, sagte er zu meinem Rücken. »Dann hat die Sache mit von Wächter sich für dich ja ziemlich elegant geklärt.« Er lachte leise, doch ich spürte seine Bitterkeit.

»Und trotzdem«, sagte ich und wandte mich zu ihm. »Ich bin doch ziemlich traurig, sie jetzt so plötzlich zu verlieren.« Wäre es nach mir gegangen, ich hätte seine Arme um mich spüren mögen und meinen Kopf an seine Brust gelegt. Mein Blick lief über das Parkett zu seinen Füßen und sprang hinauf zu seinen Augen. »Lass uns um fünf Uhr fahren. Vorher geht es nicht.«

Ich packte meine Sachen, ließ mich von Hayashi hinunter in das Akasaka-Viertel fahren und zog die Klöppelschnur der kleinen Bronzeglocke.

»*Entrez, ma petite Élise!*«

Ich vergaß zu atmen in dem Augenblick, als ich den Raum betrat. Mister Wang saß zwar wie üblich schweigend mit erhobenen Klauen an dem Instrument, doch der Raum ringsum war kahl. Kein Vorhang hüllte diese ganze Schäbigkeit mehr in sein mildes Licht. Kein Möbelstück, kein Bild war mehr vorhanden. Mit einem

Lächeln reichte mir Madame Clément ein Notenblatt. Ich schluckte schwer, als ich sie vor mir stehen sah, in Rock und weißer Bluse. Wir sangen Schuberts Abschiedslied. »Fremd bin ich eingezogen, fremd zieh ich wieder aus.«

Als wir am Bahnsteig standen, küsste sie mich dreimal auf die Wangen, wie es in Frankreich üblich ist. »Ich bin bald wieder da.« Sie sagte »*ma petite*« zu mir, doch an jenem Tag war sie so klein, so hilflos und verletzlich wie die Grille in dem Kästlein, bevor sie dem Kater in den Rachen sprang.

Ich nickte, obwohl wir beide wussten, dass ihr Versprechen eine Lüge war. »Ach«, sagte ich und griff in meine Tasche. »Beinahe hätte ich's vergessen. Ich muss noch meine Stunde zahlen.« Und gab ihr ein Kuvert, in dem sich Geld für zehn befand. Noch nie hatte ich mich so schäbig gefühlt, wie in dem Moment, das glaube mir.

› 5 ‹

Alexander trug die beiden Körbe mit dem Essen und den Laken die vielen ausgetretenen Stufen zu der Bucht hinunter, die unterhalb der Häuser lag. Ich schaute ihm, die Schuhe in der Hand, auf seine Waden und lief plappernd hinterher. Was ich erzählte, hab ich nicht behalten. Es ist auch einerlei. Die vielen Worte dienten nur dazu, die Stille zwischen uns zu füllen, die mir mit einem Male unerträglich und unheimlich war. Mein eigenes Lachen klirrte mir in den Ohren, als ich mir, kaum dass wir den kleinen Strand erreichten, mein weites Kleid vom Badeanzug streifte und ohne umzuschauen ins Wasser lief. Nein, rannte.

Ich schwamm in Richtung auf die Felsennadel, die ein Stückweit vor der Küste aus dem Wasser ragte. Über einem Daunenbett aus runden kleinen Wölkchen stand die Sonne hoch am Firmament. Es war ja Sommer und die Zeit der langen Tage. Ich dachte nicht daran, auf ihn zu warten.

Er hatte mich am Fuß gepackt, kaum dass ich mich's versah. Unter Wasser zog er mich zu sich zurück, dass ich mich prustend in den Armen wand, die mich nicht wirklich fest umfingen. Übertrieben hustend floh ich an den Strand, als sei ein Haifisch mir mit schnappendem Gebiss dicht auf den Fersen.

Er schaute artig in die andere Richtung, als ich mir mein Kleid anzog. Wir tranken Wein. Wir aßen Köstlichkeiten aus den Bentō-

Kistchen von Frau Takemura. Am Himmel zogen weiße Schleier auf. Wir tollten durch den Sand und spielten wie die Kinder Fangen um das alte Boot, das kielüber an dem schmalen Küstenstreifen lag.

»Lauf!«, rief Alexander plötzlich mit besorgtem Blick zum Himmel. »Das wird was geben!«

Beinahe im selben Augenblick spürte ich einen ersten fetten Tropfen aus den rabenschwarzen Wolkentürmen fallen, die, wer weiß woher, in Windeseile herangezogen waren. Wir ließen alles stehen und rannten zu der Treppe. Die Nässe drang uns bis auf die Haut, noch während wir treppaufwärts rannten, das Holz der Stufen glitschig unter unseren Füßen. Wie unter Peitschenhieben fing das Meer zu röhren an. Blitz und Donner folgten Schlag auf Schlag.

Um Atem ringend sprang Alexander auf die Veranda. Er reichte mir die Hand und zog mich hoch.

Mamá, ich weiß, ihr ruht da oben selig. Doch eines muss ich euch noch sagen. Der Fujiyama ist mein stummer Zeuge: Ihr habt in diesem einen Punkt nicht recht gehabt! Es war kein Stillehalten und kein duldsames Geschehenlassen. Nicht nur die seinen, auch meine Lippen suchten nach dem anderen Mund, der süß war, süßer als die Persimonen auf dem Markte, doch auch ein wenig herb. Als ich zum ersten Mal in seinen Armen lag, vergaß mein Kopf zu denken, und mein Körper nahm sich gierig, worauf er all die Jahre nur gewartet hatte. Für eine kurze Weile war er wirklich ganz erfüllt.

Wir saßen nachher lange noch im Freien in der frischen, saubergeregneten Luft auf den blank geputzten Dielen der Veranda, wie man es in Japan macht. Er lehnte an dem vom Wetter silbrig grau gebleichten Holz der Wand und ich an seiner Brust. Das Windspiel sang im Chor mit den Zikaden. Der Mond, nicht mehr als eine zarte, schmale Sichel, lag träge auf dem Rücken. Jetzt konnt ich es: Ich schwieg. Wie ich zutiefst entspannt und satt auf Alexanders Herzschlag lauschte, konnte ich die Stille zwischen uns genießen.

X

Das andere Gesicht

› 1 ‹

Es war, als hätten wir für unsere Liebe nur diesen einen Platz gebraucht. Die Schattenhäuser waren wie ein eigenes, ein freies Land, in dem nur unsere Regeln galten. Wir weilten oft dort, auf ein paar Stunden manchmal nur, mit dem Motorrad waren wir in Windeseile dort.

Ich sehe mich im Dunklen lautlos, um Alexander nicht zu wecken, durch das kleine Zimmer in Akiya schleichen, das wir das seine nannten und in dem wir beide schliefen, wann immer wir alleine waren. Ich spüre wieder die Tatami-Matten unter meinen nackten Füßen. Die Shoji-Türen schabten Holz auf Holz. Vorsichtig setzte ich die Sohlen draußen auf die blanken Dielen, der Splitter wegen. Es war kein Mond zu sehen, dafür Milliarden Sterne über Kopf. Ein schmaler Saum von Lichtern kränzte das Ufer gegenüber, wo Atami lag. Ich kann kaum fassen, dass dich nach all den Jahren eine höhere Hand ausgerechnet dorthin führen sollte.

Es roch nach Kiefernwald im Sommer, harzig und ein wenig staubig. Vom Meer drang dieser immer gleiche Duft nach Jod und Tiefe zu mir her. Ich stand ganz still und atmete die Nachtluft. Das Wellenrauschen war zu hören, und die Zikaden, die mit einem Male schwiegen. Ein leises Knarren mischte sich in den heiseren Schrei der Eulen, als sich Alexanders Arme von hinten um mich legten. Sein Atem war ganz dicht an meinem Ohr. Kratzig die

Wangen, ich spürte, wie sein Mund nach meinem Nacken suchte und das Tasten seiner Zähne auf der Haut an meinem Hals. Halb lachend, halb kreischend wand ich mich, als er mich packte. Zappelnd wie die Forellen, die der Händler für Frau Takemura an der Küchentüre aus dem Bottich fischte, trug er mich ins Haus und ließ mich sacht, ganz sacht hinunter auf das Bett gleiten.

Am Morgen trat das diffuse Licht zögerlich wie eine scheue Magd durch die papierbespannten Türen. Es war einer dieser Tage, an dem Ernst Wilhelm kommen würde, zu einem späten Frühstück. Mit den Füßen tastete ich nach den aus Stroh geflochtenen Japanschläppchen, die ich in Akiya trug.

Er hielt mich in der Taille fest.

»Ich muss hinüber.« Mit einer Kopfbewegung in Richtung auf das nicht viel größere Haupthaus entwand ich mich aus seinem Griff. Mit einem Male hielt ich inne, plötzlich ernst. »Weißt du, was mich quält? Dass wir so lang gewartet haben«, sagte ich. »All die verlorene Zeit.«

»Was mich quält, bist du.« Alexander zog mich wieder zu sich hin. »Was denkst du denn von mir? Ich bin doch kein Gemüsegärtner, der sich an jungem Grün vergreift! Wann bist du geboren? 1915? Da war ich zwanzig und als Fahnenjunker schon in Pommern und hatte meine Schulter halb zerschossen.«

»Hör auf! Du redest wie mein Vater, und ich hasse ihn!«

Meine Finger suchten nach der Narbe unter seinem rechten Schlüsselbein. Die Haut war weich, so zart, dass sie sich unter der Berührung kräuselte wie ein mürb gewordener Luftballon zwei Wochen nach dem Fest. Am unteren Rand spürte ich, hart und dünn wie kurze Gräten, die Stellen, wo die Fäden einmal saßen.

»Was sind schon zwanzig Jahre Altersunterschied im Vergleich zu der Unendlichkeit da oben?« Ich deutete zum Dachgebälk hinauf. »Ist es nicht ein Wunder, hier zu sein zur gleichen Zeit? Wir hätten …«

»Also gut, du Zwerg!« Mit Händen wie zwei Schaufeln schob er mich von sich weg, nach vorn, bis an die Kante unseres flachen Bettes. »Steh endlich auf und koch uns einen schönen starken Kaffee. Vielleicht hörst du dann auf zu grübeln, was wir hätten tun sollen. Was zählt ist doch: Wir haben es getan!« Mit offenem Munde gähnend sank er zurück ins Kissen. Er grinste dreist.

Ich kann mich nicht erinnern, meine Hand zum Wasserkrug geführt zu haben, doch plötzlich war sie dort. Noch heute sehe ich den Inhalt in seine Richtung schwappen. Es war nicht viel, ein halbes Glas vielleicht.

Er brüllte auf und japste. »Na, warte!« Lauter noch als seine Stimme schrien seine Augen: »Mord!«

Lachend sprang ich auf und flüchtete die paar Schritte hin zur Türe. Weiter kam ich nicht. Er hatte mich schon an der Hand gepackt.

»Lass mich! Ernst Wilhelm ist gleich da.«

»Ernst wie? Wer war das noch? Ich glaube, der kann warten.«

> 2 <

»Und jetzt die Kupplung treten. Zwischengas. Den Gang!«
Ich zog den Nacken ein. Es krachte nicht.
»Langsam die Kupplung kommen lassen. Langsam! Gas geben.«
Der Motor heulte auf, worauf der Wagen drei, vier kleine Hüpfer machte wie ein Gummiball. Dann kehrte Stille ein.
»Ich lern das nie!«
»Wenn wir jetzt alleine draußen in Akiya wären, würde ich dich küssen und …« Grinsend schaute Alexander mich von der Seite an, mit seinem schief gezogenen Mund. »Und jetzt noch mal von vorn!«
»Du bist schrecklich! Ein Tyrann!«
Wir brauchten einen halben Nachmittag, bis ich das Sträßchen vom Garagenhof zu den Lagerschuppen und zurück zum ersten Male ohne Kapriolen fuhr. Meine Wangen glühten, als ich um die letzte Kurve lenkte.
»Bremsen!«
»Mütze!«, schrie ich. »Mütze!«
Mit einem Ratsch riss Alexander die Handbremse in die Höhe, griff über das schrecksteife Ich und drückte auf die Hupe. Ich sah den Kater in die Büsche springen, mit einem Flaschenbürstenschwanz, so dick war er geplustert.

»Wenn du nur schreist, ist er beim nächsten Mal so tot wie ein Hühnerbein auf deinem Teller.« Seine Hand glitt über meinen Schenkel Richtung Bodenraum. »Da unten«, sagte er und lachte leise. »Das Pedal ganz links, da trittst du in solchen Fällen drauf.«

Mir zitterten die Knie noch, als ich schon ausgestiegen war. »Dieses Vieh! Es treibt sich dauernd hier herum!«

»Nimm's nicht so schwer.« Alexander warf den Schlüssel in den Trichter aus Hayashis Händen. »Es ist ihm nichts passiert. Außerdem war deine letzte Runde ...« Er hatte diesen provokanten Blick, so halb von der Seite her. »Nun ja, sie war passabel.«

»Man sollte dich hauen!« Drohend hob ich meine Hand in seine Richtung.

»Achtung.« Nur seine Augen hoben sich in Richtung Hausfassade, nicht sein Kopf. »Das Reptil steht an seinem neuen Lieblingsplatz am Fenster. Mach ausnahmsweise ein ›Heil Hitler!‹ draus und sag mir hier Adé, auch wenn ich diesen Gruß mit allen Fasern meines Wesens hasse. Wir sehen uns nachher. Zum Essen bin ich da.«

»Ach. Ich soll dich auch noch füttern!« Auch wenn ich nicht nach oben schaute, ich spürte von Wächters Blick wie einen kalten Wind im Nacken. Lächelnd schaute ich hinauf zu dem Schatten hinter der Gardine und winkte. Dann ließ ich Alexander stehen.

Ernst Wilhelm war seinem Wort treu geblieben und hatte sich tatsächlich etwas ausgedacht. Bei unserem ersten großen Sektempfang, zu dem die gesamte Botschaft und alles, was in der deutschen Gemeinde Rang und Namen hatte, in den großen Saal geladen war, hatte er das Glas erhoben. Mit jovialer Miene hatte er »unserem allseits hochgeschätzten Freund, dem guten Herrn Polizeiattaché, in Anerkennung seiner Arbeit für Partei und Reich« ein neues, sehr viel geräumigeres Büro zugewiesen und ihn auf diese Weise elegant ans hintere Ende des Flures im rechten Trakt des ersten Stocks verbannt – ganz an die andere Seite des Gebäudes. Er schaute jetzt nach hinten, auf die Garagenhöfe. Kurz: Wir waren ihn vor unserer Türe los.

»Leise flehen meine Lieder durch die Nacht zu dir.« Wieder lag das Lied des Schubert-Films mir auf den Lippen, als ich vorbei an den Kosmeen ums Haus herum nach vorn zum Eingang lief. In mir war es so leicht in jenen Tagen, dass ich, wie es wohl kleinen Kindern geht, den Drang zum Hüpfen und zum Rennen in mir spürte und es mir schwerfiel, einfach nur zu gehen. Ich wäre fast gestolpert, als ich unseren Gast in der Zufahrt stehen sah.

»Maestra!«, rief ich und eilte, beide Hände ausgestreckt, auf das Taxi zu, das mit offenen Türen vor der Treppe stand. Das musste Frau von Höfen sein! Als Abstecher von einem Gastauftritt in Schanghai hatten wir die große Pianistin für eine Woche zu uns nach Tokio eingeladen, ein Ereignis, auf das wir uns seit Tagen freuten. Ich kannte sie nur von Zeitungsfotos und Konzertplakaten, doch die Dame, die da vor mir stand, hatte die gleiche spitze Nase und auch den resoluten Zug ums volle Kinn. »Sie wollten doch erst morgen …? Ich wusste nicht … Ich hätte Sie doch abgeholt! Es ist mir ungeheuer peinlich.«

»Sind SIE Frau von Traunstein?« Zweifelnd glitt der Blick der Fremden an mir herab bis hinunter zu den Schuhen und dann auf gleichem Wege wieder an mir hoch.

»Ja, natürlich. Verzeihen Sie …« Ich ließ die Hände sinken und hasste mich für meine roten Wangen. »Elisabeth von Traunstein. Willkommen in Tokio, Frau von Höfen.«

»Sie müssen MIR verzeihen!« Leicht wie ein Schmetterling flatterte mir der Satz entgegen, als habe sie ihn eingeübt. »Ich bin einen Tag früher abgefahren. Der Gedanke an eine einzige weitere Stunde in Schanghai war mir schlichtweg unerträglich. Hach, die vielen Emigranten dort. Ein Gestank zum Herzerbarmen. Noch dazu bei dieser Sommerhitze!« Sie legte sich die Hand vor die Stirne wie eine Mutter, die ihrem Kind das Fieber misst.

»Leider ist es im August auch hier noch etwas heiß. Kommen Sie ins Haus, da ist es kühler. Ich hoffe, Sie hatten eine gute Reise.«

»Ach, wissen Sie, was ist schon wirklich gut?«

Ich führte sie in den Salon im Erdgeschoss, der eigens da war, um offizielle Gäste zu empfangen. »Was darf ich Ihnen bringen lassen, gnädige Frau? Einen Kaffee vielleicht?« Ich klingelte dem Mädchen.

»Doch nicht um diese Zeit!« Sie sah mich an wie Frau von Beuthen, wenn sie vom Jesuskindchen sprach. »Ein Glas Wasser. Allenfalls.«

»Natürlich.« Es war ihr Ton, der mich zum Schrumpfen brachte. Ich hätte fast geknickst. »Sie entschuldigen mich? Ich bin gleich wieder da. Ich gehe nur schnell Ihren Schlüssel holen.«

Lautlos huschte ich den Flur entlang, mit eingezogenen Schultern, fast wie früher, wenn die Erwachsenen mich etwas holen schickten, und ich wusste, selbst wenn ich flöge, wäre ich nicht beizeiten wieder da.

Was hatte ich ihr angetan?

Was war mein Fehler?

Atemlos kam ich oben in unserer Wohnung an. Die Tür war nicht abgeschlossen.

»Ernst Wilhelm, bist du da?«

»Nein, ich bin's«, sprach eine tiefe Raspelstimme aus dem Schatten der Tapetentür, die in das Durchgangszimmer führte – den sogenannten »Kartenraum«, der zwischen Bibliothek und Halle lag. In tiefen Fächern ruhte hier die ganze Welt auf Leinenrollen.

»Alexander!« Mein Herz blieb stehen. Dann fing es an zu springen wie ein Grashüpfer in dem Fingerkäfig zweier Kinderhände. »Woher wusstest du, dass ich heraufkommen würde?«

»Woher ich meine Informationen beziehe, das wüssten viele gerne.« Er fasste meine Handgelenke und hielt sie mir im Rücken fest. »Ich stehl dir einen Kuss, dann bin ich schon verschwunden.«

»Jetzt nicht!« Ich rang um Atem unter seinen Lippen. »Ich muss hinunter. Frau von Höfen.«

»Sie ist schon da? Na, sie kann warten!«

»Sag ihr das selbst. Sie ist ein solcher Drache!«

»Dann geh!« Seine breiten, warmen Hände legten sich mir auf die Hüften und schoben mich zur Seite wie ein Möbelstück. Schon war er zur Tür hinaus und zog sie mit einem leisen Klicken zu.

»Verrückter Kerl!«, rief ich ihm nach, ging rasch ins Bad, kühlte mir die Wangen und schlang das Haar zu einem neuen Knoten. Im Spiegel zog es meinen Blick zu meinen Augen, aus denen mein Begehren wie aus zwei schwarzen, tiefen Höhlen sprach. Ich riss mich los, eilte durch die Bibliothek und, ohne Licht zu machen, in den Kartenraum, in dem sich unser Schlüsselschrank befand. Ich durfte die Maestra nicht noch länger warten lassen! Doch vorn, am Sekretariat, dessen Tür wie üblich offen stand, hörte ich Alexanders Stimme wieder, und automatisch wurden meine Schritte kürzer, bis ich schließlich stand, mit einer Hand am Treppenlauf. Ich gebe zu, ich lauschte.

»Bäumchen, Sie sind ein solcher Schatz! Ich hoffe, ich darf Sie demnächst einmal zum Essen führen?« Weich und zart wie Daunenfedern schwebten seine Worte in der Luft, doch sie fuhren mir ins Herz wie spitze Messer. »Bäumchen« nannte er das Schreckgespenst! Die alte deutsche Eiche! Nun war es ja nicht so, dass ich ihn nicht schon lange kannte. Sein Charme war legendär.

»Dieser Mann, der tändelt noch mit einem Gartenzaun, wenn er ihm einen heißen Draht verspricht.« Das waren Käthes Worte. Sie sagte es im Scherz, ja fast bewundernd. Doch erst seit wir hier im großen Hause lebten, spürte ich den wahren Sinn. Nun erst erlebte ich ihn im Umgang mit den Damen! Im Weitereilen ballte ich die Fäuste und war auf halber Treppe, als ich ausgerechnet Herrn von Wächters feistes Grinsen mir entgegenkommen sah. Keuchend schob er sich die Stufen hoch. »Heil Hitler, Frau von Traustein!«

Ein harter, kalter Klumpen drückte mir im Magen. »Gut, dass ich Sie hier treffe, Herr von Wächter!« Ich zeigte ihm die Zähne anstelle eines Lächelns. »Ich wollte Sie gerade rufen lassen. Frau von Höfen, die berühmte Pianistin, ist eben aus Schanghai gekommen und wartet unten im Salon. Ich wäre Ihnen sehr verbunden, wenn Sie sie etwas unterhalten könnten. Ein Mann mit Ihrem Charme ... Ich bin mir sicher, Sie werden sich verstehen.«

› 3 ‹

Die Wahrheit hab ich dir versprochen, und nichts als diese will ich schreiben: Ich mochte Frau von Höfen nicht. Doch als sie am Abend ihres Auftritts in einem Traum von einem strassbesetzten gelben Abendkleid vor uns an den polierten Flügel trat, war sie mit einem Mal wie verwandelt. Ihre Züge waren plötzlich weich. Sie war ja nicht gerade überschlank, doch wie sie es auch machte, sie wirkte fast zerbrechlich. Bachs Klavierkonzert in d-Moll hatte sie sich ausgewählt. Mit angehaltenem Atem lauschten wir und ließen uns von ihr auf den Schwingen des Adagio in unsere eigenen Träume tragen. Selbst unsere japanischen Gäste, die für gewöhnlich lautlos mit den Fingerspitzen applaudierten, erhoben sich am Ende von den Stühlen und klatschten lang, sodass wir alle bester Laune waren, als wir schließlich draußen in der Halle standen, um den gelungenen Abend mit Sekt und Schnittchen zu beschließen.

Alexander lehnte an der Säule, vorn am Eingang. Als er mich sah, verdrehte er die Augen und hob das leere Glas. Ich nahm ein neues vom Tablett des Kellners und ging zu ihm hinüber. Erst im Näherkommen sah ich, dass neben ihm die Crème de la Crème des Abends im Kreis beisammenstand: Frau von Höfen umringt von unseren schlimmsten Nazis.

»Ich sage Ihnen, jetzt, wo die Schlacht begonnen hat, wird es nicht lange dauern, England in die Knie zu zwingen.« Von Wächter, der nach jenem ersten Tag kaum von ihrer Seite weichen mochte, wölbte seine Brust so weit nach vorn, dass Frau von Höfen sein goldenes Parteiabzeichen fast entgegensprang.

»Tausendsiebenhundert Maschinen sind gestern über den Kanal geflogen!« Unser Luftwaffenattaché von Mirke, dieser unscheinbare Gnom von einem Mann, stand mit rosaroten Wangen da, als hätte er die Bomber selbst geschickt.

»Wenn Göring etwas macht, dann macht er es richtig!« Wie eine Anglerin an einem Fluss fischte die Maestra mit ihren stark getuschten Wimpern nach den Männerblicken. »Ich kenne ihn persönlich wirklich gut.«

Alexander sah mich an und trank den Sekt, den ich ihm reichte, in einem schnellen Zug.

»Und wenn London erst gefallen ist, geht es Stalin an den Kragen!« Hans-Herbert Klüsener strich sich über den frisch gestutzten Schnauzer. Elvira stand mit leicht geneigtem Haupt und einem milden Lächeln neben ihm, den Stolz auf ihren wunderbaren Gatten auf die Stirn geschrieben. »Was sagen Sie dazu, Herr Arendt?« Scheinbar jeder hier im Hause schien zu wissen, wie er zu den Russen stand.

»Sie entschuldigen mich?« Alexander löste sich aus seiner angelehnten Haltung und nickte knapp. »Sei mir nicht bös, Elisabeth. Ich brauche frische Luft und einen Schnaps!«

Es wurde eine lange Nacht. Die Maestra wollte und wollte nicht schlafen gehen. Die Uhr schlug eins. Wir saßen unten im Salon. Der feiste Herr von Wächter pickte ihr, im Sessel vorne auf der Kante sitzend, die Ellenbogen auf die Knie gestützt, die Worte förmlich von den Lippen. Wie vor Überschwang quoll ihm im kahl geschorenen Nacken eine dicke Falte über den Kragen.

»Und letztes Jahr in Buenos Aires!« Unser prominenter Gast schenkte jedem einen langen Blick. »Wussten Sie, dass es in Argentinien ein richtiges kleines Deutschland gibt? Die Partei ist dort sehr rege. Wir haben Schulen, Krankenhäuser und Theater. Eine Hitlerjugend. Natürlich spielte ich vor vollem Haus.«

Mühsam unterdrückte ich ein Gähnen. Ernst Wilhelm spielte mit der Kette seiner Uhr. In dieser Stimmung waren wir, als es uns mit einem Mal jäh aus unseren Sesseln riss. Die Tür flog auf und knallte an die Wand.

»Alexander!«

Die ungekämmten Haare hingen ihm halb in die Stirn. Sie waren triefend nass, es musste draußen regnen.

»Kann man hier was zu trinken kriegen?« Seine Augen waren klein und rot. Mit ungeschickten Fingern nestelte er aus seiner Jackentasche ein Päckchen Zigaretten und ein Feuerzeug hervor.

»Ich glaube, du machst besser Schluss für heute.« Mit ausgestreckten Armen, wie um einen Kranken Richtung Tür zu geleiten, machte Ernst Wilhelm ein paar Schritte auf ihn zu. »Soll ich dir einen Fahrer rufen lassen?«

»Ich stör euch wohl?« Alexander baute sich in voller Größe auf, was ihn ein wenig straucheln ließ, und nickte, als säße ihm der Kopf zu lose auf den Schultern. Sein Blick blieb an von Wächter hängen, der wie in einem Block gegossen noch immer auf der Kante seines Sessels saß. »In eurer netten Runde.«

»Ich gehe dann wohl lieber schlafen.« Frau von Höfen griff nach ihrer Abendtasche und schaute sich nach ihrer Stola um.

»Gnädige Frau, Sie gestatten, dass ich Sie begleite.« Von Wächter war sofort an ihrer Seite und reichte ihr mit schief gelegtem Kopf den im Vergleich zum Rest des Körpers etwas kurz geratenen Arm. Vielleicht war es die Unterwürfigkeit dieser einen Geste, die Alexanders letzten Rest von Haltung in die Brüche gehen ließ.

»Ja, gehen Sie nur! Das andere Nazipack ist Gott sei Dank schon weg!« Wie einen Handschuh knallte er dem Mann den tief empfundenen Ekel vor die Füße. »Die Luft hier drinnen lässt sich gleich viel besser atmen, wenn Sie gegangen sind. In Ihrer Nähe riecht es ekelhaft nach Schwefel. Mir wird dabei ganz schlecht.«

»Herr Arendt!« Von Wächters Kieferknochen drückten sich wie Eisenwinkel durch die Haut. Einen Moment lang dachte ich, er würde gleich die Fäuste heben, die er schon an den Hosennähten ballte. »Sie sind ja völlig betrunken! Kommen Sie, Maestra.«

Aufrechten Hauptes und die Lippen spitz gepresst wie Sahnetüllen suchten sie das Weite. Krachend fiel die Tür ins Schloss.

Wir standen schweigend da und schauten uns nicht an.

Die Standuhr tickte leise und zog sich summend auf.

»Ich glaub, ich lass euch zwei alleine.« Mit den gleichen unhörbaren Schwebeschrittchen, wie ich sie von meiner Mutter kannte, floh ich aus dem Raum.

Ich lag im Bett und lauschte in die Nacht. Der Boden knackte in den noch ungewohnten Räumen. Regentropfen trommelten mit schnellen Fingern auf das Kupferblech der Fensterbank. Der Nachtwächter drehte mit den Hölzchen klappernd seine späte Runde um die Außenmauern des Compounds. Da, endlich, das Motorrad! Der Motor röhrte auf. Lauschend lag ich da und hielt mich fest an diesem Wummern der Maschine wie ein Kind an einer Drachenleine. Ich folgte ihm, bis ich es nicht mehr hörte.

Mit einem leisen Knarren drehte sich der Schlüssel im Schloss der Wohnungstür. Dann klickten Ledersohlen über das Parkett im Flur. Licht drang durch den Spalt an meiner Tür und dehnte sich zu einem Band, in dem der schwarze Schatten von Ernst Wilhelm stand. »Schläfst du schon?«

»Nein.«

»Es tut mir leid.«

»Dir?« Mein Nachtmund schmeckte bitter. Ich tastete nach meinem Wasserglas. »Warum dir?«

Er lachte leise, fast verlegen. »Wie sagt Mamá? Wenn du suchst, findest du in jedem Keller eine Leiche.« Mit einem Seufzen trat er in den Flur zurück. »Dann verzeih uns eben beiden, meine Liebe. Ich wünsche dir noch eine gute Nacht.«

› 4 ‹

Ungewöhnlich klar und kühl präsentierte sich der nächste Morgen. Der stickig-schwere Dunst, der seit Wochen über uns gehangen hatte wie verbrauchte Luft in einem engen Klassenzimmer, war nach dem Regenguss der Nacht wie weggeblasen. Man konnte wieder atmen. Die Gärtner waren ausgeschwärmt, lauter alte Männer neuerdings, die jungen waren alle eingezogen. Sie fegten mit gebeugten Rücken Laub und abgerissene Zweige von dem leuchtend grünen Gras.

Erst im Morgengrauen hatte ich in einen unruhigen Schlaf gefunden und schwer geträumt. Mit Madame Clément und Käthe war ich in einem dunklen Keller, wo wir mit den blanken Nägeln am Mörtel in den Mauerfugen kratzten, um durch eine Wand hindurchzubrechen, hinter der wir Alexander rufen hörten. Wir mussten uns beeilen. Er drohte zu ersticken.

»Elisabeth!«

Hart wie Murmeln drückten mich die Augen unter den Lidern, als ich, das Gellen von Alexanders Schrei noch in den Ohren, später als gewöhnlich und auf Zehenspitzen den Speiseraum betrat. Ich war so wütend auf den Mann!

»Die Japaner würden doch nicht Truppen von Nordchina und Taiwan zum Süden hin verlegen, wenn sie gegen Russland gehen wollten«, sagte Alexander ohne aufzuschauen und rührte in seiner

Tasse. Oh, dieses Thema. Immer dieses Thema! »Nur weil dein Auftrag lautet, sie zum Angreifen im Norden zu bewegen! Du wirst sie niemals überzeugen. Du solltest es auch gar nicht tun! Nicht gegen Russland!« Tief wie Ackerfurchen standen ihm die Falten schräg auf der Stirn und drückten ihm die Augenbrauen auf die Nasenwurzel nieder.

»Du weißt, ich habe keine andere Wahl. Ich bin nicht als Privatmensch hier. Ich leite diese Botschaft! Ich habe meine Order!« Müde rieb Ernst Wilhelm sich die Augen. »Glaub mir, Alexander, die Russen in die Allianz mit Japan und Italien einzubinden, wenn es nach mir ging, wär das längst geschehen. Ribbentrop ist auch der Meinung. Er will den Kontinentalblock schmieden, da bin ich überzeugt. Der Führer aber … Ich weiß, es ist ein intrigantes Spiel, die Japaner hintenrum zum Angriff zu bewegen!« Er lachte bitter.

»Was willst du mit dem Dolche, sprich.« Und leise fügte er hinzu. »Was soll ich tun? Ich kann nur sehen, wohin die Reise geht. Die Weichen stellen andere. Diese Woche habe ich mit Außenminister Matsuoka gesprochen. Er bewundert Hitler grenzenlos. Gerade verhandelt er mit dem französischen Botschafter wegen der Stationierung von sechstausend Mann in Indochina. Sollten die Franzosen ablehnen, kann er seinen Einfluss in der Regierung womöglich in Deutschlands Sinne geltend machen und den weiteren Vorstoß doch nach Norden lenken.«

»Du meinst doch nicht im Ernst, dass sich die Japanerchen von einem Nein aus Paris abhalten lassen, in Indochina einzumarschieren! Was hätten die Franzosen denn an Abwehr aufzubieten? Und dass die Briten oder Amerikaner ihnen beispringen wollten? Gib's zu: Das glaubst du selber nicht!«

»Guten Morgen«, sagte ich, zog den Stuhl vom Tisch zurück und glitt auf meinen Platz.

»Guten Morgen«, kam es aus beider Munde. Zwei Augenpaare drehten sich zu mir herüber.

Ich griff nach meiner Post. Eine Karte von Elvira, die auf Heimaturlaub war. »Nürnberg – die Stadt der Reichsparteitage«. Ich schauderte bei dem Gedanken, was ihr Mann uns wohl erzählen würde, wenn er wieder hier war. Sie selbst schien sein Gegeifere nicht zu stören. Ich verstand sie nicht.

Ein Brief von Mutter. Vater, schrieb sie, habe einen neuen Wagen und ein Mechanismus, ein wahres Wunderwerk der Technik, erlaube ihm, mit seinem einen Arm zu schalten und zu steuern und das teure Stück ohne fremde Hilfe selbst zu fahren. Ich sah ihn vor mir, stolz wie Oskar. Jetzt war er endlich oben auf der Leiter angekommen und konnte noch mehr Menschen unter sich zum Buckeln zwingen.

Und ein zweiter kam, von meiner Tante aus der Schweiz! Mein Herz fing an zu pochen. Mutter hatte also doch den alten Code verstanden. In jedem siebten Wort versteckt, um Vater nicht auf unsere Spur zu bringen, hatte ich sie vor ein paar Wochen heimlich gebeten, mir die Anschrift mitzuteilen. Dass so schnell Antwort kommen würde? Mit dem Buttermesser fuhr ich in den Schlitz des Kuverts, das zwar den Namen, aber keine Anschrift trug.

»Meine Mädchen und ich haben das deutsche Klima nicht vertragen. In der Schweiz lässt es sich besser atmen. Mach dir um uns keine Sorgen, Kind.« Enttäuscht ließ ich das Schreiben sinken. Mehr Worte fand sie nicht?

»Warum starrt ihr so?« Ich merkte jetzt erst, dass mich die beiden Männer musterten, als wäre ich im Hemd erschienen.

»Hast du nicht gut geschlafen?« Vier Augen lächelten mich milde an. Dank Alexanders reifer Leistung in der vergangenen Nacht hatte ich doch wohl allen Grund dazu! Ich zuckte mit den Achseln und beschloss zu schweigen.

»Du siehst aus, als könntest du ein wenig frische Luft vertragen.«

»Akiya wird dir guttun.«

»Akiya?!« Mein Blick flog erst zum einen, dann zum anderen, so unverhofft traf mich die Freude. »Aber Frau von Höfen ist doch da! Wir können sie doch nicht in Tokio … Oder kommt sie etwa mit uns mit?«

»Oh, Frau von Höfen …« Alexander und Ernst Wilhelm wechselten einen schnellen Blick. Sie grinsten beide. »Die Maestra ist in Nara. Mit dem guten Herrn von Wächter. Die beiden Turteltäubchen sind in aller Frühe losgefahren. Sie wollten Hirsche füttern.«

»Die beiden waren ziemlich gut gelaunt.«

»Ich glaube, da wirst du bald Trauzeugin werden.«

»Und was ist wegen letzter Nacht?!« Meine Sorge war zu groß, als dass ich mir den Satz hätte verkneifen können.

»Letzte Nacht?« Ernst Wilhelms Augen waren plötzlich blank wie der Himmel vor dem Fenster, und Alexander schaute wie ein Unschuldsknabe vor der strengen Lehrerin.

Jetzt sprang ich auf, so zornig war ich plötzlich. »Das ist doch nicht vergessen! Alexander, du trinkst – nein, säufst! – dich halb um den Verstand und redest dich um Kopf und Kragen! Dann sitzt du hier …« Ich schaute in die Runde. »Was heißt du? Ihr beiden sitzt hier und macht mir weis, es sei nichts gewesen? Das wird doch noch ein Nachspiel haben! Man möchte euch mit den Köpfen aneinanderstoßen!«

Als hätte er den Schlag gespürt, fuhr sich Ernst Wilhelm mit der flachen Hand über den fast kahl geschorenen Kopf. »Aber nach Akiya fährst du doch mit uns? Wir wollen unseren Berg besteigen.«

»Unser Berg« war der Ogusu, an dessen grüne Flanke sich die Schattenhäuser lehnten wie just in dem Moment der Kater an mein Bein. Schon lange hatten wir den Weg zum Gipfel gehen wollen.

»Zumal …«, sagte Alexander leise und räusperte sich ein Kratzen aus der Stimme weg, »wir uns danach für eine kurze Zeit nicht sehen werden«.

»Nicht sehen?!«

»Alexander wird bis zum Jahresende in unserem Auftrag kreuz und quer durch China reisen.« Ernst Wilhelm starrte auf die Linien, die er mit der Gabel in das Tischtuch zog. »Er ist doch Journalist.«

Als ob er mir das sagen müsste! So sacht, wie eine Feder sich zum Boden senkt, so sacht ließ ich mich auf dem Polster meines Stuhles nieder.

»Einer muss uns schließlich über die verworrene Lage dort berichten. Wir brauchen einen guten Mann vor Ort.«

»Es ist wegen von Wächter!« Ich hatte plötzlich eine Handvoll Sägemehl im Mund und mochte sie nicht schlucken.

Er nickte. »Zum Jahreswechsel wird er abgelöst. Bis dahin …«

»Dein Mann hat mich überzeugt«, sagte Alexander. Diesmal traf sich unser Blick. »Es ist besser, wenn ich gehe.«

Ich zwang mir ein Lächeln auf die Lippen, das alles, was ich fühlte, in meinem Inneren hielt. Ich sagte brav, wie es mir die Vernunft diktierte: »Ja, es ist besser so. Da bin ich überzeugt.«

› 5 ‹

Wir überquerten den munteren Bachlauf hinter den Häusern und nahmen den Pfad, der sich von dort aus unter dem lichten Dach der Bäume am Südwesthang des Ogusu in die Höhe zieht. Niemand sprach ein Wort. Der Gedanke, Alexander schon so bald nicht mehr zu sehen, schnürte mir die Kehle zu. Ich irrte, wie ich noch erfahren musste, mehr hätte ich kaum irren können, aber damals glaubte ich, das Schicksal hielte keinen schwereren, unerträglicheren Abschied als den bevorstehenden für mich bereit. Ich hatte solche Angst um ihn. In China war doch Krieg! Wo die Japaner nicht ihre Blutspur hinterließen, metzelte die Kuomintang nach wie vor Kommunisten ab, und Kommunisten die Kuomintang. Man hörte von unvorstellbaren Grausamkeiten. Von Häutungen bei lebendigem Leib. Was, wenn Alexander irgendeinem in die Hände fiel, der glaubte, er sei ein Verräter? Bei einem Europäer glaubte man das schnell!

Hier draußen hatte es wohl auch geregnet, denn jeder meiner Schritte hob sich mit einem zähen Schlürfen aus dem Schlamm zwischen den aus grob behauenen Stämmen in den Boden eingelassenen Stufen. Allein das Heben der Füße fiel mir schwer.

Von Alexander, der vorausging, sah ich nichts als seine dick besohlten Schuhe, in deren Stapfen ich, auf den Fußballen tastend, trat. Erst als die Männer stehen blieben, schaute ich ihn an, mit dem noch immer festgeschraubten Lächeln, das ich mir hätte sparen können, denn die beiden Männer hatten schon das Fernglas vor den Augen. Mittlerweile waren wir an einer Stelle unterhalb des Gipfels angelangt, an der vor nicht allzu langer Zeit ein Taifun gewütet haben musste. Ein niedriger Bewuchs aus Sträuchern und wild aufgeschossenen, jungen Bäumen gab den Blick nach Süden auf den Fujiyama frei, der an jenem Tag die Krempe seines Wolkenhutes bis halb ins Tal gezogen hatte.

»Was sucht ihr denn?« Ich wollte hier nicht verweilen, es war nicht weit zum Gipfel, wo wir endlich rasten würden.

Sie lachten, wie Männer damals und vielleicht auch heute noch über dumme Fragen lachen. Nur Augenblicke später hörten wir ein Dröhnen und sahen kurz darauf die Flieger in der Luft.

»Wieder Mitsubishi Zeros.« Ernst Wilhelm beschirmte sich die Augen mit der Hand. »Die dritte Staffel heute.«

»Das ist sicher ein Manöver.« Durch den Sucher seiner Leica folgte Alexander ihrem Bogen.

Ich ließ die beiden stehen und ging voraus. Es zog mir in den Waden, die Füße schmerzten, und meine Kieferknochen von dem angestrengten Lächeln auch. Lustlos erklomm ich allein die letzten Meter. Dann, mit einem Mal ... Glaub mir, ich vergaß zu atmen bei dem Anblick, der sich mir bot. Mit offenem Mund stand ich da und schaute. Mir war, als würde ich fliegen. Halb Japan lag mir hier zu Füßen. Im Osten griff mein Blick über die glitzernden Wasser der Bucht von Tokio bis hin nach Chiba aus, im Norden über Yokohama bis hinüber in den Westen, wo die Sagami-Bucht dem Fujiyama ihren blanken Spiegel vor die Füße legte. Und zum Süden hin streckte die Halbinsel Miura, auf der wir uns befanden, ihre breit gespreizten Zehen in die Weiten des Pazifiks aus.

»Kommt«, rief ich und winkte mit dem ganzen Arm. »Kommt!«

Und plötzlich musste ich an Vater denken und an den einen Satz, den er mir früher beinahe täglich sagte. Ich hasste ihn dafür aus ganzer Seele, bis ich genau in dem Moment diesen Ort hier vor mir sah. »Du bist nicht so wichtig, wie du glaubst.« Nicht, dass ich meinen Vater danach lieber mochte. Ich wusste nur, dies eine Mal war er im Recht.

An einem Saum von Lorbeersträuchern befand sich ein Podest aus glatten, warmen Felsen. Dort breiteten wir die mitgebrachte Decke aus. Es war der Ort, der uns die Spannung aus den Herzen nahm. Wir aßen unser Picknick und schauten, aneinander lehnend, dem Spiel der dick gebauschten Wolken zu. Ein leiser Wind strich über uns hinweg und brachte Kühle.

Da war es plötzlich wieder! Von Ferne hörten wir ein leises Brummen. Wir lauschten, auf die Ellenbogen gestützt. Flugzeugmotoren. Von Osten her kamen über den Pazifik neun schwarze Punkte näher, die rasch zu Kreisen wurden und wuchsen, wuchsen. Sie kamen direkt auf uns zu.

»Runter!« Ernst Wilhelm drückte mich zu Boden und deutete mit ausgestreckten Zeigefingern auf die Ohren. »Ohren zu! Mund auf!«, schrie er.

Die Maschinen dröhnten über unseren Köpfen. In einer sah ich den Piloten und dass er einen feinen Schnurrbart trug, so dicht flog er vorbei. Laub und trockene Äste wirbelten um uns auf. Alexander, noch auf dem Rücken liegend, hielt schon wieder seine Leica in der Hand.

»Was willst du denn mit solchen Bildern?«, fragte ich, als sie vorbeigeflogen waren, und klopfte mir den Staub aus den Kleidern.

»Verkaufen.« Lachend drehte er die Kurbel seines Apparats und wechselte den Film im Schutze seiner Jacke. »Als armer Schreiberling muss man doch irgendwie sein Geld verdienen.«

»Wir sollten langsam aufbrechen.« Ernst Wilhelm streckte sich und schaute Richtung Fuji. Die Sonne neigte sich zum Horizont. »Was meint ihr? Steigen wir nach Norden ab? Vielleicht ist es da nicht ganz so schlammig wie auf dieser Seite.«

»Ich liebe es, geführt zu werden.« Alexander nahm mich lachend ins Visier.

»Nicht!« Ich löste mir die Nadeln aus dem Haar und steckte mir mit ein paar schnellen Griffen, so gut es ohne Spiegel ging, den Knoten wieder fest.

»Da vorne ist der Abzweig.« Ernst Wilhelm deutete auf eine ausgetretene Mulde am Rande des Plateaus. Wären meine Augen nicht seinem Fingerzeig gefolgt, ich hätte nicht gesehen, wie sich in diesem Augenblick fünf Uniformmützen mit schwarzen Schilden zu uns nach oben schoben. Kein Lächeln stand diesmal in den Gesichtern, kein falsches Leuchten wie von aufgeklebten Lampions.

»Foto verboten!«, brüllte einer, noch bevor die Männer oben waren. Jede Silbe knallte wie ein Schuss. Wir starrten in die Läufe von Gewehren.

Ich hob die Hände und lauschte auf ein Dröhnen und fragte mich, ob das wohl wieder Flieger seien. Dann merkte ich, es war in meinen eigenen Ohren.

»Wir sind Diplomaten«, hörte ich Ernst Wilhelm wie von Ferne sagen. »Darf ich Ihnen unsere Pässe zeigen.«

Der Soldat, der uns angeschrien hatte, fixierte uns mit unbewegter Miene. Er war älter als die anderen, das Gesicht so hart wie der Fels, auf dem wir standen. Als einziger von den fünfen trug er kein Gewehr. Seine Hand lag am Pistolenhalfter. Er schien zu überlegen.

»Sie vortreten!«, kommandierte er Ernst Wilhelm. »Die anderen stehen bleiben! Nicht bewegen.«

Ob Alexander von Anfang an halb vor mir stand, keinen Fußbreit weit entfernt, oder ob er vor mich hintrat? Ich weiß es nicht, beim besten Willen nicht. Ich starrte seine Schultern an. »Foto verboten!«, toste es in meinen Ohren. Auf einmal spürte ich, wie sich meine Hand aus ihrer Starre löste und sich im Schutze seines

Rückens senkte. Millimeter um Millimeter kroch sie erst abwärts und dann vorwärts. Kühl war das Futter seiner Jackentasche. Drei harte Röhrchen fühlte ich darin. Sie lagen zentnerschwer in meinen Fingern.

Ich griff mir ins Haar, wie Frauen es oft und gerne tun, mit geneigtem Kopf und einem kleinen Lächeln.

»Sie! Hände heben!« Der Finger wies exakt auf mich.

Um Atem ringend schob ich die weiße Fläche meiner kleinen Hand hoch über Alexanders Schulter. Als sie oben war, schloss ich die Augen. Mühsam unterdrückte ich ein Seufzen.

»Sie nicht Diplomat?« Der Mann stand jetzt vor uns, so dicht, dass man bei ihm das Pochen in den Schläfen sah. Er tippte Alexander vor die Brust und riss am Lederband der Kamera um seinen Hals.

Alexander hob es langsam über seinen Kopf und reichte ihm den Apparat.

»Er ist mein Assistent.« Ernst Wilhelm sprach so ruhig und behutsam, wie man es wohl mit Verrückten tat. »Mein Mitarbeiter. An der Botschaft.«

»Durchsuchen!«

Ich sehe noch heute die Hände der Soldaten über Alexanders Körper fliegen und wie das Licht sich bläulich in der Brille eines Mannes bricht. Ich atme nicht. Ich stehe still.

Sie zogen ihm zwei Fotos aus der Tasche. Ich kannte sie. Alexander pflegte sie zu zeigen, wenn er über die Japaner sprach. »Gespaltene Wesen. Friedlich wie ein Buddha, das war früher. Was sie heute zeigen, ist die gnadenlose Fratze eines Samurais.« Ein zerknautschtes Päckchen Zigaretten. Ein Kugelschreiber. Ein goldenes Feuerzeug. Ein zweites nicht so teures. Eine Prise Taschenfussel. Und sonst? Nichts.

Auf Japanisch flogen Worte durch die Luft.

»*Hai! Hai!*«

Einer schnappte sich die Kamera. Er riss den Film heraus und hielt ihn triumphierend in die Höhe. Immerhin gab er den Apparat zurück.

»Auch für Diplomaten«, sagte dann der Ältere, der Chef der Truppe, nahm vor Ernst Wilhelm Haltung an und neigte knapp das Haupt. »Foto verboten!«

»Natürlich«, sagten wir im Chor.

Wir packten wortlos unsere Sachen ein und so schweigend, wie wir aufgestiegen waren, stiegen wir den Pfad hinab, nun doch auf unserem alten Weg, Schlamm an den Füßen. Wie Kupfer war das Licht im Wald. Man hörte Frösche quaken. Gern nahm ich die Hände an, die mir die Männer an den Stufen reichten.

Auf halber Höhe blieben wir an einer kleinen Lichtung stehen und schauten lang zu unseren beiden Freunden, dem Fuji und der Sonne hin.

»Verrat mir eines, großer Magier.« Ernst Wilhelm klopfte Alexander auf die Schulter. »Wo hast du sie, die Filme? Sind sie oben im Gebüsch?«

Alexanders Stimme raspelte in seinem Hals. Er hob die leeren Hände. »Ehrlich gesagt, ich weiß es nicht.« So blass, so durch den Wind, hatte ich ihn nie zuvor gesehen.

»Ach, bitte«, sagte ich so leichthin, wie es möglich war, und hoffte, dass meine Augen, meine Lippen nichts verrieten. »Da, an der Seite.« Ich deutete auf meinen Knoten. »Könnt ihr da mal schauen. Da drückt mich was in meinem Haar. Ich weiß nicht, was es ist.«

XI

Freier Fall

> 1 <

Der Herbst, der Winter 1940, sie dehnten sich, als würde ein Riese an dem großen Zeitgetriebe stehen und mit schwerer Hand die Räder bremsen. Mir war, als hätte ich mich in eine kleine Zelle tief in meinem Innern zurückgezogen und lugte mit ausgefahrenem Periskop nach draußen in die Welt. Vermissen, glaub mir, Liebes, Vermissen findet nicht im Denken statt. Ich spürte Alexanders Fehlen als Brennen an den Nervenenden. Es raubte mir den Schlaf und machte, dass ich an jedem Fenster stehen blieb, das einen Blick zur Straße bot. Es ließ mich zucken, wenn eine Türe knallte. Ließ mich in angefangenen Sätzen stecken bleiben.

Ein Suchen hatte mich ergriffen, das mich Dinge sehen ließ, die gemeinhin kaum ins Auge fallen. Ich las sie auf und trug sie heim – die Eisenbahnfahrkarte eines Fremden, ein Stern von einem Kragenspiegel, ein verlorenes Uhrenglas. Ich bemerkte manches, was mir zuvor verborgen blieb. Ständig sah ich Leute von der Tokka, die uns *Gaijin* auf Schritt und Tritt belauerten, in ihren ewig hellen Mänteln, die Hüte so tief in die Stirn gezogen, dass sie gesichtslos wirkten, wenn sie unverhohlen starrten. Nur auf dem Compound waren sie nicht anzutreffen, das kleine bisschen Deutschland war für sie tabu.

Je mehr mir Alexander fehlte, desto mehr war er in mir präsent. Mein Körper hatte ständig Hunger, jetzt, wo er die Speise kannte, und doch ließ mir der Alltag keine Zeit dazu, nun ganz und immer an Alexander zu denken. Mit Ernst Wilhelms Aufstieg in die erste Reihe war ich nun Herrin über sechsundachtzig Angestellte, vom Oberkellner bis zur Garderobiere, in einem Haus mit eigenem Bankettbetrieb. Es fiel mir leicht, ich wundere mich noch heute. Vielleicht war es gerade das: Mein Hasenherz war nicht dabei, es pochte anderenorts. Ich funktionierte automatisch. Als wär's ein Rollenspiel, schlüpfte ich in fremde Kleider und hielt mir Masken vors Gesicht. Mamá zum Beispiel war es, die an meiner statt die Speisefolgen wählte, und meine Mutter setzte Linsen und Kartoffeln durch, wenn Eintopfsonntag war. Mit Shigekos sanftem Lächeln glättete ich Wogen, ihr Strahlen gab es zur Belohnung für besonderen Fleiß. Käthes Nonchalance verschaffte mir die distanzierte Contenance, die ich in der Meute brauchte. Die Damen waren zuckersüß. Nicht eine sagte jetzt noch »Kleine«. Selbst Agnes von Hauenstein suchte meine Nähe und las mir Wünsche von den Augen ab. Und doch: Noch heute hör ich das Getuschel hinter meinem Rücken.

»Die gnädige Frau lässt sich zu uns herab.«

»Die Tochter eines Angestellten.«

»Die bildet sich vielleicht was ein, nur weil ihr Mann jetzt diesen Posten hat.«

Selbst Elvira konnte ich nicht länger trauen. Wenn ich unangekündigt einen Raum betrat, erstarb auch ihr das Lächeln auf dem Gesicht, bevor es hell in meine Richtung strahlte, heller als zuvor. Es machte mich so traurig. Ihr Bübchen aber war die reinste Freude. Ich sehe ihn mit feierlicher Miene die kleinen Finger in die Höhe strecken – fünf von einer Hand und einen abgeknickten Daumen für sein halbes sechstes Jahr. Wir gingen gern zusammen nach Ueno in den Zoo, um im Schatten der Pagode unser beider ganz besondere Freunde, die Elefanten, zu besuchen. Mit Wehmut denke ich daran. 1940, da lebten sie noch, diese armen dicken Kerle, die uns mit weichen, feuchten Rüsselspitzen beinahe zärtlich die Brotscheiben aus den Händen pflückten, die wir von unseren Frühstückstellern für sie »stahlen«. Zwei Jahre später war es aus mit ihnen. Auf Armee-Befehl wurden sie wie alle großen Tiere in dem Park einfach abgeschlachtet oder ohne Futter dem Hungertode preisgegeben, damit sie im Falle eines Bombentreffers auf die Gehege nicht entwischen und brave Bürger niederstampfen könnten. Ich weine jetzt noch, wenn ich daran denke.

Im September jenes Jahres herrschte an der Botschaft eine Spannung, die um uns her die Luft zum Surren brachte. Die Verhandlungen zum Dreimächtepakt hielten uns in Atem – des Vertrags, auf dem Ernst Wilhelms ganze Hoffnung ruhte. Nichts Geringeres als eine neue Ordnung, hieß es, wolle man errichten, die auf dem Respekt der Staatenblöcke vor der Macht und Waffenstärke ihres Gegenübers fußte: hier die Briten und Amerikaner, dort die Deutschen, Italiener – ja womöglich ganz Europa mit den Russen – bis zum Osten hin nach Japan.

Beinahe täglich saß Herr Mahler, der Gesandte, der eigens aus Berlin gekommen war, um mit Ernst Wilhelm die Verhandlungen zu führen, bei uns im Speisezimmer auf dem Stuhl, der in meinem ungeschriebenen Weltbild den Namen Alexanders trug. Er war nicht unsympathisch, doch ich schwieg die meiste Zeit und mühte mich, ihm nicht auf seinen breiten Mund zu schauen, der ständig in Bewegung war und, wenn er lachte, mehr als nötig von dem Zahnfleisch über seinen Zähnen zeigte.

Es war an einem solchen Abend, als wir nach dem Essen in der Bibliothek zusammensaßen. Mit eingezogenem Nacken ging mein Blick zum Fenster, mir war nicht wohl in meiner Haut. Der Ausläufer des mächtigen Taifuns, der kurz zuvor mit seinem Höllenbesen durch die Stadt gefahren war, heulte wie ein vom Todesstoß getroffenes Ungeheuer um die Fenster. Kannenweise peitschte er den Regen eines ganzen Sommers an die Scheiben.

»Ribbentrops Idee, den Briten mit dem Kontinentalblock eine breite Schranke in den Weg zu stellen – Herr Mahler, Sie kennen meine Meinung. Frieden lässt sich nur auf diesem Weg erreichen.« Ernst Wilhelm schaute in sein Glas, als ob darin das Weltenschicksal läge. »Ganz Europa müssen wir zusammenschmieden, wenn wir England wirklich imponieren und die Amerikaner hindern wollen, an einen Kriegseintritt zu denken!«

»Im Prinzip sind wir uns einig, Herr von Traunstein. Doch warne ich, im Augenblick zu schnell und weit vorauszueilen. Lassen Sie uns erst die Japaner in das Bündnis holen! Matsuoka ist ein zäher Bursche. Ich bezweifle, dass wir ihm Zustimmung zu dem vorgeschlagenen Vertragstext abringen können, insbesondere, was den Artikel drei betrifft. Dass der Bündnisfall automatisch eintritt, wenn wir mit den Amerikanern in einen Zustand des unerklärten Kriegs geraten sollten, an dieser Frage wird es sich entscheiden. Aber in diesem Punkte Zugeständnisse zu machen? Im Vertrauen, es war ohnehin nicht leicht, den Führer überhaupt zu überzeugen, dass Japan …« Unser Gast warf mir durch die Gläser seiner schwarz gefassten Brille einen Blick zu, der mich die Nadeln meines Strickzeugs zusammenlegen und in das Wollknäuel schieben ließ.

»Sie entschuldigen mich?«, sagte ich und erhob mich, froh, dass sich mir so früh am Abend – es war nicht einmal neun – der passende Moment zum Rückzug bot. »Dieser Wind und dieser Regen! Das Wetter setzt mir ungeheuer zu. Wenn Sie erlauben? Ich ziehe mich für heut zurück.«

»Aber selbstverständlich, Frau von Traunstein!« Unser Gast sprang auf und machte seinen Diener.

Ernst Wilhelm küsste mir die Wangen. »Gute Nacht, Elisabeth.«

»Ähem, wo waren wir noch stehen geblieben? Ja, der Führer.« Beinahe nahtlos griff Herr Mahler seinen Faden wieder auf. »Er hat ja früher nie ein Hehl aus seinem Herzenswunsch gemacht, mit den Briten zu paktieren. Sie wissen, wie enttäuscht er war, als sie uns nach dem auferzwungenen Marsch nach Polen den Krieg erklärten. Allein aus rassischen Erwägungen bleibt ein Pakt mit den Japanern immer nur die zweite Wahl.« Er lachte. »Wenn nicht gar die dritte! Wenn sie jetzt noch große Forderungen bezüglich einer kompensationsfreien Übergabe unserer ehemaligen Pazifikkolonien stellen …«

Statt in den Flur zu gehen, trat ich, ohne Licht zu machen, leise in den Kartenraum vor die verschlossene Kommode, die wir »unseren Giftschrank« nannten. Frag mich nicht, seit wann ich wusste, dass auch Ernst Wilhelm ein Freund des »unerwünschten Schrifttums« war. Wir saßen irgendwann auf unseren Sesseln, die in Zeitung eingeschlagenen Bücher auf dem Schoß, und keiner stellte Fragen. Alexanders zweiten Soschtschenko-Band wollte ich mir vor dem Schlafengehen aus unserer kleinen Sammlung holen, *Himmelblaubuch,* so lautete der Titel. Die Erzählungen von Herrn Nasar Iljitsch Blaubauch hatte ich schon mit Genuss gelesen.

»Und wenn wir …«, Ernst Wilhelm hustete sich ein Kratzen aus dem Hals. »Meinen Sie, eine Ergänzung des Vertrags mit geheimen Noten könnte in Berlin Zustimmung finden? Ich habe in diesem Sinne bei Matsuoka vorgefühlt. Mir scheint, er ist nicht abgeneigt.«

Mit angehaltenem Atem löste ich den Verschluss der Schlüsselkette und zog sie mir vom Hals.

»Ehrlich gesagt, Herr von Traunstein, ich sehe bei Ribbentrop wenig Neigung, Kompromisse einzugehen. Gerade in der Eindeutigkeit der Formulierung. Es sei denn …«

»Es sei denn?«

»Jetzt, wo wir unter vier Augen sind. Kann ich offen mit Ihnen reden?«

»Aber natürlich, Herr Mahler!«

»Nun, es wäre nicht die wünschenswerteste aller Lösungen. Aber um den Vertrag zu retten, könnten wir die beiden Punkte den Japanern gegenüber in einer Note, ich will einmal sagen: ›erläutern‹.« Er lachte leise. »Nur von hier aus, wohlbemerkt, und damit gewissermaßen indirekt im Auftrag. Ribbentrop müsste nichts davon erfahren.«

Wie versteinert stand ich in dem engen Raum und stellte mir mit Grauen vor, Mahler könnte mich hier drinnen kramen hören und würfe einen Blick zu mir herein. Wie stünde ich dann da? Ertappt, nicht nur mit diesem unerwünschten »Schund« in Händen, doch noch dazu, als wollte ich lauschen!

»Mütze!« Jäh fuhr mir der Schrecken in die Glieder, als ich das weiche Fell an meinen Waden spürte. Ich schluckte den Impuls, zu kichern, und legte mir den Finger auf die Lippen, als ob er es verstünde. »Psst!«

Er schaute mich mit großen Augen an, den Schwanz zum Busch geplustert.

Dann spürte ich mit einem Male diese Hand auf meinem Mund, so jäh und unerwartet, dass die Angst mir durch den Körper schoss wie eine Ladung Schrot. Fast lautlos seine Stimme. »Ich bin's.«

Sein Geruch. So nah. Drei Tage unrasiert.

»Alexander!« Ich war nur Herz und pochte, dass die Wände bebten. Die Knie sackten weg. Er hielt mich fest und zog mich tiefer in den Schatten zu der Tapetentür. Ich wollte in ihn kriechen. In seinem Inneren sein. Millimeterweise drückte er die Klinke und schob mich nach draußen in die Eingangshalle.

Die Türe wollte sich nicht schließen lassen. »Was zum Teufel?« Er flüsterte.

»Das ist Mütze! Klemm ihm den Schwanz nicht ein!«
»Du hast recht, das sollte man bei keinem Kater tun.«

Sein leises, warmes Lachen war ganz dicht an meinem Ohr. Behutsam führte er den Türgriff hoch, dass nicht ein Klicken uns verriet.

»Was machst du hier?« Ich sprach noch immer leise.

»Du hast doch bald Geburtstag.« Sein Grinsen werde ich nicht vergessen, das Bläulichweiß der Augen wie das Innere von Austernschalen, und die Arme nicht, die mich packten und in mein Zimmer trugen. Er blieb nur diese eine Nacht, und niemand, nicht einmal Ernst Wilhelm, durfte je davon erfahren. Ich musste es ihm schwören. Ich fragte nicht warum. Ich fragte nie.

Als ich am nächsten Morgen in das Frühstückszimmer kam, ließ Ernst Wilhelm mit besorgtem Blick die Zeitung sinken. »Elisabeth? Du siehst ja so erhitzt aus! Hast du Fieber? Bist du krank?«

»Nein, wieso? Ich …« Erschrocken barg ich das Gesicht in meinen Händen, das glühte, rau gerieben von Alexanders unrasierten Wangen. »Ich habe schlecht geschlafen, sonst nichts. Der Sturm, heute Nacht! Es war der Sturm.«

› 2 ‹

In jenem Winter lernte ich die Krähen lieben. Seit Hausmeister Yoshida uns verlassen hatte, ging ein Botenjunge – er hieß Makuro – an seiner Stelle frühmorgens um die Häuser und legte an verschiedenen Stellen auf dem Compound mit großem Ernst für sie die Frühstücksbrocken aus. Sein Kittel war bald schwärzer als die Tiere selbst, die in Tokio ein Wams aus weichem, grauem Brustgefieder zwischen ihren Flügeln tragen. Mit dem ersten Lichtstrahl hörte ich das Krächzen, wie es langsam näher kam, von Haus zu Haus, nach vorn zum großen Straßentor und dann zu den Garagen. Es war mein Zeichen, aufzustehen. Im Hemde noch, in dieser Schwebestimmung zwischen Nacht und Tag, stand ich am Fenster und schaute ihnen zu und lauschte auf die kehlig rauen Laute, die mir wie eine Sprache waren. Der Mythos von Yatakarasu, dem Götterboten, hatte es mir angetan. Wie er im Schlaf dem allerersten Tenno auf seinem Feldzug zur Eroberung Japans weise Worte bringen und ihn führen konnte, so flogen diese Vögel jetzt des Nachts für mich gen Westen Richtung Mandschukuo, wo ich Alexander wähnte. Aus Berlin kam ja ständig diese eine Frage: Werden die Japaner den russischen Bären in die Hinterflanke beißen? Dies herauszufinden war sein Auftrag, und der ließ sich nun einmal nur an diesem einen Ort erfüllen, im Norden, in Japans Marionettenstaat entlang des Grenzverlaufs.

»Elisabeth?« Ein Klopfen an der Tür. »Bist du schon wach?«

»Ernst Wilhelm?« Ich griff nach meinem Morgenmantel.

»Alles Gute zum Geburtstag! Mach schnell und zieh dich an. Ich habe eine große Überraschung.«

»Mein Geburtstag?« Ich lachte laut. »Der war genau vor einem Monat!« Es war ganz typisch für den Mann! Geburts- oder Hochzeitstage – weißt du es noch, mein Liebes? Er vergaß sie nie, doch wenn er daran dachte, dann meistens nicht zur rechten Zeit.

»Mein Gott!«, rief er, noch immer durch die Tür. »Dann mach noch schneller!«

So standen wir denn kurz darauf im Hof vor den Garagen. Ich sah ihn fragend an.

»Das Tor da.« Er strahlte. »Mach es auf!«

»Ich?« Ich stutzte. So etwas taten Frauen unserer Kreise damals nicht. »Nun gut.« Ich drückte die Klinke herunter, doch es tat sich nichts.

»Fester!«

Ich lehnte mich mit allem, was mein Körper hergab, auf den Riegel, doch schmächtig, wie ich war, rührte er sich keinen Millimeter.

»Pass auf! Du beißt dir noch die Zunge ab!«

Es war das Quäntchen Zorn, das das Metall zum Klacken brachte. Mit der Schulter schob ich die schweren Platten in der Schiene an. Leichter als erwartet glitten sie zur Seite. Ein weiches, weißes Schimmern war das Erste, was ich sah. Ich erstarrte.

»Du willst doch nicht … Ich meine …«

»Red nicht! Steig ein! Nicht da! Auf den Fahrersitz, natürlich!«

»Das ist doch nicht dein Ernst!«

»Ein Ernst? Das ist er nicht!« Er lachte. »Er ist DEIN Borgward Hansa. Wie wär's? Willst du uns damit nach Akiya fahren?«

Bis heute, Kind, spür ich die riesengroße Freude, diesen Überschwang! Dieser Borgward, der war das, was man ein »Damenfahrzeug« nannte, obwohl doch Frauen nur sehr selten selber fuhren, geschweige denn ein eigenes Auto hatten. Es war ein Cabriolet vom Feinsten, cremig weiß wie Sahnetorte mit eleganten, burgunderroten Garnituren – »Kotflügel« würden Männer sagen, doch mir fehlt bei diesem Wort die Poesie. Ich nannte ihn »mein Schätzchen«. Wie ich strahlte!

Ich fühlte mich oft einsam, bis zu dem Moment. Der Borgward war mir wie ein Freund. Mein Selbstvertrauen wuchs, kaum dass ich hinter seinem Lenkrad saß. Die Unabhängigkeit, die Freiheit! Wie in Begleitung eines Freundes fuhr ich mit ihm aus, vorbei an endlos langen Straßenzügen, die schon vom Krieg gezeichnet waren. Kaum ein Geschäft stellte jetzt noch Lampions, Spielzeug oder diese bunten Süßigkeiten aus, die oft die Form von Vögeln, Schiffen oder kleinen Bäumchen hatten. Viele Ladenfronten waren mit *Amados* fest verrammelt, wenn nicht Schmiedeessen in den Läden dampften oder Nähmaschinen surrten oder Stiefelmacher derbes Schuhwerk für Soldaten nähten. Ganz Japan produzierte für die Front.

Ich glitt an alledem vorbei, mit offenem Verdeck, selbst wenn das Wetter kühl war. Wenn der Sinn mir danach stand, fuhr ich zu den Schattenhäusern, die jetzt, im Winter, viel zu kalt zum darin Leben waren, denn es fehlte jede Heizung. Es schüttelt mich bis heute bei dem Gedanken, dass die Japaner in ihren Wohnungen keine Öfen hatten außer diesen Kohlenbecken, die stanken, dass es in den Augen biss, und die sie unter ihre Tische stellten, um sich die Füße aufzuwärmen, während alles andere fror. Nur so versteht man ihre Liebe für wattierte Mäntel und für die heißen, glühend heißen Bäder! Nein, für einen Aufenthalt im Winter war Akiya nicht gemacht, doch ich genoss den Blick.

An schönen Tagen erhob sich der schneebedeckte Kegel des Fujiyama so gleißend vor dem beinahe künstlich blauen Himmel, dass man ihn ohne Sonnenbrille kaum betrachten konnte. Der starke, von keinem anderen Berg gebremste Wind riss ihm weiße

Fahnen von den Flanken, zart und glitzernd wie ein mit Strass bestickter Seidenschal.

Am Meer, in einer kleinen Seitenbucht nicht weit von uns entfernt, entdeckte ich an einem Nachmittag ein kleines strohgedecktes Haus. Es waren Fischer, die dort wohnten, Uehara hießen sie, ein junges Paar mit drei kleinen Kindern, das älteste war höchstens vier, der Mann so hager, dass man seine Rippen durch den Stoff der viel zu leichten, viel zu engen Jacke zählen konnte. Er zog sein eines Bein ein wenig nach.

Gleich am ersten Tage luden sie mich in ihre Stube ein.

»Okinawa?«, fragte ich, denn sie sprachen weicher, als ich es von Tokiotern kannte, und mit den gleichen lang gezogenen Lauten wie Miyake. »Sind Sie von den Ryukyu-Inseln?«

Ich sehe noch heute das Strahlen, das sie in den Augen hatten, als ich von ihrer Heimat sprach. Wann immer sie mich fortan sahen, brühten sie Jasmintee für mich auf, zu dem sie braune Zuckerklümpchen reichten, zum Knabbern, nicht zum Süßen. Ich strickte Wollpullover für die Kleinen, die die Frau, eine winzige Person mit kurz geschorenen Haaren, nur unter Mühen entgegennehmen mochte.

Von meinem Freund Miyake erfuhr ich, als ich ihm von seinen Landsleuten erzählte, dass Geschenke machen nicht nur in Japan, sondern auch auf den Ryukyu-Inseln, ihrer Heimat weit im Süden, eine heikle Sache sei. »Man bringt den anderen in die Schuld, es wieder auszugleichen.«

Ich ließ mich nicht beirren und brachte diesen armen Leuten warme Anoraks, den Kindern und den Eltern auch.

So verging die Zeit. Während deutsche Bomber über den Kanal nach England flogen und Stadt um Stadt in Trümmer legten und London in ein Meer von Flammen stürzten, versammelte die Botschaft sich bei Glühwein und bei Kerzenlicht. Ernst Wilhelms Enttäuschung über das Scheitern der Verhandlungen mit Russland bezüglich eines Beitritts zu dem inzwischen unterzeichneten Dreimächtepakt – sie ging im Festtagstrubel beinahe unter. Lebkuchen kamen aus der Heimat, Stollen, Früchtebrot und Printen.

Von Wächter hatte schon gepackt und stand mit Tränen in den Augen bei seinem Abschied in der Halle. Ich weinte auch. Vor Freude.

Vom Tage seiner Abfahrt an, fuhr ich den Borgward kaum noch aus. Was ich auch tat und wo ich mich befand, ich lauschte ständig auf das Blubbern des Motorrads in der Einfahrt. In jedem Schatten sah ich das Gesicht von Alexander. Vor der Jahreswende war mit der Diplomatenpost vom Konsulat in Harbin aus sein letztes offizielles Schreiben an die Botschaft eingetroffen, danach kein Wort.

Der Januar verstrich. Die Pflaumenbäume trugen ihren weißen Blütenschaum. Mit jedem Tag wuchs meine Sorge. Was war mit ihm? Verhaftet sah ich ihn, gefoltert, die Japaner brauchten dazu keinen großen Grund. Als Ausländer war er per se verdächtig. Vielleicht war er am Ende gar erschossen? Guerillakämpfe gab es beinahe jeden Tag. Der Februar kam, der März, die Kirschen blühten wie in jedem Jahr.

Ich setzte mich in meinen Wagen und fuhr nach Nara in den Tempel. Warum auch immer, ich träumte plötzlich ständig von dem schwarzen Buddha, der mir vor Jahren solche Angst bereitet hatte, dass ich vor ihm geflohen war. In seinem Winkel vor dem Eingang zu der großen Halle fand ich ihn. Er war aus Holz geschnitzt und halb verwittert, die Maserung vom Wetter schwarz geworden. Er wirkte wie ein Mumienkopf. Eckzähne, lang wie kleine Säbel, staken ihm aus seinem Mund. Eine alte Frau mit rundem Buckel stellte einen Blütenzweig in die Vase neben seinen Sockel und legte ihm die Hände auf den schmuddeligen Umhang, der noch ganz nass war von dem über Nacht gefallenen Tau.

»Darf ich Sie fragen, wie er heißt?« Ich war nicht mehr das unbedarfte Mädchen, das ich damals war. Der Anblick der Figur, er schreckte mich nicht mehr. Ich fand sie einfach hässlich.

»Pindola«, sagte sie mit einem Lächeln, dem bis auf einen Stumpf die vordere Reihe Zähne fehlte, und knetete sich die Schenkel und die Knie durch den Stoff des Kimonos.

Aus ihren Worten und den Gesten, die dann folgten, schloss ich dies: Dass er ein Zauberer sei und darum draußen vor der Türe sitzen musste und keinen Einlass in den Tempel fand. Wenn man auf eine Stelle seines Körpers seine Hände legte und sich dann selbst an eben dieser Stelle über seinen eigenen strich, dann wäre man geheilt und alle Schmerzen los. Die Alte hoppelte davon und strafte Schritt für wehen Schritt die eigenen Worte Lügen.

Ich nickte mehrmals hinterher und verneigte mich, kaufte auch eine Orchideenrispe und strich Pindola übers Herz. Oh, wie das meine schmerzte. Ja, ich tat es, doch ich glaubte nicht an diesen Hokuspokus! Ich war so hohl und leer in meinem Inneren und so von dieser Fahrt enttäuscht.

Schweren Schrittes trat ich zu Hause in die Halle. Ich warf den Schlüssel in die Silberschale, zog mir den Hut vom Kopf und strich mir vor dem Spiegel meine Augenschatten glatt. Auf dem Hocker sitzend zog ich mir die Schuhe aus und massierte mir die Knöchel. Seufzend stand ich auf, ließ mir den Mantel von den Schultern gleiten und hängte ihn in den Garderobeschrank.

Da sah ich sie, die beiden Augen, die mir mit den Blicken folgten. Ich schrie. Wie oft hat man den Spruch gehört, dass jemand schmilzt wie Butter in der Sonne. Mein Körper schmolz nicht, er zerfloss so schnell, dass mich die Knie nicht mehr trugen. Ich sah ein weißes Meereswellenwirbeln wie beim Tauchen in Akiya. Das Rauschen war genauso laut in meinen Ohren.

»Elisabeth!« Handflächen klopften mir die Wangen. »Das wollt ich nicht! Es war doch nur ein Spaß!«

»Alexander.« Es waren meine Lippen, meine Augen, die da sprachen. Meine Stimme war vor Schreck versiegt. »Du bist zurück.«

Du ahnst es schon, mein Liebes, aus dem Pochen meines Herzens war aller Schmerz gewichen. Ich schickte einen stillen Dank nach Nara zu Pindola hin. Das Mütterchen, es hatte recht gehabt.

› 3 ‹

Es war der 27. Mai 1941, wir hatten Gäste, wie so oft in jener Zeit. Ich sage es ganz offen, an manchen Tagen ging mir das Ein und Aus in unserem Haus ganz mächtig auf die Nerven, auch wenn mich meine Miene nie verriet, ich kannte schließlich meine Pflichten. Doch beinahe täglich bekam der Stab der Botschaft weiteren Zuwachs, der begrüßt sein wollte. An jenem Abend war es ein Herr von Clasen, der das neu geschaffene Amt des »Kulturreferenten« zu bekleiden hatte.

»Herzlich willkommen in Tokio«, begrüßte ich ihn an der Tür und reichte ihm die Hand.

Nach einem kurzen irritierten Blick nahm er sie in seine Linke und hielt sie fest, während seine Rechte in die Höhe schnellte. »Heil Hitler!«

Ich lächelte ihn mit neutraler Miene an. Er war dick, der Mann, und sicher Mitte fünfzig. Ich schaute auf den kleinen Fleck, den er am Kragen seines Hemdes hatte, machte meine Finger schmal und entzog mich seinem Griff. »Sie sind also zu uns gekommen, um die schönen Künste zu pflegen?« Ich musste schließlich irgendetwas sagen.

»So könnte man es auch bezeichnen.« In kurzen Stößen presste sich der Mann ein leises Lachen durch die Nase. »In erster Linie geht es mir um die Reinerhaltung unserer Rasse!«

»Ach«, sagte ich. »Sie entschuldigen mich?« Ich ließ ihn stehen, schlug das Glöckchen an und rief zu Tisch.

Neue Amtsinhaber, Abgesandte – ständig kamen irgendwelche Leute aus Berlin. Es waren Herren, die dunklen Anzug trugen oder Uniform. Ob attraktiv, ob unansehnlich, das Haar war ihnen immer bis zum Hinterkopf hinauf geschoren, und in ihren Augen blitzten stets der gleich Eifer von deutscher Unbesiegbarkeit und Rassenstolz.

»Sie müssen unser geliebtes Deutschland doch aufs Schmerzlichste vermissen, gnädige Frau!« Auf den Lippen des Tischnachbarn zu meiner Rechten schimmerte das Fett der Bratenscheiben, die er ohne langes Kauen erstaunlich schnell verspeiste. Er hieß Herr Raupenstrauch und war an jenem Morgen eingetroffen als einer jener Boten, die von Zeit zu Zeit nach Tokio kamen, um Ernst Wilhelm persönlich die Anweisungen des Außenamts zu überbringen und vermutlich nebenbei zu kontrollieren, ob unser Haus »auf Linie« sei. Seinen Namen hätte ich wohl längst vergessen, hätte eine Kriegsverletzung dem Ärmsten nicht ein Hinken aufgezwungen, das ihn abwechselnd mal in die Knie sacken, mal in die Höhe schnellen ließ – ein Gang, der automatisch Assoziationen an die sonderbare Fortbewegungsart der Tiere weckte, die er in seinem Namen trug.

Ich prüfte den Sitz des Lächelns, das ich auf den Lippen trug wie rosarote Schminke. Die Wahl der Worte überließ ich meiner Tante in der Schweiz: »Ach wissen Sie, Herr Raupenstrauch, das Klima ist mir nicht bekömmlich. Ich schaue mir die Heimat lieber aus der Ferne an.«

In diesem Augenblick trat eines der Mädchen an meine Seite. Ich nahm den kleinen Umschlag, den es mir mit zwei Händen reichte, wie es bei Japanern üblich war. Fragend schaute ich es an, doch es hatte sich schon umgewandt. Hinter vorgehaltener Hand klappte ich die Lasche auf und las: »Heut Nacht bei mir?«

Ich hielt den Blick in meinen Schoß geheftet und sah Alexander dennoch auf dem Platz mir gegenüber sitzen und mich betrachten wie ein Angler einen Wurm am Haken. Im Schutz des Tischtuchs schob ich den Umschlag in den Ärmel. Ich musste mit ihm reden. Am Vormittag war ich beim Arzt gewesen. Bei dem Gedanken wurde mir im Magen flau.

»Sie werden mit mir einer Meinung sein: Es gibt nur eine Lösung für die Rosa-Winkel-Träger! Sie zersetzen den Charakter unseres Volkes. Rübe ab und fertig!« Oberst Grützner, unser neuer Polizeiattaché, war bei seinem liebsten Thema angelangt. »Jeder Junggeselle ist verdächtig! Ich zähle da auf Ihrer aller Wachsamkeit!«

Er war zu schön für einen Mann und so nazistisch dienstbeflissen wie seine frisch polierten Stiefelspitzen. Daheim war er, wie er nicht müde wurde zu betonen, als Homosexuellenjäger die Nummer eins gewesen. Nun gedachte er, seinem Ruf auch hier in Japan zu entsprechen. Natürlich war ich nicht mehr so naiv wie in meiner ersten Zeit in Tokio, aber was genau sich hinter dem Verhalten solcher Männer nun verbarg, dass man es als entartet und pervers empfand, das auszumalen widerstrebte mir.

Wäre Alexander nicht gewesen – bei dem Gedanken stahl sich mein Blick zu ihm hinüber, in dem Versuch, ihm von den Augen abzulesen, wie er wohl reagieren würde, wenn ich es ihm sagte, doch er schaute nicht mehr her zu mir ...

Ja, wenn nicht um Alexanders willen hätte ich mir glatt den lieben Herrn von Wächter anstelle dieses Oberst Grützners an den Tisch zurückgesehnt. Ich wünschte mir, das Essen wäre schnell vorbei, und war heilfroh, als just in diesem Augenblick das Mädchen kam, um meinen Teller abzuräumen.

Schweigend warteten die Herren, dass man ihre Gläser wieder füllte. In diese Stille brach ein Klopfen ein. »Entschuldigung.« Ein Offizier trat ein und salutierte. Er musste neu sein, denn ich hatte ihn noch nie gesehen. Zwei tiefe Furchen lagen quer auf seiner Stirn. »Ich will nicht stören, aber es ist dringend.«

»Schon gut, was gibt es?« Ernst Wilhelms Brauen spielten ungeduldig. Mit dem Daumen ratschte er den Umschlag auf, den der Mann ihm reichte. Mit jeder Zeile, die er las, wich ihm die Farbe aus den Wangen.

»Meine Herren, liebe Elisabeth.« Als sich unsere Blicke kreuzten, fuhr mir der Schreck ins Herz. In seinen Augen lag etwas, das ich bis dahin nur ein einziges Mal gesehen hatte – bei unserem Abschied nach der Eheschließung auf dem Münchner Standesamt. Es war die Angst von einem, dem die Verfolger auf den Fersen sind. »Soeben habe ich erfahren, dass unsere ›Bismarck‹ ...«, er holte Luft, bevor er weitersprach, »... im Nordatlantik gesunken ist.«

»Oh, mein Gott!«

Im Rückblick war die Nachricht, die Ernst Wilhelm uns an jenem Abend überbrachte, wie ein Warnschild, das uns die Schicksalsmacht am ausgestreckten Arm entgegenhielt: Ihr Deutschen seid nicht unbesiegbar! Mir war, als spürte ich den freien Fall in der eisig kalten Stille, die uns in jenem Augenblick erfasste. Wir standen alle auf und dachten nicht an die Servietten, die uns vor die Füße fielen.

»Ich schlage vor, die Tafel aufzuheben.« Es war Ernst Wilhelm, der das Schweigen brach. »In dieser Stunde hat wohl keiner Appetit auf einen Nachtisch.«

Die Gäste waren kaum zur Tür hinaus, als ich in mein Badezimmer eilte, um mich zu übergeben.

Die beiden Männer waren in die Bibliothek gegangen und saßen dort die halbe Nacht zusammen. Ich lag im Bett, die Tür nicht ganz angelehnt. Das Herz so klein und ängstlich wie die Mäuse, die in Tokios Altstadt allenthalben durch die Gassen huschten, so lag ich da und lauschte.

Der Morgen graute schon, als ich mir meinen Mantel überzog und mich hinunter zur Garage schlich. Das Schloss des Tores gehorchte mir mit eincm üblen Kreischen. Mit eingezogenem Nacken schaute ich mich nach allen Seiten um. Die ersten Krähen turnten in den Kiefernzweigen und gaben ihre Antwort in dem gleichen schrillen Ton zurück. Ich schickte ihnen einen stillen Dank für diese Camouflage.

Durch die verwaisten Straßen fuhr ich zu Alexanders Haus, das unten, im Azabu-Viertel, in einer schmalen Seitengasse lag, und trotzte seinem Buckelweib von einem Haushaltsdrachen den Zugang zu der Wohnung ab. Sie war ein ewig schlecht gelauntes Giftpaket im immer gleichen, schmutzig grauen Kimono, in deren Mund mehr schwarze Lücken klafften, als es braune Stumpen gab. Dass er sie nicht zum Teufel schickte! Mit er-hobener Laterne, das grimmige Gesicht noch grimmiger im Flackerschein des Lampenlichts, schaute sie mir nach, wie ich mir zwischen Stapeln von Papieren, Zeitungen und Büchern den Weg nach oben suchte. Ich hörte seine Schreibmaschine klappern.

»Alexander?«

»Du? Um diese Zeit?« Er schob die Shoji-Türe auf. Die Spitze seiner Zigarette glühte wie ein Auge.

Ich hielt sein Kärtchen in die Höhe.

Er setzte dieses schiefe Grinsen auf.

»Ich musste einfach kommen. Ich kann es nicht für mich behalten.«

»Komm erst mal rein.« Er nahm mich bei der Hand und dirigierte mich wie eine Blinde durch das Chaos seiner aufgetürmten Unterlagen zu dem Sessel in der Ecke. »Da.« Achtlos schob er ein Bündel von beschriebenen losen Seiten auf den Boden und drückte mir das Cognacglas von seinem Schreibtisch in die Hand. »Setz dich! Trink!«

»Ich mag nicht sitzen und schon gar nicht trinken.« Mit einem Klacken stellte ich den Schwenker wieder ab. »Alexander, ich … Ich war bei Doktor Hauke.«

»Und?« Seine Brauen schnellten in die Höhe.

Ich wischte mir die Tränen mit dem Handschuh ab. »Er sagte, was Sie haben, liebe Frau von Traunstein, ist keine Krankheit, es ist ein Zustand.«

Sein Mund ging auf, und er sackte selber in den Sessel, als wäre ihm auf einen Schlag die letzte Kraft entwichen, die ihm in den Knochen steckte. »Willst du damit sagen …? Heißt das …?«

»Ja.« Meine Stimme war so leise, dass ich sie selbst kaum hören konnte. »Das heißt es.«

»Elisabeth! Mein Zwerg!« Er sprang so unvermittelt auf, dass ich ins Straucheln kam und mich am Schreibtisch halten wollte, doch er hatte mich schon bei den Schultern und drehte mich und drehte mich, bis ich begriff: Er tanzt! Er lacht!

»Glaub mir, Zwerg, das ist die allerbeste Nachricht, die ich je bekommen habe! Wir werden bald ein Baby haben, du und ich.«

Ich blieb bei ihm und schlief in seinen Armen ein. Auch wenn die Nacht schon eigentlich vorbei war, zum ersten Male wachte ich am Morgen darin auf. Ich hoffte, dass Ernst Wilhelm keine Fragen stellen würde, was dann auch so war, wenngleich aus Gründen, die ich noch nicht ahnte. Natürlich plagten mich die Skrupel wegen meines, wegen unseres guten Rufes. Nicht auszumalen, was die Leute sagen mochten, wenn ich mich erwischen ließ. Mir wurde schlecht bei dem Gedanken, dass mein Körper mich schon bald verraten würde. Doch wie Tau verflogen diese Sorgen und Bedenken im morgendlichen Sonnenlicht. Wenn ich heute daran denke und mich frage, ob es eines gibt in meinem Leben, das ich nie bereuen werde, dann war es diese eine ungestörte, herrlich träge Stunde, in der Tokio rings um uns erwachte, während ganz allmählich das neue Licht des Tages durch den Filter der papierbespannten Türen drang. Wie ich seine Hand auf meinem Bauch so ruhig liegen fühlte, war in mir die Hoffnung, alles werde gut.

Ich liebte ihn, den Mann, das hast du sicher schon bemerkt. Er war so anders, als alle anderen Männer, die ich kannte – das, was man damals wohl »verwegen« nannte. Er war so ungestüm. Er machte, was er wollte, ohne Zaudern, ohne Zögern. Dass er mich begehrte, machte mich so glücklich und so stolz. Diese Lust von ihm zu spüren, auf mich als Frau, das war wie eine Sonne, deren Strahl mich wärmte wie nichts anderes sonst.

› 4 ‹

Ich machte mich in aller Eile frisch, doch bis ich in unser Speisezimmer eintrat, war das Frühstück schon zur Hälfte abgetragen. Noch hing der Duft des Kaffees in der Luft, was ich nur schwer ertrug. Steinschwer in sich selber eingezogen lauerte die Übelkeit in meinem Magen in Erwartung von Gerüchen, die sie groß und furchtbar werden ließen. Ernst Wilhelm saß allein am Tisch und starrte in die Leere. Vor Jahren habe ich einmal eine Sonnenfinsternis erlebt und gesehen, wie das Licht aus allem wich. So grau war er. So fahl war seine Haut.

»Ernst Wilhelm?« Erschrocken trat ich zu ihm hin. Die Gewissensbisse würgten mich im Hals. »Was ist mir dir?«

Die Tür flog auf, und Alexander stürzte gut gelaunt ins Zimmer. »Ich bin zu spät dran, ich hoffe doch, ihr werdet mir verzeihen?« Mit offenem Munde blieb er stehen.

Ernst Wilhelm hob den Kopf, als wär er tonnenschwer. In seinen Augen standen Tränen. »Ich habe eben mit Herrn Rosenstrauch gesprochen. Es ist noch streng geheim.« Er quetschte die Stimme wie durch einen engen Spalt. »Ihr sagt nichts, ja? Kein Wort!«

Ich nickte. Sicher nickte Alexander auch.

»Hitler hat beschlossen, gen Osten zu marschieren. In der zweiten Junihälfte greift er Russland an.«

Ich weiß nicht mehr, wie wir an jenem Morgen auseinandergingen, so taub war ich von dieser Nachricht. Erst nachmittags fand ich die Kraft zum Lesen meiner Post. Aus der Heimat war ein Brief mit Trauerrand dabei. Vater hatte mit dem Wagen einen Unfall. Der berühmte Einhand-Mechanismus, der ihm das Fahren erst ermöglicht hatte, war wohl doch nicht ausgereift gewesen. Er stürzte in die Isar und war tot. Du magst mich für gefühllos halten, aber nicht nur angesichts des morgendlichen Schocks empfand ich dies als keine schlimme Nachricht. Dass er mir einen Grund zum Weinen gab, den ich nun weidlich nutzte, das war, wenn du mich fragst, die erste wirklich gute Tat in seinem Leben.

Der Juni kam mit Regenfällen, die wie eine neue Sintflut schienen. Allein in Tokio standen zwölftausend Häuser unter Wasser, als die *Gogai-ya* – die Extrablattverkäufer – die Nachricht von dem deutschen Angriff auf die Sowjetunion zum ersten Male durch die Straßen Tokios riefen. Durch Zufall fand ich kurz darauf einen Brief von meinem Schwiegervater offen auf dem Esstisch liegen. Er habe, schrieb er, seinen Vorsatz wahr gemacht und einen Teil der Produktionsanlagen von München in die Rosenheimer Gegend und nach Hausham, einen Ort nicht weit von Schliersee, hin verlegt. Mamá sei meistens auf dem Land, in Gesellschaft von »Frau Weber«, meiner Mutter. Die beiden Frauen seien beinahe wie zwei Schwestern. Ganz nebenbei erfuhr ich so von den französischen Luftangriffen im Jahr zuvor, im Juni 1940, bei denen unter anderem in der Barer Straße, unweit des Fabrikgeländes meiner Schwiegereltern, eine Bombe eingeschlagen war. Wollte Göring nicht Herr Meier heißen, sollte nur ein einziger feindlicher Bomber die Unmöglichkeit vollbringen, in den deutschen Luftraum einzudringen? Nun denn, Herr Meier. Dann hatte er den Namen weg!

Bis dahin war der Krieg bei aller Grausamkeit und aller Sorge, die er machte, für mich doch sehr abstrakt geblieben – ein

Wochenschau-Ereignis, der Stoff für viele Tischgespräche. Wir lebten hier auf einer Insel weitab von allem Frontgeschehen, doch nicht nur das. Die Schlachten, die in ganz Ostasien tobten, sie waren nicht die unseren. Plötzlich aber kam er unaufhaltsam näher, dieser Krieg, und wie ein Ungeheuer aus der Tiefe stieg in mir eine kalte, schwarze Angst auf.

XII

Sugamo

> 1 <

Ich will dir an dieser Stelle nicht Einzelheiten dieses Kriegs erzählen. Das haben andere, sehr viel klügere Menschen schon getan. Wenn's dich interessiert, dann kauf dir ihre Bücher. Was von der Ostfront bis zu uns nach Tokio drang, hörte sich kaum anders an als die Berichte von den Schlachten, die die Deutschen bisher fochten. Noch immer hieß es täglich vorwärts, nur die Namen klangen anders: Bialystok und Minsk, Dubno, Luzk und Riwne ...

Alexander, der mir in einer Nacht von den durchlittenen Schrecken der Schützengräben in dem ersten großen Krieg erzählte und mir gestand, dass allein aus Abscheu vor den Kriegstreibern und Imperialisten ein Kommunist aus ihm geworden sei – er platzte fast vor Wut bei jedem neuen Sieg von Hitlers Truppen. Mich zerriss im Inneren die Angst, seit ich um sein Geheimnis wusste: ob Japanern oder Deutschen, ein Kommunist galt beiden als Verbrecher. Er würde sich um Kopf und Kragen bringen! Er posaunte seine Russlandliebe doch ständig in die Welt hinaus!

Nicht nur mit Worten tat er es. Selbst der Geruch verriet ihn, der ihm seit Kurzem in den Kleidern hing, denn er rauchte neuerdings dieses Schreckenskraut. Genau genommen fand ich nur deshalb endlich den Grund für die Leidenschaft heraus, die er für dieses Land empfand. Eines Abends nämlich hatte er den Tabak mitgebracht und nach dem Essen, in der Bibliothek, genüsslich mit drei Fingern prisenweise aus einem Lederbeutel in den Knick des länglichen Papiers gestreut. Ich sehe heute noch seine Zunge über die Kante fahren. Grinsend schaute er mich an, von unten, dass ihm die Brauen wie Mützenschirme über den Augen standen.

»Ahhh.« Wie einen Glasstab benetzt mit kostbarstem Parfum hielt er sich die dünne selbst gedrehte Zigarette unter seine Nase. »Das riecht nach Heimat!«

»Heimat?« Ich ließ die Nadeln sinken. Ich strickte damals jede Menge Unterwäsche für das Winterhilfswerk.

»Meine Mutter war doch Russin.«

»Russin? Ach, das wusste ich nicht.« Ich horchte auf. Im Rückblick frage ich mich, ob ich nicht etwas hätte ahnen können? Ich glaube es nicht wirklich. Man findet solche Dinge nur, wenn man sie sucht. Ich zählte außerdem die Maschen für den Raglanärmel aus.

»Mein Vater lebte eine Zeit in Baku, als Ingenieur auf einem Ölfeld. Dort sind die beiden sich begegnet, dort bin ich auch zur Welt gekommen. Ich war schon sechs, als wir nach Deutschland zogen.«

»Ein halber Russe, jetzt begreif ich! Darum redest du dir Stalin schön, wo alle Welt doch weiß, dass er ein Schlächter ist.«

Ernst Wilhelm stand am Fenster und schaute in die Nacht hinaus.

»Und dieses Zeug ... Es riecht entsetzlich!« Ich nahm zwei Maschen ab und strickte vier normale bis zum Rand, heilfroh, dass dieses Kraut, warum auch immer, mich zwar die Nase krausen ließ, aber meinen Magen nicht zum Revoltieren brachte. Ich schaute zu ihm auf. »Wenn es russisch ist, wo hast du es dann aufgetrieben?« Mit einem Mal konnte ich den Blick nicht mehr von seiner Unterlippe wenden, wo ein verirrter Krümel aus dem Tabakbeutel klebte. Aufstehen wollte ich und mit dem Finger darüberstreichen. Ihn küssen wollte ich. Seine Arme um mich spüren.

Ernst Wilhelm schenkte Brandy nach.

Das Weiß in Alexanders Augen flackerte im Licht des Feuerzeugs. Die Flamme war zu groß geraten. Er drehte an dem Rad herum. »Über Käthe. Aus Mandschukuo. Sie hat mir einen ganzen Sack davon geschickt.« Er lachte laut. »Auch wenn die Japanerchen es gar nicht gerne mögen, der Russenschwarzmarkt blüht. Jetzt, wo die Mandschurei nicht mehr als Puffer zwischen ihnen und dem Erzfeind liegt, ist die Grenze schwer zu hüten. Sie ist zu lang. Sie frisst Soldaten wie ein Wildschwein Eicheln und Kastanien. Ich wette, dass sie auf Dauer nicht zu halten ist.«

Auch wenn die Sorge deshalb nicht geringer wurde, nach jenem Abend wunderte ich mich nicht mehr über Alexanders Russlandliebe, und ich verstand auch sein Entsetzen über Hitlers Vormarsch.

»Da!«, rief er eines Morgens, als er in unser Speisezimmer stürmte. Mit solcher Verve klatschte er uns anstelle eines Grußes die *Japan Times* auf den Frühstückstisch, dass die Teller flogen und der Kater auf seinem Platz am Fenster einen halben Meter in die Höhe sprang. »Angeblich tiefer Einbruch der Nazis in die Stalin-Linie«, stand in dicken Lettern auf der Titelseite.

»Sechshundert Kilometer sind die Panzertruppen vorgerückt! Nur dreihundert sind es noch bis Moskau!« Seine Stimme überschlug sich fast. »Ich schwör es euch, jeden Stein, den ich hier finde, werde ich ihnen zwischen ihre gnadenlosen Stiefel schleudern! Ich bringe sie zu Fall!«

»Ach, Alexander«, sagte ich, stand auf und legte ihm die Hand auf den Arm. »Solche Steine, die das könnten, die liegen doch nicht einfach so herum!«

Er riss sich los. »Wart's ab. Ich werd's dir zeigen!«

Ernst Wilhelm rührte schweigend in der Tasse. Ich legte mir die Hände auf den Bauch, als könnte ich Alexander so zur Ruhe bringen, mitsamt dem Herzchen, das darunter pochte.

»Verzeih. Es tut mir leid.« Alexander setzte sich und rieb sich das Gesicht, als sei er plötzlich aufgewacht. »Verzeih!«

Er nahm den Kaffee, den ich ihm mit angehaltenem Atem und am langen Arme reichte, und fing zu essen an, als ob dies seine letzte Mahlzeit wäre. Manchmal aß er, wie er trank. So wie er liebte.

»Sag, hast du Neuigkeiten?« Du weißt, Ernst Wilhelm konnte das: ein anderes Thema anzuschlagen, als sei nichts gewesen.

Alexander nickte kauend. »In der Gegend von Shitaya und Sotokanda, heißt es, hat man Tausende Soldaten in privaten Häusern einquartiert, so viele, dass die Lebensmittel in der Gegend nicht für alle reichen. Die Leute warten auf den Abtransport. Sie haben Winterkleidung im Gepäck und glauben darum, dass man sie nach Norden schickt.«

»Ribbentrop, du weißt es ja, er lässt bald täglich fragen, wie es um Japans Unterstützung im Kampf gegen Russland steht. Gestern erst war ich im Außenamt bei Matsuoka, um erneut in dieser Sache vorzusprechen. Verhandeln kann man es nicht nennen. Er lächelt, nickt und lobt den Führer. Aber was er sagt, bedeutet letztlich nichts.« Ernst Wilhelm seufzte. »Winterkleidung, sagst du? Du machst mir Hoffnung.«

»Freu dich nicht zu früh.« Alexander grinste. Sarkasmus schwang in seiner Stimme. »Und wenn Tausende nach Norden gehen, vergiss nicht: Unsere Freunde haben dort oben eine lange Grenze zu hüten, seit die Mandschurei nicht mehr als Puffer zwischen ihnen und Sibirien liegt. Ihr Mandschukuo ist wie ein offener Schlund, der Mann um Mann verschluckt. Krieg zu führen gegen Stalin? Wie ich die lieben Japanerchen kenne, werden sie erst losmarschieren, wenn sein Land am Boden liegt.«

»Du meinst, wenn Moskau, wie du sagen würdest, an das ›Oberlippenbärtchen‹ fällt.«

Ich hatte mich nicht wieder hingesetzt, der Geruch des Essens plagte mich im Magen. Am Fenster stehend, hörte ich sie reden.

Es war der Plauderton, in dem sie sprachen, und die Wahl der Worte, die in mir das Fass, randvoll gefüllt mit Sorgen vor der Zukunft, zum Überlaufen brachte.

»Japanerchen! Oberlippenbärtchen!« Ich hätte sie am Kragen fassen und sie beuteln mögen. »Wir reden hier doch nicht von Niedlichkeiten! Ich kann es nicht mehr hören! Ob nach Norden? Ob nach Süden? Als ob das für die Menschen, die im Wege stehen, irgendeine Rolle spielen würde! Als ob ihr es nicht wüsstet, wo ihr doch selbst im Krieg gewesen seid! Soldaten gehen nirgends hin! Sie gehen nicht! Sie metzeln sich die Route frei, egal in welche Richtung. Oder werden selbst gemetzelt.« Ich schluchzte auf. »Leute leben da! Frauen! Kleine Kinder!«

»Ist gut, Elisabeth.« Alexander stand auf einmal neben mir und zog mich dicht zu sich heran. »Kein Wunder, dass du dich um kleine Kinder sorgst. Ernst Wilhelm, du musst wissen«, sagte er und strich mir mit dem Daumen die Tränen von den Wangen. »Sie ist schwanger, unsere Frau.«

Ich höre noch heute, wie die Uhr im Zimmer tickt, als würde ein kleiner Vogel mit dem Schnabel an die Scheibe picken. Spüre das Herz in Alexanders Brust und das Ein und Aus des Atems. Wie von oben schau ich zu. Wie beim Appell, so aufrecht sitzt Ernst Wilhelm da und starrt uns an mit offenem Mund. Dann plötzlich springt er auf.

»Ein Kind? Du kriegst ein Kind, Elisabeth?« Lachend tritt er hinter mich, sodass ich zwischen beiden Männern stehe. Ein klein wenig hebt er mich vom Boden hoch, sodass ich auf den Zehenspitzen stehe. Ich verstehe nichts. Gar nichts. Wie kann das sein?

»Komm!«, sagt er zärtlich und sucht nach meiner Hand. Ich löse mich aus Alexanders Armen und lasse mich, perplex und zögernd, von ihm zur Tür ziehen, den Flur entlang und durch die Diele auf die Galerie zur großen Halle.

»Alle mal herhören!«, ruft Ernst Wilhelm in das Geklacker und Gemurmel des gediegenen Betriebs. Er ruft es laut. Das Echo hallt in meinen Ohren. »Wir haben eine gute Nachricht!«

Unten sehe ich Konrad am Empfang, wie er nach seinem Schiffchen greift und überlegt, es abzunehmen. Oberst Grützner und Herr von Clasen, die neuen allerbesten Freunde, vereint in ihrer Linientreue, stehen auf halber Treppe vor dem großen Hakenkreuz und spähen zu uns herauf. Türen fliegen auf, und Gesichter schweben in den Rahmen wie bemalte Lampions. Alle Augen sind auf uns gerichtet. Wie auf ein ungesagtes Stichwort hin tritt aus dem Aktenlager in Herrn von Wächters früherem Büro mit typisch angespannter Miene Fräulein Baum.

»Ach«, sagt sie knapp und vergisst, den Mund zu schließen. Sie drückt sich einen dicken Stapel mit Papieren an die Brust.

»Ich teile Ihnen mit, dass wir ...« Ernst Wilhelm räuspert sich. Er hat mich an der Hand gefasst und zieht meinen Arm mit seinem in die Höhe, dass wir dastehen wie zwei Sieger ganz oben auf dem Treppchen. »Dass wir, also, meine Frau und ich, ein Kind erwarten. Wir laden Sie ein, den freudigen Anlass heute Abend mit uns bei einem Sektempfang zu feiern!«

Und auf einmal hat er Fräulein Baums Papiere in der Hand und wirbelt sie in einem Akt des reinen Übermuts in hohem Bogen durch die Luft. Die Kronleuchter klimpern leise in dem Windhauch, während sie anmutig wie die Segel der Fischerboote in der Sagami-Bucht zu Boden treiben. Alles applaudiert.

Wie es mir erschien, sollte dieses Kind zwei Väter haben. Alexander hatte »unsere Frau« gesagt. Ja, in meinem Herzen waren viele Fragezeichen, doch ich war plötzlich meine Sorgen los.

Ich kann dich sehen, wie du grübelst, wie du rechnest. Im Sommer einundvierzig war meine Mutter schwanger? Eine Schwester? Einen Bruder?

Ach, liebste Karoline.

› 2 ‹

Der Sommer einundvierzig, in dem die halbe Welt in Flammen und Tokio im Dauerregen unter Wasser stand, er war für mich ein Höhenrausch. Ich war naiv. Natürlich! Nur so kann ich erklären, dass ich keine Fragen stellte und meine Ängste wie durch einen Zauberstreich zerstoben. Mit einem Mal war ich glücklich. Ein Kind! Und jedem durfte ich es sagen! Seit ich in Tokio war, war dieser Wunsch in mir gewesen. Ich dachte schon, er würde nie erfüllt. Noch am selben Tag schrieb ich nach Hause an Mamá und Mutter: »Ihr könnt Babykleidung schicken!«

Bei Mitsukoshi, wo die Kriegsanstrengungen des Landes in einer deutlich reduzierten Warenauswahl spürbar waren und die Verkäuferinnen, wie mir schien, mit jedem Tag ihr tapferes Lächeln unter einer Maske von noch dickerer Schminke trugen, erstand ich, weil es ihn gerade gab, einen Kinderwagen aus geflochtenem Korb. Auch wenn der Platz recht ungewöhnlich war, in meiner Freude stellte ich ihn ans Fenster neben meinen Sessel. Ich klatschte in die Hände und verscheuchte Kater Mütze, wann immer ich ihn darin liegen sah.

»Dir ist auch gar nichts heilig!«

Er liebte dieses Spiel und hatte einen langen Atem. Am Ende gab ich auf und legte ihm Ernst Wilhelms altes grünes Cashmere-Plaid hinein. Es war der Tag, an dem die Damen zu Kaffee und

Kuchen kamen, um mir zu gratulieren. Elvira war nicht mehr mit dabei, von Ribbentrop hatte ihren hübschen Nazi-Gatten im Frühjahr jenes Jahres zurück ins Ministerium beordert. Auch wenn unsere Freundschaft seit unserem Umzug in das Hauptgebäude merklich distanzierter war, ich trauerte ihr manchmal nach, das Singen fehlte mir, aber mehr noch fehlte mir ihr Bub, der kleine Clemens. Die anderen beschenkten mich mit Häkelschühchen und mit handgestrickten Jäckchen, in gelb, wie man es damals tat, weil man nicht wissen konnte, ob die Kleidung rosa oder hellblau werden sollte.

»Wer hat es denn vollbracht, das Wunder?«, fragte Agnes von Hauenstein und schaute mich mit großen, blanken Augen an.

»Dr. Hauke«, sagte ich. Mein Lächeln war nicht minder süß als der pastellfarbene Zuckerguss der Petit Fours von Lohmeier, die ich ihr auf einer Silberplatte reichte. »Er gab mir Vitamine. Einen Tee aus Kräutern musste ich dazu noch trinken, der arg bitter war. Fünf Mal täglich! Stell dir vor!« Ich strich mir über meinen Bauch, der leider noch nicht rundlich war, und schlug die Augen nieder. »Ich wünschte nur, ich wäre früher zu ihm hingegangen.« Und beinahe glaubte ich die Worte selbst.

Die Übelkeit war mit der Angst verflogen. Meine Wangen wurden pfirsichrot. Ich aß mit gutem Appetit, sang am Steuer, wenn ich nach Akiya fuhr, und sog die Luft, das Meer, den Algenduft in meinen Körper auf, als wär es pures Glück. Die Schattenhäuser wurden mir zu einer Heimat, die ich in Deutschland niemals hatte. Der Fujiyama war mein Berg. Stundenlang saß ich im Schatten der Veranda und sah den Wolkenwesen zu, die der stets starke Wind um seinen Gipfel tanzen ließ. Mal war's der alte Hindenburg mit seinem Zwirbelbart, ein andermal ein Drache mit gezacktem Rücken, ein Flaschengeist mit kleinem Kopf und dickem Bauch, ein Pudelhündchen an der Leine einer Dame. Ich lachte laut bei dem Gedanken, wie mein Kind sich einmal an dem Schauspiel freuen würde.

Ab und an nahm ich Miyake mit, er war mir mit der Zeit ein guter Freund geworden. Wenn wir zu dem kleinen Strandabschnitt hinunterkamen, an dem die Ueharas lebten, hüpften uns die Kinder schon entgegen, die beiden Mädchen, die sich glichen wie zwei Schmetterlinge einer Art, und ihr »großer« Bruder, der in seinem beinahe feierlichen Ernst ganz rührend war. Die Frau, die noch viel kleiner war als ich, wischte sich, wenn sie uns kommen sah, die Hände an der Schürze ab. Ich brachte Reis und Tee und Zucker mit. Sie servierte *Champuru,* ein Gericht aus Eiern, Sojaquark, ein wenig Fisch und Stücken einer bitteren stacheligen Gurke, die ich beim ersten Bissen scheußlich fand, dann aber plötzlich lieben lernte. Alle meine Schwangerschaftsgelüste konzentrierten sich auf sie.

Nach dem Essen saßen wir meist lang beisammen. Mit halb geschlossenen Augen lauschte ich auf den Regen und den fremden Singsang ihrer Sprache. Die Angst stand ihnen ins Gesicht geschrieben, wenn sie auf die Mobilmachung zu sprechen kamen. Noch war Herr Uehara wegen seines wehen Beins, das er infolge eines Unfalls in der Kindheit hatte, vom Militärdienst ausgenommen, doch die Zeichen mehrten sich, dass bald auch Leichtversehrte dienen sollten. Angesichts der ungeheuren Fronten, die Japan mittlerweile zu besetzen hatte, wurden dem Gott-Kaiser Hirohito langsam doch die Männer knapp. Bei dem Gedanken, was dann werden sollte, barg Frau Uehara das Gesicht in ihren rauen Händen, den Mund geöffnet, als nähme ihr allein die Idee den Atem.

Doch wenn die drei gemeinsam von der Heimat träumten, wurden ihre Züge weich. Miyake hatte dort, wie ich erfuhr, seine Frau zurückgelassen, die ihren alten Vater pflegen musste. Katsue hieß sie. Als er mir ihren Namen sagte, drehte er die schwarze Perle, die er an seiner Kette trug, mal hierhin und mal dorthin in der Hand. Die gleiche wehmutsvolle Sehnsucht lag dabei in seinen

Augen, die ich seit Alexanders unendlich langer Reise aus eigenem Empfinden kannte.

Wenn ich alleine nach Akiya kam, was ich sehr häufig tat, so lauschte ich, sobald es dunkel wurde, durch das Nachtgezirp und oft auch das Getrommel dicker Regentropfen Richtung Straße, bis ich es endlich hörte: Das Blubbern des Motorrads auf dem Sandweg, der zu unseren Schattenhäusern führte. Wie war das Lärmen der Zikaden leise im Vergleich zu meinem Puls!

Dass die Männer, wann immer sie beisammensaßen, weiter über ihre liebste Frage – ob nach Norden, ob nach Süden – stritten, störte mich nicht mehr. Vielleicht war es der Einfluss der Hormone, der mich in eine goldene Honigblase einschloss, als sei ich ein Insekt im Bernsteintropfen. Was einmal werden würde? Ich fragte nicht danach. Was für mich zählte, war allein das Kind in meinem Bauch. Ja, schon, ein wenig auch die Stimmung Alexanders, die plötzlich triumphierend war: Wie eine Trophäe hielt er uns eines Morgens Ende Juli an ausgestreckten Armen ein Extrablatt entgegen: »Japan erweitert die Ostasiatische Wohlstandssphäre mit der friedlichen Übernahme von Süd-Indochina.«

»Ha!«, rief er. »Was hab ich euch gesagt? Nach Süden geht die Reise! Das kannst du deinem Ribbentrop jetzt melden: Sie werden Russland nicht von hinten packen!«

Tags darauf sah man in allen Zeitungen japanische Matrosen in Saigon flanieren wie Deutsche in Paris. Auf der ganzen Linie sollte Alexander recht behalten. Noch bevor der Sommer vorüber war, sah Ernst Wilhelm sich gezwungen, seinem Dienstherrn mitzuteilen, dass nicht ein einziger Soldat der Kaisertruppen dem Deutschen Reich zu Hilfe kommen würde.

»Ich bin gescheitert! In Berlin wird man es mir verübeln und die Schuld nicht in Japans eigenen Plänen suchen«, sagte er am Frühstückstisch. Er wirkte blass und müde. »Mangelndes Verhandlungsgeschick! Ich bin mir sicher, dass man mir das unterstellt!«

»Beschwer dich nicht! Du wolltest ihn doch haben, diesen Posten! Unbedingt!« In Alexanders Augen glänzte der Triumph.

Ich stand auf, trat an Ernst Wilhelms Stuhl und legte ihm die Hände auf die Schultern. »Alexander! Bitte! Musst du mit deinem Wortgesäbel in eine offene Wunde stoßen?«

Und doch genoss ich seine gute Stimmung. Sooft es möglich war, fuhr ich des Nachts zu ihm nach Hause in seine »Höhle«, wie er sie ganz treffend nannte, die ein Chaos nicht nur aus Büchern und Papieren, sondern aus getragener Kleidung, leeren Flaschen und vollen Aschenbechern war und grässlich nach Machorka-Tabak roch. Womit der Haushaltsdrache, diese Alte mit den schlechten Zähnen und der üblen Laune, sich die Zeit vertrieb, war mir ein Rätsel. Im Sommer war die Wohnung zudem unerträglich heiß. Die Verliebtheit aber deckte solche Mängel gnädig zu. Ich wähnte mich in einem kleinen Paradies.

Nur vereinzelt drangen Nadelstiche schmerzhaft zu mir vor. Mamá schrieb, Richard sei zum Frontdienst eingezogen worden und irgendwo in Russland. Im Traum sah ich den Ärmsten in zerlumpter Uniform und bis auf die Knochen abgemagert zwischen silbrig weißen Birkenbäumen irren, wie ich sie damals, auf meiner langen Fahrt im Zug, gesehen hatte. Er war ein intellektueller Stubenhocker, Herrgott! Kein Mann fürs Militär!

Auch stiegen in den Nächten, in denen ich allein war, Ängste in mir auf wie im Herbst die Nebel aus den Flüssen. Jeder ganz normale Bürger – Frau Takemura, Shigeko, die Chauffeure, alle Angestellten hier im Haus wie jeder einzelne Japaner, der Kontakt mit Fremden hatte – war inzwischen angehalten, alles kundzutun, was er von den *Gaijin* wusste. Es hieß, sie müssten regelrechte Listen führen, sodass man praktisch alles wisse über uns: Was wir aßen, wie oft wir unsere Schuhe besohlen ließen und welche Mittel wir zum Zähneputzen nahmen. Alexanders »Perle« erschien mir bald in jedem Traum, wie die Agenten von der Tokko, die im Laternenschein vor seinem Hause tatsächlich Nacht für Nacht auf Posten standen. Wie oft sah ich mich vor den ausgestreckten Klauen dieser Angstgestalten über Mauern flüchten. Meist war es Käthe, die zu meiner Rettung kam. Ich hatte sie so lange nicht gesehen, doch des Nachts, in meiner Träume höchster Not, war sie plötzlich da und reichte mir die Hand und riss mich in die Höhe. Meistens wurde ich vom Schrecken dieser Handlung wach.

Es war an einem solchen Morgen, der 16. Oktober 1941, um genau zu sein, ein Datum, das ich nie vergessen werde, was nicht nur daran lag, dass ich auf den Tag genau sieben Jahre und einen Monat lang in Tokio lebte. Eine Glocke schrillte mir im Ohr, ich wusste nichts mehr von der Handlung, nur dass ich wieder einmal floh. Dämmrig drang das Licht durch die unverhangenen Fenster, es war noch früh, nicht einmal sieben.

Da war das Klingeln wieder. Es kam von der Tür. Einen Augenblick war ich im Zweifel, ob ich vielleicht noch träumte. Um Kater Mützes willen machte ich die Tür meines Zimmers nie ganz zu, sodass ich durch den Türspalt nun ganz deutlich eine Männerstimme hörte. War das Kishida, der Chauffeur, den ich nicht leiden mochte? Der mit den eingefallenen Wangen? Die Stimme hörte sich so an. Die zweite war Shigekos. In einem Tonfall, der keine Widerworte duldet, redete er auf sie ein. In ihrer Antwort reihte sich ein beflissenes »*Hai!*« ans andere, ich sah sie förmlich, wie sie ihren Körper unterwürfig knickte und sich die Nase wippend auf die Knie drückte. Japanerinnen zeigten diese Art von Demut doch vor jedem Mann!

Ärger wallte in mir auf. Konnte dieser Mensch sich nicht eine andere Stelle suchen, um sich mit dem Hausmädchen zu streiten? Musste er uns wirklich stören? Und das um diese Zeit?

Dass der Mann ein Fremder wäre, kam mir gar nicht in den Sinn. Dies hier war kein normales Haus, wir lebten in der Botschaft, und Wachen standen an der Zufahrt, an den Türen. Ich horchte auf das leise Trippeln von Shigekos kleinen Füßen in den deutschen Lederschuhen. Es kam näher, ging an meiner Tür vorbei. Sie klopfte zaghaft bei Ernst Wilhelm, dessen Zimmer neben meinem lag.

»*Sumimasen*. Entschuldigung vielmals, Herr.«

»Was gibt es denn, Shigeko?« Ernst Wilhelms Antwort kam so prompt, als habe auch er sie kommen hören. Es folgte ein Gemurmel, das ich nicht verstand. Nur ein Wort trieb wie ein Blatt mit scharf gezackten Kanten auf dem See der halb verschwommenen Worte zu mir hin: »Polizei.«

Erschrocken setzte ich mich auf und griff nach meinem Morgenmantel. Ich spähte in den Flur. Der Mann trug einen dunkelgrauen Anzug und die gleiche Brille wie sein Kaiser. Das Licht des Deckenlüsters malte ihm dazu zwei runde gelbe Pfützen ins Gesicht. Die Lippen hatte er von einem Mädchen und die breiten Schultern wirkten aufgesetzt auf einen schmalen, kleinen Körper, was wohl an den Schulterpolstern seiner Jacke lag.

»Ich muss Sie in einer dringenden Angelegenheit sprechen, Exzellenz«, kam es von dem unbekannten Herrn, mit Akzent zwar, doch in gutem Deutsch.

»Herr Yamanaki, ich bitte Sie!« Ernst Wilhelm schien den Mann zu kennen. Er musste wichtig sein, sonst wäre er niemals vorgelassen worden. »Um diese Zeit? Die Sache kann doch sicher warten.«

»Sicher nicht, Exzellenz.« Was mir auffiel, war seine knappe, beinahe deutsche Art, sich zu verbeugen. Er nickte mit dem Kopf, mehr nicht.

»Und worum geht es?« Ernst Wilhelm hielt sich mit beiden Händen an dem Seidenkragen seines Morgenmantels fest. Schatten lagen unter seinen Augen wie zwei dunkle Monde.

»Können wir irgendwo ungestört reden?« Der Fremde schaute zu Shigeko, als sei allein ihr Anblick ein Affront.

»Na, dann kommen Sie.« Ernst Wilhelm seufzte ungehalten. »Gehen wir in die Bibliothek.« Und zu Shigeko sagte er: »Bringen Sie uns eine Kanne Kaffee. Aber einen starken, bitte!«

Männerangelegenheiten, dachte ich mit einem Gähnen und war schon im Begriff, mich wieder hinzulegen. Noch aber hielt Ernst Wilhelm die Klinke in der Hand, sodass ich durch die halb geschlossene Tür der Bibliothek die Worte hörte, die sich mir wie Säure in die Seele fraßen.

»Es geht um einen deutschen Staatsbürger, der angibt, hier an der Botschaft beschäftigt zu sein, unter anderem als Redakteur des Deutschen Dienstes, der jedoch über keinen diplomatischen Status verfügt. Einen gewissen Herrn Sanda Arendt. Wir mussten ihn heute Morgen wegen des Verdachts auf Spionage für eine fremde Macht verhaften.«

Ich weiß nicht, wie es mir gelingen konnte, so schnell und lautlos in den Kartenraum zu schleichen, von der Halle aus durch die Tapetentür. Doch so viel ist sicher, anders ging es nicht. Die Ohren gespitzt und mit brüllend lautem Herzen stand ich dort im Dunklen.

»Wie um Himmels willen kommen Sie darauf? Es muss sich da um einen Irrtum handeln!« Mir war, als würde ich die Sätze selber sagen, so wortgleich waren sie in meinem Kopf. »Wo ist er jetzt? Wo haben Sie ihn hingebracht?«

»Nach Sugamo.« Allein der Name ließ mich schaudern. Die Rede war von dem Militärgefängnis im Toshima-Viertel, einem düsteren Bau, um den sich Gerüchte von Foltergräueln rankten.

»Sind Sie sich bewusst, welche weitreichenden Konsequenzen dieser …« Ernst Wilhelm hielt einen Moment lang inne, wie um Kraft für seinen weiteren Satz zu sammeln. »Ja, sagen wir es ruhig, dieser Zwischenfall nicht nur für Sie persönlich, sondern auch für die doch sehr guten Beziehungen unserer beiden Länder haben könnte? Herr Arendt ist nicht irgendwer! Er ist mein Mitarbeiter und Vertrauter. Ich bin jederzeit bereit, meine Hand für ihn ins Feuer zu legen.«

»Wir haben Beweise, die uns von der Existenz eines Spionagerings im Umfeld von Herrn Arendt ausgehen lassen. Sie werden verstehen, dass ich Ihnen angesichts der noch laufenden Ermittlungen derzeit nicht mehr sagen kann.«

Als ich Jahrzehnte später die ersten Automaten reden hörte, dachte ich sofort an diesen Mann, nicht etwa, weil seine Stimme blechern klang. Sie war vielmehr so unbeteiligt und so nüchtern. »Ich bin gekommen, um meine Pflicht zu tun und Sie zu unterrichten. Minister Matsuoka wünscht, dass Sie von der Verhaftung nicht aus der Presse erfahren. Dies zu verhindern ist der Auftrag, den ich hiermit als erfüllt betrachte. Ich wünsche Ihnen einen guten Tag, Exzellenz.«

»Warten Sie! Ich komme mit Ihnen!«

»Im Augenblick sehe ich dazu keinen Anlass.«

»Ich sagte, ich komme mit Ihnen!«

Ernst Wilhelm ließ ihn stehen, wohl um sich anzukleiden. Wie festgeklebt verharrte ich im Winkel hinter den Kartenstöcken, den Rücken an der kalten Wand, und starrte auf den Mann, den ich durch den Türspalt sah. Er trug das Haar bis auf den Schädel kurz geschoren. So japanisch flach und scheibenrund war sein Gesicht, dass ich an einen Mühlstein denken musste, der wie mit Ketten an mir hing und mich in die Tiefe zog. Den Boden unter mir? Ich spürte ihn nicht mehr.

› 3 ‹

Vom Wohnzimmerfenster aus sah ich die beiden schwarzen Limousinen in der Allee durch Licht und Schatten, Licht und Schatten, Licht und Schatten gleiten. Ernst Wilhelm saß im Fond der zweiten, blass wie die Chrysanthemen in den Beeten. Das Hakenkreuz auf der Standarte flatterte im Wind.
»Ein Irrtum!«, sagte mir die Hoffnung, doch ich fürchtete, sie log. Das Kind in mir, es weinte.
»Entschuldigung. Die Herren sind gegangen. Ich bringe den Kaffee?«
»Stellen Sie die Kanne einfach auf den Tisch.«
Shigeko ging nicht. Sie verbeugte sich und blieb in dieser Haltung stehen.
»Ja, bitte?«, fragte ich.
»Verzeihung.« Zaghaft richtete sie sich auf. »Darf ich Sie bitte fragen. Kann ich heute für drei Stunden freibekommen? Mein Mann kommt heute von der Front.« An dieser Stelle stockte sie, und der Leere ihres Lächelns hinter ihren dicken Brillengläsern sah ich an, dass sie mit den Tränen rang. Ihre flachen Hände hingen vor der weißen Schürze wie Wäschestücke an der Leine, als sie sich ein weiteres Mal verbeugte.
Ich wusste augenblicklich, was sie sagen wollte. Die Urne mit der Asche kam zurück! Ich hatte sie so oft am Bahnhof stehen se-

hen, die Witwen und Soldatenmütter, schweigend, aufrecht, mit einer stillen Tapferkeit, die ihresgleichen suchte. Sie hatte doch das kleine Kind! Mein Impuls war, auf sie zuzugehen, sie in den Arm zu nehmen und mir ihr zu weinen, wo ich doch selbst vor Tränen überfloss. Der Respekt hielt mich zurück. Ich wusste, dass ich es nicht wagen durfte. Schmerz zu zeigen war für Japaner eine Schande, mit mehr als einem Nicken darauf einzugehen, bedeutete für sie Gesichtsverlust.

»Selbstverständlich«, sagte ich. Hinter meinen Lidern brannten Tränen, die nicht fließen durften. »Hanako kann Sie vertreten. Nehmen Sie sich ruhig Ihre Zeit.«

Es hatte über Nacht geregnet, fahl schob sich die Sonne durch den Morgendunst, und die Kiefern ragten auf wie schweigende Gerippe. Ich stand am Fenster und barg meinen Bauch in beiden Händen. Alexander, sagte es in mir. Es darf dir nichts passieren.

Ich musste gleich hinunter, wenn ich Ernst Wilhelm kommen hörte, ich sah mich ihm entgegeneilen. In meinem Inneren reihte sich in einem monotonen Singsang Wort an Wort in einer Schleife, die kein Ende nahm. Sanda Arendt. Verhaftet. Wegen des Verdachts auf Spionage für eine fremde Macht. Es musste ein Irrtum sein. Wie ein Gebet. Sanda Arendt. Verhaftet. Wegen des Verdachts auf Spionage. Sanda Arendt.

Ein Spionagering, das hatte dieser Mann gesagt. Ich weiß nicht, wie lange ich so dagestanden habe, doch mit einem Male sah ich den Zusammenhang. Er sprang mich förmlich an.

Sanda-san!

Miyake!

Alexander hatte ihn gekannt, als er nach Tokio kam. War es nicht ein gemeinsamer Bekannter gewesen, dem er die Stellung bei der Zeitung zu verdanken hatte? Wie hieß er noch? Die Männer hatten oft von ihm gesprochen. Ozaki! Der jetzt einen hohen Posten in der Regierung hatte, als Berater von Ministerpräsident Konoe.

Kam Miyake etwa nicht bloß in unseren Botschaftsgarten, um der Kunst zu frönen und zu malen? Er brachte ganze Stunden zu an diesem Platz, der so gut versteckt war und doch den allerbesten Blick hinunter auf das Parlamentsgebäude bot. Sein Fotoapparat lag immer griffbereit neben der Staffelei. Was in der Politik in Japan Rang und Namen hatte, musste ihn passieren wie einen Posten mit gezückter Kamera. Ein Spionagering? Wenn sie ihn fassen würden! Ich mochte gar nicht daran denken! Ich sah die Frau vor mir, in seiner Heimat, die Katsue hieß, als spiegelte ihr Bild sich in den Tränen, die ihm in den Augen standen. Als griffe sie mir selbst ans Herz, spürte ich die Liebe zwischen diesen beiden, eingeschlossen in der schwarzen Perle, die er in den Händen drehte.

Meine Füße setzten sich in Marsch, noch bevor ich denken konnte. Ich klingelte und bestellte in der Küche einen Frühstückskorb. Unter das karierte Tuch schob ich meine Tasche mit den Autoschlüsseln und Papieren. Schon auf der Schwelle machte ich noch einmal kehrt, um mein altes Tagebuch zu holen. Dann war ich auf dem Weg.

»Heil Hitler, Oberst Grützner!« Der Wachhund war wie immer auf der Treppe. Ich grüßte ordentlich wie nie.

Ich zwang mich, langsamer zu gehen, und sagte mir, dass ich mich irrte. Bestimmt! Ich war in Panik wegen der Verhaftung. Zu denken, dass Miyake mit verwickelt sei, das war doch reine Hysterie! In meinem Herzen war ein Lärmen und ein Tosen, das mich nichts anderes hören ließ, nicht den Gruß von Konrad, der den Arm ausstreckte, nicht den Motor des Taxis, das gerade vor dem Eingang hielt. Ich hob den Sonnenschirm, um nicht zu sehen, wer da kam, und nicht gesehen zu werden. Der Schieber hakte und hakte, dass ich mir die Lippe blutig biss. Endlich rastete er ein.

Ohne umzuschauen ging ich den kurzen Kiesweg zu unserem früheren Haus. Krähen balgten sich auf dem gemähten Rasen, als ich zwei Gärtner einen schweren Karren quer darüberschieben sah. Eingeschlagen in ein Laken lag darauf ein langes Bündel. Wie eine Leiche! Der Gedanke traf mich plötzlich wie ein jäher Schlag, und mit ihm die Erkenntnis: Die Todesstrafe stand auf Spionage!

Was würden sie mit Alexander tun, jetzt, in diesem Augenblick? Was würden sie ihm antun? Ausgeliefert war er ihnen! Die Methoden waren grausam! Sie mussten ihn uns übergeben! Ernst Wilhelm würde dafür sorgen. Warum, schrie in mir eine Stimme, warum hatte er als Chef des Deutschen Dienstes keinen Diplomatenpass?!

Ich nahm mich an den Zügel und bremste meinen Schritt zum Schlendergang. Niemand würde mich bemerken, wenn ich einfach nur spazieren ging. Das war doch kein Verbrechen!

Der Kater sprang mich aus den Büschen an. Vor Schreck stieß ich ein Kreischen aus.

»Mütze!« Mit einem lauten Pochen in den Ohren hockte ich mich vor ihn hin, um mich nach allen Seiten umzuschauen, ohne dass es auffiel. Er rollte auf den Rücken, doch ich konnte ihn nicht kraulen. Meine Hände bebten so, dass ich um Atem rang. Brunhild von Kotta lief im weißen Dress in Richtung Tennisplätze. Sie hatte mich gesehen und hob die Hand. Ich winkte auch und floh hinüber zum Kameliengarten.

Ausländer hieß es, würden sie nicht foltern. Bei Gott, ich hoffte es! Miyake aber, so sie ihn erwischten, würden sie mit gespaltenen Bambusruten peitschen, bis seine Haut in Fetzen hing. Bis er sagen würde, was er wusste. Was würde er verraten, wenn sie ihn zu fassen kriegten? Wen mit sich in den Abgrund reißen? Bittere Galle stieg mir die Kehle hoch, wenn ich nur daran dachte. Ich musste es verhindern!

Die kleine rote Brücke lag malerisch wie eh und je im Sonnenlicht. Als sie unter meinen Schritten knarrte, sah ich mich in eine bodenlose Tiefe stürzen. Ich sprang den letzten Meter, musste festen Boden spüren, und blieb stehen, um mich noch einmal umzuschauen. Mir war, als lauerten in jedem Schatten die Agenten von der Tokko, hinter jedem Baum und jedem Busch. Doch da war nichts. Keiner sah mich. Niemand nahm Notiz von mir.

Mit angehaltenem Atem trat ich durch die schmale Schneise in den Rhododendrenbüschen, die zu der kleinen Aussichtsplattform führte.

»Miyake?«

Ich sah ihn nicht! Nur seine Sachen standen fein säuberlich in einer Reihe vor der Mauer: seine schwarze Tasche, der Kasten mit den Farben, die Staffelei.

»Miyake!«

»Oh.« Die Stimme kam aus dem Gebüsch. »Mein Frühstück kommt. Ich bin gleich da!«

Sein Kittel wehte wie ein Cape, das elegante Herrn zur Oper trugen, nur in der Unschuldsfarbe blau. Er lachte gut gelaunt, sodass die Hoffnungsstimme in mir sagte, ja, du hast geirrt!

»Sanda-san. Er ist verhaftet worden!« Ich keuchte bei den Worten, meine Stimme schrill in meinen eigenen Ohren.

Ich sah, wie ihm im Schatten seines Hutes aller Rest von Farbe aus den Wangen wich.

»Haben Sie damit zu tun, Miyake?« Meine Augen bohrten sich in seine. »Die Rede ist von einem Spionagering.«

»Ich …«

»Sie brauchen nichts zu sagen.« Ihn zu sehen reichte völlig aus. »Ich gehe jetzt, den Wagen holen und fahre ihn zu unserem alten Haus.«

Die von Eckners, die dort eingezogen waren, planten eine Reise nach Osaka, so viel wusste ich. Ich betete zu allen guten Geistern, dass sie sie schon angetreten hatten. Als ich eben vorbeigekommen war auf dem Weg hierher, waren alle Fenster zu, und es war still gewesen.

»Ich fahre nach Akiya zu den Schattenhäusern. Wenn Sie zu den Ueharas möchten …« Ich schaute ihn nicht an. »Sie sind doch Landsleute. Sie haben ein Boot.« Mein Blick ging zu der Krähe hin, die auf der Brüstung saß. Sie watete von Bein zu Bein und schob den Schnabel auf und ab, als ob sie nicken wollte. Mit einem Male war ich ruhig. Yatakarasu war an meiner Seite. Alles würde gut. Meine Hände waren kalt wie Eis, doch hörten sie auf zu zittern. Mein Ton klang entschlossener: »Sie werden Ihnen weiterhelfen. Niemand wird Sie dort vermuten.«

Ich wandte mich zum Gehen. »In einer Viertelstunde«, sagte ich.

Er nickte. Ich ließ ihn stehen, die Gedanken eilten mir voraus.

»Heil Hitler, gnädige Frau!« Ausgerechnet dieser Obernazi, Judenreferent von Clasen, stand auf dem Hof und wartete auf seinen Wagen. »Sie machen einen Ausflug?« Er hob die Aktenmappe unter seinem Arm wie einen Winker und deutete damit auf meinen Picknickkorb.

»Ganz im Vertrauen …« Ich spielte mit dem Sonnenschirm, senkte den Blick und schaute wie eine Bild der Unschuld zu ihm auf. »Ich plane ein geheimes Rendez-vous.«

Prustend bog er sich im Rücken wie ein gut aufgegangenes Frühstückshörnchen. »Na, dann. Was wünscht man Ihnen da? Sieg Heil!« Er hielt sich seinen ungeheuren Bauch.

Das Lächeln lag mir kalt wie Raureif auf den Lippen, als ich aus der Garage fuhr, doch schwitzte ich aus allen Poren. Kater Mütze lag auf dem Pflaster in der Sonne und leckte sich die Pfoten. Als ich hupte, stand er quälend langsam auf und trottete zur Seite. Ich zwang mich, tief zu atmen.

An den Mädchenkiefern vor unserem alten Haus hielt ich an und schaute. Ein Gärtner schnitt die Rosen am Spalier. Es war, wie alle Gärtner dieser Tage, ein Greis, der krumm und schief gewachsen war. Die Jungen waren ja im Krieg. Einen Buckel trug er auf dem Rücken wie Frauen ihre Babys, und sein weißes Haar war kurz geschoren, dass es aussah wie der Flaum von Quittenblättern. Außer ihm war niemand da. Ich wendete, sodass der Wagen seitlich zu den Sträuchern stand, stieg aus und klappte meinen Sitz nach vorne. Mit Schreck sah ich, wie klein der Fußraum vor den beiden hinteren war.

»Miyake?«

Plötzlich spürte ich den Blick des alten Gärtners auf mir ruhen. Ich winkte ihm. Ich hatte ihn noch nie gesehen. Er war ein Spitzel, ob er wollte oder nicht, jeder Einheimische musste doch der Polizei haarklein berichten, was er auf dem Compound sah.

»Können Sie mir bitte ein paar Rosen schneiden?«, rief ich in seine Richtung und ging zu ihm hinüber. Als ich mit den Händen die Bewegung einer Schere imitierte und auf die Blüten zeigte, ging ein Strahlen über sein Gesicht, das ihm die Augen hinter einen Wolkenstore aus Falten zog. Er nahm sich seine Zeit, die allerschönsten Blüten auszuwählen. Ich merkte, wie ich im feuchten Rasen stehend auf den Füßen wippte.

»Genug, genug. Das reicht!«

Er legte mir den Strauß behutsam in den Arm und verbeugte sich, so tief es ihm die Gicht erlaubte.

»*Arigatō gozaimasu*«, sagte ich und nickte. »*Sayonara.*«

Wo blieb Miyake nur? Ich schaute auf die Uhr und merkte, dass ich keine trug. Ich schritt das Buschwerk neben meinem Wagen ab.

»Miyake? Sind Sie da?«

»Hier bin ich.«

Dumpf klang die Stimme, wie aus einer Höhle. »Wo denn? Ich sehe Sie nicht.«

»Zum Glück. Ich bin schon hier im Wagen.«

Vor Erleichterung wurden mir die Knie weich. Er hatte das Verdeck ein wenig zugezogen, sodass man im Fond tatsächlich nicht mehr erkannte als ein paar diffuse Schatten. Das dunkelbraune Reiseplaid lag wie vom Zufall hindrapiert auf der roten Lederbank. Ich stellte meinen Picknickkorb darauf, das Bündel Rosen ließ ich auf den freien Platz daneben fallen. Der Duft war sicher süß wie Balsam, doch ich roch ihn nicht.

»Au!«

»Das war der letzte Ton, den ich auf dieser Fahrt von Ihnen hören will!«

Er lachte leise und verstummte. Als wir das kurze Stück zu den Garagen fuhren, war von Clasen noch nicht fortgefahren, irgendetwas schien ihm nicht zu passen, sein Kopf war rot vor Zorn. Einer der Chauffeure stand neben dem Verschlag, im rechten Winkel abgeknickt, als würde ihn die Schimpftirade des Herrenmenschen niederdrücken, und er versperrte halb die Durchfahrt. Ich biss die Zähne aufeinander und lenkte meinen Wagen durch den schmalen Spalt. Dann gab ich Gas. Es rumpelte, als hätte ich einen Bordstein überfahren, den es an dieser Stelle gar nicht gab. War es ein Gepäckstück, das ich übersehen hatte? Ein Koffer etwa? Ich zögerte. Doch anzuhalten? Mit meiner »Fracht« an Bord? Das Lenkrad fest umfasst, brauste ich durch die Allee zum Haupttor und hindurch, sodass wir endlich auf dem Weg in Richtung Yokohama waren.

Das Blut stand mir so zäh in meinen Adern, als wäre es gestockt. Gedanken an die Konsequenzen, die dieser »Ausflug« für uns haben könnte, schob ich, wenn sie kamen, in Bausch und Bogen fort. Wie ein Gebet sprach ich im Inneren immer nur den einen Satz: Bald sind wir in Akiya bei den Schattenhäusern. Dann ist alles gut. Noch immer spüre ich die Stille, die sich wie eine Glocke auf mich niedersenkte und umso intensiver war, da ich sie mit Miyake teilte.

Ich fuhr mit offenem Verdeck, doch ich war taub für diese Stadt, in der doch unablässig plärrte, was immer plärren konnte. Ganz Tokio war ein Brausen und ein Wummern und ein Hupen. Sirenen heulten. Aus Lautsprechern tönten Heldenmärsche. Schiffshörner grölten ihr lang gezogenes Tuten vom Hafen aus an Land. Ich hörte nichts davon.

Unten an der Uferstraße lag die Sonne wie eine zähe, gelbe Ölschicht auf dem Wasser, unter der sich keine Welle rühren mochte. Groß wie Velodrome erhoben sich die neuen Rohöltanks auf den mit Stacheldraht umzäunten Arealen; dazwischen, in den schäbigen Betrieben, die entlang des Weges lagen, herrschte die übliche Betriebsamkeit. Von den Gerbereien hing der Gestank verwester Tiere in der Luft, gemischt mit Schwefel und anderer Chemie. Es wimmelte vor Polizei. An jeder Kreuzung standen sie. Auf der Brücke über den Oka-gawa-Fluss, kurz vor dem Abzweig in die Berge, stand ein Wagen.

»Polizei.« Ich starrte geradeaus. Nur aus den Augenwinkeln sah ich im Spiegel zwei Beamte darin sitzen. Ihre Blicke schienen uns zu folgen und das Fahrzeug sich vom Straßenrand zu lösen, doch was ich als Bewegung wahrnahm, waren bloß Reflexe, die in den verchromten Leisten blitzten.

»Entwarnung«, sagte ich mit einem Seufzen, doch ich hatte mich zu früh gefreut. An der Kreuzung zum Chinesenviertel versperrten Balken mir die Fahrbahn. Ein Polizeibeamter stand davor, die Kelle schon erhoben.

»Achtung! Diesmal wird es ernst.«

Mit angehaltenem Atem bremste ich. Auf dem Seitenstreifen leuchteten die Uniformen eines größeren Pulks von Männern senfbraun in der Sonne. Sie trugen schwarze Koppel und weiße Bänder an den Oberarmen. Kempeitai, Militärpolizei! Im Schatten der Fassade gegenüber war ein Unterstand errichtet worden, in dem weitere Leute, wohl Zivilbeamte, saßen.

»Papiere!« Es war ein junger Mann mit Milchgesicht und Aknenarben auf den Wangen, der mir die Hand entgegenstreckte. Er nickte knapp und ohne eine Miene zu verziehen.

»Verzeihen Sie.« Ich rang mir irgendwie ein Lächeln ab und fühlte mich wie früher, wenn ich, als schuldig überführt, in Erwartung meiner Strafe vor dem Vater stand und er den Gürtel aus den Hosenschlaufen zog. »Ich genieße Diplomatenstatus.«

»Papiere!«, wiederholte er. Kein Bitte und kein Diener.

Ich dachte nur: Ich habe keine Hakenkreuzstandarte an meinem Wagen wie Hayashi damals, neununddreißig bei dem Offiziersaufstand, als man ihn durch die Sperre ließ, unten am Regierungshügel. Mehr Platz war nicht in meinem Kopf.

»Ich bitte Sie! Ich bin die Gattin des deutschen Botschafters hier in Tokio.« Er verstand mich nicht, ich spürte es, doch was mir einfiel, waren nichts als diese Worte, die umso dünner klangen, als in meiner Stimme dieses Jammern war wie von einem kleinen Kind.

»Papiere!« Seine Augen waren schmal wie Bleistiftstriche. Ein weißer Spucketropfen klebte im Winkel seines Mundes. Hinter ihm sah ich Bewegung. Mag sein, dass es an der von mir verschuldeten Verzögerung lag, dass zwei weitere Polizisten an den Wagen traten. Mit den Händen an den Halftern der Pistolen spähten sie mit lang gereckten Hälsen in den Schatten unter dem Verdeck.

Ruhig, Zwerg, hörte ich in mir in diesem Augenblick durch all das Nerventosen die Stimme Alexanders sagen. Hol erst mal Luft, und fang zu denken an!

»Selbstverständlich.« Endlich begriff ich, dass ich nur nach hinten greifen musste, in den Korb, wo meine Tasche war. Ich schlug das Tuch zurück und zog am Henkel meiner Tasche. Bloß nicht an Miyake denken! Sie verfing sich an dem Lederriemen. Als ich sie löste, sah ich meine Hand so heftig zittern, als wollte sie sich von den Nadelstichen eines Muskelkrampfs befreien. Ich nahm die zweite mit zu Hilfe und schnappte abermals nach Luft.

»Da, bitte.« Ich legte meinen Diplomatenpass, ohne die Seite mit dem Foto aufzuschlagen, in die ausgestreckte Hand und sah zu, wie sich die Finger darum schlossen. Auf Japanisch flogen

Worte hin und her, bis einer kam, den Pass zu holen und ihn auf erhobenen Händen zu dem Unterstand zu bringen, als wäre er ein Orden auf dem Samttablett. Die Zeit stand still. Mein Rücken schmerzte plötzlich, und es zog mir in den Leisten, dass ich nicht mehr wusste, wie ich sitzen sollte. Doch es war wie eine Welle, die verging. Ich konnte wieder atmen. Da endlich, endlich kam der Botengänger wieder her und brachte mir den Pass zurück.

»Weiter!«, sagte der Beamte.

»Danke«, sagte ich und schaute ihm in die Augen, bevor ich meinen Blick nach vorne hin zur Fahrbahn wandte. Ich wusste ehrlich nicht, was tun.

Kupplung treten, sagte Alexander. Gang einlegen. Langsam Gas geben, mit Gefühl. Meine Knie wackelten so heftig, dass der Wagen hüpfte. Kupplung kommen lassen. Zwischengas. Noch auf der Serpentinenstraße vor dem Abzweig zu den Schattenhäusern sprach ich bei jedem Schaltvorgang im Stillen diese Instruktionen mit, als wären sie das Vaterunser.

»Wir sind gleich da.« Mit einem Seufzer der Erleichterung bog ich in den Waldweg ein. Ich hörte plötzlich wieder Vögel zwitschern, auch die Bäume waren nicht schwarz-weiß, sie waren grün, die Stämme bräunlich längs gemasert. Ich roch das Harz der Kiefern, den Salzwind von der See. Und mit ihm war meine Angst wie weggeflogen.

Dann sah ich sie: die frischen Spuren, die ein Auto in den Sand gegraben hatte. Es hatte über Nacht geregnet. Sie durften da nicht sein!

»Miyake?« Mein Herz fing wieder an zu rasen. »Hier ist jemand entlanggefahren. Ich trau dem Frieden nicht. Ich lasse Sie hier raus.«

Ich klappte ihm den Sitz nach vorne und öffnete die Tür.

Miyake rührte sich mit einem leisen Stöhnen und kroch auf allen vieren aus dem Wagen in das Unterholz. Er war so steif, wie eingefroren. Er reckte langsam seine Glieder, mal schaute eine Hand und mal ein Fuß aus dem Geäst.

Aus meinem Korb zog ich das Tagebuch und schlug es auf. Der Umschlag mit dem Reisegeld war mürbe und vergilbt. Zwischen meinen Fingern spürte ich das dicke Bündel Scheine.

»Da, Miyake, nehmen Sie!« Ich kniete nieder und schob die Zweige auseinander. »Eine gute Freundin hat einmal gesagt, dies Kuvert sei wie ein Schlüssel in die Freiheit. Sie brauchen es. Ich brauch es nicht.«

Ich sah ihn zögern. Dann nickte er und nahm es an, mit beiden Händen, wie es ihm sein Brauch gebot, und griff sich an die Kette, die er am Halse trug. Er löste sie mit einem schnellen Ruck. »Für mein Leben«, sagte er und legte mir die schwarze Perle in die Hand. Du kennst sie gut, meine liebe Karoline. Wie oft hast du als Kind gefragt, wie dieses eine dicke schwarze Schaf in das Collier der vielen kleinen weißen kam.

»Aber Miyake!«

Sein Zeigefinger huschte zu den Lippen. »Stimmen!«, flüsterte er eindringlich. Sie hallten von den Häusern herüber. Die Angst in seinen Augen erfasste mich wie Funken aus dem Feuer, wenn ich den Haken zu schwungvoll führte.

Ich nickte, schob mir die Kette in den Ausschnitt, zerrte einen Kiefernzweig aus dem Gestrüpp und kehrte Sand in unsere Spuren. Mit einem Satz erreichte ich das Steuer, um keine neuen Fußabdrücke in den Weg zu treten, dann gab ich Gas.

Es waren Leute von der Tokko. Sie nickten mir zu, als ob sie mich erwartet hätten, dann stiegen sie wortlos in ihr Auto. Es waren vier. Vier Männer in den immer gleichen Mänteln und mit den ins Gesicht gezogenen Hüten. Schon nach einem kleinen Augenblick hätte ich nicht mehr auf einen deuten können, um zu sagen: Ja, der war's, wenn ich sie an einem anderen Ort getroffen hätte.

Sie fuhren, ohne sich noch einmal umzuschauen, los. Reglos wie vier Puppen starrten die Profile geradeaus. In den Häusern fand ich alles vor, wie es gewesen war, doch ich war sicher, sie hatten alles durchsucht. Ich fragte mich, wie oft sie dagewesen waren, seit wir in Akiya Ferien machten, und schauderte bei dem Gedanken, dass sie auch diesen Winkel kannten, den ich für mein Refugium hielt. Wie hoffte ich, das unscheinbare Haus der Ueharas unten in der kleinen Bucht bliebe dennoch unentdeckt, wo sie doch keine *Gaijin* waren, Fremde, so wie wir, nur lästige Verwandte von diesen Inseln weit im Süden, die man einfach so vergessen konnte.

› 4 ‹

Als ich in den Hof einfuhr, stand Hayashi auf der Leiter und wusch die große Limousine.

»Ist mein Mann zurück?« Ich hatte wieder dieses Stechen in den Leisten, so stark, dass ich nach Atem rang.

Er legte seinen Lappen auf das Autodach, kletterte die Leiter zu mir herunter, verbeugte sich mit beiden Händen an der Hosennaht und sagte: »Ja.«

Ich war auf halber Treppe vor der großen Flagge, als mich die Schmerzen auf die Stelle bannten. »Ernst Wilhelm!«, hörte ich mich rufen, wie von Ferne, und der Boden schwankte unter mir. Ich hatte das Gefühl, als sei die Halle bis hinauf zur Decke mit Wasser vollgelaufen, das mir auf die Ohren drückte.

»Was ist mit Ihnen, Frau von Traunstein?« Das Gesicht von Fräulein Baum, sonst streng und unnahbar, hängt wie aufgeweicht vor meinen Augen. Ich spüre Hände, die nach meinen Armen, meinen Beinen greifen, und einen Schmerz in meinen Eingeweiden, der mich innerlich zerreißt. Ich sage mir, es ist ein Traum. Lauf fort! Lauf fort! Käthe wird dich holen kommen! Doch ich taste vergeblich nach der Hand, die mich nach oben ziehen sollte.

»Mein Kind! Rettet mir mein Kind!«

Ein besorgtes Augenpaar.

Ein Tuch auf meinem Mund.

Ein leicht süßlicher Geruch, dann wird alles weiß um mich. Ich schaukele sanft in einem Boot.

»Ein Junge wäre es gewesen.« Es ist Doktor Haukes Stimme. Wie Eis berühren mich die Hände, ich will sie nicht an meinem Körper haben. Ich spüre einen Stich im Arm.

Als ich wieder zu mir kam, saß Ernst Wilhelm neben mir am Bett. Er nahm meine Hand mit diesem liebevollen Lächeln, und er drückte sie ganz sanft. Rings um die Pupillen glänzten seine Augen wie von frischem Blut.

Mit fiel mit Schrecken ein, was ich ihn fragen musste.

»Psst. Jetzt nicht.« Seine warme Hand legte sich auf meine Augen, und unter ihrer Schwere glitt ich erneut hinüber in den Schlaf.

Plötzlich war es dunkel. Durch ein Fenster sah ich ein Meer von Sternen, aber keinen Mond. Ich versuchte, mich zu rühren.

»Bist du wach?« Es war Ernst Wilhelm.

»Ist Alexander frei?«

»Frag nicht. Nicht jetzt.«

»Ich muss es wissen.«

»Wir unternehmen alles, was uns möglich ist.« Wie Wellen, die im Sand verrieseln, so leise klangen seine Worte aus. »Schlaf jetzt. Hab keine Angst. Ich bin bei dir.«

Der Morgen zog mit Wolken auf, die auf den Kiefern lasteten wie schwere, nasse Säcke. Ich schaute in den Botschaftsgarten, doch es war ein anderer Blick, nicht der aus unserer Wohnung. Ich brauchte eine Weile, um zu begreifen, dass ich im Krankenzimmer war. Ernst Wilhelm schlief im Sitzen neben mir, den Kopf auf den gekreuzten Armen. Ich legte meine Hand auf seine Schulter, ganz sacht, um ihn nicht aufzuwecken, ebenso lautlos, wie mir die Tränen flossen. Zu wissen, dass ich ihn auf seine Weise lieben konnte, weckte in mir eine ungeheure Zärtlichkeit.

Ohne es zu merken, glitt ich in einen langen, komplizierten Traum. Der Abend dämmerte schon, als wiederum ein Stich in meinen Arm mich weckte. Doktor Hauke stand an meinem Bett.

»Nur ein kleines Spritzchen.« Er lächelte. Ich sackte in die Tiefen meiner inneren Welt weg, bevor ich recht begreifen konnte, was mit mir geschah. Mir war, als wäre ich ein welkes Blatt im Herbst und würde in den Boden sinken und, aufgelöst von Wind und Regen, zu Erde werden. Mir war entsetzlich kalt.

War es noch derselbe Abend oder schon ein neuer? Ernst Wilhelm war an meiner Seite. Er nahm meine Hände und drückte mit den Daumen die Fäuste auf, zu denen sie sich ballten.

»Doktor Hauke sagt, das Schlimmste sei geschafft.«

Ich nickte ohne Freude und ohne es zu glauben.

»Was ist mit Alexander?«

Er wich meinem Blick aus und ließ meine Hände sinken, als wären sie ihm plötzlich schwer geworden. Wir saßen lange schweigend da. In Gedanken stand ich vor der düsteren Fassade von Sugamo und suchte hinter Tausenden von Gitterstäben nach dem Gesicht von Alexander. Ich musste es finden und berühren, ihm die Falten aus der Stirne streichen.

»Ich habe einen Wunsch, Ernst Wilhelm.« Ich zögerte. »Ob du ihn mir erfüllen kannst, weiß ich natürlich nicht, hier, im Krankenzimmer, ob der Arzt es zulässt, aber ...«

»Jeden! Jeden werde ich dir erfüllen!«

»Ich möchte Kater Mütze bei mir haben.« Auf einmal konnte ich die Tränen nicht mehr halten.

Wie ein Fisch, der im Trockenen zappelnd Luft schnappt, öffnete und schloss Ernst Wilhelm den Mund. »Elisabeth.« Seiner Stimme fehlte es an allem, was sie sonst farbig und lebendig machte. »Kater Mütze lebt nicht mehr. Er ist wohl angefahren worden. Die von Eckners haben ihn gefunden. Er hatte sich verkrochen.«

»Nein!« Ich versuchte mich aufzusetzen, doch Ernst Wilhelm hielt mich an den Schultern nieder. »Sag, dass es nicht wahr ist, Ernst Wilhelm. Bitte sag es mir!«

Ich spürte wieder diesen Schlag im Lenkrad, als ich an jenem schwarzen Tag, der mir wie eine Ewigkeit zurückzuliegen schien, mit meinem Wagen von den Garagenhöfen floh. Dass ich ein Gepäckstück übersehen hätte, das hatte ich mir eingeredet. Ich mochte keine Zeit verlieren und mich nicht erklären müssen, nicht vor diesem Herrn von Clasen. Hatte ich den Kater etwa selbst …?

»Wann?« Ich ließ mich in die Kissen sinken. Ich wollte wieder schlafen, wieder weg aus dieser Welt.

»Es war am Dienstagabend. Er saß in den Hortensienbüschen neben der Terrasse unseres alten Hauses. Er muss gejammert haben wie ein kleines Kind. Ich war gerade hier, bei dir, als die Nachricht kam. Er starb noch in derselben Nacht.«

Ich schloss die Augen und schaute in die Schwärze hinter meinen Lidern.

»Du musst sehr tapfer sein.«

Und er nahm mich in die Arme, und er hielt mich fest.

XIII

Peking

> 1 <

Vor Jahren habe ich einmal die Geschichte eines alten Mannes gehört, den feindliche Soldaten bei einem Überfall auf seinen Hof in einen trockenen Brunnen stießen, weil sie ihn für einen Partisanenkämpfer hielten. Der Schacht war aufgegeben worden, die Quelle war versiegt, er zerschlug sich alle Knochen beim Aufprall auf dem Boden. Man fand ihn erst nach Tagen, doch weil er sich am Wasser labte, das spärlich aus den Maurerritzen tropfte, überlebte er. Irgendwie gelang es, ihn aus diesem Loch zu ziehen. Wie er die Kraft gefunden hätte, nicht aufzugeben, fragten ihn die Leute später. Er sagte, wie er auf dem Rücken lag, unfähig, sich zu rühren, habe er hinaufgeschaut zu diesem runden Himmelsfenster über ihm. Die Sterne seien Nacht für Nacht ein kleines Stück gewandert und für eine kurze Weile kam der Mond vorbei, ihn zu besuchen. Am Tage sah er wie durch ein Fernrohr Wolken ziehen und irgendwann die Sonne. Ganz kurz nur warf sie ihren Strahl zu ihm herab, der so warm war und so kostbar. Es war um seinetwillen, dass er leben wollte.

Es ging mir beinahe so wie diesem Mann, nur war es nicht mein Körper, mein Leben war zerschlagen. Dass ich mein Kind verloren hatte, machte mich zu einer leeren Hülle, die doch schwer war wie mit Blei gefüllt. Mein Himmelsfenster war die Hoffnung, Alexander würde freigelassen. Einen halben Tag noch lag ich im

Krankenzimmer und schaute in den Garten, dann stand ich auf. Ich hielt mich schleichend auf den Beinen, als ich nach oben in die Wohnung ging, die leer war ohne Kater Mütze. Der Kinderwagen stand nicht mehr an seinem Platz. Ich fragte nicht danach.

Morgens saßen nur wir beide noch am Frühstückstisch und hörten unsere Löffel in den Kaffeetassen klingeln und dem Knacken in den Rohren zu. Wenn wir seufzten, taten wir es still, im Innern.

Was in der Welt passierte, drang nicht zu mir durch. Ich las keine Briefe aus der Heimat mehr, ganz gleich, von wem sie kamen. Als die Ahornbäume in der Einfahrt wie jedes Jahr ihr Flammenkleid anlegten, ich sah es nicht. Selbst nach Akiya mochte ich nicht fahren. Die Schattenhäuser hatten mit der Unschuld ihren Charme verloren. Was mit Miyake war und mit den Ueharas? Die Angst vor einer schlimmen Antwort auf die Frage ließ mich in Tokio bleiben.

An einem Nachmittag nicht lang nach der Verhaftung Alexanders kam Ernst Wilhelm in die Wohnung und hielt mir einen Umschlag hin, den ich erst nicht öffnen wollte, doch er bestand darauf.

»Mein Collier! Ich hatte es gesucht. Ich dachte schon, es wäre mir gestohlen worden, als ich im Krankenzimmer war.« Miyakes schwarze Perle saß vorne in der Mitte wie ein Amulett. Ich schaute ihn erschrocken an.

»Ich habe es zum Mikimoto Pearl Store bringen lassen und denke, es gefällt dir so. Die schwarze fand die Krankenschwester bei dir, in deiner Kleidung.

Mein Mund ging auf und wieder zu. Ich sagte nichts.

Er wandte sich zur Tür. »Ich muss hinunter. Nur eines noch: Miyake ist in Sicherheit.«

»Woher weißt du das? Und wo ist er?«

»Ich bitte dich, Elisabeth. Stell dazu keine Fragen.«

Ich betete um einen solchen Lichtstrahl auch für Alexander. Alexander, dachte ich von früh bis spät. Alexander. Alexander. An diesem kleinen Hoffnungsfenster hielt ich mich krampfhaft fest.

Ich packte täglich Sachen für ihn ein, Essen, Schreibzeug, Seifenstücke, eine warme Decke. Ich fuhr hinunter nach Sugamo und gab sie an der Pforte ab. Die Wachen lachten schon, wenn sie mich sahen, und bleckten ihre schlechten Zähne. Die Gier sprang ihnen aus den Augen, wenn sie ihr Frühstücksmesser unter die von mir so liebevoll geschnürten Knoten schoben. Schon damals wusste ich, dass er nichts von alledem bekommen würde. Trotzdem trug ich weiter diese kleinen Gaben hin, ich konnte es nicht lassen.

Die japanischen Behörden breiteten einen Mantel des Schweigens über die Verhaftung aus. In der Presse las man nichts. Es sollte wohl verhindert werden, dass man in diesem gut bewachten Land, in dem die Ehre mehr galt als das Leben, über eine Unterwanderung der Regierungsebene spekulierte.

In dem kleinen Kreis der Botschaft, der trotz des Diskretionsgebots von der Verhaftung wissen durfte, herrschte Einigkeit: Ein lächerlicher Irrtum sei das Ganze oder auch Schikane. Dass Alexander tatsächlich ein Agent sein könnte, glaubte niemand. Und ganz und gar abstrus erschien die Mär von einem Spionagering. Selbst die treuesten der Nazis stimmten ein in die Entrüstung und verziehen ihm seine, wie sie sagten, »Schnoddrigkeit« gegenüber nationalsozialistischen Persönlichkeiten und Belangen. Wir schienen plötzlich eine Wagenburg zu bilden im Angesicht der Ungerechtigkeit, die einem von uns Deutschen in Japan widerfuhr.

»Ein Haudegen ist er! Seine Zunge hat er nicht im Zaum, schon gar nicht, wenn er einen gewissen Pegel überschritten hat. Aber eines müssen wir ihm lassen: dass er Mut bewiesen hat!«, tönte Oberst Grützner, als wir an einem jener Tage aus irgendeinem Anlass unten in der Halle standen. Vor Stolz und jovialer Gönnerhaftigkeit ob seiner eigenen Worte platzten ihm beinahe die Jackenknöpfe ab. »Er ist der Einzige in diesem ganzen Haufen von Journaille, der sich auch einmal traut, der Asiatenbrut die Stirn zu bieten mit einem kritischen Artikel. Dafür lassen sie ihn büßen.«

Von Clasen klopfte dem Oberst mit feister Hand auf die perfekt zurückgezogene Schulter. Er hatte diese Unart, jeden dauernd anzufassen. »Ich sage Ihnen, dieser Togo Shigenori hat bei dieser Sache seine Hand im Spiel!« Die Rede war von dem neuen Außenminister, der nach dem Regierungswechsel just in jenen Tagen ins Kabinett gekommen war. »Wussten Sie, dass seine Frau Edita heißt?« Er schaute gewichtig in die Runde. »Aus Deutschland ausgewandert ist sie. Eine Judenschlampe! Es liegt doch auf der Hand, dass Herr Arendt das Opfer einer antideutschen Intrige ist, die sie gesponnen hat. Herr von Traunstein, Sie sind doch sicher meiner Meinung?«

Diesmal gruben sich die dicken, kurzen Finger in seinen Ärmel. Ich sah, wie Ernst Wilhelm zusammenzuckte. Angewidert schnickte er sie weg. »Ich sehe das genauso«, sagte er und trat an meine Seite. Er legte mir den Arm um die Taille, wie um sich an mir festzuhalten.

Später an dem Abend erinnerte sich der Presseattaché von Schanghai, der gerade bei uns weilte, mit düsterer Miene an einen Journalisten namens Jimmy Cox, den man vor Jahren ebenfalls aufgrund eines Spionageverdachts verhaftet hatte. Er ließ sein Leben beim Verhör durch die Kempeitai.

Ich schrie auf, als ich es hörte, und flüchtete hinauf in unsere stille, leere Wohnung. Kein Auge tat ich zu in jener Nacht.

Ernst Wilhelm ließ nichts unversucht. Gleich nach der Verhaftung hatte er durch seinen Legationsrat eine offizielle Note überbringen lassen, in der er gegen die Verhaftung protestierte, zudem verhandelte er bald jeden Tag und drängte, Alexander sehen zu dürfen. Doch nachdem Ministerpräsident Konoe aus dem Amt geschieden war, hielt sein Nachfolger, ein gewisser Tojo, es so, wie

Japaner es ja meistens hielten: Er verbeugte sich mit einem Lächeln und sagte praktisch nichts.

Es war am 5. November gegen vier Uhr nachmittags. Ich saß am Fenster wie so oft und schaute in die Leere, als ich die Tür gehen hörte.

»Elisabeth?«

Es war Ernst Wilhelm.

Ich stand auf. »Was ist passiert?«

Er eilte auf mich zu und nahm mich in die Arme, was er so selten tat. Sein Brustkorb, seine Schultern bebten.

»Alexander ...« Er rang sich die nächsten Worte ab: »Er soll gestanden haben. Sie haben es ihm abgepresst! Ich darf gar nicht an die Methoden denken, mit denen sie ihn quälten! Stalin, sagt er, sei sein Auftraggeber!«

Stalin! Unverrückbar wie der Fujiyama im Fünf-Seen-Land von Yamanashi stand die Wahrheit mit einem Mal vor mir: Der Mann, den ich so liebte, dass ich an seiner Stelle sterben wollte, war ein Russenfreund, er hatte nie ein Hehl daraus gemacht, er war ja halber Russe. Dass er Kommunist war, wusste ich aus seinem eigenen Mund. Es stimmte! Das Geständnis war nicht abgepresst. Doch so blitzartig die Erkenntnis in mir aufstieg, so schnell tilgte ich sie mir aus dem Herzen und dem Hirn. Ich wollte sie nicht glauben. »Oh Gott!«, war alles, was ich sagte.

»Du musst sehr tapfer sein.« Es waren wieder diese Worte, die ich nicht lang zuvor schon einmal von ihm hörte. Er brachte sie hervor wie unter Atemnot, mit einem Keuchen, wie ich meinte, bis ich merkte, dass er tat, was einem deutschen Mann verboten war: Er weinte. Er brauchte mich, ich durfte mich nicht in mein Leid verkriechen, das begriff ich in dem Augenblick.

Ich kann nicht sagen, wie lange wir so dagestanden haben. Als er sich fasste, drehte ich mich in seinen Armen und wandte mich, den Rücken an ihn angelehnt, zum Fenster um. Gemeinsam schauten wir in eine ungewisse Ferne, froh um die Wärme zwischen unseren Körpern, um dieses kleine bisschen Trost.

Am 6. November, endlich, durfte er zu ihm. Mit einem Strohkorb auf dem Kopf, wie Häftlinge ihn in Japan tragen müssen, wurde Alexander in einen tristen Saal vor einen langen Tisch geführt. Dort saß Ernst Wilhelm, flankiert von einigen Beamten. Die Fragen waren abgesprochen, andere durfte man nicht stellen und auch sonst nichts zu ihm sagen.

Alexander nahm den Strohkorb ab und klemmte ihn sich unter den Arm. So sehe ich ihn vor mir, in diesem Raum, das Haupt geneigt, die Wangen unrasiert. Er soll so elend ausgesehen haben. So grau und plötzlich alt geworden.

»Wie geht es Ihnen?« Ernst Wilhelm siezte ihn, wie es die Form verlangte.

»Danke, gut.«

»Wie ist das Essen, das man Ihnen gibt?«

»Ausreichend.«

»Brauchen Sie irgendetwas?«

»Nein, danke.«

Auf das Zeichen des Gefängniswärters, der mit festgefügter Miene an der Türe stehen blieb, hob Alexander seinen Strohkorb. Unversehens schaute er noch einmal auf, und die Blicke der Männer kreuzten sich.

»Wie es aussieht, werden wir uns nicht wiedersehen, Herr Botschafter. Grüßen Sie mir bitte Ihre Frau.«

› 2 ‹

Die Verhöre zogen sich hin. Der zweite Monat kam und ging vorüber. Besuchserlaubnis gab es keine und an Auskunft nur, dass der Beschuldigte den Umständen entsprechend wohlauf und damit beschäftigt sei, seine ausführliche Aussage zu Papier zu bringen. Auf eine positive Wendung hofften nur noch wir.

Am 7. Dezember 1941 traf uns eine andere Nachricht wie eine Bombe, die ohne jeden Voralarm aus Tokios strahlend blauem Himmel fiel: Im Morgengrauen hatten die Japaner für uns völlig überraschend den amerikanischen Marinestützpunkt in Pearl Harbor angegriffen. Am nächsten Tag erklärte Roosevelt den Japanern offiziell den Krieg. Am 11. versammelte sich die Botschaft wieder vor dem Radio, wie gut zwei Jahre vorher, als dieser ganze große Irrsinn mit dem Beginn des Polenfeldzugs losgetreten worden war. Auch diesmal galt es, eine Rede Hitlers vor dem Reichstag anzuhören.

»Deutschland und Italien haben demgegenüber sich nunmehr endlich gezwungen gesehen, getreu den Bestimmungen des Dreimächtepaktes vom 27. September 1940 Seite an Seite mit Japan den Kampf zur Verteidigung und damit Erhaltung der Freiheit und Unabhängigkeit ihrer Völker und Reiche gegen die Vereinigten Staaten von Amerika und England gemeinsam zu führen.«

Der Führer mochte noch so vehement die Abscheulichkeit des »internationalen Juden« in Stalins Russland und Roosevelts Amerika beschwören, der es auf eine »unbegrenzte Weltherrschaftsdiktatur« abgesehen habe – an jenem Abend musste jeder in dem Saal doch wissen, dass er dieses eine Mal den Krieg nicht wollte, nicht mit der offenen Front in Russland! Diesmal waren die Japaner ihm zuvorgekommen, sodass nun ER springen musste wie SIE es wollten. Dass er sich auf den Dreimächtepakt berief, ließ mich schaudernd daran denken, dass Ernst Wilhelm gerade diesen bei seiner Unterzeichnung im Jahr zuvor an meinem fünfundzwanzigsten Geburtstag über alle Maßen gepriesen hatte – als einen Meilenstein zum Frieden in der Welt. Wie hatte er sich für von Ribbentrops Idee des Kontinentalblocks stark gemacht! Die Russen wollte er als die vierte große Macht im Bunde in die Dreierachse einbeziehen, sodass kein Brite und kein Amerikaner es noch wagen würde, gegen die geballte Kraft von ganz Europa bis hin nach Japan anzutreten. Nun diente ausgerechnet dieser Pakt als Zünder für den Flächenbrand.

Was ich an jenem Abend fühlte? Ich dachte wie so oft an unseren kleinen Sohn, den ich nie im Arm gehalten hatte. Mein Herz tat furchtbar weh bei dem Gedanken, doch eine kleine, leise Stimme in mir sagte, dass es womöglich besser sei, im Jahre 1941 kein Kind auf diese Welt zu bringen.

Ich funktionierte nach außen wieder wie in der Zeit von Alexanders großer Reise. Morgens überschminkte ich die Tränenschatten und richtete mit großer Präzision, doch ohne einen Tropfen Herzblut, die deutsche Weihnacht aus. Auf der Silvesterfeier und beim Empfang am Neujahrstag schwebte ich als wachendes Auge über dem Geschehen und gab die Gattin am Arme meines Mannes. In den Monaten danach lud ich jeden halbwegs guten Sänger oder Pianisten, den ich fassen konnte, zu Konzerten ein. Ich ließ regelmäßig frische Blumen in die Halle bringen und wählte aus dem immer kargeren Angebot an frischen Waren Speisenfolgen für die Abendessen und Bankette aus. Mein Himmelsfenster aber fror wie unter einer Eisschicht jeden Tag ein kleines bisschen weiter zu. Es war so schwer, die Hoffnung zu bewahren.

Die Nacht ist schwarz, doch gibst du deinen Augen Zeit, sich zu gewöhnen, löst sie sich in Schatten auf. Die Dunkelheit in mir war schwärzer. Es gab kein Fünkchen Licht darin. Die Stadt erschien mir wie ein Spiegel dieser Finsternis. Am 18. April, zwei Tage vor des Führers Geburtstag und gerade als die Kirschen in der Stadt am allerschönsten blühten, passierte, was man bis dahin für unmöglich hielt: Einem amerikanischen Bombergeschwader gelang es, bis ins Kernland vorzudringen. Das Stadtgebiet von Tokio wurde attackiert. Die Bomben rissen tiefe Lücken in das Hafenviertel, und wie zum Hohn gegen das Wortgeklingel von der japanischen Unbesiegbarkeit wehte tagelang eine Riesenfahne voller Staub und Rauch über der Stadt wie ein Trauerschleier. Kein Japaner nahm mit einem Wort, mit irgendeiner Geste oder Emotion, Notiz von der Zerstörung. Unbeirrt ging alles seinen Gang. Doch die Frauen trugen fortan keine Schmetterlinge, Kormorane oder Blütenzweige mehr auf ihren Kimonos spazieren. Die Farben, die sie wählten, waren grau wie die Fassaden regennasser Häuser oder braungrau wie der Straßenstaub. Alles, was Vergnügen machte, war mit einem Mal verboten. Im Zoo war der Moment gekommen, die als gefährlich eingestuften Tiere ohne Futter dem Hungertode auszuliefern oder aufzuessen, damit sie bei einer Zerstörung der Gehege niemanden verletzten. Die Elefanten würden nun mit ihren weichen, feuchten Rüsselspitzen nie mehr trockenes Brot entgegennehmen.

Noch mehr Läden schlossen, weil es nichts zu kaufen gab. Seit dem Russlandfeldzug war die Verbindung zwischen Ostasien und der Heimat für uns Deutsche unpassierbar, sodass auch wir von Lieferungen aller Art mit einem Mal abgeschnitten waren. Man wusste nicht, wie lange noch. Auch wenn Berlin mit ungebrochener Euphorie von gewonnenen Schlachten schwärmte, so steckten vor Leningrad und Moskau unsere Soldaten in der winterlichen Eiseskälte fest. Das »Vorwärts« schien zu stocken, was uns langsam ahnen ließ, dass das gnadenlose, vieltausendfache Sterben, das Hitler in die Welt getragen hatte, auf einmal auch uns Deutsche traf.

»Denkst du auch so oft an Richard, der jetzt irgendwo im Schützengraben liegt? Ob er noch lebt?« Es war schon spät. Ich war ins Bett gekrochen. Ernst Wilhelm lehnte, vom Licht des Flures wie eine schwarze Scherenschnittgestalt beleuchtet, im Türrahmen, um mir gute Nacht zu sagen.

»Quäl dich nicht, Elisabeth.«

Ich seufzte. »Wenn ich das nur könnte! Es ist so leer im Haus. Kater Mütze fehlt mir.« Und unser Kind noch mehr! Ich zögerte und suchte in der Dunkelheit nach seinen Augen. Sie waren müde, halb geschlossen. »Ich habe solche Angst um Alexander«, sagte ich. »Auf Spionage steht der Galgen!«

»Keine Sorge. Die Japaner hängen keinen Weißen. Außerdem, selbst wenn er verurteilt würde ... Die Russen würden ihn im Zuge des Agentenaustauschs sofort nach Hause holen. Du wirst sehen, ihm passiert nichts.«

»Was heißt ›nach Hause‹? Hier ist sein Zuhause! Bei uns!« Ich hörte selbst das Jammern in meiner Stimme. Wie sollte der Gedanke, dass Stalin meinen Liebsten zu sich nach Moskau holen könnte, in irgendeiner Weise tröstlich für mich sein? In Russland wäre er für mich als Deutsche unerreichbar! So wären wir in alle Ewigkeit wie die zwei Königskinder aus dem Märchen, die an getrennten Ufern standen!

»Glaub mir, Elisabeth, ich tue, was ich kann.«

»Verzeih mir, meine Nerven sind wie wund gescheuert. Ich werfe dir nichts vor. Ich weiß, wie du dich für ihn einsetzt.«

Er tat mir leid. Auf leisen Sohlen schlich er durch die Räume seiner eigenen Botschaft. Er wirkte wie gefangen in dem Amt.

In Berlin, das wusste er, stand er als Schwächling dar. Dass Japan nur nach Süden strebte, um seinem Leitspruch »Asien den Asiaten« hinterherzujagen und sich von ihm selbst angesichts der deutschen Bündnistreue im Kampf der Dreierachse gegen die Amerikaner nicht bewegen ließ, die beinahe unbesetzte Flanke Russlands entlang der Grenze zu Mandschukuo als Einfallstor zu nutzen? Man warf es ihm persönlich vor.

Und der »Fall Arendt«? Ein Hochverräter in den eigenen Reihen? Ein Spion für Russland? Was hätte Ernst Wilhelms Ruf mehr untergraben können? Eines vielleicht: dass er von Clasen nicht gebührend unterstützte. Der nämlich übte Druck auf die Japaner aus, die Judenfrage in Schanghai zu lösen. Die Stadt gehörte zu der Handvoll Fleckchen Erde, in die Emigranten noch ohne Visum hineingelangen konnten. Auf sein hartnäckiges Betreiben hin, verlegte man die armen Leute in ein bewachtes Ghetto. Ob Viktor dort war? Ich wartete seit Langem schon auf Post von Käthe.

»Jetzt, wo das Elendspack auf einem Fleck haust, wird es Zeit, den nächsten Schritt zu gehen. Sie kennen mich, meine Herren, liebe Frau von Traunstein! Das Problem ist bald gelöst! Ich werde den Japanern zeigen, wo es langgeht!« Wie ein gut gelaunter Weihnachtsmann hielt sich von Clasen seinen dicken Bauch und lachte, wenn er solche Sätze von sich gab. Wir schauten uns betreten an und sprachen, wenn wir etwas sagten, vom Wetter oder davon, dass der deutsche Wein um so vieles besser sei, als dieses Zeug aus China, das wir nur deshalb in den Gläsern hatten, weil es irgendwer von irgendwem beschaffen konnte.

Des Nachts, wenn alles schwieg und nur im Park die Eulen schrien, hörten wir das schabende Geräusch der Säge, die sich in das Bein des Stuhles fraß, auf dem wir beide saßen.

› 3 ‹

Dass dieses Elendsjahr verstrich, ist für mich ein Wunder. Die Zeit stand still, doch niemand hielt die Uhren auf, auch nicht danach. Es kam und ging der erste, dann der zweite Jahrestag von Alexanders Untersuchungshaft. Er wäre doch so kurz, der Weg zu ihm, hinunter nach Sugamo, wenn man mich zu ihm ließe. Was hätte ich gegeben, einmal, ein einziges kurzes Mal nur in sein Gesicht zu sehen. Auf Yatakarasus Schwingen schickte ich ihm Nacht für Nacht die Briefe meines Herzens, die manchmal zärtlich waren, doch oft auch voller Wut. Es war der schiere Wahnsinn, was er tat! Er hatte schließlich gewusst, dass die Japaner jeden Schritt von ihm belauerten mit ihrer Spionageangst! Und wenn er sein »Metier« nicht um meiner, sondern um unseres ungeborenen Sohnes willen aufgegeben hätte! Ich hätte auf sein Russland spucken mögen! Und hatte solche Angst um ihn. Und sehnte mich so sehr nach seinen Armen.

Die Krähen turnten unbeeindruckt mit dem üblichen Gekreisch im Geäst der Bäume. Wenn sie sich bisweilen an dies eine dunkle Fenster setzten, hinter dessen Gitterstäben Alexander sich auf seiner schmalen Pritsche wälzte und mir davon erzählten, so verstand ich ihre Botschaft nicht.

Am 23. November 1942 – bald jährte sich der Kriegseintritt der USA zum ersten Mal! – erreichte uns das Kabel aus Berlin, das wir lang erwartet hatten: »Die Affäre um die Spionagetätigkeit des Herrn Arendt in Ihrem Haus hat Ihre Reputation dem Verbündeten gegenüber schwer beschädigt, sodass wir uns genötigt sehen, Sie aus Tokio abzuberufen.«

Die Order lautete, uns binnen Monatsfrist nach Peking zu begeben und dort das Kriegsende abzuwarten. Alle Wege Richtung Heimat waren ja zu jener Zeit für uns blockiert.

»Was um Himmels willen sollen wir in Peking?« Wir standen, wie so oft in jener Zeit, in der Bibliothek am Fenster, Ernst Wilhelm hinter mir und ich an ihn gelehnt. »Lass uns nach Schanghai gehen, zu Käthe.« Sie hatte lange nicht geschrieben, was in jener Zeit nicht ungewöhnlich war. Briefe brauchten manchmal nur drei Wochen, manchmal aber auch ein halbes Jahr. Auch sahen wir uns nicht häufig, seit der Verhaftung Alexanders war sie nicht bei uns gewesen. Sie war mir die allerbeste Freundin. Wen hätte ich in Tokio schon gehabt, dem ich vertrauen konnte? Doch nicht der »Meute«! Ich sehnte mich nach Käthe, nach ihrer Wärme, ihrer Resolutheit, ihrem frechen Witz. Zu ihr zu gehen, nach Schanghai, der Gedanke gab mir Trost. Sie würde mich verstehen. Ich könnte mit ihr über alles reden. Über alles. Alles.

Ich spürte, wie Ernst Wilhelms Arme, die mir um die Schultern lagen, mit einem Mal erstarrten. »Das wird nicht gehen, meine Liebe.« Er stockte. »Käthe ist …«

»Was ist mit ihr?« Ich riss mich los. Ich musste seine Augen sehen. Sie waren klein und rot. Er schloss sie. Schlug sich die Hände vors Gesicht.

»Die Kempeitai hat sie verhaftet und verhört. Sie …« Ich sah ihn schlucken, sah ihn mit den Tränen kämpfen. »Aus dem Fenster ist sie gesprungen. Aus dem achten Stock.«

»Sie ist tot?« Der Boden unter meinen Füßen wurde plötzlich weich wie Schlamm. Schwankend sank ich darin ein.

Ernst Wilhelm nickte. Er hielt sich an dem Fensterknauf und schaute in den Garten. Ich fragte nicht, was man ihr vorgeworfen hatte. Ein weiterer Mosaikstein fügte sich für mich ins Bild. Er machte, dass das Eis in meinem Herzen noch ein wenig fester fror. Ich fühlte nichts. Nur diese Kälte in den Knochen, als wäre kein Leben darin.

»Wann ist es passiert?«

»Im März. Ich wollte es dir sagen. Die ganze Zeit.« Er wandte sich zu mir, und unsere Blicke kreuzten sich. Noch heute sehe ich die Qual in seinen Augen. »Ich hätte es dir sagen müssen!«

Du weißt, wie groß er war, ich reichte ihm gerade so bis an die Schultern, doch wenn ich jetzt die Augen schließe, steht er als Bündel Nichts in seiner Uniform vor mir. Ich legte meine Hand auf seinen Arm. »Plag du dich nicht damit. Die Sache ist schon schlimm genug.«

»Ich hatte sie gewarnt. Sie ging zu Viktor in das Ghetto. Du kennst sie ja. Sie lachte. Nicht einmal die Tokko könne sie dort finden, sagte sie. Sie dachte, sie stünde über allem, könne einfach ein und aus gehen, wie es ihr gerade passte. Ihr Passierschein war gefälscht. Der pure Leichtsinn!«

Ich sah sie förmlich, wie sie vor dem Posten stand und ihm die Dokumente reichte. Hätte sie sich auch in einen Sack gehüllt und in einer Reihe mit Millionen anderen vor ihm angestellt, sie wäre ihm doch aufgefallen. Sie war zu groß, zu aufrecht und zu strahlend, um in der Masse zu verschwinden.

Nun auch noch Käthe.

Frag mich nicht, was ich in welche Kisten packen ließ. Die meisten Dinge kamen in das Lager auf dem Compound, sodass wir beide reisten, wie wir hergekommen waren: mit je einem Koffer. Eine magere Schar von Leuten kam mit uns ans Schiff. Von Raupenstrauch war da, der Gesandte aus Schanghai, der Ernst Wilhelms Posten übernahm, seine treue Sekretärin Fräulein Ritter war gekommen, und Agnes von Hauenstein, die mich zu überschwänglich küsste. Ich sah sie förmlich im Kreis der anderen Damen ihre Munition verschießen, doch der Gedanke streifte mich nur flüchtig.

Ich stand an Bord des Schiffes und schaute zu dem Yasukuni-Schrein, der im klaren Licht des Vormittags aus dem Meer der Dächer ragte. Durch ihn hindurch sah ich ein letztes Mal die düsteren grauen Mauern von Sugamo in den Himmel ragen, als sich die Ankerkette hob, ächzend wie mit wehen Gliedern. Man hörte Männer rufen, die in ölverschmierten blauen Arbeitsmänteln mal hierhin und mal dorthin liefen und die Leinen lösten. Ernst Wilhelm griff nach meiner Hand. So standen wir an Deck und fuhren ohne eine weitere Träne in unsere ungewisse Zukunft fort.

Vier lange Jahre waren wir in Peking. Die Stadt blieb mir vom ersten bis zum letzten Tag fremd. Woran ich mich erinnere, ist das Gewimmel auf den Straßen. Das Leben fand nicht in den Häusern statt. An kleinen Tischen auf dem Trottoir saßen Schreiber und pinselten für ihre Kunden Briefe auf das Reispapier, das sich, beschwert von einem Tuschestein, in einem kleinen Stapel rechts der Schreibhand türmte. Auf offener Gasse wuschen die Barbiere den Männern die langen, spitzen Bärte und rasierten ihnen hohe Bögen mit Geheimratsecken auf die Stirn. Frauen kauerten im Staub und nähten Knöpfe an zerlumpte Hosen, verlasen Bohnen oder lausten ihre Kinder. Auf bloßen Laken auf dem Boden boten Händler ihre Waren feil. An Ständern hingen Trockenfische und eingesalzene Enten, deren Haut wie Leder spannte.

Wenn ich an Peking denke, sehe ich ein Gewimmel von schwer bepackten Eseln, zu Fuß gezogenen Rikschas und duldsamen Chinesenrücken, die sich unter hoch getürmten Ballen, Kisten, ja ganzen Tischen oder Betten krümmten. Wenn es im Sommer heiß und staubig war, sah man Männer mit schweren Bottichen am

Straßenrand, die mit großen Kellen Wasser auf die Straßen gossen, doch der Dreck blieb liegen.

Lange Zeit verließ ich unsere Wohnung nur, wenn ich es nicht vermeiden konnte. Mit gesenktem Blick lief ich durch das Gewühl der Menschen im Schatten der unendlich langen, drohenden Zyklopenmauern, die allenthalben in die Höhe ragten und mich schier gefangen hielten in diesem neuen Leben, das kein Leben war. Dass imposante Schreine oder andere Prachtgebäude mit geschwungenen Dächern über allem thronten? Ich sah es nicht. Nie ließ ich den Blick wandern.

Wir wohnten schön, ich will mich keinesfalls beklagen. Wir schauten auf den Park am Westtor des Palasts. Ernst Wilhelm aber hatte mit dem Amt den Lebensmut verloren. Wie ein gefangenes Tier schritt er von morgens früh bis abends spät die Grenzen seines Käfigs ab. Nur einmal in der Woche begab er sich zur Botschaft, um Neues zu erfahren. Wenn er zurückkam, erwartete ich ihn an der Tür. Ich brauchte nichts zu fragen. Er schüttelte den Kopf, hängte seine Mütze an den Haken und ging, sich umzuziehen. Wir tranken Tee und hakten wieder eine Woche ab.

Wir kannten keine Menschenseele in der Stadt. Stunde um Stunde, Tag um Tag standen wir am Fenster und schauten durch den Dunst in Richtung Japan, Ernst Wilhelm hinter mir und ich an ihn gelehnt. Vor Augen hatten wir nur unsere eigenen düsteren Bilder und nichts von dem, was draußen war, froh um die Wärme unserer beiden Körper, auch wenn den Sommer über das Wetter noch so heiß und stickig war. An manchen Tagen dachte ich: Ich sterbe, jetzt, im Stehen.

Die deutschen Niederlagen prasselten wie Hagelschlag. Dass Stalingrad verloren war, erfuhr Ernst Wilhelm im Februar 1943 bei einem seiner Botschaftsgänge. Die Verluste, hieß es, seien hoch und Tausende von Männern in Gefangenschaft. Von Richard keine Nachricht. Tunis fiel im Mai, als uns der Schock von

Stalingrad noch in den Knochen saß. Bomber entluden ihre Todesfracht im Himmel über deutschen Städten. Die von Traunsteinsche Fabrik war binnen einer Stunde zum Trümmerfeld geworden. Es war den Schwiegereltern nichts passiert, gottlob, die beiden hatten Hochzeitstag, und mein Schwiegervater war zu Mamá hinaus aufs Land gefahren, nach Bayrischzell, so hieß der Ort, der Name viel zu schön und friedlich für die Zeit. Meine Mutter, hieß es in dem Telegramm, sei ohnehin bei ihrer Schwester in der Schweiz. Sie habe »Perspektiven«. Ich las ein Fragezeichen, wo keines war.

Im Sommer 1944 ließ ich mich überreden, an zwei Tagen in der Woche für ein paar Stunden vormittags in der kleinen deutschen Schule einen Chor zu leiten, um nicht verrückt zu werden in den engen Wänden. Ich brauchte die Gewissheit, dass es noch andere Menschen gab, die meine Sprache sprachen. Das Singen mit den Kindern tat mir gut.

Es war am 15. November. Der Herbst war kalt, es hatte den ersten Frost gegeben, und Heizungen waren in China genauso unbekannt wie in Japan. Trotzdem war ich unter der schon winterfahlen Sonne durch den Park am Rande der verbotenen Stadt gelaufen, um frische Luft zu schnappen. Zum ersten Mal seit langer Zeit empfand ich einen leisen Zug zum Leben und nahm mir vor, meine Notenblätter durchzuschauen und selbst noch einmal mit dem Singen anzufangen.

Später, als ich wieder in der Wohnung war und sich der Schlüssel in der Tür drehte, trat ich wie üblich zur Begrüßung in den Flur.

»Schön, dass du da bist. Ich hab uns einen guten Tee ...« Wie angewurzelt blieb ich stehen. Ernst Wilhelms Nase war zwar rot vom Wind, doch sein Gesicht war grau.

»Elisabeth.« Er holte Luft wie einer, der zu lange unter Wasser war und weiß, er muss gleich noch mal tauchen.

»Was ist?« Ich hielt mich an den eigenen Händen fest und ahnte seine Worte, noch bevor sie ausgesprochen waren.
»Sie haben ihn verurteilt.«
»Nein! Zum Tod?«
Er nickte.
»Dann wird Stalin ihn jetzt holen kommen?«
»Nein, Elisabeth. Jede Hilfe kommt für ihn zu spät. Sie haben gleich vollstreckt und ihn gehenkt. Am Freitag in der Früh.«

XIV

Geschenk

› 1 ‹

Es war an einem Dienstag im Jahre 1945. Ich war krank, mit Halsweh, Ohrenschmerzen und einem dicken Schnupfen. Mir war kalt, obwohl es doch am 1. Mai in Peking wärmer war als an manchem deutschen Sommertag. Ich hatte gerade einen Tee für mich gebrüht und schaute mir, die Tasse in der Hand, zum wievielten Male das Bild an, das in einem halb zerrissenen Umschlag aus der Schweiz gekommen war. Es war sonst nichts in dem Kuvert gewesen, der Brief war wohl verloren, wie es damals oft passierte. Das Foto zeigte meine Mutter, beinahe jung und glücklich an der Seite eines fremden Mannes. War das ein Hochzeitsfoto? Ich hätte so gern mehr gewusst. Wenn wir nur reden könnten. Waren dies die »Perspektiven«, von denen meine Schwiegermutter mir berichtet hatte?

Als ich Ernst Wilhelm von der Botschaft kommen hörte, trat ich mit meinen dicken Socken an den Füßen in den Flur.

»Da bist du ja, Elisabeth. Schon wieder auf den Beinen?«

»Ja, es geht schon etwas besser. Ich hab kein Fieber mehr.« Meine Stimme aber steckte in der Nase fest.

Noch bevor er die Mütze an den Haken hängte, ließ er die Verschlüsse seiner Aktentasche schnalzen und zog ein Blatt Papier hervor. »Lies selbst.« Aus seinen Augen sprach zum ersten Mal in dieser ganzen schweren Zeit etwas wie Leben.

Misstrauisch nahm ich die Seite entgegen. Ich mochte nichts mehr wissen von der Welt. »In tiefster Trauer und Ehrfurcht verneigt sich das deutsche Volk. Der Führer hat mich zu seinem Nachfolger bestimmt«, las ich, bewegte nur die Lippen. »Karl Dönitz?« Ich schaute auf, mit offenem Mund.

Ernst Wilhelm nickte. Dann kam er plötzlich zu mir her und griff mich an den Händen und drehte mich im Kreis. »Begreifst du nicht? Hitler ist tot! Er hat sich erschossen! Dönitz führt die Amtsgeschäfte. Die Welt kann wieder atmen!«

Er lachte laut, was mir befremdlich war, weil ich sein Lachen nicht mehr kannte. »Bald ist der Spuk vorbei!«

Ich konnte es nicht glauben. Die Nazis wären nie von dieser Welt zu tilgen!

Eine Woche später belehrte mich das Schicksal eines Besseren. Wie ein Zauberer zog Ernst Wilhelm abermals ein Blatt hervor, plötzlich fand er wieder solche spielerischen Gesten.

Diesmal las er mir den Text persönlich vor: »Wir, die hier Unterzeichnenden, die wir im Auftrage der Oberkommandos der Deutschen Wehrmacht handeln, übergeben hiermit bedingungslos dem obersten Befehlshaber der Alliierten Expeditionsstreitkräfte und gleichzeitig dem Oberkommando der Roten Armee alle gegenwärtig unter deutschem Befehl stehenden Streitkräfte zu Lande, zu Wasser und in der Luft.«

Wir hatten keinen Sekt im Haus, es war ein stilles Fest. Doch blieben wir lang am offenen Fenster stehen und schauten zu, wie unten im Park vor unserer Tür eine Schar von jungen Leuten mit einem dieser großen roten Drachen aus Papier übten. Sie lachten laut und viel. In meinem Herzen waren tausend bange Fragen, doch plötzlich spürte ich den Wind des Aufbruchs in der Luft.

> 2 <

Deutschland lag am Boden, das Reisen war für Deutsche nicht gerade einfach. Es dauerte bis ins Frühjahr 1946, die Papiere zu beschaffen, die wir brauchten. Natürlich war ich froh, aus Peking fortzugehen, doch von Asien Abschied nehmen, hieß einen Schlussstrich ziehen unter diese ganze Zeit, und so war mir fast, als müsste ich mir Alexander ein zweites Mal aus dem Herzen reißen.

Hongkong, Bangkok, Bombay, ich weiß nichts mehr von all den großen Städten und den Wassermassen, durch die der Bug des Dampfers pflügte. Woran ich mich erinnere, ist diese endlos lange, schnurgerade Rinne des Suezkanals, der zwischen Asien und Afrika verlief wie eine Gosse für die Tränen, die geflossen waren in dem Schreckenskrieg. Links und rechts am Ufer sah ich in dem heißen Wind der Wüste Sandgespenster tanzen, die mir sagten: »Alexander lebt. Sie hängen keinen Weißen!«

An einer Schleuse saß, zum Greifen nah, eine Frau im Schatten eines Tamariskenbaumes. Sie strickte. Zu ihren Füßen stand ein kleines Kind in einem Waschkorb, das die Ärmchen hob, wie um zu winken. Ich konnte meinen Blick nicht wenden. Es sah so friedlich aus, das Bild. Ich weinte noch in Port Said und wollte plötzlich nicht mehr leben.

Später dann, auf unserem letzten Stück der Reise Richtung Heimat mit der Bahn von Genua, fuhren wir durch eine Landschaft, die mir wie ein Spiegel meines Inneren war. Wohin ich schaute, ragten aus Ruinenfeldern verkohlte Mauerreste und verbeulte Eisenkonstruktionen in den Sommerhimmel. An den Häusern, die noch standen, hingen Fetzen von zerschossenem Putz. Wie Bettler in schmutzig grauen Lumpen ihre Hände, so streckten sie uns ihre schiefen Fensterläden hin. Manch eine Brücke passierten wir mit angehaltenem Atem, weil sie nur auf einer Spur befahrbar war und die Gleise in der anderen Richtung eine Handbreit neben uns jäh in die Tiefe sackten. Liegen gebliebene Panzer und Militärfahrzeuge säumten hier und da die Straßen, die entlang der Strecke durch die Dörfer und die Felder führten. Das Korn stand hoch und wiegte sich im Sonnenschein in einer lauen Brise, als wäre nichts gewesen. Darüber schwirrten auch die Schwalben durch die Luft wie eh und je.

Meine Schwiegereltern holten uns in München ab, an einem Bahnhof, den ich kaum erkannte, nicht nur weil im Dach der Halle das ganze Glas zerborsten war. Ringsum stand nichts, was mir vertraut erschien. Als ich ratlos auf die Überbleibsel einer Kuppel starrte, die die bröckelnden Fassaden überragte, dachte ich an Berlin zurück. So ähnlich war das Kuppelrund des Reichstags nach dem Brand auch schlimm zerstört gewesen, als ich am Anfang meiner großen Reise Richtung Osten daran vorbeifuhr. Vierunddreißig war das, genau zwölf Jahre zuvor.

Mamá umarmte mich und drehte mich, die Arme ausgestreckt, an den Schultern hin und her. »Goldstück, was dir fehlt ist Farbe im Gesicht! Und du bist viel zu mager.«

Sie hatte recht, gewiss, bei all der Sonnenbräune, die ich mir auf der Rückreise an Deck des Schiffes geholt hatte, fehlte mir das frische Rosa auf den Wangen; mein Körper war zudem, wenn man Ernst Wilhelms Worten Glauben schenkte, nicht mehr als bloß ein Hauch im Wind. Doch hätte ich das Gleiche zu ihr sagen können. Ich erschrak, als ich sie so vor mir stehen sah. Sie war kaum noch die Hälfte dieses Menschen, den ich einmal kannte: wie eingeschmolzen das Gesicht und um das Kinn so faltig wie ein Welpe, dem das Fell zu groß ist für den kleinen Körper. Merkte sie, dass mir das Lächeln auf den Lippen gefror? Wenn ja, dann zeigte sie es nicht. Sie küsste mich auf beide Wangen, hakte sich bei mir unter und strahlte, wie um dem lange nicht gesagten Kosewort den rechten Glanz zu geben: »Goldstück!« Und sie wiederholte: »Goldstück! Goldstück!«

»Mamá!« Sonst brachte ich keinen Ton heraus. Ich drückte ihre Hand auf meinem Arm und spürte, wie die letzten Tränen, die in mir geblieben waren, bis an den Lidrand krochen, doch dann war plötzlich Fräulein Degenhardt in mir und sagte: »Weinen können Sie später!«

Mein Schwiegervater zog ein Taschentuch heraus. Ich dachte schon, es sei für mich, und hob die Hand, um dankend abzulehnen, doch er hielt es an die eigene Nase und schnäuzte sich geräuschvoll. »Herzlich willkommen! Wir sind so froh, dass ihr beiden wieder da seid und vor allem, dass euch nichts passiert ist!« In jener ersten Zeit, als ich nach meiner Heirat in seinem Hause lebte, war er mir hart und unnahbar erschienen, doch die Stimme, die da zu uns sprach, war warm und bebte vor Rührung, dass ich ihn staunend ansah.

Er aber schwang schon seinen Gehstock und führte uns, im Rücken arg gebeugt, doch erstaunlich schnellen Schritts, in Richtung Ausgang. Er bestand darauf, Ernst Wilhelm auf der Stelle seine großen Pläne für die Zukunft »unserer« Firma zu erklären.

Der Weg zum Werksgelände führte durch das Viertel, in dem ich einmal gewohnt hatte. Unser Haus stand da wie eine Puppenstube – ohne Vorderfront. In »unserer« Wohnung klebten andere Tapeten, und die Tür vom Wohnzimmer zum Flur hing schräg an einer Angel. Von Milchfrau Ellies Laden gegenüber waren bloß die Fensteröffnung und das Ladenschild geblieben. Leise knarrte es im

Wind. Mir war, als würde ich durch eine Traumwelt wandern, so seltsam fühlte sich das Ganze an. Der Schutt zu beiden Seiten türmte sich bis hoch zum zweiten Stockwerk, aber die Straße davor war blitzsauber und gefegt. Hübsch frisierte Frauen schwangen ihre Glockenröcke zwischen Fahrradfahrern, die es eilig hatten. Wir flanierten mitten auf der Gasse, weil es außer ein paar Militärfahrzeugen mit US-Aufschrift so gut wie keine Autos gab. Wo waren sie, die Plätze meiner Kindheit? Die Straße, die zur Schule meiner Tante führte und die ich tausendmal gegangen war? Es gab sie nicht. Sie war ausgelöscht, als sei es nur ein Traum gewesen.

»Willst du zum Friedhof?«, fragte mich Mamá.

»Zum Friedhof?« Ich verstand sie nicht.

»Das Grab von deinem Vater wurde nicht zerstört.«

»Nein, danke. Wirklich nicht.«

»Ihr glaubt nicht, wie es noch vor einem halben Jahr hier ausgesehen hat!« Schwiegervaters Augen, vom Alter klein geworden, sprühten vor Begeisterung, als wir schließlich auf dem von Traunsteinschen Gelände standen. Wäre nicht das Tor mit einem Stück des Schriftzugs erhalten gewesen, ich hätte es nicht erkannt. Von der Fabrik war nur ein Seitentrakt intakt geblieben. Wo die Mauern des Hauptgebäudes und des anderen Flügels einmal vor mir aufgeragt hatten, gab es wenig mehr als ein paar Reste, die wie abgefressen wirkten. An manchen Stellen lag der Schutt noch meterhoch, doch Tausende vom Putz befreite Ziegelsteine harrten schon in ordentlichen Stapeln auf ihren neuen Einsatz.

»Wir hatten solches Glück! Der Teil, der steht, kann bleiben, die Fundamente sind noch heil. Das Dach ist schon geflickt. Seit dem Frühjahr sind die Fenster wieder drin. Und jetzt kommt mit!«

Er ging voran und wirbelte, jetzt mit Mamá am Arm, den Stock bei jedem Schritt. Es fehlte noch, dass er ein Lied gepfiffen hätte.

Wir beiden folgten schweigend. Ernst Wilhelm schien es, genau wie mir, die Sprache zu versagen, wo wir doch dachten, das

Schicksal hätte uns so schwer getroffen. Dies hier zu sehen ... Wir fühlten, wie es schrumpfte, unser großes Leid, und waren irgendwie beschämt, es überhaupt gespürt zu haben.

An einer notdürftig mit Blechen reparierten Halle blieb mein Schwiegervater stehen und deutete mit großer Geste über einen Platz, nicht kleiner als der Botschaftspark in Tokio, der überquoll von Eisenteilen. Rohre staken in die Höhe, zerrissene Geländer bogen sich wie gichtgekrümmte Hände, verstrebte Stützen wie von Brücken oder Türmen liefen ohne Anfang oder Ende kreuz und quer. Vom Rost war dies Chaos orangerot angelaufen, und das Auge freute sich an dieser intensiven Farbe inmitten all des Graus und der Tristesse.

»Da liegt unsere Zukunft«, sagte der alte Herr mit solchem Stolz, dass ich ihn beinahe so aufrecht und stattlich vor mir sah, wie man ihn früher kannte. »Wir handeln jetzt mit Altmetall, im großen Stil, versteht sich! In dieser Zeit, in der an allem Mangel herrscht, gibt es eins im Überfluss, und das ist Schrott! Seit gestern haben wir es schwarz auf weiß von den Besatzern: Wir bekommen einen eigenen Bahnanschluss!«

»Donnerwetter, Vater!« Ernst Wilhelm stand mit offenem Mund neben mir.

»Da staunst du, was, mein Junge?«

»Du siehst, mein Goldstück, es geht wieder aufwärts.« Mamá fasste mich am Ellenbogen und zog mich lächelnd mit sich fort. »Lassen wir die Männer eine Weile reden. Da drüben! Schau! Die kleine Villa.«

Ein schmaler Trampelpfad, der hier wie allenthalben durch die aufgetürmten Hügel führte, lief in Richtung des Gebäudes, das noch stand, als wäre nichts geschehen. Von diesem Wunder angezogen, ging ich voraus. Hier also hatten sie gelebt – mein Vater, meine Mutter – bis zum großen Angriff. Das Haus war kleiner, als ich dachte. Ich war ja nur ein paar Mal dort gewesen, wenn man uns Kinder zu der Firmenweihnacht geladen hatte. Es war mir damals riesig groß erschienen. Es war auch stattlich mit den hohen Säulen und dem breiten Überdach, doch inmitten der Verwüstung wirkte es nicht halb so imposant. Aus Tokio war ich anderes gewohnt. Romantisch war es, ja verwunschen, eingehüllt in seinen Efeumantel. Ich sah den Vater vor mir, wie er mit dem Wagen vor den Eingang rauschte, dass die Kieselsteine spritzten. Und Mutter stand bereit, das Haupt geneigt, um ihm den Mantel abzunehmen und seinen Hut und ihm den leeren Ärmel in die Tasche seines Rocks zu stecken.

»Ist es bewohnbar?« Eine kleine Hoffnung regte sich in mir und ließ mich in Gedanken unsere Möbel in die Stube schieben, doch die Frage war kaum ausgesprochen, als ich es sah: Die eine Seitenwand und alle Fenster fehlten.

»Das Haus, es lässt sich nicht mehr retten. Es wird wohl abgebrochen mitsamt der Wohnung.«

»Wie schade.« Mit der Hand beschrieb ich einen Bogen über dieses ganze Trümmerfeld. »Es ist so traurig, dies alles mit eigenen Augen zu sehen.«

»Wir leben, Goldstück, und der Krieg ist aus. Lass uns jetzt bloß nicht Trübsal blasen.«

Ich schluckte, nickte und beschloss, nichts mehr dergleichen zu erwähnen. »Sagen Sie, Mamá …« Ich suchte ihre Augen. »Was wissen Sie von meiner Mutter? In Peking waren wir so abgeschnitten. Die letzte Post, die ich von ihr bekam, bevor wir reisten, trug einen Stempel vom März fünfundvierzig. Da war der Krieg noch nicht vorbei!«

Über eine kleine Böschung rutschte ich mehr, als ich ging, mit den Händen balancierend, die paar Schritte hinunter auf das Kopfsteinpflaster, das rings ums Haus an manchen Stellen noch erhalten war. »Sie schickte mir ein Hochzeitsbild.«

Auf die Hand gestützt, die ich ihr reichte, machte Mamá einen großen Schritt, der ihr nicht schwerzufallen schien, was mich erstaunte. Sie wirkte so zerbrechlich und war damals Mitte sechzig, was mir ungeheuer alt erschien. »Dann weißt du es also?«

»Nichts weiß ich! Ich kenne nicht einmal den Namen dieses Mannes! Das Kuvert war aufgerissen und der Brief verschwunden.« Ich klopfte mir den Staub aus den Kleidern, als sei es aus Ärger über den Verlust.

»Schau nicht so entsetzt! Was willst du wissen, Goldstück?« Ich sah den Schalk in ihren Augen blitzen. Ich hatte ihn vermisst und musste lachen, ob ich wollte oder nicht. »Alles! Einfach alles.«

»Dass er Oskar Weiss heißt und ein Hotel am Zürichsee betreibt, das hat sie ganz bestimmt geschrieben. Dass sie glücklich ist wie nie in ihrem Leben.« Sie schaute über ihre Schultern und senkte die Stimme. Wir waren so daran gewöhnt, darauf zu achten, dass niemand uns belauschte, dass wir es nicht mehr lassen konnten. »Für sich behalten hat sie sicher, dass er Jude ist. Hitler war ja noch im Amt.« Im durchbrochenen Schatten der Fassade gingen wir ums Haus. »Ich weiß nicht, ob ich ihn sympathisch finde, diesen Oskar Weiss, nur eins steht fest: Er hat uns sehr geholfen. Ich habe sie im Mai besucht, deine Mutter und ihren neuen Mann. Sie hatte ihn bewegen können, sich für uns einzusetzen. Ich wollte mich bedanken, denn ohne seine Unterstützung hätten wir beim Entnazifizierungsausschuss wohl nicht so schnell die Entlastungszeugnisse bekommen, die wir brauchten, um hier wieder anzufangen.«

Wir machten einen Bogen um die kurz geschnittenen Stümpfe zweier alter Bäume, die, als sie noch standen, das Pflaster mit den Wurzeln hoben, dass es sich in langen Wülsten wölbte. »Dass Ernst Wilhelm damals in der Gruppe um von Schleicher und erwiesenermaßen gegen Hitler war, auch das hat uns genützt.«

»Man wird ihn also nicht belangen?« Wie ein bitterer Klumpen lag mir diese Angst im Magen, seit ich von der Kapitulation erfuhr: Er war doch Botschafter gewesen! Er hatte Nazi-Uniform getragen! Im Namen dieses Hitler Politik gemacht.

»Mach dir darum keine Sorgen.« Sie legte ihre Hand auf meinen Arm. Plötzlich lachte sie. »Schau! Nicht alles ist kaputtgegangen. Eine Hütte steht noch!« Windschief neigte sich das Wellblech der Garage, die im Schatten hinter dem Gebäude stand.

Ich löste mich von ihrem Arm.

»Geh nicht hinein, Elisabeth! Wer weiß, ob sie nicht einstürzt!«

Ich weiß nicht, was es war, irgendetwas zog mich an und hieß mich weitergehen. Die Türe knarrte im Scharnier, als ich sie aufschob. Zögernd trat ich ein. Die Sonne schien durch ein paar Löcher in dem gebogenen Dach wie durch die Vorhangritzen bei Madame Clément. Es roch nach feuchtem Staub und Mäusedreck. Zwei Fässer waren auszumachen, vom Rost zerfressen und verbeult, und ein Regal stand noch an einer Wand. Nichts war mehr darin. Nur eine umgestürzte Kiste lag davor am Boden und etwas glänzte in dem trüben Licht.

Mamá stand hinter mir. »Du wirst hier nichts mehr finden, was irgendwie noch brauchbar wäre. Es wurde viel geplündert. Selbst die Bäume wurden abgeschnitten und verheizt.«

Ich aber war schon auf den Knien. Unsere Krippe! Das kleine Jesuskind im Körbchen! Und ... er war es wirklich! »Schauen Sie, Mamá! Unser alter Rauschgoldengel!« Nicht Frau von Beuthens deutsche, sondern die alte Weihnacht meiner Kindheit hatte die Zerstörung überlebt! Als mein Schwiegervater und Ernst Wilhelm uns wenig später holen kamen, hielt ich ihnen diesen arg zerrupften Himmelsboten hin, als wär's ein Hauptgewinn. Wie ich lachte über diese Laune des Schicksals. Tränen fand ich in mir keine mehr. Ich weinte nicht einmal mehr vor Sentimentalität.

› 3 ‹

In den Jahren, die nun folgten, machten wir, was man in Deutschland nach dem Kriege eben tat. Keiner redete von seinen Schicksalsschlägen. Die Toten, die bald jeder zu beklagen hatte, ließ man ruhen, so gut es ging, und stürzte sich mit aller Kraft in dieses neue Leben. Erst ging es darum, möglichst nicht zu hungern und zu frieren, dann darum, schnell und gründlich alle Spuren der erlittenen Schäden und Verluste einzuebnen und alles noch viel besser und moderner wieder aufzubauen. Mit frischer Farbe übertünchte man die große Schmach der eigenen Dummheit, dass man sich von Hitler so sehr blenden ließ, um lauthals Ja zu schreien, als Goebbels dreiundvierzig fragte: »Wollt ihr den totalen Krieg?«

Aus der Arbeit und dem kleinen Fortschritt Tag für Tag schöpften auch wir beiden immer wieder jenes Quäntchen Mut, das wir zum Weitermachen brauchten. Nach der Einsamkeit von Peking und der angespannten Stille in unserer Wohnung dort, erlebte ich das Nachkriegsdeutschland und die allgemeine Aufbruchsstimmung als Befreiung. Mein Schwiegervater vermochte es, uns alle mit dem Schaffensfieber anzustecken, das ihn ergriffen hatte. Wenn er Geschäfte machte, hatte er die Hand des Midas: Was er berührte, wurde zu Gold. Nicht nur der Handel mit dem Schrott war profitabel. Die Maschinen aus der Spinnerei und Weberei, die er im Krieg aufs Land gebracht und gut getarnt in Bauernscheunen ausgelagert hatte, dienten uns als Grundstock für das zweite Bein, auf dem wir sehr bald wieder standen: Stoff.

Ich schreibe »wir« nicht einfach so. Mamá und ich, wir hielten unsere Hände nicht gefaltet im Schoß. Wir packten an wie alle Frauen in der Zeit, im Haus und in der Firma. Meine bescheidene Herkunft und vieles, was ich in der harten Schule meiner Kindheit lernte, war mit einem Male von Belang, sodass jetzt ICH es war, die IHR so manche Dinge zeigen konnte. Sie hatte immer Personal gehabt.

»Du kannst ja zaubern, Goldstück!« Ich höre sie bis heute schwärmen, wenn wir zu viert von einer Brühe aus einem abgenagten Knochen und Kartoffelschalen aßen, mit einem Eierstich von einem einzigen Ei; wenn es »Spinat« gab, von den frisch gepflückten Spitzen der Brennnesseln, die zwischen all den Trümmerbergen prächtig wuchsen. Der Gewohnheit folgend, zog es ihren Daumen und den Zeigefinger wie früher an ihre Kinnpartie, die ihr – verzeih mir, wenn ich es so sage, du weißt, ich liebte sie – der alten Üppigkeit beraubt wie Lefzen von den Wangen hing.

Irgendwann war diese allerärgste Zeit vorbei. Es kam der Tag, da fuhren wir, die Fahrräder wie in China hoch bepackt mit Ballen unserer Ware, zu den Bauern und kamen heim mit allem, was wir brauchten: Kartoffeln, Butter, Eier. Brennholz. Süße Kirschen. Stoffe waren damals eine Kostbarkeit.

»Wir können dankbar sein.« Das sagte mir Mamá an jedem Tag.

»Wir können dankbar sein.« Das war der Satz, den ich am Abend von Ernst Wilhelm hörte, nicht nur an jenem ersten, als uns die Schwiegereltern noch im Zug nach Bayrischzell die Haustürschlüssel überreichten: Sie gaben uns ihr Sommerhaus, die reichlich angestaubte, aber wunderschöne Villa Rose mit ihrem Sonnenerker in der Küche und den Dielenböden, die so knarrten wie ein halb gestürzter Baum im Wald. »Wir haben Betten, haben Möbel!«

Das Dorf war heil, beinahe gespenstisch, als wäre es zur Zeit des Krieges vorübergehend nicht von dieser Welt gewesen. Es war kein Schuss darin gefallen, wenn auch die Männer in den besten Jahren fehlten. Eine Schar von Kindern gab es, viele Witwen und so viele Frauen, die noch um ihre Kriegsgefangenen bangten, die in Russland festgehalten wurden, in Jugoslawien und manche auch in Frankreich.

»Ja, wir können dankbar sein.« Vor wessen Ohren sollte ich beklagen, was mir widerfahren war? Dass mein Geliebter ein Spion der Sowjets war? Dass er Stalin von den Angriffsplänen Hitlers wissen ließ und ihm verriet, dass er von Japan nichts zu fürchten hatte, sodass er alle Kräfte bündeln und an die Front im Westen schicken konnte, um dort die Deutschen zu besiegen – darunter viele Männer, um die die Frauen hier im Dorfe weinten? Wem sollte ich erzählen, dass sich Käthe, meine Freundin, die ebenfalls im Sold der Russen stand, mit einem Todessprung entzog, als es ihr an den Kragen gehen sollte? Wer würde mehr als bloß ein Achselzucken dafür übrig haben, wenn ich ihm sagte, dass ich mein ungeborenes Kind verlor? Dass ich im Stillen um einen toten Kater weinte? Und wäre es noch so wunderschön, das Tier – das klang doch lachhaft in den Ohren der Leute!

»Wir haben uns.« Wie damals oft in unserer schweren Zeit in Tokio und in Peking fasste mich Ernst Wilhelm, als ich am Fenster stand, von hinten um die Taille. Wie friedlich lag der Garten da, vom Licht des beinahe vollen Mondes in einen kühlen Nachtglanz eingehüllt.

»Ja. Wir haben uns.«

Der Name »Alexander« war für uns tabu. Noch in Peking erreichte uns ein ganzer Koffer mit Papieren. Sein Geständnis war darin, die Protokolle der Vernehmung, der Verhandlung, die Plädoyers, das Urteil, und so weiter und so weiter. Alles war ins Deutsche übersetzt, sodass ich schon zu blättern anfing, doch dann packte ich das Ganze weg. Ich konnte es nicht lesen!

Als im Winter sechsundvierzig die Kisten mit unseren Sachen kamen, riss ich den Zeitungseinband von den einst verbotenen Büchern. In manchen stand sein »A« für Arendt, in Soschtschenkos *Himmelblaubuch* zum Beispiel, und in den Erzählungen von Herrn Nasar Iljitsch Blaubauch auch. Ich gebe zu, ich kämpfte mit den Tränen. Doch ich schluckte sie herunter, wischte den Staub vom Einband, klebte hier und da ein losgelöstes Stück des Rückens wieder fest und stellte Band für Band aufs Bord. In dem Kommödchen, in dem die Bücher vorher waren, sperrte ich seine Akten weg. Wir hatten wieder einen Giftschrank, doch in diesen schauten wir kein einziges Mal hinein.

Wenn wir von Tokio sprachen, dann von den Konzerten, den Empfängen, dem guten Essen und dem vielen Sekt. Davon, wie wir beim Tenno waren und wie sehr wir schwitzten bei dem Anlass. Auch von dem Wunder, dass der Kaiserin bei all der Hitze kein einziger Tropfen weißer Schminke über die Wangen lief. Wir wärmten manchmal alte Tratschgeschichten auf, wie die Affäre zwischen Frau von Höfen und unserem »lieben« Herrn von Wächter, die in Berlin tatsächlich zueinanderfanden, bis die Dame gleich fünfundvierzig unter den Besatzern einen anderen Verehrer fand. Wir redeten von Oberst Grützner, dem großen Homosexuellenjäger, der nach Ernst Wilhelms Meinung selbst ein Homosexueller war und etwas mit dem dicken Herrn von Clasen hatte, diesem Widerling. Ich schwieg, wenn er dies sagte. Es war mir einfach peinlich.

Um das Thema des verlorenen Kindes schlichen wir in einem weiten Bogen und auf Zehenspitzen. Selbst Kater Mütze hüllten wir in dieses Schweigen ein. Ich war wie ein Atom in jener Zeit. Außen an der Hülle schwirrten eifrig Elektronen und im Inneren trug ich diesen kleinen, schwarzen, ungeheuer harten Kern. Würde er gespaltet, so meine niemals ausgesprochene, ja vielleicht nicht einmal selbst wahrgenommene Furcht, dann käme es zu einer großen Explosion, die mein Leben in Millionen Stücke reißen würde.

Es war im Sommer fünfundfünfzig. Ein Jahrzehnt schon war der Krieg vorbei. Die Erinnerung an die schlimme Zeit lag zugedeckt unter den weichen Daunen unseres neu erworbenen Wohlstands. Die Tuchfabrik in Hausham war inzwischen aufgebaut. Der Handel mit dem Altmetall florierte prächtig. Wir fuhren wieder Auto, und in unserem nagelneuen Fernsehapparat konnten wir verfolgen, wie in Deutschland Wirtschaftswunderglück um Wirtschaftswunderglück aus dem Hut gezaubert wurde. Dass sich der Osten und der Westen an ihren frostig kalten Schultern rieben – und wenn schon! Diesmal fühlten wir uns auf der Sonnenseite und im Reich der Guten.

Wenn mich etwas grämte, dann war es wohl, dass meine Mutter mich nicht mehr besuchen kam, bevor sie eines schönen Tages plötzlich an der Seite ihres neuen Gatten in das Land aufbrach, das von nun an ihre Heimat werden sollte: Israel.

Dass wir nichts von Richard wussten, der noch immer irgendwo in Russland war, blieb ebenfalls ein wunder Punkt. Er gehörte zu den armen Teufeln, die nach all der Zeit noch in irgendeinem Lager in Sibirien saßen. Fünfundzwanzig Jahre, hieß es, habe er bekommen. Man mochte gar nicht daran denken.

Noch eines machte Sorgen: Es war ein Sonntag, zum Mittagessen waren wir wie üblich bei den Schwiegereltern in ihrem Haus am Tannerfeld. Auf dem Heimweg war uns beiden schwer ums Herz. Seit einem Schlaganfall im Winter vierundfünfzig war mein Schwiegervater nicht derselbe. Der rechte Arm hing ihm wie angenäht an der Seite, und er sprach stockend und mit großer Mühe. Mamá schwieg über ihre eine große Befürchtung, doch die Angst stand wie ein Geist im Raum.

Unten an der Kirche schlugen wir getrennte Wege ein. Es zog Ernst Wilhelm noch zu einem Freund aus Kindertagen, der auf dem Lärchenhof im Urlaub war. Und ich freute mich auf eine kleine, ungestörte Lesezeit, die ich in meinem Liegestuhl im Gartenverbringen wollte. Am Abend vorher hatte ich zum wiederholten Male Hemingways *Wem die Stunde schlägt* aus dem Regal gezogen. Die Geschichte dieser großen Liebe, der das Schicksal doch nur einen Tag vergönnt, zerriss mir jedes Mal das Herz. Wie litt ich mit María, denn es ging ihr, wie es mir selbst ergangen war.

Kaum zwanzig Seiten hatte ich gelesen. Das Gartentörchen quietschte viel zu früh. Ich schaute in den Schatten, der sich vor die Sonne schob.

»Du bist schon wieder da?«

»Für dich.« An einem Riemen ließ Ernst Wilhelm eine dieser kleinen Ledertaschen vor mir baumeln, wie Kinder sie zum Kindergarten tragen. Ich sah die Winkel seines Mundes zucken. »Zu unserem Hochzeitstag! Ich danke dir für einundzwanzig gute Jahre. Blumen kann ich heute leider keine mehr besorgen. Aber dafür hab ich das hier.«

»Hochzeitstag? Ist heute …?«

»Der sechsundzwanzigste!«

»Aber«, lachend sprang ich auf, »… du bist doch sonst nie pünktlich! Wie lieb von dir! Und aufmerksam!«

Ich kannte seinen Blick und den Triumph der darin lag, wenn ihm geschenkemäßig ein ganz besonderer Coup gelungen war.

»Du schaust gerade so, als wäre ein kleiner Borgward in dem Täschchen!« Es war in diesem Augenblick, dass ich es hörte – dies Geräusch, das mir das Blut zum Stocken brachte. Wie ein Quietschen klang es, wie unser ungeöltes Gartentor.

»Gib her!« Die Erkenntnis schlug ein wie ein Blitz, ich schnappte nach der Tasche und riss die Schnalle auf. Zwei riesengroße Augen wie von einer Eule schauten aus dem dunklen Nest hervor.

»Nein!« Mir schlug das Herz bis zum Hals, als ich das Tier behutsam in die Hände nahm und seine Zeichnung sah. Schneeweiß war es, mit dunklen Ohren und einem braun melierten Fleck dazwischen auf der Stirn. Ich setzte mich.

»Doch! Wie soll es heißen?« Lachend zog Ernst Wilhelm sich den Gartenstuhl zu meiner Liege. So saß er nun, die Hand am Kinn, den Ellenbogen auf das Knie gestützt, wie der Denker von Rodin vor mir.

»Das fragst du noch? Natürlich Mütze zwei!«

› 4 ‹

Es war, als wäre mit der Ankunft unseres neuen kleinen Hausgenossen der harte Kern in mir geschmolzen. Alles, was so lange darin eingeschlossen war, stieg nun mit einem Mal in mir auf. Als wäre ich zurück in Tokio, war die Erinnerung wieder da. Geradezu leibhaftig sah ich ihn vor mir, den Mann im dunkelgrauen Anzug, der in aller Herrgottsfrühe mit seiner Schreckensnachricht in unserer Diele stand, sah mich mit Miyake nach Akiya fliehen, roch den Duft der frisch geschnittenen Rosen auf dem Rücksitz meines Wagens und das Metall der Waffen in den Händen der Soldaten an der Straßensperre. Ich sah die Tokko-Leute an den Schattenhäusern und spürte wieder diese alte Trauer um mein verlorenes Kind. Um Alexander, den ich nicht mehr sehen durfte, vom ersten bis zum letzten Tag, den er in Sugamo saß, nicht. Ich spürte plötzlich eine Sehnsucht nach dem Mann, dass es mir den Atem raubte.

Gerade eben angefangen, blieb der Hemingway auf meinem Nachttisch liegen. Wie seinerzeit in Tokio schlich ich, kaum dass Ernst Wilhelm sich zurückgezogen hatte, zu unserem Giftschrank und nahm mir Alexanders Akten vor. Die ganze Nacht lag Mütze eingerollt in meiner Hand an meinem Busen. Er schnurrte, und ich las. Ich endete gerade, als der Wecker schrillte.

Meine Augen brannten. Ich nahm den letzten Schluck des schalen Wassers, das noch in meinem Glas war, und quälte mich im Morgenmantel in die Küche, um das Frühstück herzurichten. Wie üblich lief das Radio schon. Ernst Wilhelm, der ja stets als Erster auf den Beinen war, hörte Nachrichten auf Schritt und Tritt.

»Wie wir aus gut informierten Kreisen erfahren haben, hat die sowjetische Botschaft in Paris unserer dortigen Vertretung eine Einladung an Bundeskanzler Adenauer übergeben. Die Rede ist von einem Moskau-Besuch in diesem Herbst. Es ist zu vermuten, dass das Thema der deutschen Kriegsgefangenen, die noch in russischen Lagern interniert sind, als eines der dringlichsten Anliegen unseres Landes zur Sprache kommen wird.«

Richard, dachte ich, ich bete für ein Wunder! Und ließ das heiße Wasser aus dem Kessel langsam in den Filter laufen. Allein der Duft des Kaffees tat mir gut.

Als ich die Kanne auf den Untersetzer stellte, trat Ernst Wilhelm durch die Tür herein. »Guten Morgen«, sagte er und setzte sich.

»Guten Morgen.« Ich gähnte hinter vorgehaltener Hand.

»Was ist mit dir?« Die Augenbrauen standen ihm mit einem Mal wie kleine Wolken auf der Stirn, du kennst ja diesen Blick von ihm, wenn er besorgt war. »Du siehst nicht gut aus, meine Liebe.«

»Ich habe schlecht geschlafen«, sagte ich und rieb mir das Gesicht. »Einen starken Kaffee brauche ich. Sonst nichts.«

»Du hast doch Fieber! Schau dir deine Augen an! So wie du aussiehst, bleibst du heute zu Hause und legst dich wieder hin! Da kann Fräulein Mertens einmal zeigen, dass sie etwas taugt.«

Fräulein Mertens leitete seit ein paar Wochen unser Sekretariat in Hausham, das laufend größer wurde. Die Firma wuchs und wuchs. Wir hatten über siebzig Angestellte allein in der Verwaltung. Unsere Stoffe gingen in die ganze Welt. Die Haute Couture bestellte bei uns Tuche für Kostüme und für Mäntel. Seit mein Schwiegervater krank war und Mamá tagsüber bei ihm blieb, war Ernst Wilhelm der alleinige Herr des Werks in München – der »Schrottbaron«, wie wir ihn nannten. Ich war die Chefin in der Tuchfabrik.

»Auf keinen Fall. Ich habe doch Besuch. Der Einkäufer von Hertie hat sich angekündigt.« Ich mochte gar nicht daran denken. Den Mund zu einem tapferen Lächeln breit gezogen, setzte ich mich hin und griff nach meiner Tasse. Ich weiß nicht, was genau es war. Dass ich durchs Fenster just in dem Moment die Krähen in dem Kirschbaum turnen sah? Dass der Kater neben meinem Stuhlbein fiepste? Dass ich zu Tode erschöpft war? Plötzlich war ich aufgelöst in Tränen.

»Er hat mich so belogen!«

»Wer?«

»Na, Alexander! Ich habe mir heute Nacht die Unterlagen vorgenommen. Ich kenne sein Geständnis. Er war gar nicht in China, damals, als er so lange weg war. Er war in Moskau! Daheim bei seinem Stalin!«

Ernst Wilhelm nickte nur. Er sagte nichts.

»Du wusstest es?« Wütend sprang ich auf. »War er nur inszeniert, sein Auftritt bei von Wächter? Hat er ihn beleidigt, um einen Grund zu haben, aus Tokio fortgehen zu müssen? War das sein Alibi?«

Dass er wieder nickte und dabei auf diese Weise dasaß, mit eingesunkenen Schultern und gesenktem Blick, so voller Trauer, ließ meinen Zorn zusammensacken wie ein Soufflé, wenn es missglückt. »Was kann ich denn noch glauben? Was war Wirklichkeit, und was war inszeniert?« Ich sackte auf den Stuhl zurück.

»Was vorbei ist, ist vorbei. Lass diese alten Zeiten ruhen.«

Wir tranken schweigend den Kaffee. Er las in seiner Zeitung. Ich hob den Kater auf meinen Schoß und tauchte meinen Finger in die Milch und ließ ihn daran saugen.

»Ernst Wilhelm?«

»Hm.«

»Ich frage mich, ob nicht ein Vertreter aus der Botschaft hätte da sein müssen, als sie ihn ...« Ich konnte es nicht sagen, es würgte mich bei dem Gedanken. »Ist das bei der Hinrichtung eines Ausländers nicht üblich?«

Er seufzte. »Schon. Doch du weißt es ja, die Japaner sehen manches anders.«

Ich konnte es nicht lassen. Ich musste weiterbohren. »Wo ist sein Leichnam hin? Haben sie ihn wirklich niemals übergeben?«

»Elisabeth, ich bitte dich! Er ist so lange tot. Wir sollten ihn nach all den Jahren endlich ruhen lassen.«

Wie um seinen Worten Nachdruck zu verleihen, schellte es in diesem Augenblick.

»Was gibt's? Geduld!«, rief Ernst Wilhelm über das Gebimmel auf dem Weg zur Tür. »Hanne? Sind Sie das?«

Hanne, weißt du noch, das war die Haushaltshilfe oben auf dem Tannerfeld, die Dicke mit dem kurzen Atem, die so lieb war? Die dir die kleinen Kuchen backte, nur für dich? Mit deinem Namenszug in Zuckerguss?

Dann war es plötzlich still, so still, dass meine Füße von allein den Weg zur Diele fanden. Ich wusste es, bevor sie es mir sagten, allein sie in der Türe stehen zu sehen, genügte: Es ging um Schwiegervater. Er war tot.

XV

Schlaflose Nacht

> 1 <

Es war der 7. Oktober 1955. Du weißt es ja, liebe Karoline, das schöne Bayrischzell ist klimatisch gesehen nicht gerade Tokio, doch war es mir inzwischen mit viel Mühe fast gelungen, um die Villa Rose jenen kleinen Teil des Botschaftsparks wiederauferstehen zu lassen, der an die Terrasse unseres ersten Hauses grenzte, das ich so sehr liebte. Im Sommer war der Garten eine Pracht gewesen. In der Rabatte, die das Pflaster an dem überdachten Sitzplatz säumte, hatten sich die Hortensien in Hellblau und Rosa schier die Seele aus dem Leib geblüht. Abends, wenn wir draußen aßen und ich die Augen schloss, hüllte mich der Duft der Rosen ein wie damals, in der guten Zeit.

Die warmen Tage aber waren nun vorbei. Ein kalter Regen, der nicht enden wollte, hatte alle Pflanzen leiden lassen. Statt flammend dazustehen, ließ mein geliebter Ahorn die stumpfen Blätter traurig hängen. Nicht Rosenblüten, sondern von der Fäulnis schwarz gewordene Klumpen zierten das Spalier.

Ich sah dies alles nicht an jenem Abend, denn es war spät, Mitternacht vielleicht. Im Schein der Straßenlaterne vor der Einfahrt trieben Nebelschwaden, und mit der feuchten Luft drang ein Geruch von Erde durch das offene Küchenfenster. Die Bauern hatten wohl schon angefangen, Kartoffelstauden zu verbrennen, es roch nach Feuer und nach altem Kraut. Wie machten sie das bloß bei diesem Wetter, wo doch alles so patschnass war, dass auf den ersten Wiesen unten an der Alpenstraße schon das Wasser stand?

Ich wäre längst im Bett gewesen, doch ich konnte und konnte nicht schlafen. Ein bisschen frische Luft, das war es, was ich brauchte. Am Morgen hatte ich aus einem Schreiben von einem Züricher Notar erfahren, dass meine Tante Aglaia im März gestorben war. Ich hatte immer zu ihr fahren wollen und es doch stets nur aufgeschoben. Ich hätte sie besuchen sollen! Hätte, hätte! Ich haderte mit mir.

Und dann war just an diesem Abend noch im Fernsehen zu sehen gewesen, wie die Spätheimkehrer aus Sibirien kamen. Nach dem Tode Stalins hatte Adenauer es geschafft, Chruschtschow die Freilassung der letzten deutschen Kriegsgefangenen abzuringen. Na, wenn schon, dass die Teilung Deutschlands, wie manche kritisierten, durch diesen Akt vielleicht auf immer festgeschrieben würde! Was war ein Vorbehalt in Sachen Völkerrecht verglichen mit der Freiheit von zehntausend Männern?

Sechshundert waren nun an diesem Tage eingetroffen. Im Triumphzug fuhr man sie in dekorierten Bussen durch ein Spalier aus Frauen und Kindern, die handgeschriebene Schilder mit den Namen und den Fotos ihrer Söhne, Männer, Väter in die Höhe hielten, die Augen groß vor Sorge und zurückgehaltener Freude, voller Angst, dass sie hier vielleicht vergeblich stehen könnten.

Wie von einem Ausflug in die Berge stiegen die Befreiten einer nach dem anderen aus, die Mienen strahlend unter tief gezogenen Kappen, sodass man nicht die Augen sah. Ihre Kleidung wirkte neu wie aus dem Laden, nur manche trugen noch die Wehrmachtsmäntel, die man so lange nicht gesehen hatte. Die bunten Blumensträuße, die sie in den Händen hielten, sahen irgendwie so aus, als hätte jemand sie ins Bild gemalt, so künstlich schienen sie, so fehl am Platz.

Nie werde ich sie vergessen, die lachenden Gesichter und die Tränen, die vielen Tränen, wenn sich zwei gefunden hatten, neben dem erloschenen Ausdruck derer, die allein geblieben waren und danebenstanden!

Der arme Richard, dachte ich. Der arme Richard! Nur einen Monat vorher, im September, war Mamá zu ihrer Schwester nach Berlin gereist und hatte eine Woche lang an ihrem Bett gewacht, bis sie nach langem Leiden endlich ihren Frieden finden konnte. Nun wussten wir, dass ihr Sohn Richard mit einem halben Dutzend anderer Gefangener aus einem Lager geflohen und auf der Flucht gestorben war. Im Frühjahr hatte einer dieser Kameraden, ein gewisser Erwin Beuter, wohl der Einzige, der die Gefahren und Strapazen überlebte, plötzlich in Charlottenburg vor ihrer Tür gestanden, mit Richards Erkennungsmarke in der Hand – als ganze, wie sie war, nicht an der Sollbruchstelle durchgebrochen, wie es üblich gewesen wäre.

»Er wollte nicht, wenn er in irgendeinem Straßengraben tot gefunden wird, dass man erkennt, dass er aus Deutschland kommt.« Wie dieser Fremde sagte, war dies die eine große Sorge, die Richard geplagt hatte: dass man ihm, wenn er in Russland stürbe, den Leib zerstückeln würde als Rache für die von deutscher Hand verübten Gräuel, deren Zeuge, ja Gehilfe er war. »Er nahm mir das Versprechen ab, die Kette mit der Marke an mich zu nehmen und hierher zu bringen, wenn er den Weg nicht schaffen sollte. Hier haben Sie sie nun. Er hätte es so gewollt.«

Schaudernd machte ich das Fenster zu. Es war wirklich scheußlich draußen, die feuchte Kälte kroch mir durch den Morgenmantel auf die Haut.

König Mütze, der zweite, strich mir schnurrend um die Beine. Ich bückte mich und kraulte ihn. »Dich plagt das alles nicht, solang du deine warme Stube hast.« Ich goss ihm etwas Milch ins Schälchen und ließ mir Wasser in den Kessel laufen. Ich brauchte etwas Warmes. Im Küchenschrank fand ich die Dose mit dem Lindenblütentee. Ich füllte eine Handvoll Blätter in die Kanne. Im Honigglas blieb nur ein Rest, ich machte einen Eintrag auf dem Einkaufszettel und schabte einen Löffel voll heraus.

Wie tausendmal zuvor in all den Jahren stand ich am Spülstein und am Herd und jeder Handgriff, den ich tat, war mir vertraut, doch mit einem Male fühlte ich mich seltsam. Ich war mir plötzlich fremd, als wären dies nicht meine Hände, die sich da bewegten. Als sähe ich mir selbst von außen zu. Oder, anders noch, als würden fremde Augen auf mir ruhen und jedem Handgriff folgen. Kennst du das Gefühl? Jemand schaut dir heimlich zu, bis du es plötzlich merkst? Die Röte stieg mir ins Gesicht wie von akutem Fieber, als ich den Blick hob, langsam nur. Ich hatte richtig Angst.

»Dummes Huhn.« Die Erleichterung ließ mich seufzen. Es gab wirklich nichts zu sehen. Dunkel war es vor dem Fenster, es war schließlich Nacht. Es waren meine Nerven. Vor vier Monaten der Tod des Schwiegervaters. Uns allen hatte er schwer zugesetzt. Die Sorge um Mamá, die plötzlich so verfiel. Die viele Arbeit in der Firma. Das Haus und dieser große Garten. Ernst Wilhelm hatte recht, ich brauchte endlich Hilfe. Ich musste eine Perle für den Haushalt finden, wie Mamá sie hatte. Geld war schließlich wieder dafür da.

So dachte ich, als ich in die Scheibe schaute, in mein eigenes Spiegelbild. Mir war nie vorher aufgefallen, wie es sich darin verzerrte. Die Proportionen stimmten nicht. Die Brauen waren schräg gestellt und trafen sich, dort wo die Nase an der Stirne endet. Auch stand mir irgendwie das Haar zu Berge. Dort, wo der Mund war, schwebte eine weiße Wolke wie von einem warmen Atem.

Das war der Augenblick, in dem ich ihn erkannte und nach dem Spülstein fasste, um nicht hinzustürzen. Ich schrie, bis ich in meiner Lunge keinen Atem fand.

War es Ernst Wilhelm, der, wer weiß wie lange später, waren es Sekunden oder Stunden, die Tür zum Garten aufschloss? Oder stand sie offen, was ich mir nicht denken kann? Mit einem Schwall von kalter Luft und Feuchtigkeit kam er herein. Er war so hager im Gesicht, als fehlte ihm der ganze Unterbau unter den hohen Wangenknochen. Darüber lagen schwarze Augenschatten fast wie aufgemalt.

»Gut gemeint, dass du mir einen Tee aufsetzt, mein lieber Zwerg. Aber ich glaube doch, ich hätte lieber etwas Härteres.«

Er zog ein dünnes Tabaksäckchen aus der Innentasche seines Mantels, der triefte, dass sich rings um seine ausgetretenen Stiefel eine Pfütze auf den Dielen bildete. An den Bändeln ließ er es vor unseren Nasen baumeln. »Der Machorka ist mir ausgegangen. Eben habe ich den letzten Rest geraucht. Gibt es in diesem Hause Zigaretten? Und Hunger hab ich auch!«

› 2 ‹

Man möchte meinen, ich sei auf ihn zugestürmt und hätte ihn umarmt, geweint, gelacht, wie ich es von den Fernsehbildern kannte. Doch es war anders. Eine große Leere war in mir, ein Unverständnis, ein Nichtbegreifenkönnen, das mich lähmte. So seltsam es auch klingen mag, ich fühlte nichts. Mein Kopf gab die Befehle, die ich befolgte, ohne nachzufragen.

»Du wirst trockene Sachen brauchen«, sagte ich. »Ernst Wilhelm wird dir welche geben.«

Ich stellte Butter, Schinken, Käse, Brot und ein Glas mit eingelegten Gurken auf den Tisch. Ich ging ins Wohnzimmer und holte mir die Zeitung und aus dem Keller etwas Feuerholz und kniete mich im Badezimmer vor den Ofen, um ihn anzuheizen. Das Wasser würde eine Stunde brauchen, bis er baden konnte. Ich ging noch einmal in den Keller und stellte ein paar Flaschen Rotwein auf die Treppe und nahm eine davon mit nach oben.

Ich richtete ein Bett im ersten Stock und legte Handtücher und ein Seifenstück zurecht. Ich ging noch einmal in die Küche und setzte einen Kessel auf und füllte damit eine Wärmflasche, die ich unter die frisch bezogene Decke schob. Eine neue Zahnbürste fand ich in meinem Reisenecessaire und einen kaum benutzten Kamm. Um Rasierzeug musste ich Ernst Wilhelm bitten. Hausschuhe müsste er ihm geben. Einen Bademantel. Einen Schlafanzug.

Die Kirchturmuhr schlug einmal leise die Stunde. Regen gurgelte im Regenrohr und pickte an die Scheiben und prasselte aufs Dach. Auf dem Weg nach unten ächzte ich vernehmbar wie die Treppenstufen unter mir, nur um einen Laut von mir zu geben. Ich musste wissen, dass ich echt war, dass ich wirklich lebte.

Wie lange blieben die zwei Männer in Ernst Wilhelms Zimmer? Ich war mit allem fertig und im Erdgeschoss im Flur vor seiner Tür. Ich hörte ihre Stimmen murmeln. Verstehen konnte ich nichts. Sie lachten laut, wie Männer lachen, wenn sie derbe Scherze machen, um nicht zu zeigen, was sie fühlen. Aus den Augenwinkeln sah ich, wie sich die Klinke senkte und sprang an meinen Platz am Herd. Ich trocknete den Kessel ab und stellte ihn auf seinen Platz auf dem Fensterbrett und kehrte mir die Krümel in die Hand, die noch auf dem Schneidbrett lagen.

»Ach, Zwerg.« Als wäre er die ganzen Jahre mit uns hier gewesen und Ernst Wilhelm nicht mit uns im Raum, stand Alexander plötzlich hinter mir und hielt mich an der Taille fest und schob mir seine Nase in den Nacken, in mein Haar. »Du riechst so gut. Ich könnte dich glatt fressen.«

Augenblicklich fing mein Körper an zu brennen. Erschrocken wand ich mich aus der Umarmung frei. »Nicht!«, sagte ich. »Du willst doch sicher etwas essen.«

Die beiden Männer saßen in der Küche an dem Tisch im Erker. Ich lehnte am Spülsteintresen und trocknete mir die Hände an der Schürze ab, bis ich merkte, dass sie trocken waren. Dann stand ich da und schaute.

»Hör schon auf, Ernst Wilhelm. Du siehst ja aus wie ein Junge, dem man gesagt hat, dass die Sache mit dem Christkind eine Lüge ist, und der dann merkt, das gibt es doch! Schenk mir lieber noch mal ein!« Alexanders Stimme und seine Art zu reden waren unverändert. Er lachte, kaute, trank und sprach in einem Zug. Doch die geliehene Jacke hing an seinen Schultern wie an einem Kleiderbügel. Dort, wo einmal seine Wangen waren, trug er einen Stoppelbart, der weiß war wie die Schläfen. Seine Augen mochten in dem Licht der Lampe glänzen, doch sie blieben stumpf im Inneren, und die Farbe ließ mich an das Wasser denken, in dem Miyake seine Pinsel wusch. Der Mann, den ich vor all den Jahren kannte und in meinen Träumen sah, war so anders. Er war voller Leben. Ich suchte nach den Augen, die er früher hatte, sprühend wie die Himmelschrysanthemen, die man beim Feuerwerk in Tokio im Sommer in die Nachtluft schoss. Wo waren sie geblieben?

»Setz dich zu uns.« Alexander rutschte auf der Bank ein Stück weiter und klopfte auf den freien Platz. »Man möchte meinen, du freust dich gar nicht, mich zu sehen.«

Ich spürte, wie sich mir die Stacheln aufstellten und blieb stehen, wo ich war. »Erst muss ich wissen, was passiert ist. Nach allem, was ich weiß, ist Alexander Arendt tot.«

Er lachte lauter, als die Küche es vertrug, und trank den Wein in seinem Glas in einem Zug. »Ahhh!«, machte er und fuhr sich mit dem Rücken der Hand über den Mund. »Das tut so gut! Ihr glaubt nicht, wie das guttut.«

Ernst Wilhelm schwieg wie ich. Sein Blick ging erst zu ihm und dann zu mir und blieb dann an dem Teller hängen, der, inzwischen leer gegessen, vor ihm stand.

»Ich dachte wirklich, dass ich sterben würde.« Alexanders Stimme war ganz rau und mit einem Mal so leise, dass ich die Ohren spitzen musste, um ihn zu verstehen. Er klopfte eine Zigarette aus Ernst Wilhelms Päckchen und ließ sich Feuer geben. Den ersten, tiefen Zug behielt er in der Lunge, als hätte er ihn dort vergessen. Dann blies er ihn in vielen kleinen Wölkchen aus.

»Wann immer man mich aus der Zelle führte, musste ich diesen Strohkorb tragen, groß wie ein Hut, nur war er größer, sehr viel größer, sodass er mir hinunter auf die Schultern reichte und ich nichts mehr sah.«

»Du trugst ihn, als ich damals nach Sugamo kam. Weißt du noch ...« Ernst Wilhelm suchte seinen Blick.

»Was glaubst du denn? Wie hätte ich das vergessen können? Wie du da saßst, an diesem Tisch ... Wie du mich fragtest: ›Geht es Ihnen gut?‹ Dies ›Sie‹ aus deinem Mund ...« Er fuhr sich mit den Händen durch die Haare und grub sich mit den Fingern darin fest, wie um seinen Kopf zu halten und zu schützen, als hätte er Angst, er könnte ihm um die Ohren fliegen wie eine dieser nicht entschärften Bomben.

Nach einer Weile fuhr er leise fort. »Ich stülpte mir also diesen elenden Strohkorb über wie immer, wenn man mich aus meiner Zelle führte. Ich hatte ein Gespür entwickelt wie ein Blinder, beinahe so, als könnte ich trotzdem erkennen, wo ich mich befand. Wir gingen einen Gang entlang, den ich nicht kannte. An seinem Ende schloss sich eine Tür hinter mir mit einem unvertrauten Klang. Ich zog den Strohkorb ab, als man es sagte.« Wieder nahm er einen tiefen Zug. Er betrachtete die Hände und öffnete und schloss den Mund. »Ihr wollt es wirklich wissen?«

Ich nickte.

Er holte Luft. »Als der Galgen vor mir auftragte, fing mein Hirn zu rasen an. Das konnte nicht das Ende sein! Nur eine einzige Birne hing zur Beleuchtung an einem Kabel von der Decke. Man konnte nicht die Wände sehen, aber meine Augen schwirrten in dem Raum herum. Ich suchte eine Tür nach draußen. Irgendeine Tür! Da erst bemerkte ich den Tisch auf der rechten Seite. Drei Männer saßen dort, in diesem Schatten. Mich blendete das Licht. »*Hai*«, hörte ich den einen sagen. Der Wärter führte mich zu dem Podest. Ich wusste nicht, was tun. Ohne Widerstand zu leisten, stieg ich die Stufen hoch und hielt dem anderen, der von irgendwo gekommen war, den Hals hin für den Strick. Er zog den Knoten fest. Ich war so mit meiner Angst beschäftigt, damit, dass ich nicht schlucken konnte, es nicht fertigbrachte, im Griff des Strangs, dass ich erst merkte, dass man mir das Urteil las, als es schon fast vorbei war. Ich hörte nur ›zum Tod am Strang verurteilt‹, was mir den Schweiß aus allen Poren trieb. Es war so still in diesem Raum. Eine Diele knackte unter mir. Ich fuhr zusammen. Ich wollte leben! Stalin hätte mich doch holen sollen! Ich glaubte nicht, dass dies das Ende war!«

Er hob den Kopf und suchte meine Augen. Mit diesem Blick, in dem die Wachheit und die Wärme lagen, die ich endlich kannte, griff er mir ins Herz, sodass ich mich nun setzte, doch auf die andere Seite unseres Tisches zu Ernst Wilhelm, nicht zu ihm.

Er rauchte eine Zeit lang schweigend und drückte sorgfältig die Zigarette aus. »Ich hörte einen Schlag, wie wenn ein Tor vom Wind ins Schloss geworfen wird. Dann sackte mir der Boden weg, nur für den Bruchteil eines Augenblicks. Es ging so schnell. Ich konnte nicht mal denken, dass es aus war, schon schlug ich auf. Es rauschte, rauschte wie verrückt. Ich bin in einem Strudel, dachte ich, auf dem Weg nach drüben.«

Er rieb sich das Gesicht und hielt es fest und sprach durch seine Hände, dass die Stimme wie von Ferne klang. »Dann merkte ich, was da rauschte, war das Blut in meinen Ohren. Ringsum war absolute Dunkelheit. Der Strick lag noch um meinen Hals. Die eine Hüfte tat mir weh. Der Ellenbogen schmerzte. Ich war nicht tot. Ich lebte.«

»Ich begreife das nicht.« Ernst Wilhelm nahm das Zigarettenpäckchen und drehte es in der Hand. »Sie haben dich gehängt? Und du warst gar nicht tot?

Alexander lachte trocken. »Gibt es davon noch eine zweite?« Er schüttelte die leere Rotweinflasche in der Luft.

»Warte aber, bis ich wieder da bin!« Ich sprang, die nächste holen, und fiel fast über unseren Kater, der ausgesperrt im Flur vor unserer Küchentüre saß. »Da, schau, wen wir hier haben.«

»Mütze lebt noch?!«

»Ach, was! Das hier ist Mütze zwei. Er ist noch klein, siehst du das nicht? Den anderen hab ich überfahren, an diesem Schreckenstag, an dem ich unser Kind verlor.« Es war gesagt, bevor ich es noch recht bemerkte.

»Mein Gott.« Der letzte Rest von Farbe wich ihm aus den eingefallenen Wangen.

Wortlos floh ich hinunter in den Keller und setzte mich dort auf die Stufen. Ich spürte, wie mir die Tränen in die Augen stiegen. Nicht weinen. Bloß nicht weinen, dachte ich, sonst hörst du nie mehr auf. Mit den Fingern strich ich mir die losen Strähnen aus der Stirn und steckte sie in meinem Knoten fest. Dann stand ich auf und griff den neuen Wein.

»Entschuldige. Ich musste noch. Ich brauchte erst. Erzähl nur weiter.«

Ernst Wilhelm ritzte mit der Korkenzieherspitze das Metall der Kapsel auf. »Ja. Erzähl weiter.«

Alexander betrachtete das leere Glas in seiner Hand und drehte es im Licht. Dann schaute er schweigend zu, wie es sich wieder füllte, und endlich fuhr er fort. »Mein Hirn, es war wie eingefroren. Das mit dem Denken klappte nicht. Ich brauchte eine Zeit, zu merken, dass sie mir die Hände nicht gebunden hatten. Meine Finger suchten nach dem Knoten an der Schlinge. Ich zog ihn auf und löste ihn so gut es ging. War der Strick gerissen? Ich verstand das alles nicht. Ich tastete die Wände ab. Sie waren rau. Der Raum war winzig. Ich konnte mich nicht setzen. Es roch nach rohem Holz. Ich lag in einem Sarg. Wie lange würde die Luft wohl reichen?«

Als wäre ihm der Atem wieder knapp, so schnappte er nach Luft. »Plötzlich spürte ich Bewegung. Ich erschrak. Die Kiste rollte. Sie fahren dich ins Krematorium! Das ist es, was ich dachte. Ich hörte Männer reden. Ich verstand kein Wort. Die Kiste kippte. Sie schrappte über irgendeinen Untergrund. Als ich den Motor hörte, wusste ich, sie hatten mich verladen. Ich überlegte, mich mit aller

Kraft in dieser Kiste hin- und herzuwerfen und so zu schaukeln, dass ich von der Ladefläche flog, aber woher sollte ich denn wissen, dass ich nicht in einem Kastenwagen lag, mit Wachen links und rechts? Ich rührte nicht den kleinen Finger, so starr war ich vor Angst.«

Er zog sich die Hände vors Gesicht wie ein Kind, das glaubt, es könne sich dadurch verbergen, dass es selbst nichts sieht. Als er weitersprach, klang seine Stimme fremd und eigenartig monoton.

»Ich dachte, wenn sie dich erwischen und wieder in die Zelle bringen und du noch einmal mit dem Strohkorb auf dem Kopf durch diese Tür gehst und dann den Galgen siehst ... Ich war in Panik. Ich kann nicht sagen, wie lange man mich durch die Gegend fuhr.« Er fischte sich die nächste Zigarette aus dem Päckchen. Plötzlich lachte er, als er bemerkte, wie erstarrt wir lauschten. »Was schaut ihr so? Ihr wisst doch, dass es gut gegangen ist. Ihr seht mich doch hier sitzen!«

»Spann uns nicht auf die Folter!« Ich spürte meine eigenen steilen Falten auf der Stirne, doch zugleich auch, wie sich mit seinem Lachen etwas in mir löste. »Erzähl doch endlich weiter!«

»Sie blieben stehen und luden mich in meiner Kiste aus. Ich hörte Türen knallen und wie der Wagen sich entfernte. Möwen kreischten. Da waren Stadtgeräusche, von irgendwo weit weg. Und irgendwann ...« Wieder lachte er. »Irgendwann muss selbst der stärkste Mann! Ich schob den Deckel auf und spähte durch den Spalt. Es war noch dunkel, nur der Himmel über Tokio war wie immer hell, ihr kennt ja diesen Schein. Wie Mondlicht, nur ein Schimmer. Meine Augen waren bestens an die Dunkelheit gewöhnt. Die Haufen, die ich ringsum liegen sah, entpuppten sich als Taue, als Fischernetze und als Bojen. Sie hatten mich in meiner Kiste auf dem Hafengelände einfach abgestellt. Ich roch das Meer!«

Er grinste. »Es war November, so viel wusste ich. Wahrscheinlich war's die kalte Luft, oder auch die Nebelhörner, die man von draußen vor der Küste hörte, plötzlich funktionierte mein Hirn wieder. Als Erstes zog ich mir den Strick über den Kopf ab. Am falsch geknüpften Knoten lag es nicht, dass ich noch lebte. Er war intakt. Ich tastete das andere Ende ab. Es war mit Hanf umwickelt, wie es sich gehört.«

»Der Strick war also nicht gerissen?« Ich rutschte auf der Bank nach vorne und ließ Ernst Wilhelm hinter mir vorbei. Er mochte, konnte nicht mehr sitzen. »Das begreif ich nicht!« Er lief jetzt in der Küche auf und ab.

Alexander seufzte. »Glaub mir, mir ging es auch nicht anders. Ich trug die Häftlingskleidung. Ich durfte mich darin nicht blicken lassen. Aber in der Kiste bleiben? Ich beschloss, mir ein Versteck zu suchen und mich fürs Erste zwischen diesen Tauen zu verkriechen, und schob den Deckel vollends ab. Das war der Augenblick, in dem ich diesen Koffer sah, der quer am Ende stand.«

»Ein Koffer?«

»Noch dazu mein eigener.«

»Dein eigener?« Ich starrte ihn entgeistert an.

»Glaubt mir, als ich ihn sah, fuhr es mir siedend in die Knochen! Ich schnappte die Verschlüsse auf. Das hört sich einfach an, aber meine Hände wollten nicht gehorchen. Ich brauchte ewig, bis sich die Bügel lösten. Fein säuberlich gefaltet lag darin das Sakko, dass ich bei der Verhaftung in aller Eile vom Garderobehaken gegriffen hatte, mitsamt den Kleinigkeiten, die ich in den Taschen hatte. Meine Uhr, ein Taschentuch. Gott sei Dank die Börse mit dem Geld! Unterwäsche. Socken. Hose, Hemd, Krawatte. Ich zog die Sachen an, wie ich sie aus dem Koffer zog. Ein Paar Schuhe! Auch meine eigenen, ein Senkel war zu kurz, er war mir abgerissen, wie lange hatte ich mir neue kaufen wollen. Und ganz unten, auf dem Kofferboden, fand ich in einem Umschlag meinen Pass und ein gefaltetes Papier. Es flatterte so sehr vom Zittern meiner Hände, dass ich es fallen ließ, als ich es in das Licht der Dämmerung drehen wollte. Als ich mich bückte, nahm mir das Stechen in der Hüfte fast den Atem. Die Schmerzen, auch im Ellenbogen, kamen jetzt mit Macht. Der Zettel war bedruckt, das sah ich, aber die Zeichen zu entziffern war unmöglich. Ich steckte ihn ein, nahm meinen leeren Koffer und folgte in angemessenem Abstand der Umzäunung auf der Suche nach dem Ausgang.

Die Wache in dem Pförtnerhäuschen an der Einfahrt hatte scheinbar Wichtiges zu lesen. Der Mann hob kaum den Blick, als ich vor ihn ans Fenster trat, und wedelte nur mit der Hand wie zum Verscheuchen einer Fliege. Er wollte keinen Ausweis sehen. Du träumst das Ganze nur. Das war es, was ich dachte. Aber ich war wirklich und tatsächlich unten an der Hafenstraße. Langsam ging ich in Richtung Stadt. Es wurde langsam hell. Autos fuhren. Straßenbahnen. Die ersten Händler machten ihre Runden. Ich dachte, jetzt bist du verrückt.«

Ernst Wilhelm blieb mit einem Male stehen. »Jetzt sag schon, was war in dem Umschlag drin?«

Bedächtig wiegte Alexander den Kopf, als könnte er noch immer nicht glauben, was er damals gelesen hatte. Sein Gesicht war niemals »glatt« gewesen, doch jetzt bestand es nur aus Furchen, die es teilten wie in Tortenstücke. Ich dachte an sein Bild vom Samurai.

»Ihr werdet es nicht glauben, aber ...« Er schaute zu Ernst Wilhelm, dann zu mir, und sagte: »Es war eine Schiffsfahrkarte von Tokio nach Schanghai. Ich blätterte in meinem Pass. Er war zum Glück noch gültig, gut zwei Jahre blieben mir.« Er trank den restlichen Wein aus seinem Glas in einem Zug. »Unter meinem abgelaufenen Visum für den Aufenthalt in Japan fand ich einen neuen Eintrag. Sie gaben mir bis Anfang Februar. Mit einem Mal war mir das Ganze klar.«

»Du hattest recht, Ernst Wilhelm«, sagte ich. »Sie hängen keinen Weißen.«

> 3 <

Um acht Uhr morgens stand ich auf und rief in unserer Firma bei Fräulein Mertens an. Es war ein Samstag, damals noch ein Arbeitstag.

»Sie müssen heute auf mich verzichten. Eine dringende Familienangelegenheit.«

»Es ist doch nichts mit unserer Seniorchefin?«

»Nein, machen Sie sich keine Sorgen. Am Montag bin ich wieder im Geschäft. Ach ja, und Fräulein Mertens? Rufen Sie für mich doch bitte auch in München an? Das wäre nett! Mein Mann wird heute ebenfalls zu Hause bleiben.«

»Selbstverständlich, Frau von Traunstein.«

Ich brühte einen starken Kaffee auf.

Es war drei Uhr, als ich in jener Nacht ins Bett kam. Mit offenen Augen lag ich da und starrte in die Dunkelheit.

Das Badewasser gurgelte im Abfluss. Die Dielen ächzten draußen auf dem Flur.

»Schlaf gut, Alexander.« Ernst Wilhelms Stimme kam von unten an der Treppe.

»Das werde ich, verlass dich drauf.«

Meine Tür stand wie immer etwas offen, um des Katers willen. Ich hörte jedes Wort.

»Eine Frage noch, Ernst Wilhelm. Habt ihr Personal? Ich meine, wegen meiner Sachen. Es wäre gut, wenn niemand wüsste, dass ich hier gewesen bin.«

»Das glaube ich gern. Wenn du im Dienst von Roosevelt gestanden hättest oder meinetwegen auch im Dienst von Churchill. Aber dass du ausgerechnet Stalins Mann in Tokio warst! Erzähl das den Leuten. Wir haben kalten Krieg!«

»Habt ihr nun Personal oder nicht?«

»Nein, nein, nur eine Frau fürs Grobe, die am Dienstag und am Freitag kommt.«

»Ich werde eh nicht lange bleiben können. Ich muss in den Osten.«

»Nach Russland? Jetzt, wo Stalin tot ist, meinst du vielleicht, du könntest ...«

»Nach Russland? Nein, auf keinen Fall! Ich bin fertig mit dem Land! Nicht mit den normalen Menschen, diesen armen Teufeln – mit den Kadern, dem System! Ich traue diesem Chruschtschow nicht. Von Tauwetter redet alle Welt. Aber Stalins Gegner sitzen noch bis heute in den Lagern fest, er hat sie nicht entlassen. Nein, ich gehe in die DDR. Von Ulbricht, diesem Spitzbart, kannst du halten, was du willst, ein Schlächter, glaube ich, ist er nicht. Mir wird übel, wenn ich daran denke, dass ich gehen muss, aber ich bin drüben sicherer.«

»Jetzt schlaf dich erst mal aus. Morgen sehen wir weiter.

»Ja, gute Nacht, Ernst Wilhelm.«

»Und, Alexander, bitte sag ihr nichts davon. Sie zeigt ja nie, wie es ihr geht. Aber ... sie wird entsetzlich leiden.«

Du weißt, wie still die Nächte sind in Bayrischzell. Es hatte aufgehört zu regnen. Nichts prasselte aufs Dach und tickte an die Scheiben. Kein Lüftchen zerrte an den Fensterläden. Mützes Schnurren in der Kuhle meines Arms wurde langsam leiser und verstummte schließlich ganz. Ein Käuzchen rief. Das Heulen eines Hundes drang vom Dorf herauf. Das Mondlicht blitzte immer wieder durch die Wolken und warf schwarze Schatten an die Wand.

Wenn ich die Augen schloss, sah ich Alexander auf seinem vermeintlich letzten Gang in Sugamo, als führte man mich selbst, den Strohkorb auf dem Kopf, den Korridor entlang. Der Wärter hatte schwere Stiefel an, die seine Schritte zwischen den nur grob verputzten Mauern hallen ließen. An einem Eisengitter drehte sich ein Schlüssel in dem schweren Schloss. Die nächste Türe war aus schwarz gestrichenem Blech. Nietenreihen liefen quer. Er sah sie nicht, sah nur die eigenen Füße in den Strohsandalen mit den Zehenriemen. Er roch den Korb, den er schon tausend Mal getragen hatte, roch seinen eigenen Atem. Er nahm ihn ab. Der Galgen war vielleicht drei Meter hoch. Er sah den Staub im Licht der Lampe, die an einem Kabel von der Decke hing, genau wie er bald hängen würde. Der Strang. Wie er ihn würgte, noch bevor … Der freie Fall. Das Bodenlose hatte einen Boden. Die Japaner hängen keinen Weißen.

Ich durfte ihn nicht wieder gehen lassen. Ich musste ihn verstecken. Der Keller war nicht groß. War er zu klein, um dort zu leben, wenn ich alles fortwarf, was dort unten stand? War er zu dunkel? Er müsste nur am Tag hinunter. Nur wenn jemand kam.

Die Dielen knarrten. Die Kirchturmuhr schlug vier. Mein Herz, es schlug vieltausendmal.

Das Gurgeln der Toilettenspülung.

Leise Schritte wie auf Zehenspitzen.

Meine Decke hob sich leise, dann schob sich sein Körper, warm vom Schlaf, zu mir herein.

Ich weiß noch, wie ich sagte: »Du fühlst dich wie ein Sack voll Knochen an.« Wie kommt es, dass man solche Scherze macht, in einem Augenblick wie diesem?

Sein Lachen war an meinem Ohr, sein Mund in meinem Haar, an meinem Hals. »Und du? Mein fettes Hühnchen! Du fühlst dich herrlich an.« Mit den Zähnen tastend biss er zärtlich zu. »Und du schmeckst einfach köstlich!«

In einem dünnen Strahl ließ ich das heiße Wasser in den gemahlenen Kaffee laufen und sog den Duft ein, wie ich es an jedem Morgen tat. Mit der ersten Tasse in der Hand setzte ich mich an meinen Platz im Erker und schaute in den Garten, der um diese Zeit noch blau vor Schatten war. Ein zarter Nebelschleier lag vor den Büschen auf dem Rasen.

Wie im Märchen, dachte ich. Ich war kein bisschen müde. Mir war so wohl in meinem Körper, als hätte ich ein warmes Bad genommen, das Verspannte war aus mir gewichen, das Verkrampfte. Ich war zugleich ganz satt und hatte wieder Hunger.

Niemals würde ich ertragen können, ihn noch einmal zu verlieren!

Und plötzlich stand die Lösung vor mir, klar wie frisch geputztes Glas. Es war so einfach! Ein nervöses Lachen entrutschte mir, als Ernst Wilhelm in die Stube trat, grau, übernächtigt und mit einer Grabesmiene, die zum Fürchten war, doch er war schon gewaschen und im Anzug.

»Ich trinke nur einen Kaffee. Ich muss los.«

»Zieh deine Jacke wieder aus. Du brauchst heute nicht nach München. Das gute Fräulein Mertens zeigt gerade, was sie kann. Und Ernst Wilhelm, ich muss ganz dringend auf einen Sprung hinüber zu Mamá. Alexander wird gewiss noch eine Weile schlafen. Doch falls nicht ... Versprich mir, dass du ihn nicht gehen lässt, bevor ich wieder hier bin!«

»Zu Mamá? Um diese Zeit?« Wie Fragezeichenbögen zog Ernst Wilhelm seine Augenbrauen auf die Stirne hoch. »Warum denn das, um Himmels willen?«

»Frag nicht. Ich bin nicht lange fort. Versprich es mir! Du hältst ihn hier! Und wenn du ihn an einen Pfosten fesseln musst. Egal an welchen!«

»Ist gut. Ist gut.« Jetzt lachte er. »Ich werde ihn binden und mich auf ihn setzen, wenn es sein muss.«

Ich fand Mamá, wie ich erwartet hatte, im Wohnzimmer auf ihrer Chaiselongue, wie sie mit halb geschlossenen Augen in den Garten schaute. Mein Herz tat weh, als ich sie sah. Denn seit Schwiegervater gestorben war und nach ihm ihre Schwester, und jetzt noch Richard, von da an fand man sie ständig auf der Chaiselongue mit Blick auf den Garten. Sie aß nicht mehr. Sie lachte nicht. Manchmal dachte ich, sie würde irgendwann wie ein Blatt im Herbst mit dem Untergrund verschmelzen, so dünn und fahl war sie geworden.

»Goldstück!« Wo früher Wiedersehensfreude war, fand ich in ihren Augen Leere. Ihr Lächeln wirkte aufgesetzt. Sie schob die Decke von den Beinen.

»Bleiben Sie liegen, Mamá! Ich setze mich zu Ihnen!«

»Ist etwas passiert?« Ihre Hand suchte nach der losen Falte unter ihrem Kinn, wie um sich daran festzuhalten. »Du siehst besorgt aus.«

»Nein, passiert ist nichts.« So nah es ging, zog ich den Stuhl an ihre Seite. »Es ist – ich muss mit Ihnen reden.«

Ich spüre, wie ich an dieser Stelle zögere, selbst heute noch, beim Niederschreiben dieser Worte. Wie sollte ich ihr beichten, was gewesen war? Und beichten musste ich. Ich brauchte sie für meinen Plan. Dies waren andere Zeiten. Über manche Dinge sprach man nicht, schon gar nicht mit der eigenen Schwiegermutter! Ich redete mir selber zu. Hatte sie nicht selbst gesagt, dass sie im Alter etwas Würze gut vertragen könne? Mach die Augen zu und stell dir vor, sie wäre Käthe, dann wird es gehen, so dachte ich. Ich merkte, wie das Kleid feucht wurde unter den Achseln.

»Mamá, wir haben nie gesprochen über dieses Kind, das ich verloren habe.« Ich schluckte. Draußen sah ich eine Krähe auf dem vom schlechten Wetter braun verfilzten Rasen landen. Sie pickte mit wenig Lust im alten Laub. Dann stand sie plötzlich da und wippte mit dem Kopf und schaute mich durchs Gartenfenster an, als wollte sie sagen: Ich bin an deiner Seite. Yatakarasu! Ich nickte und schloss für einen Augenblick die Lider, bevor ich weitersprach: »Es ist so, dass wir, Ernst Wilhelm und ich, wir haben einen …«

Plötzlich saß sie so senkrecht auf der Liege, wie ich sie lange nicht gesehen hatte. In ihren Augen stand der Schreck. »Du bist nicht gekommen, um mir zu sagen, dass ihr euch gestritten habt? Dass du ihn verlassen willst?«

»Aber nein, Mamá! Was ich Ihnen sagen will: Wir haben einen Gast bei uns, zu Hause in der Villa Rose. Er möchte gerne bleiben. Er ist …« Ich schaute zu ihr auf und unsere Blicke kreuzten sich, sodass ich es wagte, fortzufahren: »… ein ganz besonderer Freund.«

Meine Hände lagen plötzlich unter meinem Herzen. Sie hatten sich den Weg dorthin von ganz allein gesucht. Ob sie ahnte, was ich sagen wollte? Ich kann es dir nicht sagen.

»Und wo liegt nun die Schwierigkeit?«

»Es war in Tokio«, sagte ich. »Ich war noch gar nicht lange dort, als wir von einem Ausflug kamen. In Nara waren wir gewesen, bei den Hirschen, die man streicheln kann.«

»Was willst du mir erzählen, Goldstück? Dein ganzes Leben? Was ist es, was dich so bedrückt?«

»Es ist … Mamá.« Ich fasste mir ein Herz. »Ich brauche Ihre Hilfe. Der Mann ist Alexander Arendt. Er war Stalins Mann in Tokio. Die Japaner haben ihn gefasst. Genau genommen ist er es gewesen, der Ernst Wilhelm um sein Amt in Japan brachte. Trotzdem ist es einfach so: Wir sind sehr gut befreundet. Und außerdem …« Ich rang nach Luft. Mein Mund war plötzlich trocken. »Es hieß, sie hätten ihn gehängt. Doch nun … Er lebt und hat zu uns gefunden. Elf Jahre war er unterwegs. Aber bleiben kann er nicht. Herrgott, er war Sowjetspion! Wer würde ihn dafür willkommen heißen? Er muss nach drüben, in den Osten. Und trotzdem ...« Ich spürte ihren Blick auf mir und hob die Augen zu den ihren. »Mamá, ich sterbe, wenn er wieder geht. Er braucht Papiere! Einen neuen Namen! Und ich wüsste einen, der all das zu vergeben hat.«

»Und dieser eine ... « Sie hörte auf, ihr Kinn zu kneten und nickte langsam und bedächtig. Dann war es so, als würde sie mit einem Mal lebendig. Ihre Füße suchten auf dem Boden nach den Schuhen, die dort standen. »Es sieht so aus, als hätte diese Sache Eile. Lass uns keine Zeit verlieren.« Plötzlich war sie ganz die Alte.

»Mamá!« Jetzt kamen sie, die Tränen, die ich so gut gehütet hatte. Ich sank vom Stuhl hinunter auf die Knie. »Ich weiß nicht, wie ich Ihnen danken soll.«

»Goldstück! Wirst du das wohl lassen! Es ist nicht mehr als recht und billig. Du weißt noch, damals, auf dem Standesamt?«

Sie reichte mir die Hand und half mir auf die Füße.

»Auf dem Standesamt? Sie legten mir den Fuchspelz um die Schultern.«

»Ja, schon.« Unwirsch schnickte sie die Antwort mit einer Geste aus dem Handgelenk beiseite. »Was habe ich dir gesagt? Das weißt du doch noch! Damals!«

So nervös ich angesichts des Planes war, ich konnte nicht umhin, mit feuchten Augen laut zu lachen, als ich sie nach all der Lethargie und Traurigkeit so sah. Was hatte sie zu mir gesagt? Ich sah mich wieder in dem Saale stehen, der mir so riesengroß und elegant erschienen war und fühlte wieder diese Hand auf meinem Arm. Ich dachte damals, es sei Vater, doch Mamá war es gewesen. Es war ihre Stimme, die mich darauf brachte, die noch genauso rau und rauchig war, wie damals, vor so vielen Jahren.

»›Ich werde dir das nie vergessen!‹, sagten Sie. ›Und wenn du einmal etwas brauchst, dann sag es mir. Du hast noch etwas gut.‹«

»Na, bitte, Goldstück!« Sie nickte gütig wie eine Lehrerin, wenn das Gedichtaufsagen schließlich doch noch klappt. »Und ich bin froh, dass es nichts Schlimmeres ist, was du von mir verlangst.«

> 4 <

Keine Stunde war ich aus, als ich, mit Mamá am Arm, die Tür der Villa Rose aufschob. Ernst Wilhelm saß gerade in der Diele, auf dem Stuhl am Telefon.

»Mamá!« Schon auf den Beinen sagte er: »Lassen Sie uns später reden«, in den Hörer und: »Auf Wiederhören.« Und er hängte ein.

»Und?«

Als ich ihn nicken sah, löste sich ein Druck in meinem Herzen, denn bei allem Ehrenwort, ich hatte doch die ganze Zeit befürchtet, dass Alexander nicht mehr da sein könnte.

Ernst Wilhelm begrüßte seine Mutter und nahm ihr den Mantel ab. Ich ging voraus. Noch im Morgenrock saß Alexander am Tisch im Erker, die Kaffeetasse in der Hand, die Zeitung aufgeschlagen vor sich, doch ich glaube, er las sie nicht. Wie Honig floss ein Lächeln über seine ausgezehrten Züge, als sich unsere Augen trafen. Es war gerade bei den Lippen angekommen, als sein Blick an mir vorbei zur Tür ging und er vor Schreck erstarrte.

»Frau von Traunstein!« Er verschluckte sich. Hustend sprang er auf, Tränen in den Augen, so quer saß ihm der Kaffee in der Kehle. »Entschuldigung.«

»Ihr kennt euch?«, fragte ich.

»Nein, nein, das nicht.« Ich sah sein Zögern und spürte sie am eigenen Leib, die Angst, dass man ihn finden könnte. »Die ...«

Mit einem Räuspern löste er sich das letzte Kratzen aus dem Hals. »Es ist nur, die Ähnlichkeit mit Ernst Wilhelm ist frappierend. Ich nahm es einfach an, und wie es aussieht, stimmt es ja. Verzeihung, gnädige Frau. Verzeihen Sie meinen Aufzug. Einen schönen guten Tag.« Er machte einen Diener vor Mamá.

»Guten Tag, junger Mann.« Huldvoll streckte meine Schwiegermutter ihm ihre Hand entgegen. Die Augen glitten dabei prüfend an ihm auf und ab. »Sie sollen also nun mein Neffe sein? Na, dann wollen wir einmal sehen, was Sie wissen sollten, dass man Ihnen das auch glaubt.«

Bis heute sehe ich vor mir, wie ihm der Kiefer herabsank, dann das perplexe Runzeln seiner Stirn. »Ihr Neffe?«

Plötzlich ging sein Blick zu mir. »Zwerg? Was hast du mir zu sagen?«

Ich hatte weiche Knie und wich doch keinen Schritt zurück. Wir hatten keine andere Wahl, das wusste ich. Der Plan war schnell erklärt.

So marschierten wir am Montag also gegen neun Uhr dreißig morgens zu viert zum Rathaus, vorneweg Mamá an Alexanders Arm.

Am Kriegerdenkmal kniete Fräulein Maierhofer und wechselte für Allerheiligen die Beetbepflanzung aus. Herr Oberleitner, der immer alles wusste, was im Dorf geschah, stand vor dem Fenster seines Lebensmittelladens und wies den Lehrling drinnen an, wie er die Pyramide mit den Nudelschachteln dekorieren sollte. Sein Dackel bellte, als er grüßte. Die Neugier stand ihm groß geschrieben in den Augen beim Anblick dieses Fremden. Die Männer zogen ihre Hüte, wir Frauen winkten lächelnd wie an jedem anderen Tag. Mir sprang das Herz bald aus dem Leib. »Einen schönen guten Tag.«

Beim Näherkommen sahen wir den alten Hias auf dem Gehweg vor dem Rathaus, wie er seine toten Beine zwischen seinen

Krücken schwang. In jungen Jahren war er als Straßenbauarbeiter unter eine Dampfwalze geraten und seither schwerstbehindert. Mehr als sein halbes Leben verbrachte er im Bayrischzeller Rathaus in der Pförtnerloge. Er brauchte seine ganze Kraft, um vor uns die schwere Türe aufzuschieben. So fanden wir ihn ausnahmsweise stehend vor.

»Moment, die Herrschaften. Einen Augenblick!« Er verschwand in dem Kabäuschen. Durch die Verglasung sahen wir zu, wie er seinen Körper mit einigem Geschick von den Krücken auf den Stuhl bugsierte und diese in den Winkel zwischen Tisch und Türe schob. Dann hängte er den Hut daran, zog aus der Jackentasche ein Päckchen von der Größe einer Frühstückssemmel, eingeschlagen in Papier, und öffnete das Fensterchen, das in die Scheibe eingelassen war. Der Duft von warmem Leberkäse zog zu uns heraus.

»Oha!«, sagte er, als hätte er uns eben erst entdeckt, strich sich den Schnurrbart glatt und musterte uns ernst. »Die von Traunsteins! Grüß Gott, sag ich! Und habe die Ehre! Was kann ich für Sie tun?«

»Lassen Sie sich von uns nicht bei Ihrem Frühstück stören, guter Mann.« Mamá war bester Dinge. »Wir finden schon den Weg hinauf ins Meldeamt.« Und ohne eine Antwort abzuwarten, rauschten wir *en bloc* an ihm vorbei zur Treppe in den ersten Stock an einen Tresen, über dem an dünnen Ketten zwei vergilbte Schilder von der Decke hingen: Links stand »A – N« und rechts stand »O – Z«. Das Fräulein war das gleiche. Ich kannte sie, wie man die Leute kennt in einem Dorf.

Als sie uns sah, schob sie ihre Kaffeetasse hinter einen Aktenstapel, stand auf, strich sich den Rock zurecht und prüfte den korrekten Sitz der obersten zwei Knöpfe ihrer grün karierten Bluse. Sie war sehr hübsch mit ihrem kurz geschnittenen braunen Haar und den vollen Wangen.

»Guten Morgen, Fräulein Brandt.« Wie Mamá grüßte! Wenn sie auch nur ein Hauch von Zweifel plagte, dass unser Plan misslingen könnte, mit allen Konsequenzen, die das nach sich ziehen würde, dann zeigte sie es nicht. Man hätte meinen können, sie sei die Leiterin des Amts.

»Oh, guten Morgen, Frau von Traunstein. Was kann ich für Sie tun?« Aus großen, runden Augen schaute Fräulein Brandt die Männer an und wieder gingen ihre Hände zu den Blusenknöpfen.

»Sie kennen meinen Sohn? Meine Schwiegertochter?«

Wir nickten alle höflich.

»Und dies hier ist mein Neffe Richard Roth. Wir sind gekommen, ihn zu melden. Er braucht einen neuen Pass.«

»Melden? Soll er hier bei Ihnen wohnen?«

»Allerdings. Im Hause meines Sohnes.«

»Aha.« Das Fräulein trat an einen schulterhohen Schrank zu ihrer Rechten, fuhr in der zweiten des guten Dutzends Fächerreihen mit dem rot lackierten Fingernagel etwa auf die halbe Höhe und zog ein Formular heraus. »Das brauche ich dann bitte ausgefüllt. Mit einer Unterschrift von Ihnen, Herr von Traunstein, als dem Wohnungsgeber.« Sie nickte in Ernst Wilhelms Richtung. »Und was den Pass betrifft, Sie meinen, dass er ihn verlängern will?« Sie lächelte jetzt Alexander an.

»Nein, ich sagte und ich meine, dass er einen neuen braucht.«

Ich hielt die schwarze Perle in der Grube meines Halses fest. Bitte, sagte ich im Stillen. Lass es gut gehen.

»Aha.« Sie legte sich den Bleistift an die Lippen. »Und der alte ist …?« Sie hob den Blick.

»Irgendwo in Russland in einem Lager in der Omsker Gegend. Mein Neffe ist geflohen. Nach dem langen Marsch ist er nun endlich hier.« Mamá nahm Alexanders Arm und drückte ihn und lächelte ihn an wie eine Mutter ihren lang verschollenen Sohn.

»Aha. Dann müssen wir nur sehen, wie wir Ihren Neffen auch als solchen identifizieren können.«

Ich suchte Alexanders Blick, doch er schaute nur das Fräulein an und das Fräulein ihn. Ich musste an die Worte unserer Freundin Käthe denken. »Er schäkert noch mit einem Gartenzaun, wenn er sich einen heißen Draht davon verspricht.« Obwohl ich einen leisen Stich von Eifersucht verspürte, ich verzieh ihm noch im selben Augenblick.

Mit der Linken fischte er aus seinem Kragen nach dem Kettchen. »Hier. Ich denke, dass dies hier wohl genügen dürfte.« Er hielt ihr Richards Marke hin.

»Gut?« Mit einem Fragezeichen kam das Wort heraus. Wieder hielt sie sich den Bleistift an die Lippen, diesmal, um damit zu trommeln. »Das hilft schon einmal, für den Anfang, Herr ...«

»Roth«, sagte Alexander mit einer Selbstverständlichkeit, als hätte er den Namen tausendfach gebraucht. Er lehnte sich auf ihrem Tresen vor. »Richard Roth.«

Ich fand dies doch ein wenig übertrieben. Bayrischzell, das ist ein kleiner Ort! Sie würden sich begegnen. Trotzdem hielt ich mein eingefrorenes Lächeln fest am Platz.

»Und für alles Weitere wird dies hier wohl genügen.« Wie ein Pokerspieler zog Mamá in diesem Augenblick vor unser aller Augen den Trumpf aus ihrer Tasche, den sie im mitgebrachten Nachlass ihrer Schwester gefunden und selbst vor uns geheim gehalten hatte. »Die Geburtsurkunde meines Neffen.« Ich glaube, ich vergaß zu atmen.

»Das ist natürlich eine andere Sache«, sagte Fräulein Brandt. »Dann stellen wir jetzt den Antrag. Drei Monate wird es dauern, bis Herr Roth den neuen Pass bekommt.« Sie schaute ihm nun direkt in die Augen. »Möchten Sie für diese Zeit ein provisorisches Dokument?«

Wir nickten alle vier zur gleichen Zeit.

Bis heute habe ich Mühe, es zu glauben, aber schwerer war es nicht.

Du weißt jetzt längst, von wem die Rede ist. Ja, Alexander war der Mann, den wir »Onkel Richard« nannten und der in der Remise bei uns lebte, bis er im Sommer sechsundachtzig starb, zwei Jahre vor Ernst Wilhelm. Wenn ich dir sagen würde, vom Tage seiner Rückkehr an hätte es für uns nur eitel Sonnenschein gegeben, es wäre glatt gelogen. Er hatte viel erlebt und mochte nie darüber reden. Wie er von Japan nach Europa kam und was ihn elf Jahre brauchen ließ für diesen Weg, er hat es nie verraten. Zu der Narbe unter seinem Schlüsselbein waren zwei weitere hinzugekommen, eine vorn am Hals und eine, die ihm wie das Gegenstück dazu seitlich am Nacken saß, zwei schmale, bläulich rote Streifen von der Länge meines kleinen Fingers. Er lachte, wenn ich danach fragte, und zuckte mit den Achseln. »Da war der Stecken drin, an den ich meine Brezeln hängte, um sie herumzutragen.«

Nicht immer war es einfach. Doch öfter als wir stritten und durch düstere Täler gingen, waren wir im Paradies. Ich glaube, man kann sagen, dass wir miteinander mehr als glücklich waren.

Nun sehe ich dich vor mir, wie du jetzt rechnest an erhobenen Fingern wie als kleines Mädchen. Wie ernst du schauen konntest mit deinen braunen, großen Kinderaugen. Im Oktober fünfundfünfzig kam Alexander wieder. Ende Februar sechsundfünfzig, nach diesem eisig kalten Winter, in dem der Rhein von der Quelle bis zur Mündung zu einem Block aus Eis gefror, saß ich auf dem Patientenstuhl in der Praxis von Doktor Sobotta. Der Geruch von Kampfer kroch mir durch die Nase in den Magen und zog sich dort zu einem harten Ball zusammen.

»Wie alt sind Sie?« Über den Rand der dicken Brille schaute er mich prüfend an. Erinnerst du dich noch an ihn? Er sah doch aus wie eine greise Eule, der die grauen Federn in die Stirn hängen. Mit seinen langen, dünnen Fingern fing er an, die Akten durchzublättern.

»Vierzig«, sagte ich und schaute meine eigenen Hände an, die zwar klein, doch im Vergleich zu seinen noch immer jung und glatt wie Eierschalen waren. »Im Herbst geworden.«

»Bei Frauen, die schon Kinder haben, kann es schon einmal passieren, dass sie …« Sein Blick ruhte jetzt auf meinem Bauch. »Hatten Sie schon einmal eine Fehlgeburt?«

Ich nickte. »Dann stimmt es also, was ich denke?«

Er verzog das hagere, faltige Gesicht und putzte seine Brille am Ärmel des Kittels. »Meine Kunst reicht nicht so weit, zu wissen, was Sie denken. Trotzdem würde ich jetzt einmal sagen: Ja.«

Ich griff nach meiner Tasche und lief heim, mit offenem Mantel und die Kappe in der Hand. Es war ein Donnerstag. Ernst Wilhelm war zu Hause, zwei- oder dreimal in der Woche überließ er die Geschäfte dem Verwalter. Er fuhr längst nicht mehr täglich in die Stadt. Die beiden Männer schippten Schnee, es hatte über Nacht geschneit. An diesem Morgen aber schien die Sonne, die es warm sein ließ wie lange nicht.

»Da bist du ja! Ich wollte dich gerade suchen gehen.« Ernst Wilhelm klopfte sich die Hosen ab. »Einen Tag wie diesen muss man nutzen! Wir könnten mit der Zahnradbahn hinauf zum Wendelstein.«

»Ja, lasst uns fahren!«

Und so kam es, dass wir nach dem Mittagessen in der Bergstation den schmalen Weg hinauf zum Gipfel stiegen. Die tief verschneiten Alpen lagen uns zu Füßen wie ein Funkelmeer aus Diamantenzacken unter einem Himmel von der Farbe eines Eisbonbons. Er war so groß und weit wie das Gefühl in mir.

Am 21. September 1956 war es dann so weit. Muss ich dir sagen, dass du das schönste aller Babys warst? Schau dir die Fotos selber an! Andere Kinder hatten kahle Köpfe und du von Anfang an dies dunkle Haar und diese großen Augen.

Alexander nannten wir von Stund an Richard, auch im Haus,

wenn wir alleine waren, denn du solltest ihn nicht anders kennen. Deinen Namen wählten wir nach Karoline Esterhazy, der Schülerin des jungen Schuberts, die dieser heimlich liebte und für die er Stücke für vier Hände komponierte, in denen sie sich laufend kreuzen und berühren mussten. Wir hatten den Hans-Moser-Film in Tokio sehr gemocht und sahen ihn, wann immer es ihn gab, im Bayrischzeller Kino an.

Und Schwiegermamá, die dir deinen zweiten Namen gab – Luise? Ich sehe euch zusammen auf dem Sessel in der Villa Rose sitzen, du quer auf ihrem Schoß, die kleinen Füße angezogen. Was habt ihr euch erzählt, in all den vielen Stunden? Du warst ihr Floh. Das Goldstück, das blieb ich. Dass sie bis 1963 lebte, bis sie fast neunzig war, und rüstig praktisch bis zum letzten Tag? Ich glaube, es war nur wegen dir.

Deine andere Großmama schickte eine dieser Glückwunschkarten, die einen Storch mit Baby zeigen. »Ich freue mich für Euch. Ich käme gern nach Deutschland, um mein Enkelkind zu sehen, doch du musst verstehen: Mein Mann setzt keinen Fuß mehr in das Land.« Das war das Letzte, was ich von ihr hörte. Ich schrieb ihr nicht. Was hätte ich ihr schreiben sollen? Sie hatte wieder einen Gatten, der ihr das Leben vorzuschreiben schien und dem sie folgen konnte. Wenn ich es jetzt bedenke: Ich weiß nicht einmal, wann sie starb.

Den Rest? Den hast du selbst erlebt, ich muss ihn nicht erzählen. So könntest du nun glauben, wie ich es lange tat, dass dies das Ende der Geschichte sei. Es ist es nicht. Denn da waren noch Ernst Wilhelm und die mal kleinen und mal größeren Fragezeichen, die ich in all den Jahren von mir weggeschoben hatte. Am Ende gab es eine Antwort.

XVI

Freunde

› 1 ‹

Sie treibt gerade an der Schwelle hin zum Schlaf, von der das Knacken in den Heizungsrohren sie jedes Mal zurückholt in die Welt. Nach der Sommerpause hört sie es zum ersten Mal. Es ist kalt geworden über Nacht.

Im Flur hört sie die Tür gehen. Es ist Herr Wattenbruch, sie kennt den Schritt, er geht viel leiser als die anderen, wenn er seine Runde macht. Flink wie ein kleines Hündchen huscht der Schein der Taschenlampe vor ihm her zur Tür herein und springt zu ihr aufs Bett. Sie atmet langsam und mit fest geschlossenen Augen.

»Schlafen Sie?« Er flüstert die zwei Worte in die Stille und wartet einen Augenblick, doch sie sagt nichts. Sie mag nicht reden.

»Gute Nacht«, sagt er und geht.

Von nebenan hört sie die Stimmen wieder. Die Männer spielen Schach. Sie hört das Klicken der Figuren und ab und zu ein Wort, zu leise, um es zu verstehen. Ist das Machorka, was sie riecht? Sie lächelt. Wo ist nur der Groll geblieben, der sie so lange plagte?

Morgen kommt Karoline sie besuchen. Nicht mit den Händen, in Gedanken ertastet Elisabeth das Gesicht der Tochter wie eine Blinde. Die hohen Wangenknochen hat sie von Alexander. Auch die Augen, die zwischen grün und blau changieren, wie sie sie nirgends sonst gesehen hat. Sie zeichnet ihre Nase, ihre weich geschwungenen, vollen Augenbrauen nach, die sehr schmalen Wangen. Nur die beiden steilen Falten auf der Stirn sind von ihr, Elisabeth.

Im Spiel von Licht und Schatten, das die Akazienblätter ihr auf ihre Lider malen, erscheint das Antlitz Karolines wie in einem Unterwasserfilm. Ein Fließen geht darüber wie von einem Bachlauf, und sie lässt sich treiben in dem Strom, betrachtet Kiesel, graue, weiße. Sieht ab und zu an einer Felsenstufe kleine, flinke Fische huschen, bis das Wasser ruhig wird. Ganz still liegt auf dem Grund der makellose, weiße Sand. In diese Tiefe taucht sie ein, langsam trudelnd wie ein Blatt zu Boden sinkt, als in ihr wieder seine Worte schwingen. Zu öffnen nach dem Tod. Ernst Wilhelms Brief. Sie darf nicht vergessen, ihn herauszulegen, auch wenn sie selbst ihn gar nicht in den Händen halten muss, um ihn zu lesen.

› 2 ‹

Meine liebe Elisabeth,

bevor ich alles Weitere schreibe, sei versichert, dass ich dich nach all den Jahren mehr liebe, als ich es dir sagen kann, mehr als mein eigenes Leben. Klingt das womöglich leicht dahergesagt von einem alten Mann, der seines Körpers müde ist und ohnehin bald gehen wird? Der schon gegangen ist, wenn du diese Zeilen liest? Es ist mir trotzdem ernst damit, ich schreibe es aus ganzem Herzen.

Lange habe ich mir eingeredet, zu schweigen wäre das Beste: Was du ins Grab mitnimmst, richtet keinen Schaden an, so dachte ich, bis Alexander starb und ich erfahren musste, wie unerträglich ich es fand, dass er für sich behielt, wie er den Weg zu uns nach Hause fand. Was machte er die ganzen Jahre? Was ließ ihn zucken bei dem leisesten Geräusch? Was schickte ihm die schlechten Träume?

Glaub mir, Elisabeth, ich hätte gern die Kraft gefunden, dir alles selbst zu sagen, und bin erschrocken über meine eigene Feigheit. Vielleicht gelingt es dir, diese Zeilen hier als eben jenen Ausdruck des Vertrauens anzunehmen, den ich dir schuldig blieb, solange ich lebte.

Ich sehe uns, wie wir uns damals zum allerersten Male gegenüberstanden, im Standesamt in München. Ich sah die Angst in deinen Augen, ich wusste, dass du nicht aus freien Stücken dorthin gekommen warst, um »Ja« zu mir zu sagen. Ich dachte damals, wenn die Zeit gekommen ist, werde ich dir alles beichten. Dann werden wir beide unserer Wege gehen, im besten Fall als Freunde und wenn nicht – nun, vergib mir den Gedanken, ich schäme mich zutiefst für ihn: schlimme Zeiten fordern ihre Opfer. Wir sahen einfach keinen besseren Plan.

Hast du dich je gefragt, welchen Anlass es für diese überstürzte Eheschließung gab? Ich merke selbst, wie lächerlich die Frage ist. Natürlich hast du das! Und einen Teil der Antwort kennst du: Eile war geboten, weil jeder, der damals mit von Schleicher war, von Hitler über Nacht des Hochverrats bezichtigt wurde und zum Abschuss freigegeben war. Zu einem späteren Zeitpunkt hätte ich nicht außer Landes gehen können, noch ein paar Stunden, und es wäre schon zu spät gewesen.

Doch wenn du die Frage nach dem eigentlichen Grund der Heirat stellst, fühle ich mich noch heute so, als säße ich im Verhörraum der Gestapo. Die alte Angst sitzt tief, so tief, dass ich die Wahrheit kaum in Worte fassen kann und diesen Brief am liebsten hier und jetzt zerreißen würde.

Elisabeth, es tut mir leid, so leid, dass ich es sagen muss: Man hätte mir zu jener Zeit, wäre es herausgekommen, den rosa Winkel an den Arm geheftet. Mein Körper, er liebt Männer, keine Frauen. Ich brauchte diese Tarnung, die du mir gegeben hast. Der Preis für dich war hoch, ich weiß. Ich war so glücklich, dass du Alexander lieben konntest. Es linderte mein Schuldgefühl. So glücklich, als sich endlich, endlich dir dein großer Wunsch erfüllte, ein Baby zu bekommen. Insgeheim war ich erleichtert und begeistert über dieses Zeugnis »meiner« Männlichkeit, weil dieser Oberst Grützner mich die ganze Zeit beäugte. Sein Erfolg als Homosexuellenjäger basierte schließlich auf der Formel, dass Gleich und Gleich sich schnell erkennt. Ich hätte dir dies alles offenbaren können, als Kiesinger im September 1969 den Paragrafen 175 reformierte. So, wie ich die Neigung lebte, war sie nun nicht mehr strafbar. Ich war alt genug und vergriff mich nicht an Knaben oder Angestellten. Doch fragte ich mich Tag und Nacht, wie du wohl dazu stündest, wenn ich dir sagen würde, dass Alexander nicht nur dein Geliebter war. Er war auch meiner. Ich liebte ihn. Ich liebte dich, auf andere Weise, aber ja, ich liebte dich. Ich liebte unser goldenes Dreieck, wie ich es im Stillen nannte, und wollte unsere Familie auch um Karolines willen auf keinen Fall gefährden.

Und wenn du meinst, dies sei es nun gewesen, es sei heraus, ganz gleich, wie du nun dazu stehst – ich hoffe tief im Inneren auf Vergebung! –, dann muss ich dich enttäuschen. Es gibt noch etwas, das ich beichten muss. Was schwerer für dich wiegt? Ich weiß es nicht.

Es begann wohl damit, dass ich 1934, an jenem Sonntag im November, als wir aus Nara wiederkamen und Alexander vor uns in der Einfahrt sahen, schon gleich an diesem ersten Tag, nicht bei der Wahrheit blieb. Es stimmte nicht, dass wir uns erst in Japan kennenlernten. Du hattest es vermutet, und du hattest recht. Seine Eltern zogen, als sie von Russland in die deutsche Heimat seines Vaters gingen, nach Berlin Charlottenburg und wohnten in derselben Straße wie die Roths. Im Sommer, wenn Mamá und ich zu Tante Hanni fuhren, war er mein Spielgefährte. Cousin Richard wäre da gewesen, doch ich fand ihn schlichtweg öde. Er wollte über seinen Büchern brüten, ich wollte raus. Draußen gab es außerdem noch eine, die mit uns im Bunde war, eine wilde Göre aus dem dritten Hinterhaus, mit der man uns den Umgang strikt verbot, weil ihr Vater ein versoffener Kohlenkutscher war. Ich nehme an, du weißt sofort, von wem die Rede ist: Käthe. Wir hielten, wie man sagt, wie Pech und Schwefel zusammen.

Es führt zu weit, den ganzen Weg, den wir gemeinsam gingen, hier vor dir auszubreiten. Nur so viel: Nach dem Ersten Weltkrieg suchten wir wie viele junge Leute nach einer anderen Welt mit mehr Gerechtigkeit und Frieden und fanden sie in Marx' und Lenins Thesen. Wir glaubten an die Möglichkeit, die Ärmsten aus der Armut zu befreien, indem wir von den Reichen nahmen und denen gaben, die die Arbeit machten. Unser großes Leitwort war die Solidarität. Auf verschiedenen Wegen fanden wir nach Asien, doch alle mit dem gleichen Ziel: die Revolution von Russland aus über China in die ganze Welt zu tragen.

Dass ich in Tokio an die Botschaft kam, war für uns ein Glücksfall. Dass ich zum ersten Mann dort aufstieg, war eine Sensation. Das Weitere muss ich dir nicht erzählen.

Du wirst verstehen, dass es nicht infrage kam, dich einzuweihen. Du fügtest dich in unser Trio wie ein Mosaikstein und, ich gebe es zu, wir hatten eine Zeit lang den Verdacht, dass du zu uns geschickt worden sein könntest, um uns zu bespitzeln. Wie kamst du, um Gesang zu üben, ausgerechnet auf Madame Clément? Käthe war zutiefst erschrocken, als sie dich dort sah. Wusstest du vielleicht, dass Mister Wang, der Mann, der niemals sprach, in diesen ersten Jahren unser Funker war? Eine ganze Woche stellte Käthe dich in Tokio auf die Probe und befand: Die Kleine ist in Ordnung. »Naiv und blütenrein wie das Laken einer Jungfrau vor der Hochzeitsnacht«, das waren ihre Worte. Von da an trugst du, ohne es zu wissen, versteckt in deinen Notenblättern, unsere verschlüsselten Botschaften zu Madame Clément, sodass Mister Wang sie senden konnte.

Später dann hast du uns aufmerksam gemacht, als sie ins Fadenkreuz unseres lieben Herrn von Wächter geraten war und es zu brenzlig für sie wurde. Wir staunten immer wieder über dich. Du warst begabt wie keine zweite! Bei unserem Ausflug auf den Berg Ogusu kamst du uns zur Rettung. Hättest du die Filme nicht in deinem Haar versteckt, sie hätten Alexander damals schon das Leben kosten können. Zu gerne hätte ich erfahren, wie du Miyake nach der Enttarnung zu den Schattenhäusern bringen konntest.

Woher du wusstest, wer er war! Bis zuletzt war mir mulmig bei dem Gedanken, dass du womöglich doch in Moskau ausgebildet worden wärest und vielleicht mehr wüsstest als wir alle. Oder warst du die Spionin einer anderen Macht?

Dann sah ich deine Augen, als ich dir sagte, dass Miyake lebte. Da war mir plötzlich klar: Du warst ahnungslos, denn so verzweifelt und so ehrlich ratlos kann kein Mensch zum Scheine sein.

Es tut mir leid. Nun weißt du es. Es klingt so hart, wenn ich es schreibe, aber ja, wir haben dich benutzt für unsere Zwecke. In jeder Hinsicht gabst du uns die Tarnung, die wir brauchten. Trotzdem waren wir doch Menschen, und als solche haben wir dich mehr geliebt, als alles, was uns wertvoll war. Ich bitte um Entschuldigung für all die vielen Lügen. Schenk mir meine Seelenruhe. Elisabeth, ich bitte dich, vergib sie mir.

Ich schäme mich nicht einen Augenblick dafür, dass ich meinen Idealen folgte. Ich glaubte wirklich an den Kommunismus und wurde schwer enttäuscht. Dass ich nicht früher reagierte, als ich merkte, was für ein Schlächter Stalin war, setzt mir ganz furchtbar zu. Als wir in Tokio noch aktiv für Moskau tätig waren, sickerten die ersten Nachrichten vom vieltausendfachen Mord an seinen Gegnern und den Haftbedingungen in den Lagern zu uns durch. Trotzdem hörten wir nicht auf, zu funktionieren. Es ging doch gegen Hitler und die Nazis! Aber machten wir es uns nicht allzu einfach? Waren wir denn wirklich noch die Guten, bei all dem Blut, das man im Namen auch unserer Ideologie vergoss? Dies sind die Fragen, die mich quälen. Und auch, ob du mir verzeihst.

Ich liebe dich, Elisabeth, als Mensch, als Karolines Mutter, als meine allerbeste Freundin, die du hoffentlich noch bist, nachdem du dies gelesen hast.

Auf ewig Dein.
Ernst Wilhelm

› 3 ‹

Der Duft ist etwas intensiv und geht ein wenig arg in Richtung Pampelmuse, findet sie, doch das Parfum ist ein Geschenk von Karoline. So tupft sie mit dem Glasstab ein klein wenig davon in die kleine warme Kuhle hinter ihren Ohren und auf die Handgelenke. Behutsam stellt sie den Flacon zurück und wendet sich zum Spiegel.

Das Kostüm sitzt wie angegossen. Es ist noch tadellos nach über zwanzig Jahren, mit gutem Recht das Lieblingsstück in ihrer Garderobe, rosé mit schwarzen Paspeln, maßgeschneidert, der Stoff noch aus dem Werk in Hausham, bevor sie es verkaufte und sich zur Ruhe setzte, als sie fünfundsiebzig war.

Ein Kompliment an ihre Aliona. Sie hat als Pflegerin ein besseres Händchen für das Färben und Frisieren als die Friseurin hier im Haus. Ihr Haar hat einen kühlen, fast metallenen Schimmer. Auch ist ihr Knoten im Nacken weich und tief geschlungen, so wie sie es mag. Die Spuren ihrer Jahre mag man an einem Tag wie diesem übersehen. Wär's nicht um ihre Hüfte und das Knie. Da sind die Messerstecher unterwegs. Sie presst die frisch geschminkten Lippen aufeinander, bis der Schmerz sich legt.

Eine Ruhe ist in diesem Haus, als hätten selbst die Wände sich zum Mittagsschlaf begeben. Viertel nach drei, es bleibt noch Zeit genug. Der Kessel steht gefüllt bereit. Karoline muss nachher nur noch den Herd einschalten und den Tee aufgießen, wenn das

Wasser kocht. Sie hat den Couchtisch decken lassen, mit einem hübschen Rosenstrauß in der Farbe der Servietten, die sie Aliona über Eck gefaltet in die Gabelzinken schieben ließ. Den Kuchen wird das Mädchen nachher bringen, wenn es zur Schicht am Nachmittag erscheint. Petit Fours hat sie bestellt und keine Tortenstücke, Karoline wird nicht hungrig sein, nachdem sie in der Stadt gegessen hat. Sie hört sie mäkeln wegen dieser »leeren Zuckerkalorien« und dem »puren Fett«, doch soll sie vor einem leeren Teller sitzen?

Die Schachtel mit den Schreibmaschinenseiten steht auf dem Sekretär. Der Gicht in ihren Händen wegen sitzt die grüne Seidenschleife etwas schief. Vom Fenster aus schaut sie, den Atem Zug um Zug in ihre Lunge zwingend, hinunter auf den Parkplatz. Ihre Hände fangen plötzlich an zu flattern und ihr Puls jagt wie ein Hase übers Feld. Ruhig bleiben, sagt sie sich. Einsam steht ein kleines rotes Auto in der ersten Bucht am Eingang, sonst ist der Platz verwaist. Eine frische Brise zerrt an einer Zeitung, die aus dem Papierkorb ragt, und eine kleine leere Plastikflasche kullert in der Rinne.

»Was schleicht ihr euch so an, ihr zwei?«

Alexander schiebt ihr seine Nase in den Nacken. »Chanel?«, fragt er.

»Dior.« Sie lacht. »Warum fühle ich mich gleich besser, wenn ich euch an meiner Seite habe?«

»Das fragst du dich?« Die Hände in den Hosentaschen, lehnt Ernst Wilhelm an der Wand wie einer, der völlig unverzichtbar ist. Alexander grinst mit schief gezogenem Mund. Er deutet hinunter auf den Vorplatz. »Schaut! Unsere Karoline kommt.«

»Kaum zu glauben, dass sie auch schon Mitte fünfzig ist.«

»Ernst Wilhelm! Ist das eine Art? Man spricht doch nicht vom Alter einer Dame!«

»Sie ist doch keine ›Dame‹!« Alexander lacht. »War das nicht gestern, dass wir ihr zeigten, wie man eine volle Kanne Milch frisch gefüllt und lauwarm von der Kuh, am ausgestreckten Arm im Kreise schwingt?«

»Ich werde es nie vergessen. Sie hat es mir mit großem Stolz gezeigt, als sie nach Hause kam. Ich durfte danach die Küche aufwischen!«

Nach einem schnellen Blick auf ihre Armbanduhr tänzelt Karoline um die Pfützen auf dem Trampelpfad, der ihr zehn Meter Weg einspart, und ohne ihren Eilschritt abzubremsen, schaut sie herauf zum Fenster. Elisabeth hebt den Arm und winkt. Sie wollte sie noch einmal sehen, ihre Karoline, ein allerletztes Mal. Sie spürt, wie ihr die Tränen in die Augen treten, als sie ein Lächeln über die Lippen ihrer Tochter huschen sieht. So hübsch ist sie mit ihren dunklen Locken. So schlank, als ob sie siebzehn wäre. So jung und so im Leben.

»Bevor sie oben ist und uns von diesem Monstrum Tokio und, wie Alexander sagen würde, von den Japanerchen erzählt … Ich habe da etwas für dich, Elisabeth.« Am ausgestreckten Zeigefinger lässt Ernst Wilhelm vor ihrer Nase einen Autoschlüssel baumeln wie ein Glöckchen.

Sie weiß sofort, für welchen Wagen, und sie zaudert nicht. Sie springt vor Freude, schnappt danach und könnte man sie fragen, sie wüsste nicht, dass sie gefallen ist. Sie spürt ein Gleiten, ein so sanftes Schweben, dass sie nicht mal erschrickt.

Nachbemerkung

DEMNÄCHST IN TOKIO und das Geschehen an der deutschen Botschaft von 1934 bis 1942 sind von einer realen Person inspiriert, auf die zwangsläufig stoßen muss, wer sich mit dem deutsch-japanischen Verhältnis in jener Zeit befasst: Richard Sorge, Stalins Mann in Tokio. In der Handlung werden die tatsächlichen geschichtlichen Ereignisse im Medium der Fiktion rekonstruiert. Die Akteure von damals wurden dabei wie mit dem Skalpell aus dem Zeitgewebe herausgetrennt. An ihre Stelle treten die Figuren dieses Romans, die ausnahmslos und in jeder Hinsicht erfunden sind und keinerlei Bezug zu lebenden Personen haben.

Dank

In das moderne Tokio, Schanghai oder München kann man ohne Weiteres reisen (vorausgesetzt man hat die finanziellen Mittel und die Zeit dazu). Um aber Zugang zu den Schauplätzen dieses Buchs zu finden, wie sie in der Zeit vor dem Zweiten Weltkrieg und danach gewesen sind, habe ich mich in eine Zeitmaschine begeben, deren verborgene Türen ich auf alten Fotos und Postkarten, in filmischen Dokumenten und geschichtlichen Abhandlungen, vor allem aber zwischen den verstaubten Deckeln von Autobiografien, Tagebüchern und Reisebeschreibungen fand, in denen Zeitzeugen ihre ganz persönlichen Erlebnisse aus der Perspektive jener Tage schildern. Ihnen gilt mein ganz besonderer Dank.

Ein Dankeschön an meine Ahnen für die Geschichten, die sie mir erzählten – auch sie eine Tür zu der Zeitmaschine.

Ein Dankeschön an den Verlag! Ohne Christian Strasser und Dagmar Olzog und ihren Enthusiasmus hätte dieses Buch womöglich nie das Licht der Welt erblickt. Die großartige Lektorin Caroline Draeger gab ihm mit ihrem unschlagbaren Fachwissen und ihrem stets wachsamen Auge den letzten Schliff; und Julia Krug-Zickgraf zog unterdessen alle Fäden, um es auf den Weg zu bringen.

Marie-Therese Hartogs und Pyr Zeiss-Krusius, euch sei Dank für eure Inspiration beim Entwurf mancher der Figuren. Ob ihr sie erkennt?

Urszula Pawlik, dir einen Dank für deine unverblümten Worte. Einen Roman zu schreiben, das fordere Blut, Schweiß und Tränen, hast du gesagt und recht behalten, am Ende aber hat es sich doch gelohnt.

Gerhard, dir ein Dankeschön für deine Geduld beim Zuhören, Mitdenken und Lesen des Manuskripts, für deine Beratung in allen technischen Details und deine Kindheitserinnerungen an eine Bahnfahrt in der Nachkriegszeit.

An Lina, Eva und Laura für eure Geistesblitze, euer Interesse und dafür, dass ihr mir vor Augen führt, wie man als junge Frau die Welt erlebt.

Eine Extra-Streicheleinheit geht *in memoriam* an meinen geliebten Kater Nemo, für die vielen Stunden, in denen er sich mit dem Platz an meinen Füßen begnügen musste, um seinem ärgsten Rivalen, diesem verflixten Notebook, den Platz auf meinem Schoß zu überlassen.

Quellen:
Die Türen meiner Zeitmaschine

»Das Land der Kirschblüte«, Degeto-Schmalfilmschrank, 1932, https://www.youtube.com/watch?v=lXNXEmW_9Cs
»Herr Sorge saß mit zu Tisch«, Der Spiegel, Hamburg, Juni – Oktober 1951
Abegg, Lily, »Japans Traum vom Musterland: Der neue Nipponismus«, Verlag Kurt Desch, München, 1973
Ashihei Hino, »Weizen und Soldaten: Kriegsbriefe, Aufzeichnungen und Tagebücher eines japanischen Unteroffiziers«, Paul List Verlag, Leipzig, 1940
Bauer, Josef Martin, »So weit die Füße tragen«, Lübbe Digital, Köln, 2013
Chroniknet Fotocommunity, www.chroniknet.de
Conze, Eckart, Norbert Frei, Peter Hayes und Moshe Zimmermann, »Das Amt und die Vergangenheit: Deutsche Diplomaten im Dritten Reich und in der Bundesrepublik«, Karl Blessing Verlag, München, 2011
Critical Past, Historic Stock Footage Archive, http://www.criticalpast.com
Department of the Navy, Office of the Chief of Naval Operations, Naval Observatory, »The Enemy Japan – The People (1943)«, ARC Identifier 12867, Local Identifier 80-MN-149B, https://www.youtube.com/watch?v=NkXJq77JHZY&feature=related

Deutsche Botschaft Tokyo, Hrsg., »Die Botschaft der Bundesrepublik Deutschland in Tokyo: Ein Stück deutsch-japanischer Geschichte«, Tokio, 2013, www.japan.diplo.de

Dirksen, Herbert von, deutscher Botschafter in Japan 1933–1937, »Moskau, Tokio, London«, W. Kohlhammer Verlag, Stuttgart, 1949

Dokument-Archiv, Dokumente zur deutschen Politik, http://www.documentarchiv.de/fs/ns_quelleneditionen.html

Educational Films Corporation, »Modern Peiping«, Peking-Ansichten, ca. 1935; https://www.youtube.com/watch?v=eZyba_kcuTA

Eike Wetterchronik, http://www.eike-klima-energie.eu/chroniken/wetterchronik/1900–1949/

Evangelische Gemeinde Deutscher Sprache Tokyo–Yokohama, Hrsg., Festschrift »120 Jahre evangelische Gemeinde deutscher Sprache, Tokyo–Yokohama, 1885–2005«, Tokio, 2005, www.kreuzkirche-tokyo.jp/pdf/120jahre.pdf

Fitzpatrick, James A., »Japan – The Island Empire 1932«, https://www.youtube.com/watch?v=n6Ste7m8iD0&feature=related

Fitzpatrick, James A., »Japan in Cherry Blossom Time«, 1932, https://www.youtube.com/watch?v=yoF0db7YrF4

Foerster, Richard, »Betrachtungen, Beobachtungen und Erfahrungen während meiner Reise zur Begleitung der Schriftleiter-Delegation nach Ostasien vom 28. III. bis 1. VI. 1939«, BA Kobl R64 IV/258

Franken, Konstanze von, »Der gute Ton«, Max Hesses Verlag, Berlin, 1921

Freieisen, Astrid, »Shanghai und die Politik des Dritten Reichs«, Königshausen & Neumann, Würzburg, 2000

Grew, Joseph C., US-Botschafter in Japan 1932–1942, »Ten Years in Japan«, Simon & Schuster, New York, 1944

Hack, Anette, »Das Japanisch-Deutsche Kulturinstitut in Tôkyô zur Zeit des Nationalsozialismus. Von Wilhelm Gundert zu Walter Donat«, 1995, https://www.uni-hamburg.de/oag/noag/noag1995_3.pdf

Jaecker, Tobias, »Journalismus im Dritten Reich«, 2000, http://www.jaecker.com/2000/07/journalismus-im-dritten-reich/

Kinkaid, Zoë, »Tokyo Vignettes«, The Sanseido Co. Ltd., Tokyo – Osaka, 1933

Kjeld Duits Collection, »Old Photos of Japan«, http://www.oldphotosjapan.com/en

Klußmann, Uwe, »Nazis in Nippons Reich« in Der Spiegel, Heftreihe Geschichte, Nr. 5, 2011

Koizumi Kishio, »100 Views of Great Tokyo in the Shōwa Era«, entstanden zwischen 1928 und 1940, http://ocw.mit.edu/ans7870/21f/21f.027/tokyo_modern_02/gallery_100_views/index.htm, Zugriff 10.03.2015

Krebs, Gerhard und Bernd Martin, Hrsg., »Formierung und Fall der Achse Berlin–Tōkyō«, Deutsches Institut für Japanstudien der Philipp-Franz-von-Siebold-Stiftung, Band 8, 1994

Krebs, Gerhard, »Deutschland und der Februarputsch in Japan 1936«, www.dijtokyo.org/doc/JS3_Krebs.pdf, Zugriff 10.03.2015

Kreitz, Isabel, »Die Sache mit Sorge: Stalins Spion in Tokio«, Carlsen Verlag, Hamburg, 2008

Laurinat, Marion, »Kita Ikki (1883–1937) und der Februarputsch 1936«, Tübinger interkulturelle und linguistische Japanstudien, Band 3, 2006, http://books.google.de/books?id=0XYKHz7ydX8C&printsec=frontcover&hl=de#v=onepage&q&f=false

Lebendiges Museum Online (LEMO), Alltagsleben im NS-Staat, 1933–1945, https://www.dhm.de/lemo/kapitel/ns-regime/alltagsleben

Lehmann, Paul F.W., »Japan«, Verlag weitsuechtig, Alfeld, 2014
Les Editions Jalou, »L' officiel de la mode«, http://patrimoine.editionsjalou.com/lofficiel-de-la-mode-recherche-13.html
Lukasch, Peter, »Kinder und Propaganda: Das Kinderbuch im Dritten Reich«, Zugriff 10.03.2015, http://members.aon.at/zeitlupe/werbung/propaganda2.html
LVR-Industriemuseum Euskirchen, Internetseite zur Ausstellung »Glanz und Grauen«, Zugriff 10.03.2015, http://www.glanz-und-grauen.lvr.de/de/nav_main/ausstellung/exponate/exponate_1.html
Manley, Deborah, Hrsg., »The Trans-Siberian Railway: A Traveller's Anthology«, Signal Books, Oxford, 2009
Mann, Hans, »Eine Jugend unter Despoten – Erinnerungen und Betrachtungen«, Archiv der Zeitzeugen, ADZ-Nr. 008, www.archiv-der-zeitzeugen.com/Files/files/PDFMann_Jugend_22.pdf
Mao Tse-tung, »Ausgewählte Werke«, Band I, Peking 1968, eingesehen in der nicht mehr vorhandenen Webseite Marxistische Bibliothek
Matsubara Hisako, »Abendkranich: Eine Kindheit in Japan«, Knaus-Verlag, Hamburg, 1981
Menzel, Johanna M. »Der Geheime Deutsch-Japanische Notenaustausch zum Dreimächtepakt«, Institut für Zeitgeschichte, Vierteljahreshefte zur Zeitgeschichte, 5. Jhg. 1957, Heft 2
Modemuseum Hasselt, http://www.modemuseumhasselt.be/#/collectienieuw
Mork, Werner, »Siegeseuphorie in Deutschland 1939«, Kronach, 2004, Zugriff 13.08.2014, https://www.dhm.de/lemo/forum/kollektives_gedaechtnis/334/
Mund, Gerald, »Ostasien im Spiegel der deutschen Diplomatie: die privatdienstliche Korrespondenz des Diplomaten Herbert v. Dierksen, 1933–1938«, Historische Mitteilungen, Beiheft 63, Franz Steiner Verlag, Stuttgart, 2006

Präger, Erwin, »Geschichte zum Lesen: ›Erinnerungen an die letzten Kriegstage‹, ›Die Zeit nach dem Kriege‹«, Wittenberg, http://praeger.wittenberger.de

Salewski, Michael und Guntram Schulze-Wegener, Hrsg., »Kriegsjahr 1944: Im Großen und im Kleinen«, Historische Mitteilungen, Beiheft 12, Franz Steiner Verlag, Stuttgart, 1995

Siegburg, Friedrich, »Die stählerne Blume«, Societäts-Verlag, Frankfurt a. M., 1939

Tanizaki Jun'ichirō, »In'ei-raisan«, Originalausgabe Chuokoroncha, Japan, 1933; deutsche Übersetzung »Lob des Schattens«, Manesse Verlag, Zürich, 2010

Urheber unbekannt, »Tokyo avant la guerre«, https://www.youtube.com/watch?v=tcz5GVQEARI

Vintage Japanese Postcard Museum, Zugriff 19.03.2014, www.oldtokyo.com/index.php

Whymant, Robert, »Richard Sorge: Der Mann mit den drei Gesichtern«, Europäische Verlagsanstalt, Hamburg, 1999

Nicht erwähnt sind in diesem Verzeichnis Nachschlagewerke und Enzyklopädien, ob online oder in klassischer Papierform, Standardwerke zur Geschichte oder zur Landeskunde der beschriebenen Schauplätze sowie Kartenmaterial.

Zwischen Würde und Gewalt – eine deutsche Geschichte

Gebunden mit Schutzumschlag, 384 Seiten,
ISBN 978-3-95890-009-7

1914. Der Student Alexander von Gersdorff meldet sich bei Kriegsausbruch freiwillig. Das Schicksal verschlägt ihn mit seinem Regiment ins chinesische Tsingtau, wo die jungen Soldaten ohnmächtig den Irrsinn des Krieges erleben müssen. Alexander treibt das sinnlose Sterben bald an den Rand des Wahnsinns. Erst die Begegnung mit Toyohisa Matsue, dem Nachkommen eines herrschaftlichen Samurai-Clans, in dem japanischen Gefangenenlager Bandō, das große Berühmtheit wegen seiner relativ humanen und liberalen Gefangenenbehandlung erlangte, und die Aufführung von Beethovens Neunter Sinfonie hinter Stacheldraht geben seinem Leben eine neue Wendung.

www.europa-verlag.com   **EUROPA**VERLAG